U1014539

心理罪 2
画像

雷米 —— 著

重庆出版集团 重庆出版社

图书在版编目（CIP）数据

心理罪. 画像 / 雷米著. — 重庆 : 重庆出版社,
2021.8

ISBN 978-7-229-15910-8

Ⅰ. ①心… Ⅱ. ①雷… Ⅲ. ①推理小说–中国–当代
Ⅳ. ①I247.5

中国版本图书馆CIP数据核字（2021）第112963号

心理罪：画像

雷米 著

策　　划：华章同人
出版监制：徐宪江　秦　琥
责任编辑：朱　姝
特约编辑：王晓芹
营销编辑：史青苗　刘晓艳　刘　娜　王广超
责任印制：杨　宁
书籍设计：重庆出版社艺术设计有限公司
插图绘制：西索千寻 1340989801@qq.com

出　　版：重庆出版集团 重庆出版社
（重庆市南岸区南滨路162号1幢）
发　　行：重庆出版集团图书发行公司
印　　刷：北京盛通印刷股份有限公司
邮购电话：010-85869375/76/78转810
重庆出版社天猫旗舰店
cqcbs.tmall.com
全国新华书店经销

开　　本：880mm×1230mm　1/32　　印　　张：12.375　　字　　数：321千
版　　次：2021年8月第1版　　印　　次：2021年11月第2次印刷
定　　价：49.80元

如有印装质量问题，请致电023-68706683
版权所有，侵权必究
投稿邮箱：bjhztr@vip.163.com

自序

我的宇宙

2015年，《心理罪》系列小说第一季的收官之作《第七个读者》首次出版时，从未给自己的作品写过序的我，用一篇《命运光轮》作为这本书的序言。时隔7年，方木的故事仍旧在市场上长销不衰，并且，又将有装帧更加精美、内容更加丰富的新版《心理罪》面世。所以，我还想说点什么。

走上写作之路纯属偶然。即使由现在的我回望2006年4月的那个下午，仍然不知道是什么样的力量驱使我在空白word文档上敲下“第七个读者”这几个字。最初，我只是把文字当作自己与世界交流的方式，甚至是打算束之高阁的自言自语。然而，当方木这个人物引起越来越多读者的关注时，我才发现，他势必会离开我一厢情愿的约束，迈动双脚，走到阳光之下。

的确，是我赋予他生命，并任由他在纸面上横冲直撞。每当一位读者看到他的故事，并愿意接受他成为记忆中的一部分的时候，就会有一个全新的宇宙对方木打开。他就活在你们的世界里，和你们呼吸同样的空气，沐浴同样的阳光。

说实话，我很嫉妒方木。他可以自由穿梭于不同的头脑中，并在那些世界中被描绘成各种模样。他既可以徜徉于江南烟雨中，也可以跋涉在东北风雪里；既可以向弱者伸出援手，也可以对恶龙拔出利剑。方木是跨越了15年时空的存在，而我，只能做自己的囚徒。

很不甘心。因为，我也想去那些宇宙去看一看。

是的，宇宙。

彼此独立，茁壮生长，在相互碰撞的一瞬间，会爆发出璀璨的光芒。

同时，会不会又诞生出一个新的宇宙呢？

我曾经说过，我是一个不会保持沉默的人。只要还有话想说，我就不会停止去敲击键盘。即使在这彻底改变我的生活的5年中，我也没有放弃写作的想法。只要你们还在等，我就一定会回来。因为，我真的想做一个可以写很久的作者。因为，文字是我的堡垒、我的盔甲。我可以勇敢地做一个小小房间中的堂吉诃德，面向那些看不见的风车。文字永远具有治愈的力量。它是我和现实世界之间千丝万缕的联系，也是灵魂的栖身之所。更何况，在我身后，还有他们。

方木。邰伟。米楠。邢璐。边平。韩卫明。赵大姐。魏炯。岳筱慧。顾浩。苏琳。姜庭。姜玉淑……

以及，其他可能出现在你们宇宙中的人。

那里浩瀚无垠，充满未知，也充满各种可能。那些令我，也令你们意难平的人，实在不应该在某个时空中沦为无名之辈。

没错。我不会让他们沉睡于那些世界中。折叠空间也好，穿越虫洞也好，他们一定会跨越宇宙的边界，来到我的身边，来到你们的身边。

这是我的野心，也是命运中的必然。叹息之墙并非牢不可破。当他们在空中听到异样的声响，那座桥梁已经慢慢浮现出形状。

如果你想看到米楠和岳筱慧一同出现在犯罪现场；

如果你想看到邰伟和顾浩在二十年后对坐而饮；

如果你想看到赵大姐和姜玉淑在晾衣绳的两侧打开同一面床单；

如果你想看到方木和苏琳在深渊的边缘彼此凝望……

欢迎你来到雷米的宇宙。我的宇宙。

2021年7月　于沈阳

目录

自序
我的宇宙 I

引子
怪物 001

我是怪物，我知道。

第一章
强奸城市 005

“嗨，你当初把黄永孝的名字告诉我们不就完了，也省得我们费事了。”

第二章 013
有记号的人

“我们再见面的时候，就意味着又有人死了。”

第三章
恐惧 019

此刻他如临大敌，仿佛宋教授嘴里吐出的是一颗颗子弹似的。

第四章 027
吸血者

“那个吸血鬼，又出现了！”

第五章 035
医生

“心理医生？不，我只是喜欢探求人的心理而已。”

第六章 045
血之魅

一个女孩呈“大”字形，双手和双脚分别被绑在床头和床尾的栏杆上。

第七章 053
为了忘却

“枪我不能送给你。送你一颗子弹吧，留个纪念。”

第八章 075
快乐不快乐

“我只有一个要求，你为我保密，好么？”

第九章 087
曝光

“小木，你答应妈妈，不要再做那些危险的事情了。”

第十章 097
门上的五角星

随着他的动作，划过的地方都燃烧起来。鼻子里满是焦煳的味道。

第十一章 109
回忆之城

“说来也好笑。现在的大学生也太迷信了，那本书都没有人敢借了……”

第十二章 115
夺命医院

整理死者物品的时候，警方发现了一本日文原版色情漫画，内容不堪入目。

第十三章 125
本能

“而在这种剥夺背后我感到一种……”方木顿了一下，“嫉妒。”

第十四章 135
葛瑞森·派瑞的花瓶

从陶片上描绘的图案来看，很像是英国陶艺家葛瑞森·派瑞的作品之一——一个花瓶。

第十五章 143
迷途

“相反，我觉得那个人更关注你。”

第十六章 153
数字杀手？

“而且会和5有关。”邰伟阴沉着脸替他把话说完。

第十七章 165
猪

邰伟刚要开口询问，方木却先开口问报案人：“你刚才说，你把死者看成了猪？”

第十八章 181
约克郡屠夫

7米、6米、4米……陌生人离自己越来越近，邓琳玥浑身颤抖着向后退。

第十九章 201
爱情是什么

“你在那一瞬间出现了。没有人能伤害我，因为你在我身边。”

第二十章 217
猫与鼠（一）

其实，你跟我是一样的。

237 第二十一章
3+1+3

他张开嘴，露出白得瘆人的牙齿，同时发出一声野兽般的低吼。

第二十二章
猫与鼠（二） 251

“在你的周围，找到7，你会完成所有的心愿。”

第二十三章 273
平安夜

方木抬起头，“孟凡哲不是凶手，凶手另有其人”。

293 第二十四章 六号泳道

杜宇咬牙切齿地冲方木吼道：“你到底是什么人？！”

第二十五章 304 寝室 311

“他想摧垮我的心理。也许，他自己也快到极限了。”

327 第二十六章 师兄

他看了看方木，笑了一下，“师弟，你也有什么问题么？”

第二十七章 呼兰大侠 341

方木把手机扔还给赵永贵：“快去找郃伟，他出事了！”

第二十八章 上一层，地狱 355

方木小心地贴着墙壁坐下，“可是，你知道我们和你的差别么？”

尾声 379

“我曾经建议你做个警察，”郃伟说，“现在，我收回我的话。”

引子

怪物

昨天晚上，他们又来找我了。

他们还是照例不说话，默默地站在我的床前。而我，照例还是僵在床上动弹不得，眼睁睁看着那些烧焦的、无头的躯体围在我的周边。而他，依然在我的耳边轻轻说出：其实，你跟我是一样的。

我已经习惯了和他们在夜里相遇，可是，仍然大汗淋漓。

直到他们一言不发地离去，我才重新听见杜宇在对面那张床上平静的呼吸。

窗外清冷的月光静静地泼洒进来，宿舍里的火焰早就消失不见了，有点冷。

我费力地翻了个身，手摸到枕头下那把军刀，感觉到粗糙、略有起伏的刀柄，呼吸慢慢平静。

我又重新沉沉睡去。

偶尔我也会回到师大看看。我会坐在男生二宿舍门前的花坛上，那里曾经有一株很老的槐树，现在是各种五颜六色、叫不出名字的鲜花，在微风中轻薄无知地搔首弄姿。我常常凝望着眼前这栋七层高的现代化学生公寓，竭力回想它曾经的样子。颜色褪尽的红砖，摇摇欲坠的木质窗户，油漆斑驳的铁皮大门。

以及那些曾经在这栋楼里进出的年轻面孔。

突然间，我感到深深的悲伤，就好像被一种脆弱的情绪猛然击中。而记忆的闸门，也在不经意间悄悄打开，绵绵不绝，一发不可收拾。

如果你认识我，你会感到我是个沉默寡言的人。大多数时候，我都尽可能独处。一个人吃饭，一个人走路，连听课，都避免跟其他人坐在一起。

不要靠近我。我常常用眼神阻止那些试图了解我的人。所有人都对我敬而远之，而我，却熟悉身边所有人的脾气、秉性、生活习惯。如果你在教室里、食堂里、校园的路上，看到一个面色苍白，看似漫不经心，却在不住打量别人的人，那个人，就是我。

我住在J大南苑五舍B座313房间。我的室友叫杜宇，法理学专业的硕士研究生。大概是因为同住一室的原因，在法学院里，他是为数不多经常跟我说话的人。他是个心地善良的人，看得出他处心积虑地想和我搞好关系，也让我在法学院里显得不那么孤独——尽管我并不在乎这一点——不过，我并不拒绝和他偶尔聊聊天，包括他那个娇气得有点夸张的女朋友陈瑶。

“喏，一起吃吧。”

我正端着饭盆，一边吃着拌着辣酱的刀削面，一边聚精会神地看着电脑上的一张图片和下面的文字说明，没有留意杜宇和他女朋友是什么时候走进宿舍的。

那是一串刚刚烤好的羊肉串，上面洒着辣椒面和孜然粉，黄色的油流淌下来，散发出一股焦煳味。

我想当时我的脸一定比身后的墙还要白，我直愣愣地看着伸到我面前的这串烤羊肉，喉咙里咕噜噜地响了几声后，就把刚刚吃了一半的午饭，吐回了手中的饭盆里。

我捂着嘴，端着盛满还在冒着热气的呕吐物的饭盆夺门而出，身后是陈瑶诧异的声音：“他怎么了？”

我无力地斜靠在卫生间的水池边，草草地用水洗了把脸。抬起头，墙上污渍斑驳的镜子里映出一张被水和冷汗浸湿的、苍白的脸，眼神呆滞，嘴角还残留着一点没有洗去的呕吐物。

我弯下身子又干呕了几声，感到胃里空荡荡的，实在没有什么可吐的了，就颤抖着勉强站起来，凑近水龙头喝了几口凉水，在口腔里转了转，吐了出去。

把饭盆扔进垃圾桶，我摇摇晃晃地走回了寝室。

寝室里一片慌乱。陈瑶弓着腰坐在杜宇的床上，地上是一大摊呕吐物，屋里弥漫着一股酸腐的味道。杜宇正捏着鼻子，把一只脸盆扔在她的面前。

看到我进来，陈瑶抬起满是冷汗和泪水的脸，用手指指我，想说什么，却被又一阵剧烈的呕吐把话压了回去。

杜宇尴尬地看着我："刚才瑶瑶也不知你怎么了，看到你正在电脑上看什么东西，很好奇，就过去看了一眼，结果就……"

我没有理会他，径直走到电脑桌前。那是我正在浏览的一个网页，上面有几张图片。其中一张是一个已经腐败的头颅，另外三张分别是被害人被砍掉四肢的躯干和左右臂。这是2000年美国威斯康星州发生的一起杀人案的现场图片。我把这几张图片下载到硬盘上的"过度损毁"文件夹中。

我站起身，走到陈瑶身边，弯下腰说："你没事吧？"

陈瑶已经吐得虚弱不堪，看见我，惊恐地挣扎着往后缩："你别靠近我！"

她抖抖索索地抬起一只手，指指电脑，又指指我，嘴唇颤抖了几下，终于从牙缝中蹦出两个字："怪物！"

"瑶瑶！"杜宇大声呵斥道，一边不安地看了看我。

我对他笑笑，表示不介意。

我真的不介意。我是怪物，我知道。

我叫方木，在两年前的一场灾难中，我是唯一的幸存者。

第一章

强奸城市

J城的春天闷热不堪。尽管树枝上仍旧空空荡荡的，连点绿芽都看不见，可是气温已经上升到了十七八度。邰伟坐在飞驰的吉普车中，不耐烦地又解开了一个扣子。

他很烦躁，不仅仅是因为这个过分热烈的春日。作为一个警察，邰伟遇到了从警10年来最棘手的案子。

2002年3月14日，J市红园区台北大街83号明珠小区32号楼402号居民陈某（女性，汉族，31周岁）被杀死在家中。根据尸检的结果，死亡时间为14点至15点之间，死因为机械性窒息。从现场勘查的情况来看，室内没有被翻动过的痕迹，财物也没有丢失，初步排除了入室抢劫杀人的可能。死者上身赤裸，下身衣物完整，没有性侵犯的痕迹，也不像是入室强奸杀人。不过让人感到意外的是，死者在死后被凶手开膛，所用的刀具遗留在现场，经被害人丈夫辨认，是死者家中的一把菜刀。警方在厨房里发现一个杯子，里面的物质经检验后认定为死者的血液和牛奶的混合物。

这不能不让人联想到一种传说中的怪物——吸血鬼。

之后一个多月的时间，J市又连续发生两起入室杀人案，被害人都为25岁—35岁之间的女性。死者都被开膛，并且在现场都发现了被害人的血液和其他物质的混合物。

市局成立了专案组负责侦破此案，可是将近一个星期过去了，案件侦破毫无进展。正在专案组焦头烂额之际，一个从C市出差来J市的刑警丁树成却提出了一个让所有人大跌眼镜的建议：去找一个J大在读的犯罪学研究生。作为专案组负责人之一的邰伟最初以为他在开玩笑，可是丁树成却极其认真地向他讲述了这样一个故事。

2001年夏天，C市连续发生四起强奸杀人案。四个被害人都是25岁—30岁之间的白领，凶手将被害人强奸后再用绳子将被害人勒死。案发地点分别是C市正在兴建的四座高层建筑的顶楼天台上。当时，丁树成的顶头上司，市局经文保处处长邢至森刚刚被提升为C市公安局副局长。新官上任三把火，邢副局长向新闻媒体透露了案件的部分情况，并在电视上向市民保证半个月之内破案。两天后，一封观众来信摆在了专案组的办公桌上，信中说凶手是一个性心理扭曲的变态者，因为无法与女性建立正常的关系，所以通过强奸杀人来发泄自己的欲望，并断定凶手的年龄不会超过30岁。专案组的干警最初以为这只是一个侦探小说爱好者的突发奇想，并没有当回事。邢副局长听说此事后却显得很有兴趣，指派专人去调查发信人的资料。当他得知这名观众是一个叫方木的C市师大应届毕业生的时候，邢副局长显得十分兴奋，马上把他找到了市局。两个人在办公室里谈了半个小时后，邢副局长亲自开车送他到四个案发现场去了一趟。回来后又把案件的全部资料搬到办公室里，方木在仔细看过所有资料之后，又在某天深夜（尸检结果显示，案发时间应该在夜间10点至11点左右）去了一趟案发现场，这一次丁树成也陪同前往。这个男孩在其中一个楼顶上（同时也是所有案发现场中最高的一个建筑）站了很久，最后说了一句让丁树成印象颇深的话。

“他不是在强奸那个女人，他是在强奸这座城市！”

回到局里后，他向专案组提出了如下建议：第一，调查全市范围内的低档录像厅，特别是附近有正在施工的建筑工地的录像厅，寻找一个年龄在20岁—25岁之间，偏瘦，短发，身高在1.65—1.7米，习惯手为右手，并且左手戴着一块手表，左手手腕处有一条抓痕，具有高中左右文化的戴眼镜的男子；第二，在全市正在作业的施工队中，寻找具有上述特征的人；第三，在C市周边的乡镇寻找一个高考落榜，进城打工且具有上述特征的人，尤其是那些家中只有男性长辈的独生子或者只有男性兄长的人。他甚至说凶手被捕时应该穿着一件白衬衫。

专案组的成员对这种近乎异想天开的猜测半信半疑，邢副局长却指示下属按照方木提供的犯罪嫌疑人特征进行搜索。两天后，一个位于火车站附近的小录像厅老板说她认识一个这样的人，他就在火车站附近的一个建筑工地上打工。这个工地上的工人经常结伴来录像厅看录像，而这个人每次都是一个人来，而且专挑后半夜放黄色录像的时候来。有一次看黄色录像的时候，遇到了同一个工地的工友，他竟满面通红地偷偷溜走了，因此给老板留下了很深的印象。

警方来到了那家工地，并且在老板的指认下在工棚里找到了这个人。这个人叫黄永孝，是这个工地的测量员。当干警出示证件并要求查看他左手手腕的时候，黄永孝突然跳起逃跑，但是很快被干警制服。带回局里突审后，黄永孝对他实施的四起强奸杀人案供认不讳。

黄永孝，男，21岁，高中学历，C市八台镇前进乡人。2000年高考落榜后，黄永孝选择复读一年再次参加高考，结果还是名落孙山。之后黄永孝就随其叔父进城，曾经在多个建筑工地打工，但每次从业时间都不长。后经其叔父介绍，在该建筑工地打工，因其有一定文化，被安排做测量员。

黄永孝被捕的时候的确穿着一件很旧，但是洗得很干净的白色衬衫。

方木对犯罪嫌疑人的外貌、家庭背景、工作环境、生活习惯的描述与黄永孝惊人的一致，唯一的出入就是黄永孝父母离异多年，黄永孝没有兄弟，只有一个姐姐，并随着母亲改嫁到了外地，已经断绝了来往。但这已足以让干警们对这个貌不惊人的男孩刮目相看，他们甚至怀疑黄永孝作案的时候，方木就在现场看着，否则不可能做出如此准确的描述。

方木的解释是：从现场来看，被害妇女的裤子被脱到膝盖以下，膝盖处都有擦伤，并且在天台的围栏上发现了被害人的少许皮肤组织，这与被害人胸乳处的擦伤吻合。这意味着凶手进行强奸的时候是采取后入式的体位。

这是一个颇有意味的姿势。

首先，这种姿势导致被害人不易反抗。其次，从性心理学的角度来讲，后入式的性交是最为原始的性交体位，由于在性交时会使男性产生强烈的征服感和满足感，因此，后入式带给男性的心理刺激要远远超过其他体位。

那一晚，方木站在夜色深沉的天台上，整个城市的夜景尽收眼底。他看着远处灯火通明的高楼大厦，脚下光影摇曳的车流……

粗暴地前后耸动，身下服饰高贵的女人在无力地挣扎。在视野开阔的高处痛快地一泻而出……

方木闭上眼睛。

这个城市某个高档住宅中，那个焦急地等待自己妻子的男人，你没有想到你的老婆正在我的胯下像狗一样地被我凌辱吧？

也许在他眼里，整个城市就是一个巨大的女性生殖器。他一定在那一瞬间感到了征服这座城市的快感吧。

那么，在现实中，他就一定是一个失败者。

将不正常的性虐杀行为作为发泄对社会仇恨的方式，这意味着性行为对他而言具有特殊的意义：既让他感到超乎常人的好奇、神秘、兴奋，又让他感到羞耻。如果男性能够在早期与女性建立起正常关系的话，那么这种对性过分强烈的感觉会随着社会阅历的增加而慢慢消除。因此，凶手很可能是一个与女性无法建立正常联系的人，而这种人，往往在一个缺乏女性关怀的环境中生活。同时，具有这种性心理的人年龄不会太大。一来，如果年纪较大，就可能通过其他正常的社会经历及时消除这种心理；二来，这种心理往往在青春期出现。如果他年龄较大的话，早就会犯案，而近年来并没有类似案件发生。

因此，凶手，男性，年龄不会超过25岁，家中没有女性长辈，或者只有兄弟，具有挫败的人生经历。

关于案发地点。建筑工地的顶层，诚然是满足凶手征服城市心理的好地点，同时也意味着他对于这类场所的熟悉。因此，凶手应该是一个在建筑工地有从业经验的人。而这样一个性心理异常的低收入者，可能去过某些色情场所。嫖娼？应该不会，即使有，次数也不会太多，因为他的经济条件不允许。

比较合适的地方是那些低档的、常常在午夜之后放黄色录像的录像厅。

尸检表明，其中一个女性被害人左手的指甲断裂，而断离的指甲就落在尸体仰卧的位置附近。奇怪的是，在所有被害人中，这名死者身上的伤痕最少。这说明死者对于强奸并没有进行过分激烈的反抗，结合指甲就在尸体不远处找到的情况，指甲断裂可能是在凶手强暴被害人之后，在动手勒杀她的过程中，由于被害人的拼命挣扎造成的。在断离的指甲中发现了不属于被害人的皮肤组织（血型为A型），那么死者的指甲很可能是在和凶手的身体接触后被撕裂的。由于凶手采用的是背后勒杀的方式，所以被害人的双手能够接触到的部位有限，最大的可能就是凶手的双手。方木注意到指甲是被撕裂而不是折断。这就意味着指甲在划破凶手皮肤的时候，肯定与某种物品接触后发生撕裂。手上的什么东西能够把指甲撕裂呢？方木首先想到的就是手表，而且极有可能是金属质地。一个在建筑工地从业的人，戴一块金属质地的手表，这本身就有点不同寻常。那么这个人一定是想表现出他的与众不同。

那他就应该是一个具备一定文化水平的人。

在建筑工地打工——具有一定文化——有人生挫败的经历——年龄不超过25岁。

最贴切的答案是：一个来自农村的高考落榜生。

如果是这样一个人，那他一定还有其他的方式来表现他与其他在工地打工的农民工的差别。例如，与农民工们油腻的长发不同的干净利落的短发，表明他“知识分子”身份的眼镜，也有可能是一件区别于沾满水泥的工作服的白衬衫。

那么，他就是一个短发、偏瘦、戴眼镜、有一件白衬衫、左手腕戴块金属手表的人（左手腕应该有被害人留下的抓痕。而把表戴在左手上的人，习惯手通常是右手）。

方木陈述完自己的理由之后，专案组的干警们一片沉默，每个人的脸上都写着复杂的表情。的确，当推理的过程被一步步抽丝剥茧般再现以后，破案似乎是一件水到渠成、再简单不过的事情。而这个过程，又有几人能准确地迈出第一步呢？

还是邢至森打破了沉默："嗨，你当初把黄永孝的名字告诉我们不就完了，也省得我们费事了。"

大家哄地一声笑开了。

方木没有笑，始终盯着自己脚下的那块地板出神。

案件顺利送交检察院起诉。C市市民也纷纷交口称赞警方破案神速。邢至森想给方木一定的物质奖励（之前邢至森委婉地向方木解释，警方不可能向公众宣布本案是在一个22岁的大学生帮助下破获的，方木表示理解），方木拒绝了。邢至森问方木有什么要求，方木的回答很简单：在黄永孝上法庭之前和他单独面谈一次。

尽管很多人对这次面谈充满好奇，不过在方木的坚持下，局里还是安排方木和黄永孝进行了一次不受打扰的面谈。整个谈话持续了两个多小时，方木整整记了半个笔记本和两盘录音带。丁树成曾经听过一段录音，从谈话的内容来看，涉及本案的很少，方木似乎更关心的是黄永孝从记事起到21岁之间的人生经历。

黄永孝5岁的时候，父母离异，妈妈带着比他大一岁的姐姐改嫁到外地。从此，黄永孝就跟父亲生活在一起。黄从小就性格内向，不爱与人交谈，但是学习刻苦，一直被所有人认为是本村最有可能考上大学的人。8岁的时候，黄永孝无意间撞见父亲与本村的一个有夫之妇偷情，还因为这件事被父亲暴打一顿。14岁的时候，当时在读初中的黄永孝被一个高年级的女生带到山上。当那个女生将黄永孝的手直接按到自己乳房上的时候，他被吓坏了，连滚带爬地跑下了山。可是两年后，16岁的黄永孝在一次下田劳动的时候，突然把身边一个一直与他关系不错的女生（与黄永孝是同班同学）按倒在田地里，在她身上乱摸乱亲。那个女孩吓得大声哭叫，引来了村人，才将女孩解救下来。后来父亲赔了一头驴，并在村里长辈的调解下，此事才算平息。黄永孝的学习成绩却自此一落千丈。两次高考失利后，黄永孝就随叔父进城打工。一年多里，黄永孝一共辗转了五个工地，历尽城里人的白眼和排斥。由于性格内向，又比较孤傲，所以在每个工地待的时间都不长。闲极无聊的时候，黄永孝就去街边的录像厅看武打片。也正是在这里，黄永孝第一次看到了A片。自此一发不可收拾，整日脑子里都是A片里女性充满诱惑的胴体，直到他在一天深夜跟上了一个晚归的白领女性……

之后方木几乎成了C市公安局的“顾问”。在他的协助下，一共破获了一起绑架案、一起敲诈勒索案、两起杀人案。在上述案件中，方木对犯罪嫌疑人特征的描述对案件的侦破起到了很大的作用。

第二章

有记号的人

听完方木离奇得近乎荒谬的故事，邰伟有些将信将疑。

“他，那个叫方木的学生，”邰伟斟酌了一下自己的词句，“他在给犯罪嫌疑人画像？”

丁树成点点头。

“真的有这么厉害么？”

丁树成笑笑，他凑过来，表情神秘地问：“你知道罗纳尔多为什么是世界第一前锋么？”

“唔？你说什么？”邰伟有点莫名其妙。

“为什么郝海东不能成为世界第一前锋？”

邰伟目瞪口呆地看着丁树成。

“天赋。这家伙有察觉犯罪的天赋。”

邰伟在J大研究生处查得方木住在南苑五舍B座313寝室，可是到宿舍楼却扑了个空，同他住一个寝室的男生说方木去打篮球了。邰伟问方木长什么样。男生笑笑说：“你不用问他的长相。你只要看见一个独自在球场上练罚球的人，那就肯定是方木。”

天气很好。到处是微微吹过的暖风和好闻的花粉味道。人们大多脱下了厚重的冬装，穿着轻便地在校园内穿梭，偶尔还能看见几个急不可待地穿上短裙的女孩子。邰伟拉住一个抱着篮球的小个子男生，问他篮球场怎么走，小个子男生非常热心地给他带路。

篮球场位于校园的西南角，是一大块用铁丝网围成的水泥场地，一共有八块完整的篮球场。邰伟依次走过这些聚集着生龙活虎的小伙子的场地，留心寻找着那个独自练习罚球的男孩。

他并不难找。在场地最边缘的一块球场上，有一个男孩站在罚球线上，扬起手，篮球在空中划出一条弧线，准确地落在篮圈中。

邰伟走到场地边，看着男孩一遍遍重复着同样的动作：扬手、投篮、

入筐、捡球、走回罚球线、扬手、投篮、入筐……男孩的动作标准、优美，出手的篮球几乎无一落空。

“有事么？”突然，男孩目不斜视地冷冷抛过来一句。

“哦？”邰伟有些猝不及防，他尴尬地清清嗓子，“咳咳，你叫方木吧？”

男孩扬起的手略略停顿了一下，然后手指一拨，篮球飞出后没有直落篮圈，而是撞在篮圈上，又弹回他的手中。

男孩捧着篮球，转过身。他的脸色潮红，鼻尖上有细密的汗珠，脸颊凹陷，下巴尖尖的，浓密的眉毛此刻紧锁在一起，而他的眼神——

冷漠、疲倦，却又锐利无比，仿佛能够刺破午后强烈的光线直钻进对方的身体里。

邰伟在这样的目光下不由得打了个寒噤，他躲开对方的视线，刚想开口，却发现自己并没有为与方木的初次见面准备一个合适的开场白。

“你……你认识丁树成吧？”

方木的眉头皱得更紧，他盯着邰伟说：“你是警察？”

说完，不等邰伟回答，就径自走向球场边的长椅。邰伟迟疑了一下，也跟着走过去坐下。

长椅上放着一个很旧的书包，方木从里面拿出一包面巾纸，抽出一张擦擦脸，又掏出眼镜戴上。

“有什么需要我帮忙的么？”脸上仍然毫无表情。

邰伟感到一丝不快，但是想想此行的目的，还是从皮包里拿出一沓资料，递给了方木。

“我是市局刑警队的，我叫邰伟。今年三月份以来，我市连续发生了三起入室杀人案。这是这三起案子的一些资料。我听说你……”说到这里，邰伟发现方木并没有听他说话而是全神贯注地看手中的资料，就悻悻地闭上嘴，拿出来准备表明身份的警官证也悄悄地塞回了口袋。

没有比和这样的家伙坐一下午更让人厌烦的事了。方木始终一言不发地坐着看资料。邰伟最初还耐心地摆出随时准备倾听的姿势，时间久了，肩膀酸得厉害，也开始不耐烦起来。他伸展开四肢，向后舒服地靠在椅子上，百无聊赖地四处张望着。

刚才方木练习罚球的那块场地已经被几个男生占据了。这些20出头的男孩子在球场上不惜体力地奔跑着，争抢着，不时发出兴奋的尖叫，时而为一个动作是否犯规、一次得分是否有效大声争论着。邰伟看着这些精力充沛的男孩子，不由得回想起自己在警校读书时的日子，嘴边渐渐浮现出一丝微笑。

猛地，他意识到身边的这个人其实就是这些男孩子中的一员，而他，和这些没心没肺的男生多么不同！仿佛有什么记号，使他与周围的人物泾渭分明。他不由得再次转过头来看着方木。

方木看得很慢。他低垂着脑袋，眼睛始终盯着手中的图片和现场报告及尸检报告。有几次抬起头来，邰伟以为他要说什么，忙凑过头去。可是方木只是凝望着远处的风景，并不说话，少顷，又低下头仔细地看资料。邰伟注意到他对几张现场图片格外关注。

终于，他站起身来，长出了一口气。然后摘下眼镜，揉了揉眼睛，把资料递给一直盯着他的邰伟。

“这个人，男性，年龄在25岁—35岁之间，身高不会超过1.75米，应该比较瘦。”

邰伟盯着方木，几秒钟后，他忍不住开口问：“就这些？”

“对，就这些。”方木干脆地回答。

邰伟感到大失所望。他原以为方木会像丁树成所讲述的那样，具体、详细地描述出凶手的外貌、生活环境、家庭背景，可是方木只给出了这样一点模棱两可的结论。老实说，方木所判断的，并不是什么有价值的线索：采用如此残忍手段的，多是男性，而且，大多数连环杀人犯的年龄都不会超过40岁。至于身高和体重，根据现场发现的犯罪嫌疑人的脚印，也能够推断得出来。另外，现场遗留的痕迹表明凶手曾和被害妇女有过激烈的搏斗，这意味着凶手不会太强壮。

“根据这些资料和现场照片，我只能看出这些。”方木好像看穿了邰伟的心思，不过他随后又补充道，“另外，我感觉这个人精神上有点问题，至于什么问题，我不能肯定。”

哼，邰伟在心里说，傻子也能看出这凶手是个变态！

“变态和精神障碍是两回事。”

邰伟不由得一惊，他意识到方木已经在几秒钟之内两次窥破他的心事。为了掩饰自己的惊讶，他站起身来，向方木伸出手去。

“好吧，谢谢你，如果还有什么需要向你请教的，我们会再联系你。再见。”

方木握住邰伟的手。邰伟感觉到那只手冷冷的，没有一丝热度。

“我们最好还是不要再见。”

“哦？”邰伟扬起眉毛。

“我们再见面的时候，就意味着又有人死了。”

邰伟张张嘴，却什么也没说出来，只好点点头，转身走了。

走出篮球场的时候，邰伟忍不住回过头来，却发现方木已经不在长椅边了。向旁边一看，方木正背对着他孤独地投篮。此时已暮色深沉，篮球场上只剩下稀稀落落的几个人，方木的身影在越来越黑的天色中愈发模糊，只能辨别他不断扬起的手和篮球在空中断续的轨迹。

第三章

恐惧

今天是刑事诉讼法学的第一次课。这门课的主讲教师宋耀杨教授刚从日本交流访问归来，所以一直拖到现在才开课。

方木照旧坐在教室的最后一排。宋教授虽然耽误了一个多月的课，可是他并不着急讲课，而是大谈特谈了日本的经济发达和生活舒适，以及他和几个日本刑事诉讼法学专家“不得不说的故事”。正吹得起劲，一个学生敲敲门走了进来。宋老师正值志得意满之时，也就大度地挥挥手让这个男生进去了。

男生脚步轻快地走到最后一排，一屁股坐在了方木的旁边，还友好地向他点了点头。方木认得他，他叫孟凡哲，民法学专业研究生。

大学课堂上，迟到本是再平常不过的事情，而大多数，都会得到教师的原谅。让方木感到略略疑惑的是：孟凡哲的脸上，似乎有着过分的如释重负的表情。就好像——

就好像逃过了一次严峻的考验。

宋老师终于完成了他的“日本之旅感想报告会”。他拿起点名册，故作亲热地向学生们眨眨眼睛：“讲课之前，先让我们互相认识一下吧。”

刚才还昏昏欲睡的学生们此刻都打起精神来，这是必修课，谁也不想拿不到学分。随着宋老师的嘴里念出一个个人名，教室的各个角落里响起此起彼伏的“到”。方木无意间瞥了孟凡哲一眼，却吃了一惊。

刚才还轻松无比的他此刻却紧张得如临大敌：双手死死地抓住桌角，关节处都已经发白，眼睛直勾勾地盯着宋教授，紧咬着嘴唇，好像宋教授嘴里吐出的不是人名，而是一颗颗子弹似的。

“孟凡哲。”

大颗的汗珠从孟凡哲脸上流下来，他的嘴唇翕动了几下，却没有发出任何声音。宋老师在教室里扫视了一圈，又念了一遍：“孟凡哲。”

许多相识的同学小声叫他，孟凡哲却像听不到一样，死死地盯着宋老师，上身前倾，嘴唇半张，好像急于说话却又无能为力。

“没来么？第一次就旷课？”宋老师一脸怒气地掏出钢笔，准备在点名册上做标记。孟凡哲此时一跃而起，虽然仍然说不出话，却把手高高地举起来。

“哦，你是孟凡哲？”

“是我。”终于有两个字从他的嘴里蹦出来。

“坐下吧，下次注意力集中点。”

好像刚才那两个字耗尽了他的全部体力一般，孟凡哲无力地“扑通”一声坐下。教室里有几个人在掩嘴偷笑，更多的人向他投来诧异的目光。

孟凡哲仿佛在躲避那些目光，整整一堂课都在闷头记笔记。不过看得出他已经不那么紧张了。

他究竟在害怕什么？

实事求是地说，宋老师的课讲得实在很一般。课间休息的时候，趁他出去抽烟的工夫，好几个学生偷偷地溜走了。宋老师回来后发觉人少了几个，大为光火，拿起点名册又点了一遍。

方木注意到刚刚恢复平静的孟凡哲又仿佛坠入深渊一般，脸上是绝望、紧张和怨恨交织在一起的复杂表情。离他的名字越来越近，孟凡哲竟发起抖来。

方木一直在静静地观察孟凡哲，同时留意着点名册的顺序。

“陈亮。”

“到。”

“初小旭。”

“到。”

下一个就是孟凡哲了。

“孟凡哲。”

宋老师嘴里的“孟”字刚刚出口，方木就猛地拍了一下孟凡哲。

孟凡哲一惊，下意识地回过头来，而此时，“凡哲”二字刚刚落音，他想也不想地说：“到。”

宋老师没有停顿，继续点下去。孟凡哲愣了一会儿，表情却迅速归于轻松。他伸手抹抹额头上的汗水，有点尴尬地扭过头来问：“什么事？”

方木想了一下问：“几点了？”

孟凡哲看了一眼手表：“9点5分。哦，38秒。”他急切地补了一句。

方木笑了，孟凡哲也像被人窥破了秘密似的霎时红了脸。

午饭的时候方木吃得很饱，有点犯困。看看表，距离下午上课的时间还有不到一个小时，就跑到顶楼天台上吹风。爬到天台上，方木才发现那里已经有一个人了。正是孟凡哲。

他坐在天台边的水泥沿上，双脚随意地垂下，眺望着远处，似乎在想着什么心事。

方木不想让他看到自己，正想悄悄地离去，却发现孟凡哲一下子站了起来。

他小心地站在水泥沿上，那水泥沿不足20厘米宽，他的脚尖和鞋跟都悬在外面。孟凡哲摇摇晃晃地站在水泥沿上，双臂张开，深吸一口气，似乎下了很大决心似的低下头去。

方木屏住呼吸。这可是七楼！向下会看到什么？

扣子大小的人头？儿童玩具般的汽车？还是仿佛随时准备扑过来的大地？

不，不能大声喊他，否则他一定会受到惊吓，弄不好会摔下去。

方木小心地迈出第一步，鞋底和沙粒摩擦的声音此刻仿佛雷声一般。

孟凡哲的身体摇晃得愈加厉害，他就要失去平衡了！方木来不及多想，几步冲上去，瞄准他皮带的位置牢牢地抓住，一把把他拖了回来。孟凡哲短促地惊叫一声，就向后和方木一起摔倒在天台上。

“你在干什么？想死么？”方木恼怒地看着手肘被擦破的地方。

“对，对不起。”孟凡哲惊魂未定地坐在地上，口中喃喃自语。方木看看他那张惨白的脸，伸手把他拉了起来。孟凡哲的腿有些发软，他抖抖索索地勉强站定，拍拍身上的灰尘，身子又摇晃起来，一副随时可能跌倒的样子。

方木叹了口气，把他扶到天台上的一个石凳上，又从书包里拿出水杯递给他。孟凡哲连喝了几大口水，呼吸渐渐平稳下来。

“谢谢。”他掏出一张面巾纸，仔细地擦了擦杯口，递还给方木。

方木也在他身边坐下，拿出一盒烟，抽出一支叼在嘴上，又拿出一支递给孟凡哲。孟凡哲犹豫了一下，接了过来。刚抽了一口，就呛得咳嗽起来。

两个人沉默地坐着，方木不停地大口吸着烟，孟凡哲只是盯着手中越来越短的香烟出神。

“你一定觉得我是个疯子吧？”良久，孟凡哲开口了。

“哦，什么？”

孟凡哲用力把烟头扔出去：“你一定觉得我不正常。”

“你为什么会这么想？”

“要不你为什么不问我刚才在干什么？”

“嗯，好吧，你刚才在干什么？”方木觉得有点好笑。

“我嘛，呵呵，其实没什么，我只不过想体验一下恐惧的感觉。”他扭过头来看着方木，脸上是故作轻松的微笑，似乎希望方木觉得自己很酷。

方木笑笑，又给自己点燃一支烟。孟凡哲满怀期待地看了方木半天，似乎等着他说点诸如“原来如此”“你可真够无聊”之类的话。可是方木沉默了好一会儿，突然抬起头问他：

“你在害怕什么？”

孟凡哲大张着嘴，目瞪口呆地看着方木。那目光似乎在问：你怎么知道?

我当然知道。否则我也不会在点名的时候推你一下。

一个人，当他对某种事物感到恐惧的时候，会对这个事物表现出超乎常人的关注与敏感，在这个时候，如果突然打断他的注意力，会让他在瞬间消除对这种事物的恐惧感。当然，也仅仅是这一瞬间。

孟凡哲大概害怕点名，所以在点名的时候会表现出“全神贯注”式的恐惧，越是害怕，就越不能应答。方木在点到他名字的一瞬间推他一下，让他的注意力一下子从“点名”上转移到方木身上，自然就能够应答。

孟凡哲的表情从惊讶转为颓唐，他低下头，不作声了。

“你在害怕什么？”

孟凡哲抬起头，方木看到了他虚弱的眼神，他盯着方木看了好半天。方木微笑着，甚至有点漫不经心地回望着他。

那眼神中渐渐多了信任与友善。

“我，”他抓抓脑袋，“有点害怕点名，呵呵，很奇怪吧。”

“为什么？”

“不知道。”孟凡哲眼望着远处，“我也不知道从什么时候开始的，就是害怕点名。一点名我就紧张，越紧张我就越不能答出那个‘到’字，经常是脸红脖子粗地站起来，却一个字也说不出来，整个教室的人都在看我。”他低下头，声音也骤然降低，“很多人笑话我。”

“你口吃么？”

“不，你觉得我说话有问题么？”

“不。”

“我也很奇怪，为什么这个‘到’字就是说不出口。有的时候自己偷偷练。自己点名自己答‘到’，完全没有问题，可是上课的时候，还是说不出来。”他语气低沉地说，“给我支烟。”

方木递给他一支烟，帮他点着。他小心地吸了一口。

“四年大学，你怎么熬过来的？”

“自己想办法呗。呵呵。”他淡淡地笑了笑，“一般都是上课前点名，我就假装迟到，等点了名再进去，然后下课再向老师说明情况。那时候我有个外号叫‘迟到王’。很多老师都对我印象很差，不过好在我成绩还不错。”

“没想过去看看心理医生么？”

孟凡哲犹豫了一下：“算是看过吧。怎么，你觉得我精神有问题？”

“不，你只是有点心理障碍。几乎每个人都有心理障碍，只不过程度不同而已。你怕点名，还有很多人怕高、怕电梯、怕尖锐的物体什么的。这不是什么大不了的事情。”

“是么？”孟凡哲将信将疑地听着，不过表情轻松多了。“那，”他好奇地看着方木，“你有什么害怕的么？”

方木没有回答他，他沉默着吸完一支烟，看了看手表：“我该上课去了，下次再聊吧。”说完，就撇下略感失望的孟凡哲，离开了天台。

恐惧。其实，你不知道什么叫恐惧。

第四章

吸血者

秦大爷拎着两条草鱼，不紧不慢地迈进楼道。到底是岁数大了，才爬到四楼，就已经气喘吁吁了。手扶着栏杆，想歇口气再往上爬，却无意间瞥见401的房门微微开着。秦大爷走到门口，好奇地往里看了一眼，随后就一屁股坐在了地上。

那两条被开了膛、摘了腮的草鱼落在地上，不死心地努力挣扎着，其中一条居然蹦进了401。它在一摊暗红色的黏稠液体上蹦跳着，瞪着眼睛，大张着嘴，丝毫没有注意到在那摊液体的尽头，一个同样被开膛破肚的物体静静地躺着。

巡警很快赶到了现场。带头的警察只看了现场一眼，就让同事打电话给市局。

“那个吸血鬼，又出现了。”

邰伟在赶往现场的途中改变了主意。他让其他同事先去现场，自己驱车去了J大。

尽管上次和方木的谈话并没有给案件侦破带来新的启发和思路，不过邰伟还是决定再听听他的想法。感受案情，没有比亲临现场更好的了。

方木从日语课上被邰伟叫走。一路上，邰伟没有说话，方木也一直沉默着。

果真，再见之时就是有人送命之日。这样的相见让邰伟很难找到合适的开场白。更奇怪的是身边这个男孩。发生什么事，要去哪里，他统统不问，只是一言不发地望着车窗外。

“那里是明珠小区吧？”冷不防，奇怪的男孩开口了。

邰伟侧过头去看了看：“是，没错。”他猛地意识到，那里就是第一起杀人案的现场。

几分钟后，吉普车停在了J市机车制造厂职工宿舍——光明园里。

光明园兴建于20世纪80年代。当时机车制造厂是全国闻名的大型国有企业，职工待遇优厚。在福利分房的年代，机车厂职工的宿舍就是当时少有的七层高楼。只不过时过境迁，城市里的高楼大厦越来越多，越来越高，这几栋耸立了20年的老楼显得残破不堪。

案发现场位于3号楼2单元401室。现场已经被先期赶到的干警们封锁起来。方木和邰伟跨过警戒线，疾步登上四楼。身边是匆匆地上楼或者下楼的警察，很多人都对邰伟身边这个戴着眼镜、背着书包的男孩投以疑惑的目光。

邰伟走进401室。这是一间老式的一室一厅的住宅，大约有40平方米。几个技术人员和法医在忙着拍照、验尸、勘验现场，室内显得拥挤不堪。一个在场的警察告诉邰伟，这是一间出租屋，死者刚刚租下这房子，是一个单身女性。房主正赶往现场。

死者看起来不会超过35岁。尸体头南脚北，呈仰卧状，上身赤裸，咽喉到胸腹部被人用利器剖开一个口子，能看见里面的肋骨和脏器。

“怎么样？”邰伟拍拍一个法医的肩膀。

“死因是机械性窒息，凶器是一条尼龙绳，已经被勘验组的人收起来了。死亡时间距现在不会超过两个小时。”

邰伟看看表：“也就是说，死亡时间大概在2点到2点半之间？”

“对。”

大白天就作案，这家伙也太猖狂了。邰伟一面嘟哝着，一面回身寻找方木，却发现他站在门口，脸色惨白地盯着尸体。

“过来啊。”邰伟招呼他。

方木仿佛受到惊吓一般抖了一下。他点点头，却不动。

“你害怕了？”邰伟皱起眉头。方木看看邰伟，深吸一口气，走了进来。

法医们正在仔细勘验女尸胸腹部的创口，小心地扯动着被剖开的皮肤和肌肉组织。方木盯着伤口看了一会儿，又扫视着地上已经凝结的血泊，突然几步蹿到走廊里，一个拿着物证袋的警察差点被撞倒，不满地骂了一句。

邰伟急忙跟出去，看见方木手扶着墙，弓着腰在走廊的角落里干呕。

邰伟心中暗骂了一句“废物”，对身边的一个警察说“给他拿点水”，就返回现场继续工作。

方木知道总有一天自己会亲临吸血者的犯案现场，可是他也没料到自己居然会这么丢脸。尽管平时可以边吃饭边看那些令人作呕的现场图片，可是当他迈进这栋楼，那昏暗肮脏的走廊、身边匆匆而过的面色凝重的警员、醒目的警戒线、法医们冰冷的器械、躺在血泊中的尸体，以及空气中淡淡的血腥味，都让他有一种不寒而栗的感觉。图片终究是图片，它永远不会像现场那样用视觉、触觉和气味传达这样的信息：这里，一个生命刚刚消失。这信息让他战栗，仿佛记忆深处某个不愿触及的部位被猛击了一下。

要冷静，不要影响自己的判断。他边呕吐，边狠狠地提醒自己。

“你没事吧？”耳边是邰伟不耐烦的声音。

方木大口喘着气，虚弱地靠在墙上，把刚才一个警察递给他的半瓶水咕嘟嘟地喝光。他用袖口擦擦嘴，艰难地说：“可能还有一个人。”

“什么？”邰伟惊讶地睁大眼睛。

方木没有理会他，摇晃着走进401室，在门旁蹲了下来，那里有一颗小小的纽扣，上面印着米老鼠的头像。这是他刚才跑到走廊里呕吐的时候无意间看到的。方木把纽扣捡起来，递给邰伟，然后绕过尸体，走进卧室。室内的陈设很简单，只有一张床、一把椅子、一张写字台，墙角处有一个老式的木质衣柜。地上是一堆凌乱的衣服，床上有四个鼓鼓囊囊的大号整理袋，分别是红色、蓝色、绿色、橙色的格子花纹。其中一个已经打开了，几件叠好的女式衬衫摆在一旁。方木看了看那堆衣服，又看了看那些整理袋，转身问正在摄影的警察：“拍完了么？”得到肯定的答复后，方木立刻动手打开了那几个整理袋。挂着相机的警察急忙阻止他，却被邰伟拦住了。方木在成堆的衣服里翻了一阵之后，起身疾步去了厨房。

厨房的煤气灶边摆着一个木质刀架，上面插着水果刀、大号菜刀、斩骨刀，唯独缺少一把中号菜刀，从插刀的位置来看，应该是一把长15厘米、刀身细长的木柄菜刀。方木问正在提取指纹的勘验人员：“找到那把刀了么？”

那个警察被问得一愣，上下打量着方木。

“找到没有？”方木的语气很急。

“没有。”那警察迟疑了一下说。

这时邰伟追了过来，他举着那颗纽扣问：“你说还有一个人，什么意思？”

方木没有回答他，继续问那个警察：“你们发没发现一个盛着血液和其他物质的杯子或者其他容器？”

那个警察看了看邰伟：“没有。”

方木紧闭了一下眼睛，小声咒骂了一句，然后转过头对邰伟说：“还有一个被害人，而且可能是个孩子。”

“还有一个？还是个孩子？”邰伟皱起眉头，“你根据什么判断出来的？”

“你要我现在解释给你听么？”方木已经开始往外走，“那孩子有可能还活着！叫上你的人跟我走！”

邰伟、方木和几个警察跳上车，刚开到小区门口，邰伟一个急刹车。

“去哪里找？”

“以这里为中心，一圈一圈地在外围寻找一个年龄在25岁到30岁之间，身高在1.7米左右，身材较瘦，头发长且脏乱，手提着一个格子花纹的大号整理袋，目光呆滞的男性。”方木顿了一下，“也许他穿着一件较厚实的衣服。”

几个警察面面相觑。

邰伟沉吟了一下，对身后的警察说：“听到没有？注意这样的人！”

刚刚围着光明园转了两圈，邰伟发现自己正处在一个四通八达的十字路口上。他放慢车速，转头问方木：“怎么走？”

方木盯着一个路口看了几秒钟，果断地用手一指：“这边！”

此时天色突然阴沉下来，大朵铅块般的乌云在天边翻滚着，云层深处，隐隐听到雷声轰隆。

这是一条通往郊区的新修的路。路上行人很少，道路两边随处可见低矮的平房和卖水果的小摊。风越来越大了，夹杂着路上的沙粒和石子“噼噼啪啪”地打在车窗上。行人们或快步奔跑或用力蹬车，一场暴雨似乎就要来临。

车内的人都把鼻尖贴在车窗上努力向车外张望着。邰伟的手心里全是汗，好几次差点握不住方向盘。他不时看着手表，距离案发已经快三个小时了，那孩子还活着么？

几分钟后，大颗大颗的雨点终于落了下来，路上立时出现了无数冒着白烟的小坑。车窗外一片模糊，不过已经没有人再向外张望了，视力可及的范围内已经看不到任何人。

谁也不说话，吉普车在这条似乎没有尽头的路上飞快地开着。天空低得仿佛要塌下来，不时有闪电不甘心似的撕开铅黑色的天幕，耀眼的闪烁之后，就是撕裂般的炸响。

“停车！”方木突然大喊。

邰伟急忙踩住刹车，吉普车在路面上摇晃着滑行了好长一段距离才停下。车还没停稳，方木就跳出车，向后跑去。

路边是一排残垣断瓦，看起来似乎是一个废弃很久的厂房。也许这里也曾经机器轰鸣，人来人往，而此刻都淹没在齐腰高的野草中。大雨很快将方木淋得全身湿透，他望着那一片被雨水打得噼啪作响的草地，全身竟在微微地颤抖。

邰伟把衣服罩在头上，跑到方木身边。还没等他开口，就听见方木说：“找。就在这里！”

没有犹豫，几个人立刻散开在齐腰高的草丛中仔细搜索。

几分钟后，西边的一个警察惊呼一声，随即高喊：“找到了！”

所有人都抬起头来，几双眼睛齐刷刷地向他望去。他知道那目光的含义,咽了口吐沫，艰难地说：“死了。”

是个小女孩。尸体被塞在一段水泥管里，胸腹部被剖开。尸体旁边是一个矿泉水瓶，里面是红色的黏稠物质，看起来很像血。旁边的草丛里发现了一个黄色格子花纹的大号针织整理袋和一把木柄尖刀。

邰伟指示几个警察封锁现场，同时向局里请求援助。忙完这一切后，他感到深深的疲惫。拉开车门，看见方木坐在副驾驶位上，浑身湿透，头发还在滴着水。他的眼睛直勾勾地盯着前方被雨水模糊的车窗，手中的香烟只剩下短短的一截。

邰伟也没有说话，尽管他有一肚子的问题想问方木，不过他还是先点燃一支烟，慢慢整理自己的思绪。

“男性，”方木突然开口说道，声音嘶哑，“年龄不超过30岁，很瘦，不修边幅，家就住在附近，父母可能原为国有企业职工，已经去世或者不跟他住在一起。他有严重的精神障碍，血液对他而言具有非常特殊的意义。”

他狠狠吸了一口烟，然后摇下车窗，把烟头扔了出去。

“我有两个建议：第一，在全市范围内，查找在近五年之内因患血液类疾病去医院救治的人，在这些人之中寻找具有上述特征的人；第二，在全市的医院中寻找近三年来接受过输血的人，尤其是那些非必要的，却主动要求输血的人。”

邰伟把这几点记在笔记本上，想了想，小心地问：“你怎么知道还有一个被害人？”

“那个扣子。现场那个死者年龄在30岁左右，是不可能用印有卡通图案的扣子的。而且，我在现场也没发现与这个扣子相配的衣服。”

“那个扣子完全可能是以前的房客落在那里的啊。”

“不会。扣子上一点灰尘也没有。另外，”方木眼望着窗外，“死者应该刚刚搬进这间房子，整理袋还没来得及打开，可是地上有一堆散落的衣服，却找不到装衣服的袋子。厨房里少了一把刀，应该就是给死者开膛的那把。死者虽然被开膛剖肚，但是现场没有发现死者被凶手喝下血液的迹象。这说明，凶手一定找到了更加有吸引力的血液，然后用一个整理袋将被害人带走。”

方木把头转向邰伟：“更年轻的血液。你想到什么？”

邰伟被问得一愣：“不，不知道。”

方木似乎也并没有期望他回答，扭过头去盯着越来越暗的天色出神。

邰伟想了想，又开口问道：“那，你怎么知道凶手就在这里杀死了那个孩子？”

方木没有立刻回答他，隔了很久才缓缓地说道：“对他来讲，这就是最合适的地方。”

第五章

医生

一个星期前。

现在是午休时间，图书馆的走廊里静悄悄的。一个男孩小心地走上楼梯，靠在栏杆上，稍稍平复一下自己的呼吸。

走廊显得无比漫长。男孩整整书包，仿佛下定决心似的疾步走到一扇门前，左右看看，没人。他抬头看看门上的标示：心理咨询室。男孩深吸一口气，抬手敲门。

敲门声在空旷的走廊里显得十分刺耳，男孩不由得颤抖一下。没有回应。男孩又敲了两下，还是没有回应。他把耳朵贴在门上，里面静悄悄的，没有一点声音。男孩吁了一口气，脸上的表情很难说究竟是失望还是轻松。他转身要走，斜对面的一扇门却突然开了，一个男人把头探出来。

“你找谁？”

男孩显然被吓了一跳，他指指那扇紧锁的门，却说不出话来。

男人走了过来，看看那扇门。“找乔老师？他不在。”他看看男孩，“你找他有事么？”

“我……没事。”

男人笑了：“有事就要说出来，否则，憋在心里会憋出病的。”

男孩抬头看着他。整齐的分头、和善的眼睛、洁白的牙齿、微笑时略略上翘的嘴角：“我，我有的时候会感到害怕。”

男人轻声笑笑：“每个人都会感到害怕。能不能告诉我你害怕什么？”

男孩低下头，双唇紧闭。他见男孩并不想开口，也不勉强。

“你可以克服这种感觉的。”他把手轻轻放在男孩的肩膀上，“比方说，你可以想象种种可能的危险情景，让最差的情景首先出现，并重复出现，你慢慢便会感到任何危险情景中你都不会感到害怕。自然，你就不会再害怕你怕的那件事。”

男孩抬起头，男人向男孩友善地眨眨眼睛，仿佛在说：相信我。

这时上班的铃声骤然在走廊里响了起来。男孩吃了一惊，他匆匆地向男人说了句谢谢，就转身离去了。

死者共有两人。一号死者叫姚晓阳，女，32岁，离异，J市师范学院教师。案发前两天，她刚刚租住了光明园3号楼2单元401室。从现场的情况来看，死者姚晓阳在案发当天应该刚刚搬进来，而且案发时她正在整理东西。现场的门锁没有被破坏的痕迹，专案组曾考虑过熟人作案的可能，但是将现场提取的指纹与房东和其他与死者关系密切的人进行了比对，已排除了这种可能性。初步推断，凶手进入室内后曾与姚晓阳有过搏斗，最后凶手用放在客厅桌上的一根尼龙绳（该尼龙绳为姚晓阳捆扎行李所用）将其勒死。之后，凶手用厨房里的一把菜刀将死者胸腹部剖开，这与前几起案件的作案手法基本相似。不过令人意外的是，凶手没有像前几起案件中那样喝下被害人的血。经分析，凶手之所以没有这样做，是因为这个时候发现了二号死者。

二号死者叫佟卉，女，6岁，家住光明园3号楼2单元402室。案发当天，佟卉的父母都在工厂上班，家中只有佟卉70多岁的外祖母于惠芬在照看她。据于惠芬讲，案发当天她和佟卉吃过午饭后就睡了个午觉，蒙眬中感到佟卉自己跑出去玩了，于惠芬说了句“别跑太远”就又睡着了。警察勘验隔壁的犯罪现场的时候她才醒来，也正是这个时候，她发现佟卉不见了。至于在这段时间内隔壁有什么动静，于惠芬老人表示没有听到。据分析，很可能是佟卉在出去玩或者回家的时候意外与凶手相遇，而凶手临时改变了犯罪计划，决定选择她作为吸血的对象。从第一现场（光明园3号楼2单元401室）和第二现场（原大明玻璃纤维厂旧址）的情况，以及对死者尸体的检验报告分析，凶手应该用绳子将佟卉勒昏后（在此过程中，佟卉所穿的连衣裙上的一个扣子落在了门口），将卧室内的一个整理袋（大号，黄色格子花纹）清空，然后将佟卉装在整理袋里带离第一现场。凶手向东南方向步行了约40分钟后，在路边原大明玻璃纤维厂的旧址内将佟卉杀害，然后剖开佟卉的胸腹部，并喝下了被害人大约200毫升的血。

对光明园附近群众的访问没有得到有价值的线索，因为案发时，园区里的绝大多数居民都在工厂上班。所以凶手虽然在大白天堂而皇之地将被害人带走，却并没有人留意。在对从第一现场到第二现场之间路段的群众走访中得到重要线索：据宏远路路边的一家小食杂店（该食杂店与第二现场相距大约3000米）的老板讲，当天曾有一个男子在他的食杂店内买过一瓶矿泉水。该男子身高大约1.72米，很瘦，随身携带着一个大号针织整理袋。目前，已经根据食杂店老板的描述做了模拟画像，并对该名男子进行通缉。

散会后，邰伟正要走，局长叫住了他："小邰，你留一下。"

已经严重发福的局长在皮转椅里费力地换了个姿势，看见邰伟还在站着，就挥挥手让他坐下。他手里转着茶杯，沉吟了一下问："听说，你让一个J大的学生帮助破案？"

"是的。C市市局的丁树成向我推荐了这个人，据说很神。"

"那你感觉呢？"

邰伟斟酌了一下词句："这个人有点意思。我们就是在他的指引下发现了第二个死者。另外，他对犯罪嫌疑人的描述与食杂店老板所说的基本一致。他说这几天要联系我，我也想听听他对这些案子的看法。"

"不！"局长竖起食指摇了摇，语气坚决，"不要再让这个所谓天才参与这个案子了。不仅这个案子，类似的做法以后都不要再用了。"

"为什么？"邰伟很惊讶。

"那件事让我们吃的亏还不够么！"局长的脸色变得很难看，声音也一下子提高了几个分贝。

邰伟更加摸不着头脑，他直愣愣地看着局长。局长一拍脑门，好像突然想起什么似的问他："你调来多久了？"

“四年。”

“难怪，”局长的脸色稍微缓和了一点，“不知者无罪。不过，我说的话你一定要牢牢记住，这是命令。”说完，就挥挥手让邰伟走了。

邰伟莫名其妙地回到办公室，刚想找个年长点的同事问问清楚，电话就响了。是方木打来的。

通过第一次与邰伟相见时所看的资料以及亲临第四起杀人案的现场，方木已经对这一系列杀人吸血案件形成了初步的结论。如果说连环杀人犯大多都在杀人现场留下自己的“标记”的话，那么，这个吸血者的标记是什么呢？

毫无疑问，之所以将其命名为吸血者，是因为他的标志性行为就是在杀死被害人后将其开膛剖腹，然后将其血液喝下。很显然，这种过度损毁尸体的做法并不是为了泄愤或者隐瞒被害人身份，而是出于一种特殊需要。

喝掉被害人的血液，可以理解为是一种对自身血液的“补充”，这意味着凶手一定对自身血液时常怀有一种“缺乏”的恐惧与焦虑。这种心理的源头目前不得而知，但是可以肯定的是这种恐惧与焦虑已经到了十分强烈的地步，否则他不会通过杀人之后吸人血的方式来缓和这种情绪。

现场的情况也可以证明这一结论。

第一个被害人被杀死的时候她刚刚下夜班。警察赶到现场的时候，钥匙还插在门上。凶手可能是尾随被害人进入楼道内，然后趁其开门的时候突然下手，将被害人撞进房门后将其掐死，随后剖腹，将被害人的血液和牛奶混合后喝掉。

第二个被害人是一个在读的女博士生，案发当天她应该去学校上课。邻居出来扔垃圾的时候发现房门大开，她被杀死在客厅里，凶器是摆放在鞋柜上的一个花瓶。

第三个被害人是一个刚刚从早市卖完早点回来的下岗女工。她被杀死在自己居住的平房里。凶手先抓住她的头发往灶台上猛撞，然后用灯绳勒死了她，最后把她的血和没有卖完的豆浆混在一起喝掉。

第四个被害人是刚刚搬进来的一个离异女教师。凶手用一条被害人用来捆扎行李的绳子勒死了她。正当他准备喝掉被害人的血的时候，他意外地发现了走廊里的小女孩。于是，小女孩成了牺牲品。

如果没有标志性的"吸血"行为，那么这四起案件很难想象是同一个人所为。被害人的身份、年龄各异；案发地点有的在楼房里，有的在平房里；杀人手法分别是绳子勒杀、掐死和用花瓶砸死；剖腹工具倒是一致：都是在犯罪现场找到的利器，使用后都随意地遗留在现场。而且，这个人似乎并没有刻意去毁灭犯罪证据：现场到处都是他的指纹，甚至没有关好房门就离开现场。

对这样的现场，方木能想到的词只有一个：混乱。

没有刻意选择的被害人，没有随身携带的犯罪工具，没有作案后仔细清理现场。

这样的凶手，不是一个超级粗心的马大哈，就是一个时常处于精神恍惚状态的人。那么，导致他精神恍惚的这种心理障碍，究竟与血液有什么样的内在联系呢？

方木在图书馆的电脑里输入了"血液""精神障碍"这两个关键词。搜索结果显示图书馆第三借阅室里有几本这方面的书。方木抄下这些书名，径直去了第三借阅室。

"哦？"当班的孙老师看着书单上的书名，"你不是法学院的么，这都是医学院的人看的书，你研究这个干吗？"

"没事看着玩。"

孙老师在眼镜后面仔细地看了他一眼，笑笑："在Z1和Z3书架上，就在那个角落里。”

方木按照孙老师的指示找到了那几本书。办理借阅手续的时候，方木随手拿起放在桌子上的一张报纸，其中一版介绍了刚刚发生的这起入室杀人案，上面还附了凶手的模拟画像。

“你说，报纸上一报道，再加上通缉令，这吸血鬼还不赶快跑了啊？”一个老师看方木也在看报纸，抖着手中的报纸感慨道。

“不会。”方木没抬眼睛，随口说道，“这种人通常不会关心新闻媒体的。”

“哦，真的么？”那个老师突然来了兴致，“你怎么知道？老师教过？”

“呵呵，我也是瞎猜。”方木不愿多说，从孙老师手里接过那几本书，快步离开了图书馆。

关在宿舍里整整一天后，方木给邰伟打了电话。他首先问了去医院调查的情况，邰伟回答他由于排查量太大，所以需要一点时间，目前还没有什么有价值的线索。至于对犯罪现场周边的查访还在进行中。方木告诉邰伟自己看了一些血液疾病与精神障碍方面的书，他觉得这个人有可能去过精神病院治疗或者咨询。

“所以，有时间的话，我们一起去精神病院调查一下。”方木停顿了一下，“不过最好要快，因为，那个人，很快还会作案。”

“你来了？”

“很忙么？不打扰你吧？”

“呵呵，无所谓的，进来坐。”

“在看书？”

“瞎看。喝什么？茶还是咖啡？”

"咖啡吧。"

"我只有速溶咖啡，行么？"

"行。"

"哦，算了，我看我还是给你喝水吧，你本来就睡眠不好。"

"呵呵，也行。"

"喏，小心点，有点烫。"

"谢谢。哇，你看的书好复杂啊。《血液疾病与精神障碍》《心因性精神障碍》，这个是，*The Study on*……"

"*The Study on Agoraphobia*，惧旷症研究。"

"惧旷症，什么叫惧旷症？"

"简单地说，惧旷症是指一个人对足以让他产生无助与惶恐的任何情景的畏惧。比方说恐高症。"

"哦，就是恐惧症对吧？"

"呵呵，差不多吧。"

"你可真厉害，懂得这么多。"

"也是没事看着玩。对了，上次教给你的方法，怎么样，有效么？"

"嗯，还好。"

"那，你能不能告诉我，你究竟害怕什么？"

"……没什么。"

"呵呵，放松点。对于很多事情，只要你换个角度去看，也许你对它的看法就不一样了。比方说……"

点击鼠标的声音。

"这些动物中，你害怕哪个？"

"嗯，老鼠。"

"老鼠，好的。瞧，这是一张老鼠的图片。呵呵，别紧张，看着屏幕，你害怕么？"

“当……当然。”

“好的，别紧张。你小的时候被老鼠咬过么？”

“没有。”

“那么，你的家里人，有谁害怕老鼠么？”

“我妈妈。”

“妈妈在你小的时候经常带着你出去玩，对么？”

“是的。”

“你和妈妈在一起的时候，见过老鼠么？”

“见过。”

“当时怎么样？”

“有一次，我妈妈抱着我去幼儿园。路过一个花园的时候，一只老鼠飞快地从她面前跑过。我妈妈当时就吓得尖叫一声，急忙跑开了，还差点把我甩出去。还有一次，我家门口有一只死老鼠，妈妈吓得不敢靠近，牵着我的手在门口站了很久，直到邻居把那只死老鼠拿走，我们才回家。”

“呵呵，明白了。你爱你妈妈么？”

“当然。”

“如果你妈妈遇到危险，你愿意保护她么？”

“当然。”

“你妈妈多大了？”

“嗯，51岁。”

“好，你想象这样一幅场景：头发花白的妈妈——你妈妈头发白了么？”

“两鬓的头发都白了。”

“好，我们继续。现在是冬天，外面刮着大风，头发花白的妈妈站在风里瑟瑟发抖，面前是一只老鼠挡住她的去路，那只老鼠很大，黑色的毛、红红的眼睛，紧紧地盯着妈妈。你不要发抖，勇敢一点。”

“好……好的。”

“妈妈左绕右绕，怎么也过不去，又着急又害怕，脸上淌着泪，嘴里嘟哝着‘怎么办，怎么办’，你愿意保护妈妈么？”

“我愿意！”

“坐下。你看它，还不足一尺长，只需要一脚就能把它踩个粉身碎骨，它就不会再吓唬妈妈了。”

“是的。”

“好，去保护妈妈！上前，踩死它。”

椅子被突然撞倒，室内响起了“砰”“砰”的踩踏声。

“好了，好了，平静一点。要喝点水么？”

“不，不用，谢谢。”

“深呼吸。很好，很好。喏，你现在再来看看这张图片。还会觉得害怕么？”

“好一点了。”

“它并不值得你害怕，只是个可恶的小东西。为了妈妈，勇敢一点。”

“是。嗯，好多了。”

“擦擦汗。”

“谢谢。你应该做个心理医生。”

“心理医生？不，我只是喜欢探求人的心理而已。”

“真的，老师。跟你在一起的时候我觉得很放松，很愉快。”

“那就好，很愿意帮助你。”

“你知道么，你很像我的一个朋友。”

第六章

血之魅

邰伟已经是第二次在课堂上把方木叫走了。

这堂课是刑事诉讼法学。方木和孟凡哲坐在最后一排。孟凡哲一副轻松自得的样子，因为他与方木做了个约定：如果点名，就由方木捂着半边嘴帮他应答。方木倒不反对帮他这个忙，只是每次课都要和他在一起，这让习惯独处的方木感到很别扭，另外，这也不是一个从根本上解决问题的办法。

方木走出去的时候，感到身后的孟凡哲又变得焦虑、沮丧。可是他来不及顾及孟凡哲的感受，因为邰伟的目光更让他感到紧张。

来到走廊里，方木小声问邰伟："怎么，又出事了？"

"嗯，没有死人，不过有一个女孩失踪了。"

"那女孩年龄不大，对吧？"方木脱口而出。

不用回答，邰伟的眼神已经给了肯定的答案。

昨天22点左右，红园区八间房派出所接到报案，一名在市第八中学就读的初一女生徐杰失踪。调查走访中，一个路边的烧烤摊老板提供了重要情况：大约16点40分的时候，他曾经看到一个貌似徐杰的女孩和一个外表邋遢、身材消瘦的年轻男子讲话。派出所的干警觉得这名男子的体貌特征与通缉令上的"吸血鬼"很像，就直接上报了市局专案组。

方木和邰伟来到证人所说的看到徐杰和那名男子的地点。方木看看四周，邰伟问他："你觉得是他干的么？"方木没有回答他，而是问邰伟："有这一区的地图么？"

邰伟说："早准备好了。"说着，伸手从车里拿出一张地图。

想到一块儿了。方木笑笑。

"相信你也发现了，凶手作案的地区非常集中。"邰伟用手指在地图上点着，"这里，这里，还有这里，都在这一区里，包括这个女孩失踪的地点，也在这附近。"他抬起头来问方木："按照我们平时的侦察思路，如果犯罪嫌疑人把多次犯罪的地点都选在一处的话，通常认定他不熟悉犯罪地点，也就是说外地人作案的可能性比较大。你为什么认为他就住在附近呢？”

“他不一样，”方木摇摇头，“这个人下手的随机性比较强，也就是说，他并没有刻意地去选择被害人，不过也许这次有点例外，”他抬起头来看着邰伟，“他开始选择一些年轻人。”

邰伟想了想：“那，你觉得这女孩还活着么？”

“有可能。”方木看看手表上的日历，默默地在心里算了算，“凶手有20天左右作一次案的规律，而这一次，距离上次作案不过一星期的时间。他大概想‘饲养’一些血源，等他需要的时候随时取用。”

尽管是阳光明媚的上午，听了这段话，邰伟还是忍不住打了个寒噤。把活生生的人“饲养”起来，需要的时候，就像宰猪宰羊那样杀掉、吸血。

这是个什么样的人？

“去精神病院吧。”方木跳上车，“如果我没猜错，那我们还有点时间，一定要在他感到需要之前抓住他。”

J市的大部分医院都设有精神科，不过专业的精神病医院只有两家。邰伟安排手下的同事去其他医院，并特意强调不要让局长知道，自己和方木去了那两家专科医院。

方木要查找的是近五年来因妄想症前来咨询或者入院治疗的人，尤其是那些妄想内容与血液有关的人。第一家医院倒是很配合，可惜一无所获。在第二家医院调查的时候，邰伟刚刚说明来意，院长就想起了一个人。

这个人叫冯凯，男，两年前，当他26岁的时候，曾因父亲和哥哥在一年内相继去世而患上严重的抑郁症。入院后，冯凯还算配合治疗，看起来抑郁症也在逐步好转中。可是有一次护士发现他在室外散步的时候抓住了一只小鸟，并生饮其血。随后，他向医院要求输血治疗，因为他认为自己患有严重的贫血症。医院对他进行了详细体检后发现他的血液完全正常。但冯凯不接受这个事实，坚持认为自己严重贫血。由此，医院发现他同时还患有妄想症。针对妄想症治疗了一段时间后，冯凯突然不辞而别。

在医生和护士的印象中，冯凯身高1.73米，很瘦，不修边幅，他的病房总是乱七八糟的。冯凯不爱与人交往，也没有人来探视过他。他突然消失后，医院曾经去找过他，结果发现他在医院登记的地址是假的。

这条线索让方木和邰伟兴奋不已。考虑到冯凯很有可能也是个假名字，方木建议邰伟马上调查两年前因血液疾病相继去世的父子，并且在全市范围内，尤其是红园区内寻找这个叫冯凯的人。

两天后，调查结果终于出来了。J市共有1244个叫冯凯的人，没有一个符合查找条件。而在两年前相继死于血液疾病的父子也没有姓冯的，不过却有一对姓马的父子因患再生障碍性贫血分别于1998年和1999年相继去世。父亲马向文早年丧偶，1998年因再生障碍性贫血去世。马向文生前育有两子。长子马涛在父亲去世一年后因患急性再生障碍性贫血去世。次子马凯继承了父亲马向文留下的房产一套，而这套房子就在红园区常青北街83号。此处距离五个案发地点都没有超过5公里。

"就是他！"

在红园区常青北街派出所的户籍室里，方木看着电脑屏幕上的一张照片斩钉截铁地说。

尽管照片里的马凯头发整齐，表情安详，可是方木还是在那双略显呆滞的眼睛里看到了深深的焦虑与绝望。

邰伟在此时显得很谨慎，他把姚晓阳、佟卉被杀案和徐杰失踪案的两个目击证人找到了派出所。徐杰失踪案的证人不能肯定马凯就是当天他看到的人。而姚晓阳、佟卉被杀案的目击证人非常肯定地说马凯就是当天去他的食杂店买矿泉水的人。

“错不了，比照片上瘦点，不过肯定是他！”

20点22分。

这是一栋房龄至少在20年以上的老楼。经调查，这是红光拖拉机制造厂的职工家属楼。郜伟仰头看着三楼的窗户，深蓝色的窗帘把窗户挡得严严实实，隐约可见里面透出橘黄色的灯光。

参加行动的警察一共有9个人，郜伟简单划分了攻击组、支援组和封锁组。攻击组负责入室后制服犯罪嫌疑人，支援组负责营救被害人（当然，如果被害人还活着的话），封锁组负责封锁楼道和窗外，防止犯罪嫌疑人脱逃。

为了确保行动成功，下午郜伟和另一名干警化装成煤气公司的工作人员进入一楼住户家进行了勘察。该住户的房型与三楼马凯家的房型一致，都是两居室。郜伟分析被害人很有可能被拘禁在北面的小卧室里。他要求支援组只要进入室内，不管犯罪嫌疑人是否被马上制服，都必须立即寻找机会进入北卧室营救被害人。

20点25分，营救行动准时开始。郜伟带着攻击组和支援组悄悄摸上三楼，在右侧那扇门前停下。门上没有装猫眼。等攻击组在门两侧埋伏好，郜伟抬手敲门。

没有回应。可是郜伟注意到里面传来轻轻的脚步声，门下透出的光线也被遮住了。郜伟又敲了三下门，还是没有回应。

郜伟大声说：“这家没人，到对面去吧。”

郜伟转身敲响了对面住户的门，一个女声很快响起：“谁啊？”

郜伟大声说：“我们是制药三厂的，我们厂最近研制了一种新产品，叫补血乐，专门治疗各种血虚、贫血。为了回报广大消费者，特意开展百万药品大赠送活动。今天我们给您登门送药，不收取任何费用。”

“是么，等等。”门开了，一个头发蓬松的中年女性探出头来，“是免费的么？”

几乎是同时，对面的门也忽然打开了。

攻击组的警察一跃而起，突然冲着开门的人猛撞过去，他猝不及防，被仰面撞倒在地。

郜伟丢下被吓得目瞪口呆的中年妇女，疾步冲入302房间。

那个人被几个警察死死地按在地上，一个警察揪起他的头发：“说，叫什么名字？”

郜伟从他身边经过，只瞥了一眼，就肯定这个人就是马凯。他没有停顿，跟着支援组径直来到北卧室门前。

门关着，一个支援组的同事一脚把房门踹开，郜伟举枪向室内瞄准。屋里没开灯，隐约可见一张大床上躺着一个人。其他干警进入室内搜索，郜伟直接来到床前，用手电一照，一个女孩呈“大”字形被捆在床上，双手和双脚分别被绑在床头和床尾的栏杆上。女孩头发散乱，双目紧闭，嘴被胶带封住。郜伟认出她就是失踪的徐杰。

她还活着么？

郜伟把手放在女孩的鼻子下面，感到仍有热气，心里的一块石头落了地。

同事们确认室内别无他人，郜伟让他们给昏迷的女孩松绑，同时通知楼下的封锁组叫救护车。事先停在小区门口的救护车很快就开到了楼下，迅速把女孩送往医院进行检查。

犯罪嫌疑人已经被戴上手铐，脸朝下趴在客厅里，支援组的两个同事用枪指着他的头。

郜伟揪起他的头发，感到手上油腻腻的很不舒服。他看着马凯的脸，苍白，消瘦，嘴边满是黄痂，眼角糊着眼屎，鼻子大概是刚才被撞破了，流着暗红色的血。马凯的身子不住扭动着，嘴里喃喃自语：“血……”

“你叫马凯？”郜伟大声问。

马凯微微睁开眼睛，看了邰伟一眼，又闭上眼睛，嘴里还是念叨着：“血……血……快帮我止住。”

邰伟突然很想用枪柄在他的脸上狠狠地来一下，可是他及时克制住了自己。他站起身，厌恶地一挥手：“带走！”

常青北街派出所的值班警察不时好奇地打量着这个奇怪的男孩。

整整一个晚上，他都没有说话，不是吸烟，就是瞅着前方出神，面前的盒饭一口也没动。

电话响了，值班民警拿起来说了几句，就转头问：“你叫方木么？”

男孩猛地扭过头来，眼睛里霎时放出咄咄逼人的光芒。

“找你的。”

方木站起身来，可能是由于坐的时间太长，他的双脚有些僵硬，在他疾步走过来的这几米距离中，桌椅被撞得乒乓作响。

“喂？”

话筒里一片嘈杂，能听见大声的吆喝和警笛尖利的呼啸，邰伟的声音急促，但是很兴奋：

“抓到了，就是他！”

“那女孩呢？”

“没事，现在在医院呢。我刚才打电话问过了，医生说除了受到惊吓和营养不良之外，没什么大碍。”

方木闭上双眼。

放下电话，方木才感到刚才被桌椅磕碰的地方疼得钻心。

他回到桌前坐下，沉默了一会儿，打开面前的盒饭。

“对不起。”

值班民警看见方木的脸上露出虚弱的，却如释重负般的微笑。

“能给我一杯水么？”

第七章

为了忘却

邰伟一直忙到晚上10点多才想起送方木回去。在车上，他告诉方木技术科已经确定马凯的指纹与现场遗留的大量指纹完全符合，虽然马凯现在还不开口，但是起诉他完全没有问题。方木没怎么说话，只是看着窗外的夜色出神。

“你回去好好休息，过几天我找你。”邰伟注意到方木疲惫的神色。

在门口，方木下了车，向邰伟道别后，转身要走，邰伟“哎”了一声。

方木回过头。

邰伟从驾驶室里探出头，手肘拄在车窗上，盯着方木看了几秒钟，脸上露出笑容。

“小子，你很棒。”

方木笑了一下，挥挥手，转身走了。

现在已经接近午夜，大多数楼房都是漆黑一片。路灯稀稀落落地点缀着，前方是一个个昏黄的光圈，能看见不知名的小虫在灯泡下飞舞。方木慢慢地走着，仿佛夜游的魂灵般没有发出一丝声响。

胸腔里是微微带着凉意的新鲜空气。抬起头，深蓝色的天空中繁星闪烁。有一种浪漫的说法：人死后，就会变成天上的星星。照亮亲人，也照亮仇敌。

你们，可以安息了。

313寝室里关着灯，方木拿出钥匙插进锁孔里，却发现门被反锁了。里面传来一阵慌乱的声音，有人颤巍巍地问：“谁？”

“是我，方木。”

“哦，”杜宇明显松了一口气，“你等一会儿啊。”有个女人的声音在小声抱怨内衣找不到了。

方木笑笑，斜靠在对面的墙上，点燃了一支烟。

走廊里黑洞洞的，只有楼梯间里亮着一个15瓦的小灯泡。卫生间的灯大概又坏了，从门口望进去漆黑一片，仿佛一张洞开的大嘴。

有人在低声梦呓。

有人在磨牙。

卫生间里的水龙头滴答作响。

楼上仿佛有人穿着拖鞋在轻轻走动。

方木感到头上霎时布满了细细的汗珠，叼着烟的嘴唇也颤抖起来。他惶恐地向两边张望。

走廊两侧，一扇扇门紧锁着，沉默不语，又仿佛不怀好意。

方木不由自主地向走廊的另一侧走去。

两侧的门渐渐向后退去。方木紧盯着前方，那一团漆黑中隐藏着什么呢？

他不敢向左右看。那一扇扇平凡无奇的门在深夜的走廊里仿佛都有了生命，偷笑着目送这个战栗的独行者一步步走向未知的命运。它们其中的某一扇门好像会随时打开，把他引向那诱人却又致命的歧途。

鼻子里突然有焦煳的味道。

方木几乎要叫出声来，走廊两侧的门突然燃烧起来。一个模糊的人影在不远处的浓烟中若隐若现。方木把手伸进书包，一边向后退，一边狂乱地摸索着那把军刀。当他终于握住那略有起伏的刀柄的时候，心里却更加紧张。

那个模糊的人影慢慢向他走来。

方木突然知道他是谁了。

不，不要。

这时，方木身后的一扇门"吱呀"一声开了。

一个睡眼惺忪的大个子揉着眼睛走了出来，看到方木，吓了一跳：

“你在干什么？”

方木认得他是刑法专业的刘建军。他几乎要狂喊出来：“快跑！”可是这两个字硬生生地憋在了喉咙里。

走廊里的浓烟和火焰在一刹那消失了。另一侧，依旧漆黑一团，看不到任何东西。

“没，没什么。”

方木把手从书包里慢慢抽出来。

刘建军皱着眉头看了看他，鼻子里哼了一声，转身踢踢踏踏地向卫生间走去。

此时，313寝室的门悄无声息地开了。杜宇探出头来，左右张望了一下，回过头来小声说了一句什么，随后就看见陈瑶披散着头发快步跑了出来。

“对不起。”方木坐在床上喘了半天气后，抬头对杜宇说。

“你小子，我以为你不回来了呢。”杜宇抓抓头说，“我还以为是保卫处的人，差点把我吓成阳痿。”

方木无力地笑笑。

“你没事吧，脸色不太好。”

“没事。”方木摇摇头，“你睡觉吧，打扰了你的好事，抱歉了。”杜宇不好意思地应了一声，上床拉开被子，不久便传出了鼾声。

方木关掉灯，在黑暗里静静地坐了好久，等呼吸完全平静下来，才脱掉衣服钻进被子里。

你们又来了？

床前的人默默无语地站着。一双手在身后轻轻搭上我的肩膀。

“其实，你跟我是一样的。”

不用回头，我就知道那是已经面目全非的他。

不，我跟你不一样！

马凯在归案后的第四天终于开口，很痛快地承认了这四起杀人案是自己所为。不过他坚持认为自己杀人吸血是为了自救，因为他和他父亲、哥哥一样患有严重的贫血症。看守所特意找了医生给他做身体检查，结果证明他的血液完全正常。由于事实清楚、证据确凿充分，市局决定尽快移送检察院起诉。

邰伟在电话里向方木简单告知了案件的进展情况。方木提出要跟马凯面谈一次，邰伟有些犹豫，不过最后还是答应下来。

这次面谈被安排在看守所的一间会客室里。邰伟提出要和方木一起，方木坚持独自和马凯面谈，邰伟拗不过他，只好同意。送方木进去的时候，邰伟再三嘱咐他一定要小心。

“在看守所里给这个家伙安排了一间单人监所。为什么？他进去的第一天夜里就袭击其他犯人，咬住人家的喉咙不松口。没办法，只好把他安排到单人监所。”

会客室只有一张桌子和两把椅子，都被固定在地上。四周没有窗户，只有一扇铁门。邰伟指着铁门上的一个红色按钮说：“我们就在隔壁。等谈话结束，你就按这个，我们就会接你出去。”他停顿一下，“如果有什么危险，也按这个，懂了么？”方木点点头。

邰伟上下打量了一下方木：“还有，你没带什么武器吧？”

方木想了想，伸手从书包里把军刀拿出来，递给了邰伟。

“你带着这玩意儿干吗？”邰伟接过军刀，皱着眉头打量着，“暂时没收，完事再还给你。”他举起一根指头，脸上做出威胁的表情说：“按理说，你这个是管制刀具，明白么？”

方木笑笑，没有作声。

邰伟把刀揣进衣兜里：“你坐一会儿，我去提人。”

几分钟后，门外响起了脚镣与地面摩擦的刺耳声音。

马凯步履蹒跚地被两个看守带进会客室。他一直低垂着头，能看见被剃光的脑袋上还有几处伤口。看守们把他按在方木对面的椅子上，刚要把他的手脚铐在桌椅上，方木说："不要铐他。"

"不行。"邰伟非常干脆地拒绝了。

方木把邰伟拉到一边，小声对他说："我需要他完全放松，才能得到我要的东西。"

现有资料显示，尽管幼年丧母，但马凯在26岁之前一直是正常成长的人。高中毕业后直接升入大学，大学期间除了一次考试不及格之外没有任何人生瑕疵。大学毕业后在一家小公司任业务员。平时虽然与人交往甚少，不过也没表现出精神错乱的征兆。谈过一次恋爱，后来无疾而终。如果说马凯一直在一条普通却平坦的人生之路上按照固有轨迹匀速前行的话，那么他26岁之后一定发生了什么不同寻常的事情，并就此改变了他的一生，也让很多无辜的人命丧黄泉。方木要探求的，就是他两年来的心路历程，这也是全案中所有谜题的答案。

"不行，这家伙很危险，我要为你的安全负责。"

"我不会有事的。万一有情况，我就按铃。"

邰伟看看方木，犹豫了一下，示意两个看守不必铐住马凯。随后，他走到马凯面前，厉声说道："你老实点，听到没有！"

等邰伟和两个看守出了铁门，方木才重新回到桌前坐下。他摊开笔记本，按下录音机的录音键。

"你叫马凯？你好，我是市局行为科学处的。"方木临时编造了一个身份。

对方毫无反应，依旧低垂着头。

"你听到我的话了么？马凯，请你抬起头来。"方木提高了声音，同时尽量让自己的语气显得平和。

马凯慢慢抬起头来。方木屏住呼吸。

那是一双什么样的眼睛啊！在头顶刺眼的白炽灯下，马凯的双眼一片灰白，就像两块墓碑镶在脸上，看不到一丝生气。

雾霭中死寂的坟场、随风摇摆的枯枝、远处若隐若现的残砖断瓦，一瞬间，方木仿佛置身于无法自拔的梦魇，耳边竟传来隐隐的丧钟和乌鸦的哀叫。

方木和他对视了几秒钟，直到他重新低下头去，方木才缓缓吐出一口气。

“我今天来，”方木竭力让自己的语气显得平静，“是因为我对你很有兴趣。不介意的话，我想和你谈谈你和你所做的这一切。”

马凯依旧不作声，双手夹在腿中间，方木注意到他在前后摇晃着身体，轻微，但是很有节奏。

“你受过高等教育，也许你也清楚，我个人的意见不会对法院的判决产生任何影响。”方木慢慢地说，“但是我能感觉到，你的心中有不为人知的痛苦，如果你不想让这痛苦一直折磨你到死，如果你想让那些误解你的人了解事实的真相，那么，请你相信我，告诉我。”

马凯似乎无动于衷，几秒钟后，他重新抬起头来：“很多人都觉得我是杀人恶魔，对么？”

方木点点头。

马凯似乎惨笑了一下，摇摇头：“你们不知道，我不想杀人的。”

“为什么这么说？”

马凯没有作声，呆呆地望着方木身后的白墙，身子又开始有节奏地前后摇晃。

方木想了想，拿出一盒烟，抽出一支递过去：“要不要来一支？”

马凯抬起头，凝视着递到眼前的香烟，缓缓地摇了摇头，眼神中掠过一丝轻蔑。

方木自顾自地点燃一支烟，用力地吸了几口，大团的烟雾在他和马凯之间弥漫。方木能感觉到马凯的目光随着烟雾慢慢流转，最后落在他嘴边的香烟上。

“吸烟有害健康。”他突然干巴巴地说。

“哦，那你觉得你的健康状况如何？”方木马上抓住这个话题。

马凯盯着方木看了几秒钟，摇了摇头：“不好。”

“哪里不好呢？”

马凯脸上的肌肉抽搐了几下，他把目光从方木脸上移开，轻声说：“我有严重的贫血症。”

“可是已经有医生给你做过身体检查了，你的血液完全正常。”

“他们知道什么！”马凯的声音一下子提高了，上身挺直，手也猛地从两腿间抽了出来，“我自己的病我自己最清楚！我爸爸死于白血病，我哥哥也是，我，我早晚也会全身血液枯干，像一具干得掉渣的木乃伊一样死掉。我知道的。”

“你不相信医生的诊断？”

“他们都是骗子，他们都希望我死掉。他们不肯帮助我。我给你钱，给我输血！他们居然说不行。这是什么道理？为什么不行？！我爸爸躺在病床上，脸色越来越白，我知道那是血液在慢慢干涸，输血之后呢，他就能走路了，能吃饭了，能跟我说话了。为什么不给我输血？他们就是希望我死，我知道。”

“那你怎么办？”

“我不会死，我不会像我爸爸和哥哥那样，躺在床上一直到灯枯油尽，我不会的，我要自己救我自己！”

“所以你就吸血？”

“……对。”

“为什么选择女人？”

“因为女人的血干净、柔软，好吸收。男人的血硬邦邦的，太粗糙。”

“是么，你怎么知道？”

“哦？我自己这么觉得。”

“那，为什么单单是她？”

马凯愣了一下，似乎从未考虑过这个问题。想了半天，他挠挠头：“没什么啊，走在街上，看到她，就跟着她走了。”

“那你有没有想过，万一她家里有人呢？”

“那就走开呗，我遇到过一次，那女的丈夫在家，还好我跑得快！”马凯咧开嘴，嘎嘎地笑起来。

“吸血，”方木盯着马凯的眼睛，“有用么？”

马凯的表情一下子变得郑重：“当然。我还活着，否则我早死了。”

“那为什么还要把血跟其他东西掺合在一起？光喝血，不是吸收得更多？”

“不，我不是变态杀人狂，我是为了治病。另外，”马凯搔搔脑袋，“那玩意儿的味道也不怎么样。”

“吸血就吸血，为什么要剖开她们的肚子？割开腕动脉不是更省事？”

“你不懂，”马凯微笑着摇摇头，“我喜欢那感觉，哗地一下涌出来，那么多，泛着泡沫，如果我的血能一下子这样涌出来，让我用什么换都行。”

马凯闭上眼睛，脸上是回味无穷的表情。

他在想什么？在一望无际的血的海洋中畅游？来吧，都是你的，苍茫无际。俯身下去，喝得饱饱的，不必擦嘴，不必担心会枯竭。永生多好，哪怕一辈子受到诅咒。

“说说那次吧，那个小女孩。”

“哪个？”马凯一脸莫名其妙。

“被你杀死的那个。”方木突然想吐。

“哦。”马凯若无其事地向后靠在椅子上，“说什么？”

“你已经杀死了那个女人，为什么没有吸她的血，而是选择了那个小女孩？”

“呵呵，那个小丫头。”马凯咂咂嘴，“长得很漂亮，小胳膊圆滚滚的，皮肤很嫩，仿佛能掐出水来，脖子好细，我只稍微用了一点劲，她就昏过去了。”

“为什么要杀死她呢，你那个时候已经有可以饮用的血。”

马凯轻声笑笑：“老弟，给你一个土豆和一颗樱桃，你会吃哪个？”

方木的拳头一下子攥紧了。土豆？樱桃？那是活生生的两个人！他想起佟卉那双至死仍圆睁的双眼。

好不容易平静下来，方木竭力让语气平淡：“为什么还要把那女孩带走呢？直接在屋子里喝掉那女孩的血就得了，干吗要冒那么大的风险？”

“你不是有毛病吧？”马凯皱起眉头看着方木，仿佛眼前坐着一个不可理喻的人，“那种场面，怎么能让孩子看见？她还那么小。”

刚刚恢复正常流速的血液又在方木的血管中奔腾起来，他难以置信地看着马凯，而后者正用一种嗔怪的目光看着方木，好像在教训一个不谙世事的小青年。

要冷静，不要破坏这刚刚建立起来的信任。

“这么说，”方木勉强让自己的语气显得轻松，“你还是很尊重……那些女人的？”

“当然，”马凯郑重其事地说，“我说过了，我杀死她们纯粹是迫不得已，没必要让她们再遭到不必要的伤害。”

“吸了那小女孩的血，你感觉怎么样？”

“很好。清澈、纯净，充满活力，到底是小孩子，”马凯带着一副心满意足的表情说，“当天晚上睡了个好觉，好几天都精神十足的。年轻，到底不一样。”

“所以你就开始选择年轻女孩？”

“对。”马凯非常痛快地承认，“她们的血更理想。”

方木盯着他的眼睛，他很想知道面前这个人把惊恐万状的徐杰绑到那张床上的时候，究竟是什么心情。喜悦，憧憬，还是欣慰？

马凯注意到了方木的表情，他急切地说：“你以为我只考虑我自己么？这样的话，我能多挺几天，”他重新低下头，“也能少祸害几个人。”

“你不可能再祸害任何人了！”

这句话说出口，方木感到了一阵报复的快感。没什么要问的了，送这个家伙下地狱吧。

收拾好东西，背上书包，方木看也不看马凯一眼，伸手按下了门上的红色按钮。

没有任何反应。

在方木和马凯面对面交谈的时候，邰伟一直在隔壁的监察室通过摄像头注视着室内的一举一动。另外一个看守手握着电警棍，眼盯着屏幕，心却在斜对门的值班室里。那里不时传出同事们的喝彩声和咒骂声。

世界杯热身赛，法国对韩国。场上比分2：2平，齐达内已经受伤下场。

邰伟的手机突然响起来。

“喂，邰警官么？我是红园区分局小陈。”

邰伟刚想问“是哪个小陈”，电话里出现了另一个急切的声音。

“邰警官么？我是徐连生啊。”邰伟更加摸不着头脑，这个徐连生又是谁？

“谢谢你啊，你救了我姑娘，就是救了我们全家啊，我谢谢你啊邰警官！”声音带点哽咽。

郜伟想起来了，徐连生是被解救的女孩徐杰的父亲。在接下来的将近10分钟时间里，郜伟使尽浑身解数才说服徐连生不要来局里给他送锦旗，手机信号时断时续，郜伟不得不走到外面的走廊里才勉强完成通话。

“这家伙，真要命。”郜伟一边嘟囔着，一边快步走回监察室。路过值班室的时候，看见那个看守提着警棍，大张着嘴巴，目不转睛地盯着电视屏幕。郜伟无奈地摇摇头，推门进了监察室，只看了屏幕一眼，就大吼一声：“快来人，把门打开！”

方木屏住呼吸，又一次按下了红色按钮。还是没有反应。

他感到额头上一下子布满汗水。要不要转身？身后是自己面对过的最危险的吸血恶魔。

方木还是转过身来。不要让他看出自己的慌乱，否则就会相当被动。

“看守去上厕所了吧。”方木假装漫不经心地回到桌前坐下。他故作镇静地抬头看看马凯，却吃了一惊。

马凯的眼中已没有了刚才的信任和恳切，取而代之的是深深的敌意。

“你不可能再祸害任何人了！”

笨蛋，我为什么要说那句话？

必须转移他的注意力。

“你头上的伤怎么搞的？”方木抽出一支烟叼在嘴上，连按了几次打火机才点燃香烟。马凯没有作声，只是死死地盯着方木。

方木突然想起，马凯在进看守所的第一天夜里袭击过其他犯人，这些伤大概是拜看守和其他犯人所赐。

“你袭击了其他人？”

马凯还是不说话，呼吸开始变得粗重。方木注意到他的变化，心里紧张得无以复加，可是嘴里还是说个不停：

“怎么，吸他们的血？你不是说过，男人的血粗糙，不好吸收么？”

马凯的嘴角露出一丝诡异的微笑。

“必要的时候，也只好凑合了，比方说你。”他的眼神一下子变得饥渴，仿佛一只蝙蝠看见了猎物。

方木的大脑一片空白。

“呵呵。”他干笑了两声，“你以为我会什么都不带就来么？”

“哦？”正要站起身的马凯犹豫了一下，不过很快就变得释然，“不可能，他们不会让你带武器进来的。”

“是么？”方木努力让自己的脸上保持微笑，可是还是忍不住颤抖起来。

马凯站起身，伸出一只枯瘦的手，向方木的脖子上抓来。

方木一直绷紧的神经彻底崩溃。他大叫一声从椅子上滚落，又连滚带爬地站起来，隔着桌子和马凯对峙。两个人像在玩老鹰抓小鸡的游戏一样围着桌子转圈。马凯瞪着血红的眼睛，呼呼地喘着粗气，嘴角是随着呼吸喷出的泡沫。好几次，马凯试图跳上桌子，都被方木抡着书包打退。书包里的东西四散飞舞着落在地上。

“救命！”方木想大声喊，声音却被憋在喉咙里出不来。

马凯终于失去了耐心，又一次跳上桌子，方木抡起书包死命地猛打，由于书包里的东西基本上都甩空了，软绵绵地打在马凯身上，一点力度都没有。马凯用手护着脸，向方木猛扑过来。方木往后退了一步，不料踩在了一支圆珠笔上，仰面摔了一跤。马凯趁势压在方木身上，双手摸索着方木的脖子。方木一边阻挡他的手，一边奋力曲起右腿，猛地一脚蹬出去，把马凯踹出好远。趁他在地上翻滚呻吟的时候，方木爬起来，跑到铁门前，拼命地敲打着，大叫救命。还没敲几下，就感到马凯从后面揪住他的衣领，把他拉倒在地。

刚才的搏斗已经把方木的力气消耗殆尽，他的挣扎越来越无力，而急欲吸血的马凯虽然看起来瘦弱不堪，可是在血液的诱惑下却越来越疯狂。方木看着马凯大张的嘴离自己越来越近，本能地扭过头去躲避，却把自己的颈动脉暴露给了对方。马凯粗重的呼吸喷在方木的脖子上，方木仿佛能想象到那一排尖利的牙齿咬进皮肤的剧痛。

救命……

方木听到铁门被重重地打开，有人冲进来，紧接着，马凯按住自己肩膀的手松了下来，他的整个人也软绵绵地从方木身上滚落下来。睁开眼睛，上方是邰伟紧张的脸，手中还握着警棍。

“你没事吧？”

邰伟伸手把方木拉起来，方木摇晃了一下，忙伸手扶住桌子。喘了几口气后，他伸手摸摸自己的脖子，骤然感到一阵恶心，弯下腰干呕了几声。

方木待双腿颤抖得不那么厉害了，就蹲下身，艰难地把散落在地上的东西收拾进书包。

马凯已经被几个看守七手八脚地按在地上，可是他始终用一种平静得近乎安详的眼神望着方木。方木不敢与他对视，尽力回避着他的目光，收拾好东西就摇晃着向门口走去。邰伟忙要去扶他，却被方木用力打开手。

“走开！”

一个小时后，J大校门外的一间小饭店里，邰伟隔着桌子看着对面低头不停喝水的方木。

“好了吧，还在生我的气？”邰伟递过去一支烟。

方木本不想接，瞥了一眼烟嘴上的“中华”，还是接了过来。邰伟忙不迭地帮他点上：“这就对了嘛，别生我的气了。”

方木叼着烟嘟囔了一句，好像是“我没生气”。

“我已经狠狠地批评了那个看守，还好你没出什么事，否则我饶不了他！”邰伟边看着方木的脸色，边恶狠狠地说。

方木的脸色有所缓和。其实下午的事情，自己也有责任，如果不是那句激怒马凯的“你不可能再祸害任何人了”，他是可以控制住局面的。只是想到邰伟擅离职守险些害自己丢掉性命，方木的心里还是有些耿耿于怀。

“好好吃一顿，我请客！”邰伟点了一大堆菜，还要了几瓶啤酒。几杯酒下肚，两个人的话渐渐多起来，似乎忘掉了下午惊心动魄的一幕。

“老弟，说实话我挺佩服你的，要是没有你，这案子指不定什么时候能破了呢。”邰伟的脸有些红，“可是，我还是有些不明白的地方。”

“哦，你说。”

“比方说，你是怎么判断出马凯的长相的？还有他的住址、家庭背景什么的。”

方木把酒杯放在桌子上：“我们第一次见面的时候，你给了我一些现场图片和分析检验报告。之后，我们又一起去了一次现场，就是姚晓阳和佟卉被杀的现场。这些信息带给我这样一种印象：混乱。没有明确的犯罪对象，没有精心策划的犯罪计划，没有打扫犯罪现场，甚至剖腹用的刀子都是在现场找到的，使用后就随意地丢弃在现场。这些让我觉得凶手可能是行为证据学中所说的‘无组织力的连环杀人犯’。”

“无组织力的连环杀人犯？”

“对，与之相对应的是‘有组织力的连环杀人犯’，这是美国联邦调查局在20世纪80年代提出的分类方法。所谓无组织力的连环杀人犯，通常是指那些病态的、存在严重精神障碍的人。由于他们的理智和社会性功能都已丧失或者相当迟钝，而且已经部分或者全部地脱离了现实世界，他们实施犯罪的现场往往具有一些显著的特征，例如犯罪往往是一时冲动，以熟悉的地点为目标，犯罪现场随意而且凌乱，现场到处可见大量的物证，等等。而在这一系列杀人吸血案件中，现场都明显体现出上述特征。”

“哦？”邰伟专心地听着，“可是单凭这些好像也不足以判断出凶手的长相和其他资料啊。”

“当然不能。不过我想先问你一个问题。你有没有过这样的经历：看到某个人之后，马上会对他产生一种好恶的态度，例如立刻会感觉喜欢他或者讨厌他，而且经过交往后，又发现自己当初的直觉是完全正确的？”

“嗯，有过。”邰伟想了一下，点了点头。

“你知道为什么会有这种现象么？”

“不知道。”邰伟老老实实地说。

方木笑笑：“那是因为你过去曾经遇见过一个和这个人在外貌和性格上都很相似的人，而且那个人给你的印象一定很深刻。所以，当你遇到一个相似的人之后，你的潜意识就会把过去那个人的性格‘加’到这个人身上，于是就会马上对这个人产生好感或者恶感。而有些时候我们会发现这种貌似唯心的直觉是准确的。这就很说明问题。”

“什么问题？”

“有的时候，同样性格的人，会有同样的长相。”

邰伟皱起眉头：“你说的是龙勃罗梭的‘天生犯罪人’理论？”

“不错，龙勃罗梭在《犯罪人论》里大胆地总结出各类犯罪人的相貌：比方说杀人犯往往目光冷漠，长着鹰钩鼻子，下颌骨强健，耳朵长；盗窃犯往往头发稀少，前额狭窄，眉毛浓密且靠得很近，等等。很多人都批判他的学说是唯心主义，不过别忘了龙勃罗梭是一个典型的实证主义学者，他的所有结论都是建立在严密的实证研究基础上的。尽管有经验主义之嫌，不过我觉得‘天生犯罪人’理论还是有相当的科学性的。比方说气候、种族、文化、饮食对犯罪产生的影响。”

“比方说呢？”

“举个简单的例子吧，夫妻相你听说过吧？一男一女，结婚前相貌各异，结婚后却越长越像。为什么？原因在于两个人由于共同生活，饮食结构和作息习惯都大致相当，所以面部色素沉着的位置也基本相同，所以就会给人一种‘越长越像’的感觉。”

“哦。”邰伟若有所思地点点头。

“再回过头来说说马凯。我之所以判断他长得很瘦，一方面是因为凶手曾和有些被害妇女有过激烈的搏斗，另一方面是因为我感觉到这个人在犯罪时表现出一种极为焦虑的情绪，而且这种焦虑应该与血液的缺乏或者不良状态有关。试想，如果一个人在这种长期存在的焦虑情绪下生活，他的饮食肯定不好，会表现出营养不良的征兆，所以他可能是个瘦弱的人。而一个连基本的饮食起居都照顾不好的人，对个人卫生肯定也无暇顾及，头发长且脏乱就是一个最显著的表现。而且他极有可能是独居，因为如果有同居的亲属或者长辈，那么他人的开导与劝解也会减轻他的焦虑，不至于最后恶化成妄想症。他发病也应该就是最近几年，因为如果他早就有这种病态心理的话，他早就下手了，而最近几年并没有类似的案件发生。”

方木低头喝了口水，又点燃一支烟。

“无组织力的连环杀人犯有一些比较典型的人格特征，例如社交能力差；情绪焦虑；无法从事技能性工作；出生排序多为家中幼子；独居，并且往往生活在犯罪现场附近；对新闻媒体不感兴趣，等等。所以我判断凶手可能就住在现场附近，而红园区是本市的旧城区，商品房很少。再说，以他的精神状态，不可能从事高收入的职业，所以他的经济能力也不允许他购买商品房。因此他很可能住在父母留给他的房子里，而他的父母原为国有企业的职工，因为过去只有国有企业才会有福利分房的待遇。所以，综上所述，”方木掸掸烟灰，“凶手是一个年龄不超过30岁，很瘦，不修边幅，家住在案发现场附近，国有企业职工子弟，存在严重精神障碍的人。”

邰伟目瞪口呆地看着方木，好半天才回过神来。

“老天爷，全被你说中了。”

“哪有啊，”方木淡淡地笑笑，“最初，关于犯罪与血液的关系我就判断错了，我以为他对血液的焦虑缘自天气。”

“是。”邰伟思索了一下，“我记得那天你说凶手可能穿着一件比较厚实的衣服。”

“是啊，第一次案发的时候冬天刚过去，我以为他大概是害怕血液被冻结，所以他可能会采用一些额外的保暖措施，例如穿上厚实的衣服。后来看了佟卉被杀的现场才感觉到那可能是来自于对自身血液的‘缺乏’的妄想。”

看到邰伟仍然是一脸敬畏的表情，方木笑笑说：“我没那么神的，这个案子我有很多地方都搞不清楚呢，比方说怎么选择被害人，为什么要剖腹，为什么要把血液和其他物质混合，为什么要把佟卉带离第一现场，很多呢。”

“哦，”邰伟恍然大悟，“所以你在和马凯面谈的时候，问了他那些问题？”

“是啊。”

“实证主义研究。”邰伟若有所思地看着方木，“老弟，将来想当个犯罪学家么？”

方木愣了一下：“没有。我可没想那么多。”

“那你为什么……”邰伟终于把憋在心里许久的疑问说了出来，“对这些东西这么感兴趣？”

方木脸色一沉，许久才缓缓开口说道：“我不知道。”

从小饭店里出来，喝得有点醉的邰伟拍拍方木的肩膀：“老弟，你帮了我大忙，想要什么奖励，尽管说！”

方木笑着摇摇头：“不用了。”

"不！一定要！"邰伟粗声粗气地说，"物质奖励？还是给你们学校写一封表扬信？哦，"他若有所思地摇摇头，"恐怕不用我写了，呵呵。"

方木正要问为什么，邰伟又重重地拍了拍他的后背："妈的，局里不给你奖励，我给！你们做学生的需要什么呢？"他搔着后脑勺，一副绞尽脑汁的样子。

"算了，算了，我真的不要。"方木连连摆手，看见邰伟拿出钱夹，他把脸一沉，"邰伟，我们算是朋友吧？"

邰伟使劲点点头。

"如果真拿我当朋友，就不要来这一套。"

邰伟想了半天，好像下了很大决心似的把手伸向腰间，从枪套里拿出一支64式手枪的备用弹夹，取出一颗子弹，递给方木。

"这是干什么？"方木惊讶地问。

"对于我们警察，最好的朋友就是自己的枪。"他郑重其事地把子弹放在方木手里，又把方木的手握住，"枪我不能给你，送你一颗子弹吧。留个纪念。"

方木心想：靠，大哥，你不觉得不吉利啊？这话怎么听都感觉是"送你一粒花生米尝尝"！

不过他还是把子弹小心地放在衣袋里："我回去了。"

邰伟的手却没放开，他仿佛审视般地盯着他看了几秒钟，郑重其事地说："方木，考没考虑过将来要做个警察？"

"没有！"方木坚决地说道，随后就头也不回地走了。

方木没有回寝室，而是走到校门口的公共汽车站，跳上一辆315路公共汽车。车开到长生路的时候，方木下了车。向北走了不远，就到了J城专门经营殡葬物品的延寿街。20分钟后，方木拎着一个鼓鼓囊囊的黑色塑胶袋登上了返校的公共汽车。

凌晨1点。天台。

夜色很好，有微微的风，沙沙的，好像有人在低声絮语。天台的东北角有一堆沙子，掺杂着不少黑色的纸灰。方木蹲下身子，打开塑胶袋，抓出一捆捆的烧纸，拆开，用打火机点燃。一个小小的火堆就在午夜的天台默默地燃烧起来。

午夜的校园显得寂静异常，大多数人都在甜蜜或恐怖的梦中徜徉，夜游的，无论是人是鬼，都没有看见J大南苑五舍B座天台上的奇怪祭奠，尽管它并不是第一次。

方木点燃一支烟，吸了几口，把它放在身边的一块砖头上。接着又点燃了一支叼在自己嘴里，深吸一口，又缓缓吐出，烟雾在火光中袅袅升起，好像柔婉的轻纱，摇曳几下就消失在夜空中。

老四、王建，你们好么？

还有你，陈希。

方木的眼中涌出泪水。

我又抓住了一个恶魔。你们该为我高兴吧？这是第几个了？第六个了吧。他很残忍，杀死女人之后吸血。我做得很好，在他对最后一个女孩下手之前就抓住了他。我不会再“来不及”了。那场噩梦，已经足够。

方木边拨弄着火堆，边轻声低语。火光照亮他苍白的脸，表情如梦如幻。不时有大颗的泪珠滚落到嘴边，他也不去擦拭，任由它们一颗颗落在地上。一阵风吹来，卷起几片纸灰，轻轻附着在方木的脸上。方木伸手拂去，却弄得满手黑迹，想必脸上也好不到哪去。他轻声笑笑。

是你么，陈希？

回到寝室，方木感到说不出的疲惫，可是心情又无比轻松。每一次

祭奠完死去的人，方木都会有这样的感觉，好像身上背负的重担又减轻了一点。

方木眼神散漫地坐在桌前，窗外是清冷的月光。那光线仿佛有质感一般，轻轻地、软软地覆盖在方木的身上。有清凉的风吹进来，轻拂在脸上很舒服，连身体也好像被这风穿透，变得透明、清澈。方木把头倚在栏杆上，眼皮越来越重……

几分钟后，方木猛然惊醒。对面床上的杜宇正说着梦话。

方木揉揉太阳穴，俯身打开电脑。机箱沉闷地响起来，几十秒钟后，他打开硬盘里一个命名为“马凯”的文件夹。

方木的脸在显示器的照射下显得有些发蓝，眼神也重新变得冷漠、疲倦、锐利无比。

第八章

快乐不快乐

“哦，是你啊，进来坐。”

“不打扰吧？”

“哪里话。还要水？”

“好的。”

“那几本书看完了？”

“是的，我今天就是来还书的。”

“怎么样，看得懂么？”

“呵呵，不大懂。很多东西都看不明白。”

“呵呵，没关系，这很正常，对你来讲，这些书也的确是深了点。最近怎么样？”

“还好。”

“可你的脸色可不太好啊。还是因为那件事么？你感到害怕的那件？”

“嗯……是的。”

“那，你能不能告诉我，你到底害怕什么？”

“……”

“我希望你能信任我。看着我。也许，我能帮助你。”

“唔，好吧。我，害怕点名。”

“点名？”

“很奇怪是么？”

“不，我一点也不奇怪。我曾经认识一个人，他不敢一个人过桥。”

“哦？不敢一个人过桥？”

“是啊，后来发展到连独自通过比较狭窄的街道他都做不到，需要太太陪着才行。”

“可是，为什么呢？这也是一种恐惧症么？”

“是的，这也是惧旷症的一种表现。这个人从小娇生惯养，事事有人替他安排，结婚后对自己的太太也是百般依赖。所以他在潜意识里就对太太有一种孩子般的缠附需求，但是在意识层面上，他还不肯承认这种幼稚的需求，于是，就凭借‘惧旷症’的惊恐表现来强加给太太必须陪伴他的义务。”

“后来他治好了么？”

“当然。药物治疗结合行为治疗，他很快就痊愈了。”

“哦，看来也不是无药可救。”

“呵呵，那当然了。怎么样，愿不愿意说说你为什么害怕点名？”

“说老实话，我也不知道。”

“哦？那你从什么时候开始害怕点名的？”

“嗯——我也不记得了。抱歉。”

“呵呵，没什么。来，躺到这张椅子上来。怎么样，舒服么？”

“哦，很舒服。”

“想听点音乐么？”

“好的。”

“先听听这个。”

莫扎特的《催眠曲》在室内响起，然后是门德尔松的《仲夏之歌》，接下来是蔡琴的《被遗忘的时光》。

“哪一段让你觉得放松？”

“最后一个吧，前两个听不懂。”

“那好，你就当自己在休息。下面请按我说的做。首先，把你的身体调整到一个最舒服的姿势，然后放松身体，慢慢地做深呼吸。”

“像这样么？”

“对，很好。慢慢地呼出来，就这样做，很好。再来一次，深深地吸气，呼气。很好。你喜欢什么样的环境？”

“嗯，海边吧。”

“好，现在你想象自己正躺在海边。海风清凉、舒适。海浪在有节奏地拍打着礁石，刷啦、刷啦，一声又一声。能感到你的心灵么？很好，用心灵去感受你身体的每一个部分。当你感觉到你的头部的时候，头部就放松了；当你感觉到你的胸部、背部的时候，身体就放松了；放松你的腹部，呼吸越来越顺畅；当你感觉到双臂的时候，双臂就放松了；当你感觉到双腿的时候，腿也放松了。你的整个身体越来越放松，越来越放松……好，你现在感觉怎么样？”

“很——舒服，心里很——轻松。身上——好像有——白色的光。”声音低沉，好像说出每个字都要费很大的力气。

“很好，静静地享受吧。”

5分钟过去了。

“好，现在我会慢慢从1数到10。当我数到10的时候，你的潜意识会带着你回到过去某一段时光，你会看到一个对你来说具有巨大影响力的事件。当我数到10的时候，无论你看到什么，想到什么，都请把它说出来。说出来以后，快乐的，你会记住，不快乐的，就会把它抛弃掉。好么？”

缓缓地点头。

“好，那我们开始。1——2——3——4——5——6——7——8——9——10。”

突然可以看见眼球在眼皮下快速转动。

（很好，这说明潜意识已经开始提供信息了。）

“我们在院子里……烤蚱蜢的香味……爸爸用自行车带我回来……要先写完作业才能出去玩……木头枪……比大猛的好。”

（他在回到的这段记忆中，应该不超过10岁。）

“我在和小朋友玩冲锋打仗的游戏（声音变得稚嫩、活泼），在沙坑里……二胖真赖，每次死了都不躺下……那边有解放军叔叔在练队列（声音变得羡慕、憧憬），真威风啊……一二一、一二一……点名……王立波，到。孟凡哲，到。嘻嘻……咦，那个叔叔怎么了？怎么一到他那里就卡住？哎呀，当官的叔叔好生气（声音变得恐惧）……重新点名……怎么又卡住……还重新点名……叔叔加油……口吃？……哎呀，不要打人（身体开始颤抖）……好多血……叔叔被罚，一个人在操场上跑步……”

呼吸猛然变得急促，身体剧烈痉挛。

“你看到什么了？”

“倒下了（开始哭泣）……额头……血一直在流……体育老师……点名……打我耳光……不要……”

“好了好了，现在我们结束这次经历。刚刚你所看到的一切，已经深深地印在你的脑海中，无论到什么时候，你都能轻易地回想起来。是么？”

“是……是吧。”

“还能感到白色的光么？”

“……能。”

“很好，现在白色的光慢慢散去，你的身体和精神在慢慢苏醒。我从10倒数到1的时候，你就会完全醒来。懂了么？”

“……懂了。”

“好，10，白光越来越淡，你觉得身心都很放松；9，你现在越来越清醒；8，慢慢恢复身体的正常感觉；7，手指开始有感觉了；6，你的内心平静安详，感到很愉快；5，越来越清醒；4，脖子慢慢转动；3，你感到浑身都蕴藏着巨大的能量；2，就要醒来了，前面就是出口；1，你已经完全清醒了，睁开眼睛！”

深呼吸。

“天哪，我刚才……被催眠了么？”

“呵呵，就算是吧。”

“我想起来了。9岁那年，我看见一个口吃的解放军叔叔被处罚。”

“嗯，听起来应该是这么回事。”

“可是我为什么一直都想不起来？”

“这叫‘心因性记忆丧失’，这种记忆丧失带有一种选择性。也就是说，你会有选择地去忘记那些带给你痛苦的经历。说穿了，就是一种逃避。”

“我回忆起来的这些事，有帮助么？”

“当然，解决任何问题都要找到关键，尤其是心病。找到原因就好办了。”

“你愿意帮助我么，老师？”

“你信任我么？”

“当然，你愿意么？”

“呵呵，难道我不是一直在帮助你么？”

“谢谢。”

“别那么客气。我只有一个要求，要为我保密，好么？”

“好的。”

睡觉。看书。上课。偶尔打打篮球。不用考虑有谁会被杀。不用面对吸血的疯子。连噩梦都很少做。

这就是幸福的生活。

方木每天都像其他人一样在校园里或忙碌或悠闲地来来往往，踏踏实实地过了一个星期的安静生活。周末抽空回了一次家，饱饱地吃了几顿妈妈做的饭，人也胖了两斤。

天气越来越热，莫名其妙地，心情也好起来。坐在返校的公共汽车里，轻柔的风吹在脸上，痒酥酥的，很舒服。窗外是炽热的阳光，鼻子里有青草的味道。摸摸包里的瓶瓶罐罐，是妈妈塞进来的肉酱和泡菜。懒懒地靠在椅背上，闭上眼睛打盹。

这种感觉，多久没有了？

杜宇正在寝室里玩CS，听见方木推门进来，头也不回地问候了一句："回来了？"

方木应了一声，从包里拿出一瓶肉酱，放到杜宇的桌子上："给，我妈做的，尝尝。"

"嘿？"杜宇有点诧异地回过头，"谢谢。"他退出游戏，从抽屉里拿出一双筷子，打开肉酱瓶盖，把筷子伸进去搅和了几下，又拿出来放进嘴里。

"嗬！好香啊，你妈妈手艺真不错。"

"那就多吃点，我这里还有。"

"今天晚上我吃面条好了，拌上肉酱，味道一定不错。"杜宇又挑起一大块，放进嘴里。

"你也不怕咸。"方木笑笑。

"老兄，看得出你最近心情不错啊。"杜宇一边嚼着一边说。

"是么？"方木一边整理东西一边漫不经心地回答。

"你这样就对了，多和大家聊聊，别老是谁也不搭理。"

"呵呵，好。"

"前段时间，总觉得你遇到了什么麻烦事。刘建军跟我说有一次看见你深更半夜在走廊里转悠。有什么心事，不妨跟我说说。我们是好朋友，不是么？"

方木看着杜宇，他一脸诚恳的表情。

"对。"方木重重地点了点头。

吃过晚饭，方木和杜宇坐在各自的电脑桌前。杜宇又在CS里不知疲倦地厮杀。方木本想好好整理一下马凯一案的档案，可是在这个下午，实在不想让那些阴暗、血腥的东西占据自己的头脑，就随便打开一个网页漫无目的地浏览着。

门被推开。刘建军拿着篮球和几个同学嘻嘻哈哈地闯了进来。看见方木也在，几个人的声音不约而同地都降低了。

刘建军扔下球，一把拽下杜宇头上的耳麦：“别玩了，打球去。”

篮球蹦跳着落在方木脚下，蹭在牛仔裤上，留下一块灰迹。刘建军见弄脏了方木的裤子，有点尴尬地说：“对不起啊。”

“没关系。”方木摆摆手，回过头去继续浏览网页。

杜宇弯腰从床下拿出球鞋，蹬在脚上，转头对方木说：“一起去吧。”

“哦，不了。”

“走吧，一起去吧。”刘建军也客气地邀请。

“你这家伙，当自己是大牌球星啊，要不要出场费啊？”杜宇笑着说。方木犹豫了一下，从衣柜里拿出一条运动短裤。

半场四对四的比赛开始了。八个人在球场上跳跃着、争抢着，不，准确地说应该是七个人。球赛的头几分钟里，方木一直手足无措地站着不动。既不上去争抢，也没有人给他传球。

有多久没有参加过这样的集体活动了？这么长时间以来，方木都是一个人在篮球场上孤独地练习罚球。参加这样的球赛，他感到非常不适应。

杜宇费力地向篮下突破，起跳后，看见大个子刘建军正扬着手准备给他一个结结实实的大帽。情急之下，余光瞥到方木正站在罚球线附近，一扬手把球传给了方木。方木一愣，本能地接过球。这时一个同伴已经钻进了篮下，周围无人防守，方木想也不想，飞快地把球传给了他。同伴非常轻松地投篮得分。

“漂亮！”好几个人大声地赞叹。

刚刚得分的同伴兴奋地跑过来，冲方木高高地扬起一只手，方木不知所措地也扬起手。“啪”，两只手掌响亮地拍在一起。

这一声，让方木的心陡然热了一下，一种熟悉又陌生的感觉正悄悄地回到他身上。

那些炎热的下午，那些赤裸的、淌着汗水的脊梁，那些大声笑骂和友善的喝彩。

那些在无忧无虑的生活中悄然逝去的青春。

球又传过来，接住球，拍两下，胯下运球，右肩探出，体前变相……

对，当时我就是这么做的。

疾停，起跳，出手。熟悉的感觉。

“唰”，篮球直落网心。

“好球！”刘建军大声喝彩。

“我都说了吧，他很厉害的。”杜宇得意地说。

“我来防守他。”刘建军跑到方木身边，紧紧贴住他。

气氛越来越热烈，激烈的身体对抗，加速跑动，接球，传球，抢篮板球，投篮，善意的拍打。

“靠，太准了。”

“这小子，真看不出来啊。”

“重新分伙吧，我们要方木！”

汗水从额头上流下来，方木闭上眼睛。

是的，当时，我就是这么快乐。

直到天黑得完全看不清球了，他们才意犹未尽地离开球场。路过校园商店的时候，方木去买了一个冰镇西瓜。

回到寝室里，大家切开还带着冰碴的西瓜，抢着往嘴里塞，不时有人被西瓜子呛得直咳嗽，引来一阵嘲弄。

“我说方木，”刘建军抹抹嘴边的西瓜汁，“加入法学院篮球队吧，下次打‘硕士杯’，你来打得分后卫。”

“我？”方木扔掉一块瓜皮，突然笑着说，“我可是要出场费的哦。”

大家“哄”地笑开了，刘建军拿起一块瓜皮作势要扔过来，方木笑着做被击中状。

大家正闹作一团，孟凡哲推门进来了，一进屋就差点被一块西瓜皮滑倒。

“我靠，你们干什么呢？”

“是你啊，来一块西瓜？”杜宇招呼他。

“不了，”孟凡哲摆摆手，“我来找汤姆。”

“汤姆？什么汤姆？”方木不解地问。

“呵呵，你不知道，”刘建军说，“这小子这几天养了只猫，起名叫汤姆。”他对方木挤挤眼睛，“所以我们现在都管孟凡哲叫杰瑞。”

再次爆发大笑，孟凡哲上去猛掐刘建军的脖子。

“哈哈，好了好了，我知道你的猫在哪里。”杜宇举起饭盆，“还剩个尾巴，你要不要尝尝？”

“不会吧？”孟凡哲顿时脸色大变。

“真香啊。”杜宇装作意犹未尽的样子咂咂嘴巴。

“好了，他逗你呢。”方木看见孟凡哲的眼睛都要突出来了，忙开口说道。

“你这家伙。”孟凡哲恢复了常态，悻悻地说。

“你也太单纯了吧，这也相信？”杜宇大笑着。

这时走廊里传来一阵气急败坏的喊声：“孟凡哲，快来，你的死猫在我床上拉屎了！”

“来了来了。”孟凡哲急忙转身跑出去，几个人也跟了出去，“呵呵，哪个傻帽这么倒霉。”

“我也走了，方木，哪天我们好好较量一下，一对一。”刘建军站起身来。

“好。”方木笑着说。

“至于这些瓜皮……”刘建军装作沉思状，伸手去拉门，“你们自己收拾吧。”说完就笑着拉开门溜了。

杜宇捡起一只拖鞋扔过去，结果“啪”的一声打在门上。

临睡前，方木去洗澡间冲了个凉。站在喷头下，冰冷的水淋满全身，有一种说不出的畅快。方木仰起头，让水流尽情地冲刷着自己的脸庞。

身边是两个数学系的男生，边洗边讨论今天在图书馆里遇到的“身材超棒”的美眉。

隔着窗户上的花纹贴膜，能隐约看到对面宿舍楼中的点点灯光，模糊又温暖。

其实生活中有很多快乐，只是我一直觉得自己不配去享受。

回到宿舍里，方木感到很疲惫，很久不运动了，膝盖和肩膀酸疼得要命。不等头发干透，他就躺在床上。

被什么东西硌了一下，他把手伸进枕头里，是那把军刀。墨绿色的刀柄，粗糙，曾被火烤化的部分略有起伏。打开来，刀锋在灯光的映衬下寒冷无比。

方木翻身下床，把军刀塞进衣柜里的一堆衣服下面。关灯，睡觉。

梦中的杜宇隐隐地听到自己的室友在床上翻来覆去。

“这家伙，不会又做噩梦了吧？”他小声嘟囔了一句，又沉沉睡去。

凌晨1点，方木猛地翻身下床，打开衣柜拿出那把军刀，面无表情地把它塞进枕头下，扯开被子蒙在头上。

终于，睡意如沉重的黑幕般扑面而来。

第九章

曝光

星期三下午，全校大会。会议的主题是贯彻省教委关于“学以致用，用科技推动伟大事业”的纲领。全校的教职工都参加了大会，礼堂里挤得满满的。当然，一大半的人都在睡觉。

校长讲话。校党委书记讲话。分管教学与科研的副校长讲话。

“邓小平同志就曾经说过：‘科学技术是第一生产力。’这既说明了科学技术在社会主义现代化建设中的重要地位，也给我们这些科研工作者们提出了一个问题。那就是：我们究竟为什么要搞科研？”齐副校长故意停顿了一下，不过台下的听众们睡觉的睡觉，醒着的也是眼神散漫，并没有起到引发深刻思考的效果，只好自答自问，“为了服务实践。”

为了掩饰自己的尴尬，他拿起茶杯，喝了口水，吐掉茶叶，打起精神说：“过去，我们在这一点上做得很不够。教授们为了评职称，为了出成果，就是闷头搞课题，很少去考虑自己研究的东西究竟对社会实践有没有指导意义。这就造成科研和实践的严重脱节。你搞出来的东西没有人用，也没有用，那你整天闷在屋子里还有什么意义？”

他从口袋里拿出一个信封，动作夸张地扬了扬：“这里有一封表扬信，虽然是写给我们的一个学生的，但是，我觉得，这个学生可以成为在座每一个人的榜样！”

全场顿时安静下来，很多假寐的人都睁开了眼睛。

齐副校长显然很满意这种效果，他打开信封，抽出几页纸：“相信大家都知道，前段时间，J市连续发生了几起杀人案，作案手段非常残忍。公安机关也很头痛啊，案子迟迟破不了。而我们的一个学生，把他在学校里学到的知识，应用到司法实践中，协助公安机关成功地破获了系列杀人案……”

方木的眼睛瞪大了。

“……有一个被成功解救的被害人，她的父亲送来了这封感谢信。我看了很受感动，一个在读的学生，能够不畏艰险，积极进取，发扬理论联系实际的优良作风，这种精神，就值得我们大力提倡和赞扬！”

台下的人群开始兴奋地交头接耳，互相打量着。

“静一静！静一静！”齐副校长满面红光地伸出双手作安抚状，“现在，我们就请法学院2001级犯罪学专业研究生方木上来谈谈自己的感想。”他把麦克风凑到嘴边，“方木同学，方木同学，你在哪里？”

方木的大脑一片空白，直到杜宇推了他几下，他才回过神来，呆呆地举起手。聚光灯“啪”的一声照在他身上，一个大大的光圈笼罩在他周围。

“快上来，到这里来。”齐副校长热情洋溢地站起身来。

方木的眼睛被灯光照得生疼，他茫然地看着周围，坐在同一排的同学已经自动站起来，给他留出了空当。他只好站起来，费力地从同学们身边挤过，沿着过道向台上走去。那个光圈一直跟着他移动，身边有照相机在不停地噼啪作响。

这段路有多远，为什么总也走不到头？方木的眼前全是白光，眩晕感接连袭来，他感到自己随时都有可能倒下。

早就等不及的齐副校长站在台边，一把把正在拾阶而上的方木拉了上去，顺势握住他的手，另一只手扶在他的肩膀上，半推半拉地把他拽到话筒前。

“来来来，方木同学，谈谈你的感想。”

方木身体僵直地站在话筒前，茫然地打量着台下的人群。每个人都紧盯着他，眼神中的含义各异：好奇、猜测、不屑、羡慕，还有嫉妒。

足足过了半分钟，方木嚅动着嘴唇，从牙缝里蹦出一个字：“我……”

在一旁早已不耐烦的副校长提醒道：“说说你协助公安机关破案的过程吧。”

聚光灯下，方木的脸惨白如纸，汗水从额头上涔涔地往下淌，牙齿仿佛痉挛般紧紧咬合在一起。全场的听众都屏气凝息，静静地看着台上这个一言不发的男孩。

“好了。”齐副校长终于失去了耐心，他凑到麦克风前，勉强笑着，“此时无声胜有声。方木同学一定有很多话要讲，不过看得出他太紧张了。请你先下去吧，方木同学。”

这时，力气才仿佛回到了自己身上，方木迈着两条僵硬的腿，走下台。他没有回座位，而是穿过过道，迎着两边的窃窃私语和无数目光径直出了礼堂。

“喂？”

“是你把我的名字告诉那女孩的家长的？”

“呵呵，原来是你啊。怎么样，收到表扬信了？”邰伟的语气欢快起来。

“你……”

“呵呵，学校表扬你了么？”

“你怎么想的？”方木不想骂脏话，忍住气问。

“我怎么了？是想给你个惊喜嘛，怎么，你怕引来报复？不会的，放心吧，马凯已经一个亲人都没有了。”邰伟有点诧异。

“砰”，电话被狠狠地挂断。

回寝室的路上，方木一直低着头，尽量溜着墙根走。好不容易回到寝室，方木暗暗松了口气，一推门，却满满当当地挤了一屋子人。

他们好像在热烈地讨论着什么，方木一进门，大家安静了几秒钟，随后就都围了过来，七嘴八舌地问个不停：

“方木，校长说的事是真的么？”

“那家伙长什么样？”

“听说他还吸血，是么？”

“公安局给你奖金了么？”

方木奋力拨开人群，站到自己的电脑桌前，转身，扫视了一眼满怀期待的人群，突然冷冷地说：“出去。”

有人还要开口。方木大喊一声：“出去！”

大家被吓了一跳，有人不满地嘟囔着：“有什么啊？不就是破了个案么？”

方木转身坐下，把后背对着他们。

他们尴尬地站着，杜宇出来小声地打着圆场：“他心情不好，你们先走吧。”

终于，寝室里只剩下方木和杜宇两个人。方木拿出一支烟，颤抖着点燃，深深地吸了一大口，头向后，疲惫地靠在椅子上。

杜宇小心翼翼地看着方木的脸色，想了想，开口说道：“校长也真是的，让人家上台发言，好歹也得给点心理准备啊。就那么上去，多尴尬。”

“我谢谢你了，”方木有气无力地说，“不过请你闭嘴，否则你也给我出去。”

杜宇满不高兴地撇撇嘴，不过没再说什么。

过了一会儿，电话响了，杜宇看方木没有动弹的意思，就走过去拿起话筒，说了几句，就把话筒递过来：“方木，乔老师找你。”

方木打起精神，接过电话。

“喂，乔老师您好。”

“方木？你现在忙么？”话筒里是乔老师底气十足的声音，可是语气冰冷，全没有往日的亲切。

“不，不忙。”

“好，那你来我家一趟。”说完，不等方木回答，乔老师就挂断了电话。

乔允平教授坐在客厅里一支接一支地抽烟，时间不长就觉得胸口发闷。他站起身，走到落地窗前，尽力向远处眺望着。铅灰色的空中飘着大朵的乌云，看起来并不让人感到舒畅。低下头，看见满头大汗的方木正向这边跑来。

乔允平看着方木急切的样子，心中的火气消了大半。

在所有的学生中，乔允平最喜欢方木。记得在研究生入学复试中，这个笔试成绩很一般的学生在口试中表现出了相当的天赋。乔允平连问了几个问题，方木都对答如流，不仅基本理论扎实，见解也颇为独到。乔允平当时就决定收他做弟子。而且和那些入学后就无所事事地混日子的学生相比，方木要勤奋得多，除了必要的功课之外，还经常去司法机关收集资料。乔允平很赞同这种做法，他始终认为犯罪学研究的最好办法就是让事实说话。但是今天，这个自己一直宠爱有加的弟子却让他大动肝火。

门铃响了，坐在沙发上看电视的老伴看看阴沉着脸的乔允平，叹了口气，起身去开门。

“是方木啊。快进来。”

“师母，您好！”

师母递给方木一双拖鞋，小声说：“老头在书房呢，又犯倔脾气了，顺着他点，无论说你什么你都别反驳。”方木点点头。

乔教授眉头紧锁，坐在转椅上一言不发地喷云吐雾。方木不敢坐下，只能垂着手站着。乔教授吸完一支烟后，指指旁边的一把椅子，又把眼前的烟盒推过去。方木小心翼翼地坐下，犹豫了一下，又从烟盒里抽出一支烟点燃。

两个人沉默着吸烟，空气仿佛凝固了一般。最后还是乔教授打破了沉寂：

“下午，齐校长说的事，是真的？”

方木心里咯噔一下。其实在他来这里之前，就预料到乔教授可能是为了这件事找他。邰伟擅自把自己的名字透露给徐杰的家属，以及齐副校长在全校师生面前让他上台讲话，这些都让方木很恼火。其实平心而论，帮助公安机关侦破刑事案件并不是什么丢人的事，但是方木并不想因此受到很多人的关注。方木之所以恼火，究其原因，主要还是方木的个性所致。不过乔教授对这件事的强烈反感，倒是出乎方木的意料。

“嗯，这个……”方木有点不知道该怎么回答。

“你就说是，还是不是！”乔教授的音量很高。

“是真的。”方木老老实实地承认。

“你详细说说，到底是怎么回事？”

方木只好一五一十地把马凯一案的前后经过原原本本地告诉了乔教授。听完，乔教授沉思了一会儿，开口问道：“你是第一次这么做么？”

方木犹豫了一下，摇摇头说：“不是。”乔教授“哼”了一声就不说话了。

方木想开口问问，又不敢说话，只能手足无措地坐着。

“方木，”乔教授突然开口了，“犯罪心理画像的本质是什么？”

“哦？”方木愣了一下，不过他很快回过神来，“犯罪心理画像是一种经过专业训练后对犯罪进行的推断或推测，”他顿了一下，“这种意见并不是科学的结论。”

“那你觉得你是一个训练有素的犯罪心理画像者么？”

“不是……”方木低下头，小声说。

“那你凭什么认为自己可以向司法机关提供所谓意见，去影响案件的侦破和对犯罪嫌疑人的认定？！”乔教授的声音一下子提高了。

方木没有作声，不过他觉得自己已经知道乔教授为什么发火了。

“一个好的犯罪学研究者，要对自己的专业和研究对象充满敬畏。”乔教授表情激动地说，“尤其当他用科学知识去指导司法实践的时候，他首先需要坚实的学术基础，其次需要严谨、认真的态度。你要知道，我们的意见可能会影响一个人的权利、自由，甚至生命。这不是儿戏，”他用手指敲敲桌面，“衡量一个犯罪学研究者的真正价值并不是看他发表了多少论文，主持了多少课题，而是要看他的学术良知，看他能否用扎实的理论、丰富的经验去真正为司法实践提供科学的帮助，”他把脸转向方木，“而不是依靠看过几本书，依靠所谓天赋，依靠小聪明去碰运气！”

方木面红耳赤地听着，一声也不敢吭。

“马凯的案子，看起来你大获全胜。可是在我看来，完全是你走运！”

方木抬起头。

“不服气是么？”乔教授板着脸，“第一，马凯作为‘无组织力的连环杀人犯’的特征太明显了，将来没有人把他当作典型案例我都会感到奇怪；第二，你在判断佟卉被杀的现场的时候，依据是什么？直觉？你虽然侥幸碰对了，可是你知不知道如果你判断错了，可能会延误解救被害人的时间！佟卉可能那个时候还没有死！第三，徐杰被绑架后，你明明感到不符合凶手的作案规律，为什么没有考虑可能是其他人模仿他作案，而是坚持认为那是凶手在储存血源？”

方木的额头冒出冷汗，脑子在飞快地回忆马凯一案的整个过程。

的确，是我自己太走运了。

我太自信了，任何一个环节出现疏漏的话，都有可能导致完全不同的结果。

乔教授说累了，端起茶杯喝了一口早就凉掉的龙井，抬头看看满头大汗的方木，心有些软了，语气也平和了好多。

“你的实证主义研究精神值得肯定，不过小伙子，你心急了点。要想在刑事司法领域发挥作用，你还要扎扎实实地学上20年。”

方木拼命点头。

这时师母推门进来：“我包了饺子，方木留下来吃晚饭吧。”方木连忙推辞，乔教授一瞪眼睛：“怎么，批评了你几句，你就有意见了？”说完，就推着方木去了饭厅。

临走的时候，乔教授塞给方木一条芙蓉王。站在阳台上看着他消失在夜幕中，乔教授叹了口气：多好的学生。尽管对方木的画像和推理百般挑剔，可是乔教授不得不承认，心中更多的是对他的赞赏。

只是，希望同样的错误不会出现两次。

进了校园，方木却不想回寝室。犹豫了一下，绕道去了体育场。

体育场的台阶上还有白天阳光照射后的余温，暖暖的，坐上去很舒服。

突然很想吸烟。方木拆开那条芙蓉王，拿了一支点燃。

其实很长时间以来，方木都不知道自己在干什么。他似乎一直在追求某种生活，而让他去描述一下那种生活究竟是怎样的情形，他却常常感到茫然。无休止的思索、瞬间的判断、冰冷的现场、电脑里让人不寒而栗的资料、没有尽头的噩梦。这些在两年来如影相随的“伙伴”，此刻，却让他感到疲惫无比。

我究竟要什么？

快关寝的时候，方木回到宿舍。一进门，杜宇就告诉他，他妈妈已经打过好多遍电话了。

打回去。电话只响了一声，就听到妈妈的声音。可能她一直在电话边守着吧。

“怎么才回来？”

“哦，出去了。”方木不想多说话，“找我有事么？”

“没什么事，你上次回来的时候瘦了很多，我和你爸爸都很担心你，本来想找你好好谈谈。可是你那么快就回去了。”

“哦，我没事，别担心我。你和爸爸怎么样？”

“我们都很好。”妈妈顿了一下，“小木，能不能告诉妈妈你最近究竟在干什么？”

“没干什么啊，上课，看书。”

“你是不是还在帮公安局办案子？”

“没有。”对自己的亲人撒谎是最难的，方木自己都感到声音的异样。

妈妈沉默了一会儿，叹了口气：“孩子，妈妈岁数大了，别再让妈妈操心了好么？你整天搞那些东西，跟那些人打交道，你知道妈妈多担心么？”

方木无语。

“这几天我老是做噩梦，梦见你被那个人杀了，每次都吓醒，你爸爸问我怎么了，我也不敢跟他说。”

“妈，你别乱想，那件事都已经过去了。”

“我知道，可是我就是控制不住自己。”妈妈的声音有些哽咽，“小木，能不能答应妈妈，永远不要再做那些危险的事情了，就做个本本分分的普通人，好不好？”

“好。”

“你保证？”

“我保证。”

放下电话，方木坐在椅子上出了一会儿神，随后就拿起洗漱用具，起身去了卫生间。

卫生间墙上的大镜子里，映出一个年轻人略显消瘦的身躯。上身赤裸，肤色发白，胸膛干瘪。方木凑近了打量着镜子里的自己：硬硬的短发，宽阔的额头，苍白、凹陷的脸颊，眼睛里有红红的血丝，下巴上黑黑的胡茬，拧拧眉毛，眼角的皱纹很深。

这是只有24岁的自己么？

生活中，不是只有连环杀人犯。

第十章

门上的五角星

2002年6月30日，日本横滨，世界杯决赛，巴西VS德国。

方木和几个同学坐在一家叫“广源”的川味饭馆里，面前是几瓶啤酒，桌子上堆满了花生壳和毛豆皮，几盘廉价的炒菜已经被一扫而空。其他几张饭桌的情况也都差不多。每个人都仰头盯着挂在墙上的电视。老板在吧台后面噼里啪啦地按着计算器，美滋滋地想，他妈的世界杯要是一个月一届多好。

方木是被杜宇、邹团结和刘建军他们硬拉来的，本来不想去，可是想想实在没有什么事，不如来凑个热闹，条件只有一个：不去烧烤店。

饭馆里的人自然分成两派：一派支持巴西队，另一派是德国队的拥趸。方木不太懂足球，场上的队员除了罗纳尔多，其他的都叫不上名字。看看杜宇他们都支持巴西队，也就毫无原则地临时做了巴西队球迷。

巴西队前场反抢成功，罗纳尔多把球传给10号（杜宇告诉他10号叫里瓦尔多），里瓦尔多在禁区外起脚远射，球的力量并不大，德国队门将卡恩很轻松地倒地准备把球搂在怀里，没承想球在胸口弹了一下之后，脱手了。

“别放松啊！”旁边饭桌上的一个大个子男生大叫一声。话音未落，罗纳尔多闪电般杀到，脚弓一推，球钻入大门左下角。巴西队1：0领先！

小饭店里响起一阵惊呼，随后就是喝彩声和骂娘声。

“卡恩太放松了，”大个子男生摇着头说，“这个球贴着草皮打过来，应该用身子压住，用手搂很容易脱手的。卡恩太自信了。”

“呵呵，好专业啊。”邹团结笑着说。

“唉，偶像啊，你能不能别让我失望。”大个子男生盯着屏幕，表情和卡恩一样沮丧。

“曲伟强，物理系的。”刘建军小声对方木说，“校足球队的守门员。”

“哦，怪不得。”

德国队开始拼命反扑，却总与进球失之交臂。第79分钟，里瓦尔多在禁区前沿巧妙地一漏，罗纳尔多右脚低射打入球门左下角，彻底锁定胜局。

德国队的拥趸们骂声不绝。曲伟强长叹一声说："巴西队肯定事先研究了卡恩的技术特点，他最怕这种低平球。"

球赛一结束，大学生们或振臂高呼或垂头丧气地纷纷结账走人。曲伟强大声喊着："老板，再给我拿四瓶啤酒。我要带走。"旁边一直陪着他看球的小巧女孩小声阻止他："别喝了，今天都喝了那么多了。"

"你管我？"曲伟强瞪起眼睛，"这球看得这么郁闷，喝点酒还不行？"

小巧女孩嘟起嘴巴，不作声了。

方木倒不怎么关心球赛的结果，只是啤酒喝得太多，膀胱涨得难受，急匆匆地回到宿舍，先去厕所好好爽了一下。一身轻松地回到寝室，却看见杜宇站在门口，正拿着一块抹布在门上使劲地蹭着。

"怎么了？"方木边甩着手上的水珠边问，"你在擦什么？"

"不知道是谁画的，"杜宇指指门，"可能是有人恶作剧吧。"

方木抬眼望去，门上还留有几道没有擦去的痕迹，大概是用大号签字笔画上去的，横七竖八的。

"画的是什么？"

"好像是个五角星，"杜宇皱皱眉头，"他妈的，谁这么无聊。"

"五角星？"方木向走廊两边看看，周围几个宿舍的门上都干干净净的。

"还没擦掉？"刘建军从斜对门探出头来。

"快了。"杜宇使劲蹭着，门上的痕迹终于消失了。

"靠，真够瘆人的，有点像阿里巴巴和四十大盗。"刘建军做了个鬼脸。

方木笑了："那待会儿我就把全楼的门上都画个五角星。"

夜里，方木突然醒了。

寝室里有什么东西在簌簌作响。方木努力睁开眼睛，借着窗外的月光在这间不足10平方米的寝室里一点一点地扫视着。忽然，他屏住了呼吸。

有个人站在紧闭的寝室门前。

方木想伸手到枕头底下去摸军刀，可是全身仿佛被冻住一样，丝毫动弹不得。他想张口叫醒杜宇，声音却憋在嗓子里，怎么也喊不出声。

那个人仿佛没有注意到方木已经醒来，他背对着方木，手在寝室的门上慢慢地比画着。随着他的动作，划过的地方都燃烧起来。鼻子里满是焦煳的味道。

门上，一个燃烧的五角星。

那个人慢慢转过身来，借着火光，方木看到了他面目全非的脸。

不——

眼前突然是刺眼的白光。耳边响起杜宇的声音："方木，方木，你怎么了？"

方木终于睁开眼睛，蒙眬中，看见杜宇惊恐万状的脸。

"怎么，又做噩梦了？"

方木挣扎着坐起来，推开杜宇，向门上望去。

门上干干净净的，除了两张课表，什么都没有。是个梦。

方木无力地躺下来，感到身下湿漉漉的，伸手一摸，冷汗把床单都湿透了。

"你没事吧？"杜宇递过来一条毛巾。

"谢谢，我没事，你快睡吧。"方木接过毛巾，擦了擦脸和脖子。杜宇拉灭了灯，寝室里重新寂静下来。

方木却睡不着。很显然，这个梦和以往那个几乎千篇一律的噩梦完全不同。

五角星？代表什么呢？

五角星是世界上最早的一个有关自然崇拜的符号，也是几何学中最完美、简洁的一种。五角星起初代表女性，后来被歪曲成异教徒的象征，到了近代，更是成为战争符号。

该不会是有人要找我单挑吧？方木想想都觉得好笑。

不要想了，不是刚刚答应自己，要做个简单的普通人么？

之后方木睡得很沉，要不是杜宇叫他起来吃早饭，不知道他要睡到几点。

两个人慢慢地往食堂走，边走边闲聊。身边不时有人匆匆跑过，起初方木没有在意，可是很快他就发现有点不对劲，校园里的人似乎都朝着一个方向跑：体育场。

“怎么了？”杜宇拉住一个外语学院的男生。

“不太清楚，听说操场上死人了。”

体育场位于校园的西北角，中间的足球场上覆盖着当时少有的塑料草皮。此刻，体育场外停着好几辆警灯闪烁的警车。走进体育场，北侧球门那里围着几百人。周围的看台上也挤满了兴奋而恐惧的学生。没等走到跟前，方木就看到了大个子刘建军正挤在人群里，踮起脚拼命张望着。他走过去拍拍他的肩膀：“出什么事了？”

刘建军仿佛吓了一跳，回过头来一看是方木，笑着说：“嘿，神探来了？”

方木没理会他，也踮起脚来向里面张望：“怎么了，听说死人了？”

“是啊，不过不知道是谁，人太多了。”

挤在前面的几个学生被后面的人推搡得难受，回过头来刚要抱怨，看见方木，竟自觉地让出一条路来，脸上满是敬畏的表情。方木有点尴尬，刚想转身离去，却被身后的刘建军和杜宇推着钻进了人群。

现场已经被警方用警戒线隔离开来，相比外面的拥挤不堪，警戒线里面显得无比宽敞。球门下俯卧着一具尸体，看身形应该是一个男性。他的脸埋在塑料草里，看不清面容，但是向两侧伸出的短小双臂却显得十分怪异。

几个穿白大褂的法医正在尸体旁边忙碌着，一个法医从左侧门柱那里小心翼翼地拿起一个发白的物体，细细端详着。围观的学生发出一阵恐惧的惊呼，那是一只手。

过了一会儿，法医们把尸体从俯卧姿势掀翻过来，尸体僵硬地露出面容，对面的围观学生中有几个发出惊呼。

“是谁？”刘建军伸长脖子，使劲看着，“怎么有点眼熟？”

方木也觉得死者身上的衣服看起来很眼熟，可就是想不起来在哪见过。

“我去那边瞧瞧。”刘建军猫着腰，沿着警戒线向死者对面的位置挤过去。几分钟后，他脸色煞白地回到方木和杜宇身边。

“是曲伟强，手都被砍下来了，真惨。”

整整一天，人们都在谈论着凶杀案。不时有人来找方木打探消息。

方木被搞得烦透了，在对第N个来访者翻起白眼后，终于忍无可忍，离开寝室出去躲清静。他不想往人多的地方去，刻意地在那些黑暗的角落里走，不知不觉中，竟来到了体育场。

平时，这里是恋人们约会的最佳场所，而今天却空荡荡的看不到一个人。大概是早上的一幕惨剧吓坏了大家，风月场变成了杀人地，谁还有心情到这里谈情说爱呢？方木沿着台阶一步步走到足球场上，踏着软绵绵的塑料草皮慢慢走向北侧的球门。

球门附近的草皮被压得东倒西歪。一个白粉画就的人形静静地躺在那里，向两侧伸出的短小双臂指向左右门柱。方木站在原地盯着人形看了一会儿，就慢慢踱到左侧门柱那里。今早，曲伟强的一只手就是在那里发现的。那另一只手则被凶手放在右侧门柱那里。

方木蹲下身来，天色很黑，看不清草叶上的血迹有多少，不过看起来不是很多。手应该是曲伟强死后才被砍下来的。

方木又回到人形的位置，学着它的样子慢慢展开双臂，一瞬间，竟有周身通泰的感觉，几乎要眩晕过去。他赶快站直身子，迅速向后退了两步。

面前的球门默默地站着，曲伟强的轮廓静静地伏卧在门线上，眼前的一切让这个平淡无奇、白漆斑驳的球门显得凶险异常，仿佛那是一道生死之门，而死者以最简单的线条留下了他在这个世界上的最后痕迹。

方木小心翼翼地向前迈出一步，又一步，跨过门线的同时屏住了呼吸。

什么也没有发生，眼前并不是地狱的熊熊烈火，依然是空荡荡的足球场。抬起头，繁星点点的夜空，深呼吸，干燥的空气中并没有刺鼻的血腥味。

方木快步离开了足球场，边走边对自己说：方木，你真他妈的有病。

2002年7月1日，J大体育场发生一起杀人案。有人在体育场内的球门附近发现一具俯卧的男尸。市局经文保处的干警立即赶赴现场进行了现场勘查和初步调查走访。

经查，死者名叫曲伟强，男，19岁，吉林省临江市人，死因为颅脑损伤，致其死亡的应该是一把锤子之类的凶器。尸体被放置于J大田径场北侧的球门里，头南脚北，双手被斩断，后在左右门柱处各发现了死者的左右手。经初步勘验，足球场不是杀人第一现场，死者是在别处被杀害后移至此处。

经过初步调查走访，警方找到了死者居住的民房，敲了很久的门也没有人回应。后来找到房东打开门后，既是意想不到，也是意料之中的事情发生了。

曲伟强的女友王倩被杀死在房中。当干警们进入房间后，扑鼻而来的是浓重的血腥味，随后就在卧室里发现了一具一丝不挂的女尸。尸体头北（卧室门的方向）脚南（窗户的方向），四肢摊开呈“大”字形仰卧在卧室的地板上。干警上前仔细察看时，才发现死者已经被肢解成六个部分（头、躯干、四肢）后重新拼成一个人形。经法医检验，尽管死者的左侧乳房下方插着一支医用注射器，不过其真正死因是机械性窒息，从死者脖子上的扼痕来看，应该是被人掐死的。从尸检结果上来看，死者的处女膜陈旧性破裂，死前也有被强行发生过性行为的迹象，但是在死者的阴道中没有发现精液，怀疑凶手在强暴死者时使用了避孕套。

现场位于J大附近居民区的一栋三层小楼的二楼左侧的一间。两名死者租住的房间的窗外（纱窗已被破坏）是自行车棚的雨搭。由于时值盛夏，房间里的窗户都开着，怀疑凶手是从自行车棚攀爬而上，破坏了纱窗后潜入室内实施杀人。在卧室的床上发现了大量血迹、头发和头骨碎片，经检验属于第一个死者曲伟强，因此，可以初步认定该民房为曲伟强被杀的第一现场。尽管凶手先后在室内杀人、分尸，可是现场并非血迹斑斑，惨不忍睹。可以肯定案发现场曾被人打扫过，没发现可提取的指纹和脚印。

案发四天后，校足球队为曲伟强搞了一个球衣退役仪式。

仪式在足球场举行。足球队全体成员列为两队，球队正副队长和两名队员在队前各扯着一件球衣的一角，缓慢而庄严地步向足球场北侧球门。那里摆着一张桌子，曲伟强的大幅遗像摆在上面。遗像前面是一个足球和曲伟强的球鞋。队员们走到桌子旁边，分列在桌子两旁，背手而立。队长向曲伟强的遗像三鞠躬，后从衣袋里拿出一张纸，开始致悼词。

悼词的内容大致是追忆了曲伟强加入球队的过程以及为球队中做出的“杰出贡献”，辞藻华丽，措辞煽情，不过未免有夸张的嫌疑，例如“未来中国足坛的希望”“不可攻破的门神”等，让人误以为死的不是曲伟强而是某位明星球员。不过这篇讲稿的效果还是不错的，两侧肃立的球员几乎人人落泪，围观的同学也大多红了眼圈。

致辞完毕，队长拿过球衣在上面淋了点什么液体，然后用打火机点燃了球衣，J大校队的1号球衣腾地烧起来，很快就化作一团火球。队长大概被烧了手，急忙把球衣扔在地上，针织物和塑料燃烧的气味顿时弥漫开来。接着，就看见体育场管理员大呼小叫地跑过来，在尚未烧尽的球衣上一通乱踩。足球队员们顿时急了，把管理员围起来大声质问。管理员也火了：“搞什么仪式可以，可是你们不能放火啊，这塑料草皮烧坏了你们赔得起么？”双方推推搡搡地出了体育场，说是要去校长那里说清楚。球衣退役仪式就这样草草结束，只剩下烧了一半的曲伟强的球衣在被烧焦了一片的草皮上闷闷地冒着烟。方木看看桌子上被碰翻的曲伟强的遗像，苦笑一下，随着散去的人群走出了体育场。

回到寝室，方木却意外地看见邰伟坐在自己的床上翻书。方木因为上次的事还有点记恨邰伟，沉着脸没有搭理他。倒是邰伟嬉皮笑脸地先开口了：“干吗去了，我等你半天了。”

“找我有事么？”方木冷冷地问，不过随后心头一凛：难道又出事了？

“没什么大事，局里正好到你们学校查案，我就顺便来看看你。”

“你来干什么？”方木想了想，“为了那件杀人案？不归你们刑警队管吧？”

“呵呵，你小子知道得还挺多，”邰伟笑呵呵地说，“那是经文保处的事，我听说他们来你们学校调查，顺便就跟过来了。怎么样，你还好么？”

“挺好。劳您费心了。”方木坐在椅子上，没好气地说。

“呵呵，还在生我的气啊？”邰伟毫不在意，“我承认我做得有点欠妥，不过我想你不要物质奖励，让学校表扬表扬你也好。”

方木的白眼刚翻了一半，就看见邰伟从包里拿出一个信封。

“说正事吧，这里有一封信要给你。”郜伟把信封递过来，盯着方木的眼睛，表情严肃了很多，“是马凯给你的。”

方木正要伸手去接，听说是马凯给自己的，不由自主地缩了缩手，犹豫了一下，还是接了过来。

是最普通的白色信封，没有写明收信人，里面的信不是很厚，捏在手里轻飘飘的，方木把信封翻过来看看，信口没有封。

“我没看啊，向毛主席保证。”郜伟见方木抬头看向自己，忙申辩道，“他是直接交到我手上的，我就直接交给你了。”

郜伟见方木瞅着自己手里的信封发愣：“怎么，你不看看么？”

方木没有回答他，只是一动不动地盯着信封。

马凯，你要告诉我什么呢？

郜伟见他不说话，也觉得无趣，就起身告辞。方木没有挽留他，郜伟走到门口，忽然转身说：

“马凯一审被判处死刑，立即执行，”他顿了一下，“他没有提出上诉。没什么意外的话，周四凌晨就执行死刑。”说完，冲方木点了点头，就拉开门走了。

午夜的天台一片静谧。头上没有月亮，也没有星星，只有黑黑的天幕。风很大，天台上的沙子被吹得乱滚，好像沙沙的脚步声。

方木站在天台边上，默默地看着漆黑一片的校园，仿佛置身于无尽的深渊。低下头看看表，已经是凌晨两点半了。

他极力向远处张望着，耳朵捕捉着每一丝可能听到的声音。在某个黑暗的角落，那个人被押下警车，可能有同伴，也可能独自一人，走完人生中最后几步路。面前是一个浅浅的土坑，跪下来，能感到砂石硌在膝盖上的刺痛。脑后是子弹上膛的56式全自动步枪，法警们把手放在打开保险的54手枪上，静等着执法武警扣动扳机。只消一下，从此人世间的种种，好的，坏的，欠你的，欠我的，一笔勾销。

明知道自己听不到那一声枪响，方木还是全身绷紧地等候着。其实，他自己也不清楚，究竟想不想听到那一声枪响。

的确，方木忽然感到自己也不知道马凯在他心中究竟是一个该千刀万剐的杀人狂，还是一个可怜可悲的病人。

毫无疑问，马凯有严重的精神障碍，但是，按照中国刑法的规定，马凯的精神障碍并没有影响他的辨认和控制能力，因此，他在法律上仍然是一个具有完全刑事责任能力的人，必须为自己的犯罪行为承担法律后果。

然而，此刻在方木眼前的，是马凯那双毫无生气的，写满了焦虑与绝望的眼睛。他像一个在迷宫里乱闯乱撞的可怜的动物，头破血流，害怕地哭泣，然而，没有出路，没有救赎。血液是甜美的诅咒，喝下去，看起来是获得，其实是永远的失去。在红园区常青北街83号那个日夜拉着窗帘的小屋里，每次在梦中疲惫不堪地醒来，马凯是该庆幸又活了一天，还是该提醒自己前方不远就是死期？

方木叹了口气，弯腰拎起一个黑色塑胶袋，像往常一样，向天台东北角的小沙堆走去。

不一会儿，火烧起来，黑色的纸灰漫天飞舞，落下来，又不甘心地拼命飘起来，然而，终于旋转着四散到天台的各个角落，轻轻地粉碎，没有声音。

方木掏出那封未曾看过的信，想对那堆火说些什么，张了张嘴，还是没有说，只是把那封信投入火堆，看着它翻卷着烧成灰烬，和其他纸灰混在一起，被风卷着飘走。

从此，你的一切，一了百了，在这世上，再无痕迹。

7点35分，方木被邰伟的电话吵醒。邰伟告诉他，马凯已于今晨2点50分被执行枪决。一枪毙命，没有痛苦。

第十一章

回忆之城

暑假的师大显得空空荡荡。方木顶着太阳走着，两边是熟悉的食堂、体育场，也有陌生的、崭新的宿舍楼。方木像一个初来者一样东张西望，心中的感觉与其说是备感亲切，不如说是怅然若失。

暑假已经过去三周了，方木回到C市的家里后，每天都努力做一个听话的好孩子。今天在家里帮助妈妈打扫卫生，方木意外发现了很多小时候的衣服、玩具。坐在地上兴致勃勃地摆弄了半天，还费尽力气穿上了一件小学时的校服给妈妈看，逗得妈妈哈哈大笑。收拾到最后，看见了自己两年前用过的拐杖，想了想，坐车去了师大。

二舍如今已是一座现代化的七层公寓。方木依然坐在门前的花坛上，凝视着面前这座高楼。身边是不知名的鲜花的淡淡香气，偶尔有蜻蜓飞过来，大胆一点的，还会落在方木的身上。太阳很亮，方木不得不眯缝着眼睛看着贴着瓷砖、闪闪发光的二舍。左上方，三楼左侧已经不再是那两扇摇摇欲坠的木质窗户，宿舍里的人大概都回家了，塑钢窗紧紧地关着。方木看了一会儿，起身走向二舍的大门。

油漆斑驳的铁皮门已经被两扇钢化玻璃门取代，地上是光可鉴人的大理石，走进去，一股凉气扑面而来。值班室里，一个40岁左右的中年妇女拎着织了一半的毛衣探出头来。方木冲她点点头，径直上了台阶。她将信将疑地看了看方木，缩了回去。

左转，上三楼。面前的走廊已是十分陌生。352寝室原来的位置现在是一个楼梯间。两侧的宿舍都被坚实的防盗门关得严严实实。方木站在走廊里有些手足无措。忽然，身后的一个宿舍开了门，一个赤裸上身，只穿着短裤、拖鞋的男生端着脸盆钻了出来，看见方木，好像吓了一跳，接着就皱着眉头问："同学，你找谁？"

方木看了看他钻出来的那间宿舍，349。

"352寝室在哪里？"

一个寝室，一串数字，六个人，统统湮没在这栋冷硬坚固的楼里。只要推倒了，重建，就能永远封存一段记忆。

如果真能这样，该多好。

回去的路上，方木和一个行色匆匆的中年女子擦肩而过，那女子瞥了方木一眼，叫出声来："方木，是你么？"方木回过头，认得她是图书馆的肇老师。

"真的是你啊，"肇老师笑着打量着方木，"有点瘦了，不过没怎么变样子。"

整整一个下午，肇老师是方木碰到的唯一一个熟人，不由得也微笑起来。

"肇老师，你还好么？"

"还好，还好。"肇老师把手放在方木的肩膀上，"听说你在J大读研究生，怎么样，还不错吧？"

"还可以。"

肇老师看着方木消瘦的脸颊，语气轻柔了很多："毕业之后就再没见过你。哎，出了那么大的事，你能挺过来，也怪不容易的。"

方木低下头，没有说话，只感到肩膀上的那只手很暖。

"你们的那件事，都快成师大的传奇了。老有人来打听，前段日子还有人打听你的情况呢。"肇老师没有注意到方木的表情，"说来也好笑。现在的大学生也太迷信了，那本书都没有人敢借了……"

方木打断肇老师的话："有人来打听我？"

"是啊，一个男的，30多岁，很干练的样子，还拿着那本谁也不敢借的书看了半天。"

大概是邰伟吧，这小子。

看着方木若有所思的样子，肇老师也感到自己不该提这件事，于是换了欢快的语气说："我请你吃饭吧，我记得我还欠你一顿饭呢。"

方木正要推辞，衣袋里的手机响了起来。这是妈妈送给自己的，摩托罗拉V998，花了不少钱，看得出妈妈很心疼，不过她想随时都联系到方木，方木毕竟是年轻人，也觉得这玩意儿挺不错，就接受了。

电话里传来妈妈的声音："你又跑哪儿去了？"

"哦，我去买几张游戏碟，很快就回家。"方木撒了个谎。

又在家里住了一个星期后，方木提前回了J大。推开门，看见陈瑶和杜宇慌慌张张地分开。

方木装作什么也没看见，从包里掏出一瓶肉酱递给杜宇："喏，我妈妈特意给你带的。"

陈瑶抢先接过来："呵呵，我没收了，我也很爱吃你妈妈做的肉酱。"

"你早说啊，我让我妈妈多做点。"

陈瑶冲他做了个鬼脸："呵呵，其实你笑的样子很帅的，有时间给你介绍个女朋友。"

方木笑着摆了摆手。

去卫生间洗脸的时候遇到了刘建军，他嘴里叼着一本篮球杂志，边系裤子便含混不清地说："回来了？"

"嗯。"

"案子破了么？"

"什么案子？"

"曲伟强和他女朋友那件案子啊。"

"我哪知道。"

"唉，不知道什么时候能破案啊。娘的，太惨了。"说完，刘建军就摇摇晃晃地出去了。

案子的确没破，方木在家里闲得难受的时候，市局经文保处却忙得焦头烂额。

立案已经一个多月，警方先后去了两个死者的户籍所在地几次，前后排查了近千人，可是案件侦破还是毫无进展。最困扰警方的是：作案动机是什么？

现场表明，死者的财物并没有丢失的迹象，抽屉里的几百块现金和死者的手机、首饰等贵重物品都没动过。基本上可以排除入室抢劫杀人的可能。而从凶手的残忍手段来看，仇杀的可能性似乎很大，可是经过反复排查，两名死者都是在校的大学生，社会关系简单，没听说过与人结怨。曲伟强的父母都是工人，王倩的父母分别是医生和教师，也可以基本上排除由于上一代人的恩怨而招致杀身之祸的可能。

如果是入室强奸杀人，疑问就更多了。首先，为什么要将死者王倩肢解？如果是为了掩盖罪行的话，为什么又要将其重新拼成人形？王倩左胸上插着的医用注射器是从哪里来的？又意味着什么？

其次，为什么还要将死者曲伟强带到校园内的体育场，然后斩下他的双手？弃尸现场和案发现场相距足有1000米，凶手费这么大的力气，究竟是为什么？如果将这种行为理解为向警方挑战的话，为什么不选择体重要轻得多的王倩？

尽管这个案子中有这么多的问号，但是，警方非常肯定的是：凶手是一个相当冷静、聪明的人。破坏纱窗进入室内，先用钝器打死醉酒后沉睡的曲伟强，然后强暴王倩。之后将其掐死，肢解后又拼成人形，打扫现场，将曲伟强的尸体带到体育场，砍断双手。从现场的情况来看，凶手有条不紊地做完了这一切，甚至连肢解尸体的卫生间都打扫得干干净净，一点痕迹也没给警方留下。

从犯罪心理学的角度来看，凶手作案的手法非常严谨，而且，似乎他对这种严谨非常满意，这就意味着，他再次犯案的可能性很大。

这是一个让警方高度紧张的预感。

第十二章

夺命医院

三伏天得伤风是一件让人感到极不舒服的事情。一大清早，唐玉娥边擦着鼻子便走进了J大校医院。这家医院还不错，离家近，环境好，最关键的是费用也不高。

只是医生的态度就不像挂在门诊大厅墙上的医院承诺中说的那样好了。姓曹的医生草草地问了几句，就开了几支药让唐玉娥去处置室找护士打吊瓶。

小护士的手法干脆利落，也很疼。唐玉娥一边用手高举着输液瓶，一边撇着嘴找观察室。还没走几米手就酸了，正为难的时候，一个穿着白大褂，戴着口罩的男医生走了过来，一手接过唐玉娥高擎着的输液瓶，一手扶着她："大姐，这边走。"声音浑厚温和，很好听。

男医生带着唐玉娥去了第二观察室，里面空荡荡的一个人也没有。男医生帮她把输液瓶挂在钩子上，还从其他座位上给唐玉娥拿了个软垫子，塞在她身下。

"谢谢你了，老弟。"

男医生摆摆手，能看得出眼镜后面的双眼露出笑意。他把唐玉娥安顿好，就拉开门走了出去。再回来的时候，他的手里拿着一杯水，塞进唐玉娥手里，冰凉冰凉的。

"喝杯水吧，大姐，这屋里没有空调，天太热了，凉快凉快。"

"真谢谢你了，老弟，你叫什么名字，我让你们院长表扬你。"唐玉娥从来没在医院里享受过这种待遇，有点受宠若惊。男医生还是笑着摆摆手，转身走了。

回去跟老头子说说，医生也有好人。唐玉娥喝了口水，嗯，一直凉到胃里，真舒服，只是有股淡淡的药味。也许医院的水都这个味吧。唐玉娥没有多想，都40多岁了，还有小伙子给自己献殷勤，她心里美滋滋的。

15分钟后，男医生悄悄地推开观察室的门，唐玉娥已经靠在椅子上睡着了。他把她手中喝光的纸杯慢慢抽出来，塞进白大褂的衣袋里，然后从另一侧口袋里拿出一只注射器，顺着输液管把里面的液体打进了输液瓶里，接着，又把一本书塞进了唐玉娥拎来的布包。做完这一切，他像来时那样，迅速又悄无声息地离开了观察室。

9点以后，校医院里的病人渐渐多起来。第二观察室里也陆陆续续地来了几个输液的患者，没有人注意那个一直坐着打盹的中年妇女。直到一个陪着男朋友输液的女孩子推了推身边捂着肚子的男孩。

“哎，你看那女的，这么半天了，她好像一点都没动。”

“睡着了吧。”

女孩正正架在鼻梁上的眼镜，凝神盯着对面的中年妇女，脸色越来越白：“不对，她好像……根本不呼吸！”

女孩壮着胆子走上前去，小心翼翼地喊了声：“大姐。”

毫无反应。

女孩犹豫了一下，伸出手轻轻地推了她一把，好像推在木头上一般，硬硬的。

还没等女孩反应过来，唐玉娥就僵直地向另一侧倒去。

邰伟拿到分局移送过来的案卷的时候心头一凛，怎么又是J大？

2002年8月10日，一名女患者在J大校医院接受输液治疗时突然死亡。分局接到报警后，最初当作医疗责任事故罪进行立案。经检验，主治医生开的药方和药房付的药品以及护士的配制都毫无问题。尸体检验的结果表明，死者的血液里发现了镇静剂的成分，但其死亡原因是海洛因中毒引发的脑水肿和呼吸衰竭。这个结果让警方大吃一惊，在仔细检验了现场提取的物证后，终于在输液管上发现了一个细细的针孔，怀疑有人用注射器将海洛因溶液注射进输液管后毒死了死者。分局感到事关重大，将案件移交给了市局。

市局重新立案侦查后，发现了更让人感到疑惑的情况。在整理死者

唐玉娥随身携带的物品的时候，警方发现了一本日文原版色情漫画，内容涉及同性恋、性虐待，画面不堪入目。一个40多岁的中年妇女，即使对这类东西有偏好，也应该在家里偷偷地欣赏，不至于连上医院都带在身边。如果不是她的，又会是谁的呢？

通过对死者家属及相关人员的调查走访，警方得知：死者唐玉娥，女，43岁，原为本市某国有企业职工，1999年至今一直下岗在家。其夫庞广才是J大后勤处的一名电工。两人婚后育有一女，正在读高中。

唐玉娥生前是一个老实本分、热心勤快的女人，没听说与人结怨，而且生活作风正派，对自己唯一的女儿的管教也是严厉有加，就连电视上偶尔出现接吻拥抱的镜头也会马上调换频道。警方曾考虑那本日文色情漫画是其丈夫庞广才的，可是庞广才对此矢口否认，而且庞广才只有小学文化，看日文漫画恐怕难度较大，再说满大街都有卖A片的，要想看那种题材的片子并不费力，何必要看这本天书般的漫画。

疑点逐渐归结为两个：第一，为什么要用昂贵的海洛因作为杀人工具？第二，那本色情漫画书是从哪来的呢？又意味着什么呢？

邰伟隐隐感到色情漫画是一个切入点。考虑再三后，他驱车去了J大。

这一次的会面还是在篮球场，不过和上次不同，方木是在激烈的三对三斗牛的时候被邰伟硬拉下来的。看得出他有些不情愿。

邰伟没有带案卷材料，只是口头简单地把案情陈述了一遍。方木一直低着头擦汗，尽管脸拉得很长，不过看得出他听得很专心。说完，邰伟直截了当地问方木：“你怎么看？”

方木没有立刻回答他，只是皱着眉头望着远处发呆。隔了好久，好像下了很大决心似的开口说道：

“这关我什么事？”

“嗯？”邰伟一愣，一时间竟不知道说什么好。

“邰警官，我只是个普通人，不是警察，那些事搞得我很烦，我想我帮不了你。”方木低下头，小声说。

邰伟直直地盯着他看了好半天，开口说道：“你该不会还是因为那件事在记恨我吧？”

“没有。”方木抬起头，“我只是觉得很累了，我只想做个普普通通的学生。”

邰伟无语，枯坐了一会儿，拍了拍方木的肩膀，强笑着说：

“我能理解，毕竟你还太小，不该成天和这种事情打交道的。”他呼出一口气，耸耸肩膀，“很奇怪，我一直都没觉得你是个学生，反而觉得是我的战友。呵呵。”他拍拍方木，“多保重。”说完，就起身要走。

“我觉得……”方木突然开口了。

“什么？”邰伟马上坐下，全神贯注地盯着方木。

“那本色情漫画，可能带有羞辱死者的含义。”方木低着头，自顾自地说着，“尤其像死者这样老实本分的女人，在其尸体旁放上淫秽之极的东西，大概是想羞辱她。”

“那动机呢？为什么要这么羞辱她？”

“不知道，不过我觉得大概跟性有关系。”

“你是说……情杀？”

“我只是觉得有这种可能。至于海洛因，用这么特殊的工具杀人，凶手应该是有所准备的，而且应该和凶手的某种特殊需要有关，至于这种需要是什么，我也想不出来。”

邰伟若有所思地点点头：“就这些？”

“就这些。”方木又急切地加上一句，“这只是我的个人意见，仅供参考吧。另外，”他的脸沉了下来，“不用去调查我的过去，也不要试着说服我去做警察，我不会的。”

说完，不等邰伟开口，就头也不回地走了。

警方重新对死者及其丈夫进行了调查，重点放在了男女关系上。结果发现死者社会关系简单，与之相熟的异性少之又少，而且其亲戚、同事也说死者生前对不正当男女关系深恶痛绝。而对其丈夫庞广才的调查却有所发现：有群众反映庞广才与J大后勤处一名30多岁的清洁女工有染。警方集中力量对此线索进行了侦查，结果却让人大失所望，那名女工的确与庞广才有不正当男女关系，当时她刚刚离婚，寂寞之余就与庞广才勾搭成奸。但是三个月前，这名女工已经再婚，男方是一个做批发小食品生意的小老板，生活还算美满，实在没有必要杀死唐玉娥取而代之。

案件侦破再次陷入僵局。

这天中午吃饭的时候，杜宇破天荒地没有和陈瑶腻在一起，而是拉着方木坐在了食堂里一个显眼的地方。

“怎么了，你和陈瑶吵架了？”方木边把冬瓜排骨汤舀到碗里，边奇怪地问。

“没有没有。”杜宇显然没有心思和方木闲聊，边往嘴里送饭，边伸长了脖子四处望着。不一会儿，他冲排队打饭的人群中挥了挥手，陈瑶眉开眼笑地也向这边招了招手。

三人行，必有灯泡。方木悻悻地端起托盘：“你们吃吧，我去那边坐。”

“哎，你别走啊。”杜宇一把将方木按在座位上，“她不过来，我们一起吃。”

陈瑶端着托盘和一个女孩子走到附近的一个座位坐下，冲杜宇挤挤眼睛，开始吃饭。

“搞什么鬼？”方木嘟囔着，埋头吃饭。

杜宇这顿饭吃得很不专心，不时地跟陈瑶眉来眼去，有时还夹着手势。过了一会儿，他笑嘻嘻地对方木说：“哎，怎么样？”

“什么怎么样？”方木有点摸不着头脑。

“那女孩啊，坐在陈瑶旁边那个。”杜宇努努嘴。

方木转头扫了一眼：“还行。”那女孩也在往这边看，遇到方木的目光，飞快地躲开了。

“瞅你那一脸淫笑，当着陈瑶的面也敢这样。”方木瞪了杜宇一眼，“等会儿被她修理了你可别哭啊。”

“靠，哪儿跟哪儿啊？我是问你对那女孩感觉怎么样？”

“我？”方木一下子明白了，陈瑶曾说过给他介绍女朋友，看来是来真的了。

陈瑶打了个过来的手势。杜宇心领神会，站起来说：“走，过去一起吃。”

“别闹啊。”方木的脸一下子红了。

那边的女孩倒是落落大方的样子，端起盘子把对面的两个位子空出来。

“你总不至于连这点胆子都没有吧？”见方木坐着不动，杜宇小声怂恿着。方木迟疑了一下，心一横，站了起来。

“这是我的同学方木，和我一个寝室的。这是瑶瑶的同学，邓琳玥。”

“你好，神探。”邓琳玥的声音有点沙哑，很性感。

听到“神探”二字，方木更加不知所措了，头也不抬地“唔”了一声，算是打了招呼，然后就埋头吃饭。

餐桌上一下静下来，过了几秒钟，方木感到杜宇狠狠地踩了他一脚。

“干吗？”方木抬起头，才看见邓琳玥的手伸在半空，举也不是，落也不是，表情十分尴尬。方木忙伸过手去，却忘了手里正握着勺子，结果弄了邓琳玥一手菜汤。

“对不起。”方木手忙脚乱地在口袋里找面巾纸，好不容易翻出一包，邓琳玥已经用从包里拿出的一包面巾纸把手擦干净了。

这下轮到方木尴尬了，呆坐了几秒钟，索性不再作声，拉过托盘大口吃饭。

整个午饭时间，都是杜宇和陈瑶在不咸不淡地找话题活跃气氛，两位真正的主角都闷头吃饭，一声不吭。方木先吃完了，很想马上离开，一想不太礼貌，就摸出一支烟慢慢地吸。邓琳玥一直在斯文地吃喝，烟雾飘过来，微蹙着眉头用手轻轻扇走。

方木没有掐灭香烟的意思，趁邓琳玥不抬头，仔细打量着她。

身材高挑，长发被随意地绾在脑后，几绺挑染成黄色的头发垂在脸旁，鹅蛋脸，皮肤白皙，眉毛精心修饰过，涂了睫毛膏，口红不是便宜货，耳朵上戴着钻石耳钉，和项链搭配成完美的一套。鹅黄色吊带背心，肩膀上有穿过泳装的痕迹。她看起来皮肤细腻，应该不是生活在海边，估计刚刚从海边度假回来。白色短裙，双腿修长，彩色凉拖鞋，脚指甲涂成淡淡的珠光紫色。

这是一个家境优越的娇小姐，从她待人接物的态度来看，父母不是高级知识分子，就是政府官员。

邓琳玥大概感觉到方木一直在观察她，脸色有些微红。吃完饭，她拿出纸巾轻轻揩揩嘴角，站起身，礼貌地告辞："我有点事，先走了。"说完，冲每个人点点头，端起托盘步履轻盈地走了。

看她走远，陈瑶失望地嘟起嘴："你怎么搞的嘛，方木。"

方木叼着烟，眼瞅着天花板没有理会她。

"你这家伙！"午休的时候，杜宇还满怀遗憾地说个没完，"人长得漂亮，家境也好，她爸爸是当地的工商局局长呢。很多人追求她，陈瑶可是费了不少口舌，她才答应跟你聊聊的。"

"你喜欢你去追！我没兴趣。"方木脱得只剩下短裤，拉过毛巾被盖在身上，“告诉陈瑶，我谢谢她，不过别为我费心了。”

“靠，好心没好报。”杜宇也准备午睡了，脱掉衣服后发了一会儿呆，“呵呵，腿真长。”他意犹未尽地咂咂嘴。

“贱人！”骂完，方木忍不住笑了。

杜宇的鼾声很快在寝室内响起，方木却翻来覆去地睡不着。

我需要一个女朋友么?

靠，我怎么跟阿Q似的。

长期以来，尽管方木在学院里独来独往，很少跟别人交流，不过也能感觉到几个女孩子看自己的眼神有些异样。只是自己习惯性地回避所有人，所以那些眼神渐渐投向了其他开朗、热情的男孩子。

陈希。

这个名字让方木的心情骤然低落。他翻转身，让自己的脸紧贴着凉凉的床沿。

不要说亲吻、牵手，连那最简单的三个字，都没有来得及向陈希说出口。有些事，一旦错过，就是一生。有些人，一旦错过，就是一世。

至尊宝面对抵在咽喉的剑，说了一句真实的谎言：“如果上天能再给我一次机会的话，我会对她说我爱她，如果说非要给这份爱加一个期限的话，我希望是一万年。”

如果上天能再给我一次机会，我倒希望一切都没有发生过，甚至是认识陈希。

不要想了，方木眨眨已经有点潮湿的双眼，既然选择要和过去说再见，就要选择一切都忘记。

蒙眬中，方木竟想起邓琳玥，中午明明仔细打量了她半天，现在却一点也想不起她的模样。只记得她用“心相印”的纸巾，纸巾袋上印着几米的漫画：向左走，向右走。

第十三章

本能

下班之前，邰伟在走廊里遇见了经文保处副处长赵永贵。老赵倚着窗台闷闷地抽烟，脚边已经有好几个烟头。邰伟走过去打了个招呼。老赵回过头来，深陷的双眼中布满血丝。

“你们那个案子怎么样了？”邰伟递过去一支烟。

老赵扔下手中的烟头，接过邰伟递过来的烟，点燃后深吸了一大口。

“没头绪。”他用手使劲按着太阳穴，“排查了快600人了，还是一点线索都没有。你们那个案子呢？”

“一样。”邰伟有些丧气地说。两个人相视苦笑了一下，默默地吸烟。

窗外不知什么时候开始下雨，玻璃窗很快就模糊一片。邰伟看着玻璃上不断流下的雨水，忽然想起和方木在大雨中寻找佟卉时的情形，不由得微笑了一下。

那个脸色苍白，沉默寡言，略带点神经质的男孩子，上次见面的时候，感觉气色好了很多，眼神中也多了些年轻人应有的活泼。

是啊，让这样一个年轻人整天面对那些血淋淋的凶杀案，的确残忍了点。他应该像其他同龄的男孩子一样，平静、快乐、没心没肺地生活。毕业、就业、娶妻、生子，享受一个普通人应有的平凡的快乐。

丁树成说他有察觉犯罪的天赋。然而，邰伟感觉不到这种天赋能带给方木快乐。记得上次邰伟试探着问他为什么会对行为证据学感兴趣，他回答说不知道。这显然不是实话，他好像始终在某种回忆中挣扎却无力自拔。而这段回忆的尽头，又是一段怎样惊心动魄的经历呢？

这样一个人选择普通人的生活，邰伟不知道该为他高兴还是感觉可惜。就像手里的这件案子，如果他在，也许就不会这么毫无头绪。可是上次方木的态度让他有点发憷，尽管事实证明情杀的侦破思路暂时行不通，邰伟仍然没有再次拜访方木的打算。

“邰伟。”老赵冷不防开口了。

“嗯？”邰伟赶快回过神来。

“上次马凯那个案子你们干得不错。”老赵用手使劲捋着头发，“我总觉得“7·1”案件的凶手不正常，可能是个心理变态，可是又找不到什么线索。你帮我分析分析？”

“我？”邰伟指指自己的鼻子，“别逗了，我哪有那两下子。找个心理专家帮帮忙吧。”

老赵明显犹豫了一下，他把吸了一半的烟扔在地上，用脚狠狠地碾灭：“再说吧。”说完，转身离去。

邰伟目送着有点驼背的老赵消失在走廊尽头，一个50多岁的人了，才混上副处长，压力可想而知。

此时，方木正坐在教室里，看着窗外淅淅沥沥的雨发呆。下雨总能引起人的无限遐思，至少，也能让人无法关注眼前的事。

这堂课仍然是宋老师的课，这老先生在校外兼职做律师，无法在学校安排的上课时间给研究生上课，只好用课外时间。已经过了晚饭的时间了，他还没有下课的意思，只是说“休息一会儿”。暗暗叫苦的学生们冒着雨跑到附近的小超市买了点面包什么的充饥。胆子大一点的，收拾好书包悄悄溜了。宋老师在办公室里喝了茶，吸了烟，精神抖擞地回到教室，发现教室里少了不少人，脸顿时拉下来，从皮包里摸出点名册。

此起彼伏的答“到”声让方木回过神来，他不由得把目光投向孟凡哲。已经很久没有老师点名了，方木也就一直没和孟凡哲坐在一起。现在挪过去已经来不及了，方木有点替孟凡哲担心，也不愿意看到孟凡哲尴尬万分的一幕。

看得出孟凡哲有点紧张，硬邦邦地直着腰坐着，眼睛眨也不眨地盯着宋老师手里的点名册。

“陈亮。”

“到。”

“初小旭。”

“到。”

方木把头扭过去。不在餐桌上碰掉餐具是良好的教养，在别人把餐具碰掉时装作没看见是更好的教养。

“孟凡哲。”

孟凡哲大概迟疑了一秒钟，之后就半站起身清晰地答了一声“到”。

方木惊讶极了，扭过头去，正好遇到孟凡哲的目光。孟凡哲冲他笑笑，愉快地眨了眨眼睛。

晚上临睡前，方木在洗漱间遇到了孟凡哲，他手里拎着满满两大壶刚刚烧好的开水。

“你这是干吗啊？”方木边擦脸，边指着水壶问他。

“呵呵，给汤姆洗澡。”孟凡哲笑着说。

“那也用不了这么多吧，真浪费。”

“你不知道，汤姆很淘气的，总是弄得浑身脏兮兮。”孟凡哲幸福得像汤姆它妈，方木记得刘建军叫孟凡哲杰瑞，忍不住要笑。他看看左右，洗漱间里只有他和孟凡哲两个人。

“你，”方木看着孟凡哲，小声说，“好像不怕点名了。”

“嗯！”孟凡哲使劲点点头，“应该是的。”他把手里的水壶放在地上，郑重其事地伸过手来：“方木，非常感谢你那时对我的帮助。”

方木笑着把手伸过去握了握：“别客气。”

“有空去我那里玩。”说完，孟凡哲冲方木挥挥手，拎起水壶走了。

看着轻松的孟凡哲，方木感到由衷的愉快。他看看镜子里的自己，微笑渐渐爬上脸庞。

方木，没有什么是过不去的。

一连下了两天的雨，9月初的天气，竟有些微微的凉意。方木撑着伞，小心地踏上图书馆的台阶，墙上贴着一张纸，方木扫了一眼，好像是什么寻人启事。一片飘在水上的落叶险些让他滑倒。他抬起头，仿佛昨日还郁郁葱葱的大树已经略显金黄，一阵风吹来，又有几片树叶飘然落下。

5分钟前，乔老师打电话让他到心理咨询室去，电话里没说什么事，只说让他速来。

心理咨询室在图书馆的二楼。这是全市第一个设在大学校内的心理咨询室，负责人是乔允平教授。2000年的时候，省教委开了个关于关注大学生心理健康的会，号召全省高校设立专门的心理咨询机构，建立大学生心理干预机制。J大选择了法学院和教育学院的几个教师组成了J大心理咨询室。乔允平教授的年龄最大，被推举为负责人。成立两年多来，前来咨询的人寥寥无几。这并不意味着J大所有人都没有心理问题，只是大多数人都不肯直面自己的问题而已。乔允平教授平时琐事缠身，慢慢地也就很少来这里。所以，今天乔教授让方木来这里找他，方木感到很纳闷。

敲敲门，里面传来乔允平教授中气十足的声音："进来。"

方木推门进去，才发现咨询室里不仅仅是乔教授一个人。靠墙的沙发上，坐着两个来访者，都穿着警服，其中一个佩戴着一级警督的警衔。见方木进来，两个人的目光都落在了他的身上，上下打量着。

乔教授坐在办公桌后，面前是厚厚的几本卷宗，其中一本摊开在他的手里。他从老花镜上方看了方木一眼，示意他坐在旁边的椅子上，同时递过去一本卷宗。

两个警察互相看了一眼。

乔教授头也不抬地说："我的学生。"

方木有点尴尬，只好坐下来翻开那本卷宗。只翻了一页，方木就知道这是什么了：曲伟强和王倩被杀一案的卷宗。

曲伟强俯卧在草皮上，双臂展开，手腕处的断骨清晰可见。

摆放在门柱旁边的双手，苍白，毫无血色，仿佛从塑料模特上截下的假手。

颅骨塌陷，双目微睁。

一瞬间，方木仿佛回到了他只身站在球门前的那个夜晚。身边的一切仿佛都安静下来。四周摆满了书的书架、乔教授和那两个端坐在沙发上的警察、窗外淅淅沥沥的小雨、墙上弗洛伊德的大幅油画都似乎是遥不可及的景物象。

一个人仿佛在他胸口慢慢浮现，伸出长长的，如藤蔓般的双手，慢慢将方木的全身紧紧缠绕，之后便悄悄嵌入方木的皮肤，不留一丝痕迹。只是那刺痛般的触觉开始在全身蔓延，有种感觉在体内渐渐苏醒，冷静而清晰。

草皮。门柱。断手。利器。

“砰砰砰！”有人敲门。方木也一下子惊醒过来。

“进来。”

走进来的是图书馆的孙老师，手里捧着一摞书。

“乔老师，这是您要的书。”

“放这儿吧。”乔教授面无表情地指指桌子。孙老师小心翼翼地把书放在桌子上仅有的一块空地上，转头冲方木笑笑，拉开门走了。

乔教授又看了一会儿卷宗，之后在那摞书里抽出几本翻了翻，就点燃一支烟，靠在椅子上沉思。两个警察毕恭毕敬地坐在沙发上，一声也不敢出。

良久，乔教授突然坐起身，开口问道：“你怎么看？”

方木愣了一下，一瞬间竟没有意识到乔教授是在问他。

“我？”

“对。”

"我还没考虑好，要不老师还是你先……"

"让你说你就说，怎么这么婆婆妈妈的？"

乔教授指指那个一级警督："这是公安厅犯罪心理研究室的边平处长，也是我的学生，就是你的师兄。你有什么好怕的？"

边平冲方木点点头。

"看完这本卷宗，哪里引起了你的注意？"乔教授盯着方木的眼睛问。

方木略略沉吟了一下，简单地回答道："手。"

乔教授的脸上看不到任何表情，继续问道："凶手在杀死被害人以后砍掉了他的双手，并丢弃在球场上。你的感觉是什么？"

这一次方木考虑的时间要长一点。

"剥夺。"

"哦？"乔教授扬起眉毛，"怎么讲？"

"死者生前是一个足球爱好者，也是校足球队的守门员。我不太懂足球。但是我知道，足球场上唯一一个可以用手触球的人就是守门员。而对于守门员来讲，双手是他在球场上守护球门的武器。砍掉一个足球守门员的双手，就意味着剥夺他最宝贵的东西。而在这种剥夺背后，我感到一种……"方木顿了一下，"嫉妒。"

乔教授把目光转向沙发上的两个警察。

"本案中的第二个死者王倩，在被凶手强暴后，掐死，然后肢解。不过他最后又把王倩拼成了一个人形。这就是最耐人寻味的地方。如果说凶手在现场留下的标记都代表着他的某种特殊需要的话，第一个死者身上的标记——砍断双手——意味着一种源自于嫉妒的剥夺，那么，肢解被害人后又把她拼成人形，又意味着什么呢？"

方木和那两个警察都像听课般屏气凝神地看着乔教授。

"我觉得，凶手对死者王倩有一种重新塑造的渴望。他好像既对王倩的肉体充满爱欲，又对它满怀鄙弃。这种矛盾的心理支配他强暴了死者后，又将其掐死、肢解。而在他内心深处的一种渴望拥有‘全新的’王倩的情感，又支配他将死者重新拼成人形。我想，凶手在将死者的尸块重新拼接的时候，一定处于一种极其复杂的心理状态下。有报复的狂热，有征服的快感，也有对一切无法挽回的伤感和悔意。”

乔教授指指卷宗：“我看到公安机关并没有对王倩的背景和她与曲伟强的相恋过程做详细的调查。我觉得，这是一个突破口。我的设想是：这大概是一个王倩的追求者，眼看着心爱的女人与其他男人出双入对，双宿双飞。当他想象到自己心目中纯洁、高贵的女神和一个四肢发达、头脑简单的男人在租住的小屋里疯狂做爱的时候，这种情感就会如火山般爆发，从而做出一些疯狂的行径。不过，”乔教授顿了一下，“这只是我的一些设想，因为有些问题我也想不通，比方说那只注射器。它也许是属于被害人的，可是为什么会被插在王倩的胸上呢？”

“也许是凶手为了宣泄他对死者肉体的那种复杂情感，随手拿起来插在王倩胸上的？”边平插了一句。

“现在还不清楚。”乔教授摇摇头，“如果觉得我的设想能成立，你就按照这个思路查查看吧。最好从王倩初中时期查起，这种感情的形成时间不是一天两天，应该有很长时间的压抑期。”

两位警察起身告辞，走到门口的时候，那个一直没有说话的警察回过身来问乔教授：“他也是你的学生？”他用手指指方木。

“是啊。”乔教授扬起眉毛，语气中带着一丝倨傲。

那个警察没有再说话，看了方木一眼，拉开门跟着边平走了。

回到宿舍里，方木呆呆地在桌前坐了很久，除了一支接一支地吸烟，几乎没有别的动作。

杜宇笑嘻嘻地从外面回来，一进门，呛得直咳嗽。

“我靠，你这样吸烟，小心得肺癌，”他边打开门放烟，边看着方木嘴边还在冒烟的香烟，“老兄，用这个法子自杀，似乎慢了点吧。”

方木没有说话，苦笑着捏了捏眉心。

杜宇的出现让方木察觉到自己其实一直在思考乔教授给自己看的案子。下午的那种感觉仍然清晰，好像体内的另一个方木在不经意间又悄悄地冒了出来，一下子控制住他的整个身心。他的全部思维都随着这个方木的出现而被调动起来，就好像一辆插入钥匙的汽车，一旦启动，就不肯轻易停下来。

这感觉让他惶恐。

第十四章

葛瑞森 · 派瑞的花瓶

金家已经乱作一团。

金炳山手里捏着无绳电话，烦躁不堪地在客厅里踱来踱去。身后的沙发上，他的妻子杨芹哭得双眼通红，几个女同事搀扶着几乎瘫软的她，七嘴八舌地说着一些毫无用处的宽慰话。

金炳山看看墙上的挂钟，已经快晚上10点了。他低下头啪啪啪地按动着电话。随着他的动作，杨芹也停止了哭泣，勉强挺起身子，满怀期待地看着老公手里的电话。

电话接通了，金炳山和对方说了几句之后，就挂断了电话。他回过身，不敢正视妻子的眼睛，摇了摇头。

杨芹重新瘫倒在沙发上，一声近乎母兽受伤般的悲号在她的喉咙里尖锐地响起，到了嗓子眼，又硬生生地憋住，霎时憋得满脸通红。金炳山忙走过去，在妻子背后用力敲打着，随着一阵剧烈的咳嗽，杨芹的哭声终于爆发出来。也不知是哪来的力气，她猛地一把推开了金炳山。

“我不管，金炳山，你把孩子给我找回来！”杨芹头发纷乱，瘦得像鸡爪似的手指指着金炳山，“就为了那个什么狗屁客户，你连孩子都不管了，你算什么父亲！”她抓起一个靠垫用力丢过去。靠垫在金炳山身上弹了一下之后落在地上，金炳山看着平日里贤淑端庄的副教授妻子此刻如同一个泼妇一般，心里又酸又苦。他环视了一下客厅，大声喊道：“小陈呢？”

司机小陈从厨房里钻出来，边抹着嘴边的方便面汤，边说：“金总，我在这里。”

“寻人启事还有么？”

“还有几张。”

“走，出去复印100张，跟我去贴。”

回来的时候，已经是凌晨2点了。金炳山悄悄地打开房门，空无一人的客厅里亮着灯。他蹑手蹑脚地走到卧室门口，轻轻推开门，一脸泪痕的妻子已经躺在床上睡着了，手里还紧紧抓着女儿的衣服。

金炳山的心里一阵酸楚。他小心地带上门，回到客厅里发了一阵呆，就和衣躺在了沙发上。

在沙发上迷迷糊糊地睡了几个小时之后，金炳山又起来了，打算把剩下的寻人启事找个远点的地方贴上。他边揉着眼睛边推开房门，却发现门外有什么东西挡着，他用力一推，房门开了，一个大纸箱摆在门口。

金炳山愣了一下，下意识地撕掉纸箱上的胶带，掀开纸箱，一股令人窒息的味道扑面而来。

金巧一丝不挂，伤痕累累地蜷缩在纸箱里。

郜伟和队里的同事们在院子里拉响警笛，准备出警的时候，看见了同样行色匆匆的赵永贵。他忙摇下车窗，问了一句："老赵，去哪儿？"

"鹤岗。"老赵没有多说，加大油门很快开出了公安局的院子。

看着老赵踌躇满志的样子，大概他那个案子有了线索吧。郜伟想想那个棘手的医院杀人案，再想想出警的目的地，无精打采地挥挥手："出发。"

又是J大校区。这该死的学校不知道怎么了，三个多月的时间，死了两个学生，一个职工家属。据说这次是一个老师的小孩被杀了。

飞驰的警车很快就接近了J大校区，远远望去，高楼林立，很有些现代化高校的气派。只是在郜伟眼里，这座安静平和的象牙塔，此刻却好像被一团浓重的阴霾笼罩着一样。尽管是阳光普照的早晨，郜伟还是感到了那团阴霾散发出的阵阵阴冷。

郜伟知道，由于职业的关系，很多同事都在身上带着什么护身符之类的东西。平日里，他也没少嘲笑这些迷信的同事。可是此刻，他坐在驶向J大的警车上，却感到莫名的心慌，很想用手去触摸到什么以求心安。

警车驶进了J大家属区，派出所的干警正在小区门口等候他们。其实用不着指引，其中一栋楼前已经挤满了人。

邰伟摸摸腰里的手枪，打起精神，响亮地喊了一声："好了，干活！"

晚饭的时候，哲学系副教授杨芹的女儿被杀的消息就传遍了校园。噩耗传来，食堂里似乎都比往日安静了许多。

"听说那女孩才7岁，妈的，太狠了。"邹团结摇摇头。

杜宇正想开口，话到嘴边又咽了下去，他推推方木："你看。"

邓琳玥端着托盘在四下里张望，寻找着空座。

"走，团结，我们先撤。"杜宇手忙脚乱地端起盘子，"我们一走，你就赶紧招呼她啊。"

"你神经病啊，坐下吃饭。"方木的脸有点红。

"靠，不会吧？"杜宇的动作忽然停下来。

方木回头一看，邓琳玥已经找到了空位，对面坐着刘建军，两个人正交谈着，看得出不是初次认识。

"你小子，下手晚了吧。"杜宇悻悻地缩回了脖子。

"有一种人，千方百计帮助别人追求女孩子，其实在他的潜意识里，是他自己想追求人家。"方木翻着白眼说。

邹团结嘴里含着饭，闷声闷气地笑起来。

"变态！"杜宇的脸红了。

死者金巧，女，7岁，生前就读于J大附属子弟小学二年级三班。其父金炳山，42岁，大都文化有限公司总经理。其母杨芹，41岁，J大哲学系副教授。

案发时，死者金巧已经失踪了50多个小时。据死者的父母讲，死者失踪当晚，本来应该由其父金炳山去学校接孩子，但是由于金炳山临时有客户来访，所以，没能在放学时去学校接死者回家。死者于当晚失踪，死者父母报警后，又四处张贴寻人启事，然而，两天来始终没有消息，直到死者的尸体在家门口被发现。

死者的遗体被发现时一丝不挂，伤痕累累。据法医鉴定，金巧的死因为大面积软组织挫伤导致的疼痛性休克。换句话来说，金巧是被活活虐杀的。经检验还发现，金巧死后曾遭到过性侵犯，但是在死者体内没有发现男性体液，怀疑使用了避孕套。

死者的遗体被放在一个大纸箱内，经检验，这个纸箱是一个废弃的Adidas货箱。纸箱内，除了死者的遗体之外，还有两样让人百思不得其解的东西：一盒录像带和一块碎陶片。

录像带为普通家用录像机的带子，上面没有可供提取的指纹。整个录像画面只有15秒。内容是一个女孩的下体特写。女孩躺在一块黑色的布上（估计是为了掩盖其他物品的颜色和特征），双腿大开。镜头始终停留在女孩的下体。女孩在15秒的拍摄过程中始终没有动，结合女孩皮肤的颜色，她当时应该已经死了。从录像带中的女孩的生理特征来分析，她应该不超过14岁。后来死者父母从女孩大腿根处的一颗痣认出录像带中的女孩就是死者金巧。

死者的右手里握着一块面积为19.77平方厘米的碎陶片。它应该是某个破碎的容器的一部分，从陶片上不完整的花纹来看，该容器上应该绘有裸体的男女形象。警方专门请教了市陶艺家协会主席。反馈的消息是：从陶片上描绘的图案来看，很像是英国陶艺家葛瑞森·派瑞的作品之一——一个花瓶。这块陶片应该来自于它的仿制品。

结合以上情况，警方初步决定采取下列措施：

第一，走访死者生前就读的小学，尤其是失踪当晚与死者有过接触的同学和老师。

第二，本案的作案手段残忍至极，仇杀的可能性很大。因此立即全面调查死者父母的社会关系。

第三，装有死者遗体的纸箱体积较大，凶手应该借助交通工具才能将其运至死者家门口，应尽快走访周围群众，寻找当晚出现的可疑车辆。同时到本市各大出租车公司调查，寻找可疑的租车人。

第四，装有死者遗体的纸箱应该属于本市某个Adidas专卖店或者专柜所有，凶手已经将纸箱上标明发货地和送货地的标签撕去。这显然是为了隐藏纸箱的来源，因此，需要在全市范围内寻找这个纸箱的出处。

第五，死者生前曾遭受过非常剧烈的虐待，因此，她可能在被虐杀的过程中进行过躲避和反抗。怀疑死者手中的陶片是在躲避和反抗中被死者攥在手里的。那么，那个被认为是陶片出处的花瓶，就应该是凶手家中的物品。因此，需要在全市范围内寻找出售此种花瓶的商场，希望能得到有关购买者的线索。

咳嗽。压抑不住地咳嗽。

随后就是无休止的呕吐。

手扶着马桶边缘，右手狂乱地去抓放在旁边的纸卷。狠狠地撕下一大块，胡乱地在嘴边抹了抹。扔进马桶里，按下开关，污秽的纸旋转着消失在下水道里。

有些眩晕。

勉强站起身来，浴室的镜子里是头发纷乱，脸色苍白的自己。

冲自己笑笑吧。

牵动嘴角的同时，却闭上了眼睛。

不，不要看到那魔鬼般的笑容。

摇摇晃晃地走回客厅，无力地瘫坐在沙发上。房间里门窗紧闭，厚厚的窗帘挡住了窗外的阳光。墙角的一盏地灯亮着昏黄的光。空气闷热无比。可是，为什么还是觉得冷？

被冷汗湿透的头发贴在额头上，黏黏的很不舒服。用力把它们拢向脑后，手心里也湿漉漉的。抽抽鼻子，屋子里有腐烂的味道。疾步走到窗前，哗啦一声拉开窗帘，却仿佛被阳光刺伤一般又匆忙拉拢。急切地走向写字台，拉开下面的柜门，把所有的东西一股脑地都划拉出来，终于找到了一瓶空气清新剂。喷。喷。喷。直到再也喷不出一丝雾气才停手。

浓重的柠檬味有点刺鼻，不过，舒服多了。重新跌坐在沙发上，随手拿起一本书，随便翻了几页。大幅的人体解剖图插页。

滚开！

书被狠狠地扔向墙壁，沉闷的撞击后，哗啦啦地落在地上，无辜地摊开着。

身子一软，从沙发滑到了地上。冰冷的瓷砖一下将刺骨的寒意带向全身。

手撑着地面，极力想要站起来，却感到一个湿滑冷腻的东西按在掌心。

从沙发旁边的地上捡起来一看，是一小块肉。

喉咙猛地发紧。捂住嘴连滚带爬地扑向浴室，还没等掀开马桶盖，可怕的干呕声就在浴室里回响。

尽管身子弯成了弓形，尽管胃在剧烈地抽搐，却只吐出几口泛黄的液体。两眼被泪水蒙住，但是能感到鼻涕已经淌到了唇边。

再次面对镜中的自己。无力地抹去嘴角拖着的长长的涎水。定睛去看，站在对面的却是同样面色苍白的另外一个人。

笑！笑出来。

镜子里的陌生人也嘿嘿地笑起来。

回头望望客厅里那台电脑屏幕上贴着的照片。

你赢不了我的。

第十五章

迷途

方木几步跨过草坪，顺着小路急匆匆地往寝室走。宿舍楼下，西装革履的刘建军正在和邓琳玥说话。看见方木过来，热情洋溢地打着招呼，邓琳玥也非常礼貌地冲方木笑笑。方木心不在焉地挥挥手，快步走进了宿舍楼。

大约5分钟前，杜宇在寝室里给方木打来电话，说有大学同学找他。

从师大毕业后，方木和大学同学几乎都断了来往。有人造访，让他感到非常意外。

推开门，一个人从方木的床上坐起来，操着浓重的大连口音笑着说："老六，你回来了。"

方木愣了几秒钟，一言不发地走过去，用力抱紧了那个人："老大。"

老大被方木突如其来的热情弄得有点不知所措。他在方木后背上用力敲了敲："你小子，没怎么变样嘛。"

方木不好意思地放开手，偷偷用手揩揩有点湿润的眼角。

"老大，你怎么来了？"

"我正好来这里出差，就顺便来看看你。我靠，没想到你们J大的门卫这么严，我登记了身份证才放我进来。"

"呵呵，前段日子学校里出了不少事，所以对外来人员管得比较严。"

"哦，什么事？"

"有两个学生被杀了。"杜宇在一旁插嘴。

"靠，怎么到处都有这种事啊？"老大皱皱眉头，看看方木脸色一变，忙把话题岔开。

"你们宿舍的条件不错啊，研究生标准么？"

"是。老大你怎么样？"

"呵呵，混日子呗。你也知道，现在大学生找工作有多困难。我在大连一家国有企业做法务，单位也不景气，所以我们既要替单位打官司，还要替单位讨债，这次来，就是到你们这里的一家公司要钱来了。"

方木笑笑："和其他兄弟们还有联系吗？"

"老二去部队了，跟他一起去的351的老大说他现在是连级干部。老五毕业后就去了广州做律师，听说混得也不错。不过，和他们联系得比较少了。"老大的声音低下来，"你也知道，老三那件事出了之后，老四死了，你好不容易才捡条命。好好的六个兄弟，就剩下我们四个。大家都心照不宣似的回避这件事，巴不得早点忘记它，自然就慢慢断了联系。"

方木注意到杜宇正竖着耳朵听，就拉起老大说："走，老大，你好不容易来一次，我请你吃饭。"

校门口的小饭馆里，方木和老大喝得面红耳赤。毕竟曾经是亲如手足的兄弟，两年多没见，想说的话自然很多。一开始，两个人都抢着说话，就像两个风烛残年，较量记忆力的老人一样。只是两个人都小心翼翼地回避着那场惨剧，竭力回忆着当时某天某位强人的高论和种种让人开怀大笑的荒唐事。没话说了，就傻笑着往嘴里倒酒。

酒喝得差不多的时候，老大突然一拍脑门："对了，还有件事呢，那个记者后来找你没有？"

"记者？"方木有点糊涂，"什么记者？"

"不是有个记者要采访你么？"老大看起来更糊涂。

"采访我？采访我什么？"

"唉，还能有什么。老三那件事呗。"

方木的酒一下子醒了大半："到底怎么回事？"

"呵呵，你急什么。大约三个月之前吧，有一天我接到一个电话，对方说是C市晚报的记者。他问我是不是你的同学，我说是，然后我问他是怎么知道我的电话号码的，他说在我们班的校友录上查的。他说想调查一下当年老三那件事，说是要写一篇有关大学生心理健康方面的报道。"

"你都跟他说什么了？"

"没什么啊，就是我所知道的那些。不过我感觉那个人倒不是很关心老三的事，相反，比较关注你。”

“关注我？”

“是啊，比方说你的性格啊，之后的表现啊什么的。我想可能因为你是唯一的幸存者吧。”

方木想了一会儿，开口问道：“那个人长什么样？”

“具体的不知道，不过听声音岁数不大，也就30多岁，挺有礼貌的。”老大注意到方木的眉头越拧越紧，“怎么了？他没来采访你么？”

“没有。”方木摇了摇头。

“那就怪了，这个人想干什么呢？”老大一副百思不得其解的样子。

方木心中的问号和老大一样。他想起了暑假时肇老师跟他提过的那个人。

赵永贵的鹤岗之行毫无价值。外调的时候，当地民警曾提供这样一条信息：死者王倩在鹤岗上高中的时候，曾经有一个叫阎洪兵的男同学苦苦追求过她。只不过这小子表达爱的方式十分霸道，任何和王倩有接触的男性都免不了挨他和他那些社会上的小哥们的一顿拳脚。有一次，一个教物理的男老师在给王倩做课外辅导的时候，恰巧被阎洪兵遇见，结果这个男老师被打成脾破裂。高考之后，王倩去了J大，阎洪兵成了无业游民，还两次去J大纠缠王倩。第二次去的时候，被曲伟强领着足球队的同学暴打一顿。当时阎洪兵说了一句“你等着，早晚收拾你”。在“7·1”案件发案前，阎洪兵离开鹤岗，不知去向。

这条信息非常符合乔教授建议的侦察思路，也让赵永贵十分兴奋。当鹤岗方面传来阎洪兵突然返回鹤岗的消息的时候，赵永贵一边请求对方控制住阎洪兵，一边连夜赶往鹤岗对阎洪兵进行询问。

结果让赵永贵大失所望。阎洪兵去J大纠缠王倩等情况属实，但是他回鹤岗后不久就去了广州，在一个地下赌场做看场子的打手。2002年6月中旬，阎洪兵在一次械斗中被打成重伤。案发时他还在广州当地一家医院就医，而且处于警方的严密监控之下。

所以当赵永贵再一次闷闷不乐地站在走廊窗边抽烟的时候，刚从局长办公室回来的郜伟只看了他一眼，就知道什么叫同病相怜了。因为郜伟的情绪同样不高。

且不说医院杀人案已经陷入僵局，刚刚发生的女童虐杀案也是毫无线索。警方按照原有的侦察思路进行的各项调查均无功而返。

案发当天，死者金巧班里的同学大多被各自的父母接走了，只有一个小女孩回忆说她回家的时候，看见金巧站在校门口，好像在等人。班主任当天要给岳父庆祝生日，也是一下班就走了。没有人注意金巧在放学后，究竟跟着谁，又去了哪里。

金炳山和杨芹夫妇原来都是J大的教师，后来金炳山辞去教职，和朋友开了一家文化公司，妻子杨芹继续留在J大教书。无论在学校还是在社会上，两口子的口碑都不错，没有与人结过怨。而金炳山虽然身处商海，但是洁身自好，从未听说过与其他女人有暧昧关系。仇杀与情杀的可能基本可以排除。

对案发现场周围群众的调查走访也是收效甚微。按照金炳山的说法，他在发现尸体当天的凌晨2点左右回家，而当时，门前并没有纸箱，直到7点左右他推开房门。因此，凶手应该是在凌晨2点至7点这段时间把装有金巧尸体的纸箱送到金家门口。在这个季节里，6点左右，天就已经开始亮了。因此，凶手最有可能是在凌晨2点至凌晨5点之间将纸箱送至金家。而这段时间，正是人的睡眠最为深沉的时候。所以，当干警们调查周围的群众是否听到拖拽物品的声音，是否目击到可疑车辆的时候，几乎每个人都摇头。只有一个患有前列腺炎的中年男子说他4点多起床上厕所的时候，隐隐听到楼下有汽车发动的声音。至于车型、牌照、驾车人特征，都无从考证。

关于装尸体的纸箱，警方调查了本市各Adidas专卖店和专柜。得到的信息是：这种纸箱是装运动服的货箱。店里把货取出来之后，就把纸箱卖到废品收购站，偶尔有店员需要纸箱，也会拿一两个回家。全市共有大大小小的废品收购站上千个，逐一调查的话，需要费些时日。

至于那片陶片，警方在调查中发现，它来自于一件英国陶艺家葛瑞森·派瑞作品的仿制品。出售这种仿制品的工艺品销售点不计其数，调查购买者无异于大海捞针。

和走廊里郁闷的老赵简单打个招呼后，邰伟一头钻进办公室，一边死命揉着太阳穴，一边翻开案卷，一页一页地逐字看下去。

邰伟疲惫不堪地离开市局的时候已经接近午夜了。在一家路边的馄饨店里，邰伟一边喝着加了胡椒粉的热汤，一边看着笔记本上潦草的几行字。

就在下午邰伟头昏脑涨地看案卷的时候，他突然想起了方木。记得这个小子说过什么“标记”“需要”的理论，实在没有头绪的话，不妨按照他的说法试试。

命案侦查的重要突破口是弄清凶手作案的动机，这样可以把犯罪嫌疑人的调查范围缩小。而犯罪现场的痕迹，可以在一定程度上说明凶手的作案动机。

女童虐杀案的疑点可以归结为以下几个方面：

第一，虐杀手段。作为一个成年人，杀死一个7岁的女孩，可以说易如反掌。凶手为什么要费时费力地活活将金巧虐待致死，并且在死后奸尸呢？如果说是要表达出凶手的某种特殊需要的话，那么这应该是一个性心理变态者。

第二，录像带。凶手拍摄了死者金巧的下体特写。这又是出于一种什么需要呢？如果说是为了将来进行性行为时刺激性欲，或者收藏的话，为什么仅仅拍摄了15秒，又为什么要将其送至被害人家中呢？

第三，将尸体送至受害者家中。从以往类似的案例来看，这种行为多是凶手要表达一种挑战或者炫耀的情绪。那么他在挑战谁？警方还是被害人的父母？

邰伟一边吞咽着滚烫的馄饨，一边竭力模仿着方木的思路，试图分析凶手的心理特征。馄饨吃完，他也不得不承认，除了皱眉头的模样，其他的，是学不来的。

站在午夜清冷的空气中，邰伟做了一个决定：不管面对多么难看的脸色，他明天都要去找方木谈谈。

事情比邰伟想象的要简单得多。方木并没有像上一次那样摆出一副生人勿近的嘴脸，只是小心地把寝室的门锁好，就拿过案卷安静地看了起来。

“它的来源找到了么？”几分钟后，他指指一张照片，邰伟凑过去一看，是那块陶片。

“这个比较麻烦，全市很多工艺品销售点都有卖，很难查出购买者是谁。”

“这块陶片，什么意思呢？”方木看着天花板，仿佛在自言自语一般。

“会不会是死者在现场与凶手搏斗的时候无意中撞碎了那个花瓶，然后抓在手里的？”

“不会，”方木摇了摇头，“肯定是凶手在杀死了被害人之后，塞进她手里的。”

“为什么？”

“你不觉得它太大了么？”方木用手比画着，“凶手杀死被害人，奸尸，拍摄录像，这一系列行动中，他不可能没发现死者手里抓着那块陶片。”

“你的意思是，”邰伟想了一会儿，慢慢地说，“凶手把它放进被害人手里，是为了传递某种信息？”

“是啊，可是我不知道这信息究竟是什么。不过我觉得可以从两个方面去分析，一是陶瓷本身，二是这个作品的寓意。后者需要查找资料，至于前者……”方木边思索边说，“我觉得可能与被害人的身份有关。陶瓷，有什么特点？”

“嗯，比较硬，也比较脆。”

“我也是这么想的，我觉得这可能意味着女性。”

“哦，为什么？”

“这个问题一会儿再回答你，我们先谈谈凶手本人。我觉得这个人应该在25岁—35岁之间，有一定的文化基础及艺术修养，经济条件尚可。外表整洁，待人接物彬彬有礼。这个人存在一定的性心理障碍，这来自于失败的性经历。”

“依据？”

“首先，这个人赋予陶片一定的含义，我们姑且认为它的寓意就在于女性。那么这个人就应该受过良好的教育，具有一定的艺术修养。这种人往往比较在意自己的仪表。其次，这个人在犯罪手段上表现出一种性心理变态倾向。比方说虐待，比方说奸尸，比方说拍摄死者下体的特写。通常，奸尸者往往是一种无法与女性正常发生性行为的人，且大多曾经受到过女性在性方面的拒绝和侮辱，而这种人往往支配欲极强，并具有施虐的倾向。在他们看来，死去的女性更能满足他们支配女性身体的欲望。这也是我猜那陶片代表女性的原因，坚硬而脆弱。既代表拒绝，也代表不堪一击。这就是凶手心目中的女性。不过……”方木犹豫了一下，“对于这些判断我并没有十足的把握，因为我不明白他为什么要选择只有7岁的死者。大多数具有这种心理状态的人都会选择成年被害人来平衡内心的挫折感。而征服一个只有7岁的小女孩，我不觉得他能获得满足。”

“也许这是凶手的第一次尝试？所以选择相对比较容易的小孩子下

手？或者干脆就是一种偶然？”

“现在还不清楚。最好别下结论。”方木摇了摇头，“还有，卷宗里说车辆来源的调查正在进行，有消息么？”

“目前还没有，对当晚营运的出租车司机的调查没有结果，初步考虑这个人可能是租借车辆或者自己有车。”

“哦。”方木若有所思地点点头，“我觉得你们不妨考虑一下死者父母的熟人作案的可能。”

“为什么？”

“如果是暴力劫持的话，学校门口不可能一点动静都没有，肯定有目击者。而死者在那样的家庭环境中，家长应该多少教给她一些简单的自保常识。另外，她虽然只有7岁，但不会像我们小时候那样，给块糖就能领走。所以，我觉得很有可能是熟悉其父母情况的人，让死者丧失了警惕，最终被劫持。”

邰伟临走的时候，方木问他医院杀人案的进展如何。邰伟犹豫了一下，还是如实告知方木他最初提出的侦破思路被证明是错误的。方木的脸上看不出失望，而是皱着眉头盯着窗外看了很久。

“7月1号那个案子呢？”良久，方木开口问道。

“不太清楚。你也知道，那是经文保处负责的，我也不好过问。不过，估计也没什么头绪。”邰伟看看方木越皱越紧的眉头，“怎么？”

方木没有作声。

“难道……”邰伟沉吟了一下，“你觉得是同一个人干的？”

隔了很久，方木才慢慢地摇了摇头。一丝苦笑浮现在嘴角。

“我很难说清我的感觉。从理智上来讲，我觉得这些案子不像是一个人做的。因为这三起案件从手法、被害人、现场特征、凶手心理特征上来看，差别太大了。可是，我有一种很特殊的感觉，总觉得似乎有某种联系在里面。”看到邰伟屏气凝神地看着自己，方木不好意思地笑笑，“不过也许是我自己胡思乱想。你也别太当真。”

送邰伟走到门口的时候，邰伟忽然想起一件事：“马凯给你的信，你看了么？”

方木犹豫了一下，老老实实地承认：“没有，被我烧了。”

邰伟惊讶极了：“烧了？”在他看来，这是再好不过的探询犯罪人心理的资料，却被这样一个对行为证据具有浓厚兴趣的人看也不看就烧掉，这真有点不可思议。想追问原因，却看见方木满脸都写着“不要问”的表情。

妈的，有句话怎么说的？天才都是怪胎。

第十六章

数字杀手？

清洁工张宝华拖着扫帚和撮子费力地爬上综合教学楼四楼。草草地扫了几间教室之后，她低头看看手表，已经快7点了。按照规定，8点之前必须要把教学楼清扫干净。想想剩下的三层教学楼，张宝华伸手捶捶自己的腰，推门进了404教室。

教室里并排坐着两个人。借着清晨微微的曙光，张宝华依稀辨得其中一个人穿着红色的衣服。

上自习的话，怎么不开灯？哼，大概是昨晚偷偷留在教室里亲热的吧。张宝华撇撇嘴，伸手按下了墙上的开关。

方木和杜宇边大口咬着面包边赶到教学楼下的时候，才发现他们今天完全不必要担心迟到。几百名学生和教师聚在楼下，热闹得像个菜市场。虽然大家都在七嘴八舌地说话，可是脸上的表情却惊人的一致：恐慌。

出什么事了？方木刚想问问身边的同学，却一扭头看见了楼边警灯闪烁的警车。方木的心一沉。该不会又死人了吧？

他撇下杜宇，奋力向人群中挤去，好不容易挤到前排，却被一个警察毫不留情地伸手拦住了。

蓝白相间的警戒线把综合教学楼前的一片空地与人群彻底隔绝开来。从敞开的大门里，能看见警察们在楼上楼下地忙碌。透过值班室的窗户，方木看到值班员正在结结巴巴地跟一个面色凝重的老警察解释着什么。旁边的椅子上，一个清洁女工双手捧着一杯水，眼神发直，浑身筛糠。

果真出事了。方木刚想问问那个警察，就看到邰伟那辆白色吉普车停在楼旁。他想了想，掏出手机，拨通了邰伟的电话。

“哪位？”

“是我。出什么事了？”

“是你啊，你怎么知道我在你们学校？”

“看到你的车了。你怎么会在这儿，到底怎么了？”

404

“局里人手不够，我是临时来协助的。又他妈出人命了。”

“谁？怎么回事？”方木急切地问道。

“别问了。我现在忙得很，过几天我再联系你。”说完，邰伟就挂断了电话。

邰伟的粗口显示出他现在焦躁的心态。的确，作为警察，命案接二连三地发生，换了谁都要骂人。

邰伟此刻的确想骂人。赵永贵已经跑到四楼的卫生间里去吐了。邰伟也很想吐，可是总得留一个人在现场。他鼓起勇气，转过身面对着前所未见的景象。

这是一个可以容纳80多人的教室。第四排，端坐着一个被剥掉了全身皮肤的人。

照相机在教室里咔嚓咔嚓地闪着，邰伟一阵眼花，呕吐感更加强烈。

“好了没有？”邰伟粗声大气地问图像组的同事。得到肯定的答复后，他挥挥手：“其他部门，干活！”法医和勘验组的同事麻利地行动起来。

几个人默不作声地忙碌着，忽然，一个法医发出了大声的惊叹：“咦？邰伟，你来看！”

邰伟回过神来，疾步走过去：“发现什么了？”

“你瞧。”法医满脸惊异地指着女尸的头部。邰伟顺着他手指的方向一看，一条细细的黑线正顺着女尸的头部向下，一端在课桌的抽屉里，另一端塞在女尸的耳朵里，邰伟看看女尸头部的另一侧，另一只耳朵里也有。

是一副耳机。邰伟缓缓拉开抽屉，一部CD机端端正正地摆放在抽屉里。

邰伟戴上手套，慢慢地把CD机拿出来。隔着机盖，能清楚地看见一张碟片在里面飞快地转动着。

邰伟示意法医把耳机从死者耳中拿出来。这诡异的气氛让法医的手有些发抖，他定定神，伸手从死者的耳朵里拿出了一只耳机。在取另一只的时候，第一下没有拉出来，法医一用力，却拉动了邰伟手中的CD机，邰伟忙用力按住，耳机插头从CD机上被拔了出来。

震耳欲聋的音乐在教室里猛然炸响，好像一把沉重的大锤轰然敲击在每一个在场警察的心上。一个在教室后面仔细勘验的警察被吓得一屁股坐在地上，却没有人笑他。所有人都惊恐万状地盯着邰伟手中的CD机。

邰伟也差点扔掉手里这台凄厉号叫的CD机，不过他很快就定住神，飞快地按下了停止键。

那天早上的事情在校园里传得沸沸扬扬。方木在等待邰伟带给他真实的情况，而在这等待的日子中，他也在尽其所能地搜集有关线索。消息有真有假，有官方消息，也有小道谣传。不过可以肯定的是当天综合教学楼里的确出了命案，死者是个化学系的女生，据说死状甚惨。

三天后，邰伟果真来访。一进门，他看宿舍里只有方木一个人，就一头躺在方木的床上。

“有没有吃的，我饿死了。”

“只有方便面。”方木看看邰伟通红的双眼和凌乱不堪的头发，心想这哥们一点也不像个国家机关工作人员，倒像个好几天没吃饭的讨薪民工。

“行。要是有榨菜什么的最好也来点。”

方木给他泡上方便面，又翻出不知何年何月的半包榨菜。邰伟不等面条泡软就狼吞虎咽起来，边吃边用手指着自己带来的黑色皮包：“在里面，自己看。尸体是在你们学校综合教学楼四楼的404教室发现的。”

死者叫辛婷婷，女，20岁，四川自贡人。案发时，死者已失踪36个小时，只不过死者生前结交过数个网友，以前也有过突然赴外地与网友见面的事情，所以死者的室友并没有对死者的失踪感到意外。

“另一个人是谁？”方木边向后翻，边问。邰伟突然停止咀嚼嘴里的面条，好像回忆起了什么恶心的东西。

“不是人，一个塑料模特。”他勉强咽下嘴里的面条。

“塑料模特？”方木皱皱眉头，刚要问个究竟，却看见邰伟已经开始干呕了，忙指指桌子上的水杯。

邰伟觉得有点尴尬，喝了几大口水后，清清嗓子，装作满不在乎的样子说：“妈的，吃急了。”见方木没有搭理他，眼神中有点揶揄的成分，邰伟有点不服气。

方木笑笑，继续问道：“塑料模特？什么样的，哪一本是现场图片——你刚才说什么？！”毫无征兆地，方木一下子跳起来。

邰伟被问个猝不及防，一口水呛在喉咙里，剧烈地咳嗽起来。方木一边用力地敲打着他的后背，一边大声追问：“你刚才说什么？”

“我——我说什么了，”邰伟好不容易喘过气来，“你他妈想吓死我啊？”

“快想，你刚才说什么，什么4……”方木急切地说。

“嗯，我刚才说……四楼404。怎么？”

方木没有回答邰伟，而是直愣愣地看着屋角出神，嘴里轻轻地念叨着：“1、2、3、4……”

邰伟正想问他，方木却缓缓地开口了：“邰伟，并案调查吧，”他转过身来，眼睛里闪着奇异的光，“是数字。”

“什么数字？”邰伟更加摸不着头脑了。

“我可以肯定是一个人干的，因为每一次，凶手都在现场留下了编号。只不过他不是以受害者的个数，而是以犯案的次数为顺序。到目前为止，从1到4。”

"我不明白。"

"'7·1'案件，那个被砍断双手的男生，你还记得他是干什么的吗？"

"那个案子我了解得不多，不过我记得好像是校足球队的守门员吧。"

"守门员一般穿几号球衣？"

"……不知道，法国的巴特斯穿16号。"就这点信息，还是方木差点被马凯咬死那天，邰伟从走廊里路过值班室，无意间在电视里看到的。

"1号。而且曲伟强肯定穿1号球衣，因为我参加过他的球衣退役仪式。"

"1。我明白了，医院杀人案发生在第二候诊室，这是2。那么3呢？"

"那个送尸体的货箱。"方木慢慢地说，"你还记得那个货箱的样子么？"

"那个Adidas货箱？"邰伟不解地问，"有什么特殊的？"

"三叶草。"方木苦笑了一下，"我早该注意到的。"

感到懊恼的不止他一个人，还有邰伟。此刻，他清楚地回忆起，那个Adidas货箱的侧面印有Adidas特有的logo——三叶草。那个货箱不知道看了几百遍了，怎么就没有发现呢？

突然间，313寝室里的两个人好像被某种沉重的、黏黏的，甚至带点腥臭味的恐惧死死罩住。一时间，两个人都不说话，方木看着地面，邰伟看着方木，任由那恐惧如不停偷笑的毒蛇，在他们之间来回游走，不时吐出信子，露出毒牙，高傲地欣赏两个人的惊恐与无助。

良久，邰伟艰难地说："还有几个？"

方木长长地呼出一口气，摇摇头："不知道。"

寝室里重新陷入沉默。过了好一会儿，邰伟试探着问方木："会不会是巧合？"

方木猛地站起来，拿起那几本材料，"啪"的一声拍在桌子上。

“我建议警方并案调查。”他盯着邰伟，目光炯炯，“而我要做的，就是继续了解这几起案件。希望——”方木舔舔发干的嘴唇，“到4为止！”

死者辛婷婷的死因是机械性窒息，凶器应该是一条绳子。在死者的血液内发现了镇定类药物的成分，怀疑死者是被麻醉后勒死的。死者的全身皮肤被剥掉，像一件衣服一样被“穿”在了摆放在死者身边的塑料模特身上。从手法来看，凶手的技巧并不高明，但是给模特“缝制”人皮衣服的针脚细密整齐，看得出凶手是个细心且耐心的人。

现场发现了一部还在转动的CD机，从CD机记录的播放时间来看，是在案发当日凌晨1点45分启动的。可以肯定，那也是凶手将尸体和塑料模特摆放进教室的时间。

死者正在“听”的音乐是一张老唱片，20世纪70年代非常流行的披头士乐队的白色专辑：*The BEATLES*。这是让警方和方木最感到头疼的事情。相对于杀人、剥皮而言，这明显是一个意味深长的附加行为。让死者听音乐，究竟意味着什么呢？

尽管不少人觉得并案调查的理由有点牵强，不过最终还是得到了市局的批准，并成立了专案组，邰伟、赵永贵是专案组的负责人。前三起案件中已经中断的线索被重新捡起，彻底追查。其中两条线索是目前侦查工作的重点：一是医院杀人案中毒品的来源。海洛因并不是可以轻易取得的犯罪工具。所以警方认为，如果能够在全市范围内找到海洛因的买家，也许可以确定凶手的身份，至少可以得到凶手的部分特征。

二是车辆。方木曾经向邰伟提出，凶手应该是一个有车的人。这一点与警方不谋而合。因为第一起、第三起和第四起案件的发案现场都不是第一现场。

一个星期后，两路人马分别将信息反馈回专案组。负责查找毒品来源的一队人动用了特情，在全市范围内的吸毒人员范围内进行排查，没有发现可疑的毒品买家。但是，却得到了一条重要情报：7月下旬，一个吸毒者在深夜外出购买毒品后，在回家路上被人袭击，刚刚购买的海洛因被抢走。该吸毒者虽然被打伤，但是由于心虚没有报案。警方对该人进行了询问，但是当时被毒瘾折磨得几乎丧失理智的他对当晚的袭击者毫无印象。最后警方也只好对他处以劳动教养了事。

查找车辆的一队人对车辆进行了彻底排查，毫无结果。不过警方随后对校园周边与外界沟通的各个可能的出入口进行了勘察，结果在北侧的栅栏处发现了一个缺口。原本竖立的铁条栅栏被人锯断了一根，又将锯断的铁条虚装在原处，可以随意将其拆卸下来。留下的缺口可以容许一个人通过。从这个缺口进入后，步行1分钟后可以到达综合楼（第四起案件的发案现场），步行5分钟后可以到达体育场（第一起案件的发案现场）。缺口外残留车辙的痕迹，但已无鉴定价值。初步认定，凶手就是从这里出入作案现场的。

通过以上线索及公安厅犯罪心理研究室的分析，凶手是一个经济条件较好、聪明健壮、熟悉周边环境的人。

这个结论和方木的设想大致相同。

这是一个阳光明媚的深秋的中午，方木和邰伟坐在篮球场的长椅上。邰伟把刚刚得到的消息告诉了方木：那个塑料模特的生产厂家已经找到了。但是本市销售这种塑料模特的专营店有上百家，很难找出那个购买者。邰伟说“还在排查中”，可是方木也听出他对此并不抱太大希望。

沐浴在深秋的阳光里，方木感到通体酸软，眼皮发沉。几天来，方木一直在夜以继日地研究四起案件的案卷。查资料，做笔记，还要躲着好奇心空前高涨的杜宇。严重缺乏睡眠的他此刻只想好好地睡一觉。然而，在这暖如春日的阳光下，舒舒服服地闭上双眼，他的脑海里还是一遍遍闪现案卷里的文字和图片，就好像有人用刻刀把它们深深地刻在了大脑里一样。

警方分析得不错，这是个相当聪明的家伙，如果指望他自己疏忽大意而留下蛛丝马迹的话，几乎不可能。要想抓住他，只能从他的行为里逐步分析、归纳他的特征。然而，这四起让人越来越感到困惑的案子，究竟能告诉方木什么呢？

这也是几天来让方木最感头疼的事情。从以往的经验以及现有案例来看，连环杀手在连续犯案的过程中，总会为了满足心理或情感方面的某种需要而实施某一种特殊行为。这种行为，往往被称为犯罪人的“标记行为”。辨别并分析标记行为对侦破连环杀人案件极为重要。一来，这是并案分析的依据，二来，也是探求凶手作案动机的重要信息。因为它总能很好地反映凶手潜在的人格、生活类型和经历，能够在犯罪人、被害人、现场三者的互动中找到相应的证据。

毫无疑问，凶手在作案的过程中，对于犯案数字的精心安排，显然不是一种巧合。在没有掌握更多的事实情况之前，对于数字，只能将其理解为一种挑衅。而凶手在四起案件中的其他一些特殊行为，能否被视为是一种标记行为呢？

从表面上来看，这些行为似乎具备标记行为的特征：第一起案件中将被害人王倩肢解，将曲伟强双手斩断并移尸体育场；第三起案件中将手中塞有陶片的被害人金巧送回，并附上拍摄了死者下体的录像带；第四起案件中将被害人辛婷婷的皮剥掉。这些行为显然都需要凶手付出额外的时间、耐心、技能以及风险，这已经远远超出了逃避侦查的需要，而是为了使凶手自己获得某种满足。

然而，这正是最让方木感到困惑的部分。因为上述看起来特征明显的标记行为，既无法表明犯罪人持续性幻想的升级或变化，也并没有在持续性的案件中保持稳定。换句话来说，现有的所谓“标记行为”无法充分反映凶手的人格和心理特征。

“我有个想法，”一直在一旁懒洋洋地坐着的邰伟开口了，“相信你也察觉到了，每一起案件中都有无法解释的特征，似乎都与当起案件毫无关联。第一起案件中插在死者胸口的注射器，第二起案件的色情漫画书，第四起案件的CD。这似乎都在暗示下一个死者特征和作案手法。”

“哦，你说说看。”

邰伟来了精神：“其实当我得知在第一个现场发现注射器之后，我就有这种感觉。”他目光炯炯地看着方木，“第二个案件中，死者死于医院。这是巧合么？而且，在死者的包里发现的色情漫画书中，有大量的性虐待描写。而第三起案件中的死者，恰恰被性虐待致死。”

邰伟做了个劈开的手势。

“我觉得，每一起案件都可以一分为二来看待。每一个看似与案件无关的物证，其实是在提示下一起案件的特征。”

方木没有搭腔，其实，这种想法他也有。邰伟没有提及第三起案件中的陶片。而对于陶片及其作者的背景资料，方木已经掌握了不少。那个陶制花瓶的作者葛瑞森·派瑞是个异装癖者。而在第四起案件中，凶手将死者的皮披在男塑料模特身上，正是表达了凶手变成另一种性别的渴望。

如果这种假设成立，摆在面前的就有两个问题：第一，凶手的动机是什么？第二，第四起案件中的CD又在暗示什么？

方木疲惫地按按太阳穴，对凶手这样一个精神极度混乱的人，猜测他脑子里的想法，难度可想而知。

“不管怎么说，我觉得下一个被害人还会在这一带，而且……”

“而且会和5有关。”邰伟阴沉着脸替他把话说完。

要不要告诫所有人远离与5有关的事物？两个人茫然地环顾着身边来来往往的人，那些脸上带着甜蜜微笑，对生活充满美好憧憬的人。

尽管阳光依旧灿烂，方木和邰伟仍然感到了阵阵阴冷。

第十七章

猪

今天注定是不寻常的一天。

乔老师上午把方木叫到了心理咨询室。他先是问方木是否插手了几起案子，方木心里嘀咕着上次是你让我参与分析的呀，嘴里吞吞吐吐地支吾着。乔老师一瞪眼睛，方木就老老实实地把他所了解到的情况一五一十地告诉了乔老师。乔老师听完皱着眉头连吸了两支烟，接着莫名其妙地嘱咐了方木几句诸如注意安全之类的话，就挥挥手让他走了。

尽管感觉到乔老师对自己的不满，可是想到如果乔老师肯参与案件的话，抓获凶手的可能性将大大增加，方木多少感到一点心安。可是下午发生在自习室里的事则让方木感到尴尬万分。

邰伟复印了一些材料给方木，希望他能在其中再找出一些蛛丝马迹。于是下午方木就在自习室里找了个不太引人注意的角落里看材料。当邓琳玥向他走过来的时候，方木正在看那几本色情漫画的复印件，根本没注意到她。

"你好。"她笑吟吟地打了个招呼，"你也看漫画啊，哪一部？"

邓琳玥好奇地俯下身子，方木想盖住那些捆绑着的、一丝不挂的肉体，可是已经来不及了。邓琳玥怔怔地看了几秒钟，脸红到了耳根。

"嗯……品位很独特啊。"说完，她连看都不敢看方木一眼，飞快地走开了。

方木忙要解释，可是邓琳玥已经走出了教室。

"靠！"方木把材料摔在桌子上，心想他妈的这日子没法过了。

仿佛还嫌不够乱似的，傍晚的时候，邰伟突然打来电话。

"我在蔡家屯，你马上来，打车来！"邰伟的语气很急。

"怎么了？"

"还能怎么了，这次事情大了，你快来吧，快到的时候给我打电话，我去接你。"说完，邰伟就挂断了电话。

蔡家屯位于城郊，居民属于城镇居民。虽然无地可耕，但是，这里的居民仍然保持着农民的习惯，天黑了之后，只要吃过了饭，就纷纷关了灯睡觉。尽管不到19点，村子里已经是漆黑一片了。只有一个地方，灯火通明，还能看见警灯在无声地闪烁。

看到站在路边吸烟的邰伟的时候，方木的心不由得一沉。远远望去，邰伟佝偻着身子，竖起衣领，头发被秋风吹得东倒西歪，借助身边吉普车的车灯，能看见邰伟脸色阴沉。认识了这么久，还是第一次看到他这副样子。

几分钟后，邰伟和方木一前一后地走进一户农家小院。

院子里被足有100瓦的大灯泡照得雪亮，头顶上的光直照下来，院子里的人一个个显得面色苍白，形同鬼魅。

“嗬，终于来了。”一个蹲在墙角的人突然开口了。

方木寻声望去，是一个法医，以前在马凯那个案子里见过。旁边蹲着另一个人，抬头看了方木一眼之后，就把头低下去，一声不吭地吸烟。

这个人也认识，方木知道他叫赵永贵，曾经在乔老师的心理咨询室里和他见过面。

整整一个院子的人都在看他，方木一时间有点手足无措。

“这边。”邰伟在院子角落里招呼他。还没等走近，方木就闻到了一股刺鼻的气味，这是一个用碎砖、木板和树皮搭成的一个猪圈。借着那盏大灯泡的光，猪圈里的情形一览无遗。

里面的烂泥足有半尺厚，到处散落着猪食，猪食槽倒扣着，一半都陷进了烂泥里。这是一个邋遢无比的养猪户。

猪圈里一只猪都没有。尽管看起来卧在烂泥里的那个纹丝不动、浑身黑乎乎的家伙很像，不过方木还是肯定那是一个人。

“那是……谁？”方木抬起手，声音低哑地问。

邰伟没有回答他，而是递给方木一个物证袋，里面有一个沾满污泥的，打开的证件。右上角，一个金发碧眼的白人男性没心没肺地咧着嘴笑着。托马斯·吉尔，美国国籍，J大公共外语部。死的是个外国人，就像邰伟说的，事情大了。

方木猛地抬起头，四处环视，似乎在寻找着什么东西。邰伟知道他在找什么，又递过一个物证袋，里面是一块手表，同样污秽不堪，但是能看见时针、分针、秒针都停在“5”上。

第五起杀人案。

“邰伟，怎么样了，可以开始了么？”那个法医大声喊道，语气中带着一丝不耐烦。

邰伟转身做了一个“开始”的手势，回过头来对方木解释说：“我让他们等你来看过现场之后再进行勘查，虽然派出所的人破坏了一些痕迹。我知道，现场的原始记录对心理画像很重要。”说完，颇为自得地冲方木挤了挤眼睛。

两个穿着雨靴的警察跳进猪圈，费力地把尸体抬出来，放在院子中央的一块塑料布上。死者身材不高，1.7米左右，在美国人里应该算个矮子。尽管全身糊满烂泥，仍然能看见几处露了骨头的伤口。

“靠，估计被猪啃了很久了。”法医一边戴上手套，一边皱着眉头说，“邰伟，你先忙你的，这个样子，”他指指尸体，“估计得验一阵子。”

邰伟点点头，带着方木走进了屋子。

里屋同样灯火通明。一个干瘦的农民模样的人老老实实地坐在屋角的小板凳上，估计是报案人。两个警察坐在炕沿上，中间的小炕桌上摆着询问笔录。

见邰伟进来，两个警察停止了询问，站了起来，屋角的农民也赶忙站了起来。

邰伟挥挥手示意他坐下，伸手拿起了询问笔录，翻了几页，对仍然紧张地站着的报案人说："把你刚才所说的话，再说一遍。"

报案人一脸苦相，但是陈述流利，估计同样的话已经重复好几遍了：

"我那个败家媳妇昨天下午跟我干了一仗，回了娘家。我在小卖店打了一下午扑克，下晚5点多的时候，就回来了。一进院子，我还寻思这猪一天没喂了，不得嗷嗷叫唤哪？还挺好，一声都没吭。我热了一锅猪食，就去喂猪了。喂猪的时候，我寻思省点电，就没开灯，可是我查来查去觉得不对，我家只有四头猪啊，圈里怎么有五头呢？我还以为是隔壁吴老二家的猪跳到我家来了，我正高兴呢，发现这头猪卧在那儿不吃食，我拿棍子捅捅它，也不动弹。后来我拿手电一照，我的妈啊，那是个人啊！我就报警了，派出所的人来了之后，从他身上翻出个工作证，就给你们打电话了。"

这时法医进来了，在堂屋里拧开水龙头哗哗地冲着手上的泥。

邰伟在屋里喊了一嗓子："怎么样？"

"失血性休克。"法医边甩着手上的水边走进来，"有些被猪啃掉的地方还得仔细验验，不过至少被捅了14刀。"

他朝报案人努努嘴："也不怪他把死者看成猪，那家伙挺胖的，足有个180来斤，呵呵，你的猪可是饱了口福了。"说完，看着所有人皱眉欲呕的模样，嘎嘎地笑起来。

邰伟小声嘀咕了一句"变态"，扭头去看方木，却发现他正盯着屋角出神，嘴里喃喃自语："猪……猪……"

邰伟刚要开口询问，方木却先开口问报案人：

"你刚才说，你把死者看成了猪？"

报案人吓了一跳："是啊。天那么黑，这几个家伙一个个都是黑乎乎的。再说，在猪圈里趴着，还能是什么？"

方木转头面向邰伟，邰伟看到方木脸色苍白，唯独目光咄咄逼人。

"那张CD呢？"

"什么CD？"一时间，邰伟有点转不过神来。

“上一起案件，404教室！那个被害人正在听的那个！”方木急得有点语无伦次。

“在局里。怎么了？”

邰伟话音未落，方木已经抬脚往外走了。

“回去，拿那张CD！”

半个小时后，那台CD机摆在了方木和邰伟面前。方木戴好耳机，一声不吭地听音乐。

邰伟不知道方木究竟想干什么，不过他猜也许方木已经知道了那张CD与第五起案件的关系，所以就点燃一支烟，坐在方木面前静静地看着他。

方木一首一首地听，不时在纸上记录着。有的歌从头听到尾，有的歌只听了几句就跳过去。终于，他在一首歌上停了很长时间，反复听了几遍后，他在纸上飞快地写了一行字，然后在那行字上重重地画了个圈。

Helter Skelter。

“惊慌失措？什么意思？”邰伟不解地问。方木画圈的力量很大，纸都被戳破了，倒是很符合这个词代表的心境。

“查理·梅森。”方木的声音低哑。

这个名字邰伟似乎听过，而且隐约记得是个什么邪教组织的头领。他与这起杀人案有什么关系呢？

“查理·梅森是美国20世纪60年代末著名的邪教组织‘梅森之家’的头子，他宣称自己受到一首披头士的歌曲的启发，发动了名为‘Helter Skelter’的末日战争。目的是杀死白人，然后引发黑人与白人之间的战争。第一批受害者就是犹太裔导演波兰斯基的家人。除了波兰斯基之外，他的老婆和另外四个人都被杀了。第二批受害者是一个开超市的老板一家。犯罪现场的墙上写着‘杀死猪猡’。而那首歌，”方木指指那台CD机，“就是专辑披头士白色专辑*The BEATLES*中的一首单曲*Helter Skelter*。”

郃伟目瞪口呆地听着，好半天才开口问道："你的意思是，凶手在模仿查理·梅森的犯罪？"

"是的。"方木低声说，"刚才我一直奇怪为什么要把尸体扔进猪圈。后来当那个报案人说他把死者看成了猪的时候，我一下子就想起了梅森。因为历史上有很多连环杀手都曾经在杀死被害人后，采取某种方式来羞辱被害人。比方说把死者故意弃置在'不许倾倒垃圾'的广告牌下。不过把受害者称为猪的，最典型的就是查理·梅森。而且我隐约记得他的罪行缘于一首摇滚乐。所以，我推测第四起案件中的CD里一定有这首歌。"方木疲惫地靠在椅子上，"果真没错。"

郃伟沉吟了一下："那前几起案件，会不会也是模仿其他人的作案手法呢？"

"有这种可能。不过我不能确定，需要查查资料。"方木站了起来，"我得回去了，要抓紧时间。"

郃伟也站了起来："我送你回去。"

"不必了。"方木摆了摆手，"你赶快回现场。所有的异常特征都要记录下来，也许……"方木舔了舔早已干裂的嘴唇，"会有第六起案件的预示。"

6，这个平常的数字瞬间让两个人的心情沉重得无以复加。

整整一夜，方木都在电脑前查找资料，天亮前，他才疲惫不堪地和衣倒在床上。这一睡，直到中午才被杜宇叫醒。在食堂胡乱吃了点东西，方木就直奔图书馆。

午休时间的图书馆里安静无比。方木看看手表，还不到下午1点，距离开馆还有半个多小时。他径直来到三楼的资料室，把书包放在水磨石地面上，然后背靠着墙坐在上面，打算在开馆前再打个盹。

闭着眼睛，半梦半醒地眯了十几分钟后，方木听到一阵脚步声从楼梯口传来，还夹杂着一个男子的小声细语。

“嗯……我知道……不是你想的那样的……下周吧……”来人看到走廊里坐着一个人，脚步骤然停了下来，手中的电话也随之挂断了，“一会儿再打给你。”

方木费劲地睁开眼睛，是图书馆的孙老师。

孙老师惊讶地俯下身子：“你怎么在这睡觉啊？也不怕着凉。”他把方木拉起来，指指冰冷的水磨石地面，“别老觉着自己年轻，这么凉，得了痔疮有你受的。”

“呵呵，谢谢您。”方木不好意思地搔着头。

孙老师看看表：“嗬，来得这么早。还没到开馆时间，不过你先进来吧。”说完，他就打开资料室的大门。

进门后，方木直奔书架，接连抽出《美国犯罪百科全书》《犯罪学大百科全书》《疑嫌画像》几本书，捧着一大摞歪歪斜斜地走向座位。坐在椅子上，方木习惯地抽出烟盒，想想又塞了回去。

孙老师走过来，笑笑说：“开馆之前，可以吸烟。”他看看方木手中的烟盒，“嗬！芙蓉王，档次挺高的。”

方木不好意思地说：“我老师给的。孙老师，您来一支？”说着，就抽出一支烟递过去。

孙老师也从衣袋里拿出一盒芙蓉王烟，晃了晃：“一样的。别把烟灰掸得到处都是。”

整整一个下午，方木都在埋头查资料，记笔记。除了去书架拿书、还书，他几乎没动过地方。

资料室里人来人往，时而嘈杂时而宁静。然而，这一切似乎都与方木无关，他的全部身心都沉浸在面前这些书卷里。在人类犯罪史的漫漫长河中，那些或高大、强健或矮小、猥琐的刽子手们与方木擦肩而过。在一跃数载的匆匆一瞥中，在那些仿佛能将记录它们的纸张浸透血污的案件中，在那些十几年前、几十年前甚至一百多年前的罪犯的内心里，方木感到自己正一步步地接近真相。

当他疲惫不堪地放下笔时，窗外的天色已经有些暗了。方木疲惫不堪地边揉着太阳穴，边去饮水机边接了一杯冷水一饮而尽。

资料室里已经没有人了，看看手表，已经接近下班的时间。方木慢慢地整理着书包，突然感到倦意一阵紧似一阵地袭来。

怎么会这么困呢？手脚都仿佛灌了铅一般的沉重，眼皮不住地打架，椅子前所未有的舒服……

骄阳似火。被晒得滚烫的篮球场上，和寝室里的同学们穿着短裤，赤裸着上身打篮球。三哥太要强了，非得赢不可，输了就不让我们走。

走廊里。越过那些披着毯子、抱着肩膀的沉默的男生，能看见351寝室的孙庆东坐在厕所门前，浑身发抖。有人轻声告诉我，周军死在厕所里了。

图书馆里。手中的书如同树上的枯叶般簌簌发抖，借书卡上的名单里是一连串熟悉的名字。

小超市里。长发纷飞的陈希笑着说，你说，那样该多好。

25路车站。陈希紧靠着我的肩膀。

俱乐部里。面目狰狞的恶魔高高举起斧头。鲜血喷涌。陈希苍白平静的脸。

352寝室门前，火光中，王建和祝老四被烧得卷曲的身体。空气中是刺鼻的焦臭味。肃立在门前的他缓缓转身。我张皇失措地说，你，你是第七个读者。他微笑着默认，手握着军刀向我慢慢走来，嘴里轻轻地说，其实，你跟我是一样的……

不——

方木一下子猛跳起来，面前有一个黑影被方木吓得倒退两步。

“你怎么了？”是孙老师。

“哦，没什么。”方木感到冷汗正顺着脸颊流淌。

“马上下班了，我看你还趴在桌子上睡觉，就想把你叫醒，没想到你‘啊’的一声就跳起来了。”孙老师惊魂未定地说，“吓死我了。”

“对不起，做噩梦了。”方木勉强笑笑。

“没事。”孙老师拍拍方木的肩膀，“年轻人，也要注意休息啊。”

“嗯。”方木没有多说，收拾好书包就离开了资料室。

死者名叫托马斯·吉尔，41岁，白人男性，美国国籍。死者生前系J大公共外语部聘请的外籍教师。案发前一天晚上，死者曾在校门口乘出租车来到市内“晚风JAZZ”酒吧消费，但是没有人注意到他什么时间离开酒吧。

从尸检情况来看，发现尸体的时候，他至少已经死了15个小时。死因为失血性休克。他的胸腹部一共被刺了21刀，凶器为一把长14—18厘米，宽约4厘米的单刃尖刀。从伤口的部位和形状来看，凶手应该是一个身高在1.7—1.78米、习惯手为右手的成年男性。

死者身上的财物完好无损，除了手表被调至5点25分25秒之外，死者携带的现金和信用卡、银行卡都没有动过。

经现场勘查，发现尸体的猪圈并非第一现场。考虑到死者体态较胖，因此，凶手应该使用机动车辆将尸体带至抛尸现场。根据抛尸现场户主的陈述以及尸体检验的情况，凶手弃尸时间在10点至16点之间。警方调查走访了抛尸现场附近的群众，试图寻找可疑车辆的目击者，但是没有得到有价值的线索。耐人寻味的是，死者生前的同事提及死者有同性恋倾向，怀疑凶手同样有同性恋倾向或者扮作同性恋者将死者骗至第一现场并实施杀人行为。

J市的美国领事馆对此案表示了极大的关注，多次与市政府和市公安局进行交涉，希望尽快破案。专案组感到了极大的压力。

又是一个阳光明媚的下午。还是在篮球场，邰伟和方木坐在长椅上，身边堆着厚薄不等的案卷。邰伟先向方木简单介绍了刚刚得到的调查结果，方木很用心地听着，极少插嘴。最后，邰伟不无沮丧地说暂时没有发现提示下一起案件的不寻常的特征。方木想了想，拿过案卷材料，慢慢地翻阅起来。看到物证图片的时候，一张照片让方木盯了很久。照片上，死者的钱夹和钱夹内的现金、信用卡、银行卡等物摆在桌子上。从照片上看，除了中国工商银行的信用卡和银行卡之外，现金有人民币和美金若干，还有一张钞票的颜色比较特殊，由于被其他物品遮挡着，方木看不清它的币种和面值。

“这是什么？夹在中间那张。”方木指指照片。

邰伟凑过来：“哦，那个啊，是一张英镑，5英镑。”

方木的眉头皱起来：“他身上为什么会有英镑呢？”

“老外嘛，身上有外币很正常啊。”邰伟满不在乎地说。

“问题是他是美国人，身上有美金和人民币就已经可以进行日常消费了。为什么还要带英镑？而且只带了5英镑？”

这个问题把邰伟问住了，他搔搔头：“也许……也许有什么纪念意义吧。怎么？”他看看方木，“你觉得这是下一起案件的线索？”

“我不能确定。”方木摇摇头，“只是觉得有点不同寻常。再找找资料吧。”

“也好。你那边呢，怎么样了？”邰伟看看方木带来的案卷，迫不及待地问道。方木点点头，目光变得坚定、冷静。

“基本上有点眉目了。”

“是吗，怎么回事？”

“你别急，一本一本看。”方木把四起案件的材料一字排开，邰伟注意到每一摞材料上都有一叠打印纸。

“我们先从第二起案件来看。在第一起案件的现场，女性死者的胸部上被插了一个注射器。我认为这是在提示下一起案件的案发地点在医院，至少也是与医生这个职业有关。结果，第二起案件就发生在校医院，死者是一个43岁的中年妇女，死因为海洛因中毒。”方木说到这里停顿了一下，他拿起那叠打印纸，“你再看看这个。”

邰伟伸手接了过去。那是一些期刊和书籍的复印件，上面还有方木勾画过的痕迹。

“可能有点乱，你边看，我边讲。”方木慢慢地说，“这些是英国著名的连环杀人犯哈罗德·希普曼的资料。1963年，17岁的哈罗德·希普曼目睹年仅43岁的母亲撒手人寰。这件事对他的打击很大，也成为他人生的重大转折点。母亲的死激发了他学习医学的兴趣，但是他的母亲由于病痛的折磨，长期以来只能依靠海洛因和吗啡来减缓发病时剧烈的疼痛，所以，他也同时产生了用海洛因和吗啡杀人的欲望。他不能容忍那么多与自己的母亲年龄相仿的妇女平安幸福地生活下去。”

邰伟忘了看手中的材料，目瞪口呆地看着方木。方木平静地继续讲述：“1970年，他从医学院毕业，成了一名医术高超、医德良好的家庭医生。但是他从未真正摆脱童年的遭遇。1984年，希普曼开始用海洛因杀死自己的病人，受害者多为与母亲年龄相仿的女性。直到1998年底他被捕时为止，他一共毒杀了215个人。”

邰伟好半天才回过神来：“你的意思是，凶手在模仿哈罗德·希普曼的作案手法？”

“是的。在第二起案件的现场，死者的手提袋里被凶手塞进了一本日文原版色情漫画。内容涉及性虐待和同性恋。这也是凶手在提示下一起案件的线索。因为第三起案件中，年仅7岁的死者就是死于性虐待。”方木又拿起一摞材料递到邰伟手里。

“这是日本著名连环杀手宫崎勤的资料。宫崎勤是一个早产儿，双手腕骨略有畸形，也造就了他自卑的性格。这个人不喜欢与他人交往，但是非常喜欢看色情漫画。他被捕的时候，警方在他的寓所里搜出了大量描写性虐待的色情动漫作品，光是色情卡通片就有六千多盒。宫崎勤第一次犯罪是在1988年，他勒死了一个4岁的小女孩并奸尸，还拍摄了死者的下体特写。之后在1988年10月、12月，1989年6月，他又三次作案，死者都是不超过7岁的小女孩，作案手法都是虐杀死者后奸尸。宫崎勤在1989年1月重返第一起案件的弃尸现场，把第一个死者的遗骸装在纸箱里送回了被害人的家中。纸箱里放有类似犯罪声明的字条。后来，他还把字条邮寄到几家比较大的报馆。1989年7月，宫崎勤被捕。1997年，东京地方法院判处宫崎勤死刑。不过他至今还在为自己的死刑上诉。"

听罢，邰伟喃喃地说："这，这简直和金巧那件案子一模一样啊。"他急切地拿过第四起案件的材料，"这个呢？又是谁？"

"爱德华·盖恩，美国著名的连环杀人犯。第三起案件中，死者金巧手中握有一块陶片。这块陶片来自英国著名陶艺家葛瑞森·派瑞的一个作品。而葛瑞森·派瑞是一个异装癖者。历史上最有名的异装癖连环杀人犯当属爱德华·盖恩了。他的一生都在他母亲的管教和虐待之下。他把他母亲的尸体留在家里，把放置母亲尸体的房间钉死，当作神殿一样供奉。最初，他为了排遣寂寞，只是到附近的坟墓里，把女性的尸体挖出来，然后触摸、观赏她们。后来，他开始剥掉尸体的皮缝制人偶。最后，这种变态行径开始变本加厉，他在三年内杀死了三个中年女性，并用她们的器官制作'人类手工制品'。他被捕之后，承认自己非常渴望知道拥有阴道和乳房的感觉。当爱德华·盖恩穿上那些人皮外衣，就会幻想他是自己的母亲。你看过《沉默的羔羊》吧？"

邰伟点点头。

"那部电影就是根据爱德华·盖恩的案子改编的。"方木拿起邰伟带给他的材料，"第四起案件中，被剥掉皮的死者在'听'一张CD，这是提示第五起案件的线索。他模仿的是查理·梅森。查理·梅森宣称自己受到披头士的一首歌曲*Helter Skelter*的启示，要发动对白人的末世种族战争，其屠杀对象是中产阶级的白人。我上次也对你说过了，梅森不仅在两个案发现场都留有称呼死者为猪猡的字迹，而且他一直把杀人称做‘宰猪’。这就是我这两天搜集得来的资料。我认为他在模仿历史上著名的连环杀人犯，并在每一次作案后都会留下下一个模仿对象的线索。第六起案件，我想应该与那张5英镑的钞票有关。”

邰伟沉思了一阵，突然像想起什么似的问道：“第一起案件呢？你刚才没提第一起是模仿谁。”

方木皱皱眉头：“我也在为第一起案件伤脑筋。历史上的连环杀人犯，杀死被害人之后肢解死者的太多了。从第一起案件的手法上来看，很难判断出他在模仿谁。不过有一点是可以肯定的，凶手的动机之一是嫉妒，这一点我坚信不疑。他冒着那么大的风险，把曲伟强的尸体从家属区运到体育场，绝对不是毫无意义的。”

邰伟想了想：“那乔老师所说的‘重新塑造’死者王倩的思路，会不会是个线索呢？”

方木没有回答他，随手拿起第一起案件的材料，径直翻到现场图片。

被砍成六块的王倩被重新拼成了人形，呈“大”字形躺在地上。

方木盯着照片看了一会儿，又看了看文字说明。突然，他的目光变得极其专注，眉头猛地拧紧了。

“头北脚南……头北脚南……”他喃喃自语着，突然开口问道，“现场的门窗位置是怎么样的？”

邰伟略略思考了一下：“应该是南北朝向的。门北窗南。我记得老赵跟我说过，当时死者的头冲着门，脚对着窗户。”

“也就是说，当警察进入现场的时候，他看到的，应该是这样一幅景象。”方木若有所思地说，把手中的照片调换了一下角度。王倩的尸体被倒转过来，变成了一个倒立的“大”字。方木的目光依次经过死者的头、双手、双脚，呼吸骤然急促起来。他飞快地掏出手机，颤抖着按下几个数字。

几秒钟后，耳边传来杜宇的声音：“喂？”

“我是方木。杜宇，你还记不记得，门上的那个五角星是什么样子的？”

“五角星？什么五角星？”

方木急得站了起来：“世界杯决赛那天！我们一起去看球，回宿舍我先去了厕所，回来的时候，你说门上被人画了个五角星，你当时还用抹布擦来着，你想起来没有？”

“哦，我想起来了，是有这么回事。你怎么想起问这个来了？”

“你别管！你快想想，那个五角星是什么样的？”

“五个角呗，还能什么样，我就记得画得挺难看的。”

“你再想想，还有什么特殊的？是不是……”

“哦，我想起来了，那个五角星，好像是倒着的。”

“……倒着的……”方木的脸色一下子变得灰暗起来。

“是啊，就是一个角在下面，两个角在上面。你问这个干吗啊？喂，方木，你在听我说话么？喂，喂……”

方木没有理会他的召唤，慢慢地挂断了电话。仿佛全身的力气都被抽走了一般，方木斜靠在长椅上，眼神空洞。邰伟从他和杜宇的对话中，隐隐知道曲伟强和王倩被杀案发生的前一天，有人在方木的宿舍门上画了一个倒转的五角星。可这又意味着什么呢？

“倒转的五角星，什么意思？”

方木仿佛被惊吓到似的，好半天才颤抖着嘴唇说：“理查德·拉米雷兹，美国的连环杀人犯。1984年至1985年间，他多次在夜晚潜入居民家中，杀死家里的成年男性，强暴家中的女性和小孩，再将他们肢解。作案完毕后，他会在现场留下他的标志——一个倒转的五角星。”方木指指那张照片，“王倩的头冲着门，脚冲着窗户，呈‘大’字形，当警察进入现场的时候，看到的正是这样一个倒转的五角星。”

“这家伙的犯案手段和其他连环杀手不同：他既没有特定的杀人手段，射杀、钝器击杀、割喉、扼杀都试过；也没有特定类型的受害者，死者小到几岁，大到70多岁，各行各业的人都有。所以警方在抓捕他的时候，很费了一些力气。理查德·拉米雷兹1985年被捕，1989年被判死刑。”说罢，方木就低下头不作声了。

邰伟若有所思地说：“这个家伙看来真的在模仿这些人，还在你的门上留下预示第一起案件的线索——倒转的五角星……”

话到此处戛然而止，邰伟的眼睛一下子瞪大了，手中的香烟也忘了吸。愣了几秒钟，他把头转向方木，后者正在努力点燃一支烟，颤抖的双手怎么也打不着火。

仿佛下了很大决心似的，邰伟慢慢地说：

“方木，我觉得这个人是冲你来的。”

邰伟小心地看着他，方木的脸正呈现出死灰一般的颜色。

“他在考你，看你能不能猜出他下一个要模仿谁。在这个校园里，没有人比你更了解这些。”邰伟的话很轻、很慢，而在听者的耳朵里，却像一颗颗射入心脏的子弹。

“是么？不会吧。”方木终于点燃了香烟，深吸了一口，转头对邰伟勉强笑笑。

那是什么样的笑？恐惧、绝望、愤怒、沮丧。

不知不觉中，天色暗了下来。方木感到周围那些轮廓逐渐模糊的事物一件件围拢过来，篮球架、铁丝栅栏、树木，甚至是宿舍楼都仿佛有了生命一般，在越来越浓重的夜色中不怀好意地偷笑着，一步步向他逼近。

方木感到喉头发干，嘴发苦，头发晕，终于，他弯下身子，不可遏止地呕吐起来。

邰伟一动不动地坐在长椅上，看着面前身体几乎折成两半的方木，心中充满了同情与哀伤。

第十八章

约克郡屠夫

整整一天，方木就躺在床上，不吃不喝，不言不语，眼盯着天花板，不理会任何人。杜宇虽然已经对他这副德行习以为常，不过也隐隐感到这一次，他有点不一样。

邰伟推门进来的时候，杜宇正试图劝方木吃掉自己为他买来的晚饭。邰伟看见桌子上还摆着早已冷透的午餐。

仅仅一天工夫，方木就瘦了很多，下巴更尖了，那两只死死盯着天花板的眼睛也大得惊人。

邰伟坐在方木的床边，盯着方木看了几秒钟："绝食？"方木毫无反应，眼珠动也不动。

邰伟"嘿嘿"地笑起来，他拿过饭盆，使劲嗅了嗅。

"嗬，很丰盛啊，看你哥们给你考虑得多周到！还不快起来吃了。"

方木垂下眼睛，轻声说了句："谢谢。"就把头转向床里侧。杜宇无奈地冲邰伟耸耸肩，邰伟笑着摆摆手表示不介意。三个人沉默着坐了一会儿，杜宇就拿起书包和水杯，向邰伟做了个"我出去了"的手势，轻手轻脚地带上门走了。

宿舍里只剩下方木和邰伟两个人。邰伟看看仍然脸冲着墙、一动不动地躺着的方木，叹了口气，掏出烟来闷闷地抽。

一支烟吸完，看看方木仍然没有搭理自己的意思，邰伟开口说道："伙计，我很理解你此刻的心情。别说是你，我是个警察，如果有个这样的对手，我一样会感到害怕。可是害怕归害怕，每天躲在寝室里并不是个办法。如果他想干掉你，他早晚会下手，不管你如何逃避，他都会找上门来。所以最好的办法是先下手为强，先把他揪出来！"

方木猛地坐起来："你能不能闭上嘴，别像个老太太似的唠叨个没完！"

邰伟尽力压住火："我很理解你现在的心情……"

"你理解个屁！"方木粗鲁地说，"我并不害怕，就算他现在躲在床底下，拿着刀子我也不害怕。我不是第一次面对想要我命的人，也不会是最后一次！”他的声音猛地哽咽起来，“为什么要杀那么多的人！想干掉我？来啊，直接来杀我！为什么要白白搭上那么多人？”

他猛地把书架上的书全推到地上，随后就颓然倒了下去。

邰伟看看凌乱地散落在地上的书，又看看眼前这个虚弱不堪的年轻人。他终于知道让方木感到痛苦不堪的真正原因，心中不免对这个倔强的家伙产生了一丝敬意。

爱与责任，是人类最宝贵的情感。

他弯下身子，慢慢地把书捡起来，拍掉灰尘，再一本本地排列在书架上。做完这一切，邰伟坐在床边，紧盯着方木说：“小子，起来吃饭！”

邰伟的口气强硬而坚决，刚才好言宽慰的态度已经荡然无存。

方木察觉到了这一点，他睁开眼睛。

就像把手枪交给生死与共的搭档一样，邰伟用力把勺子塞进方木手里。

“伙计，我们得干下去。接下来还有几个被害人我不知道，但是我们一定要尽可能地在他杀死更多人之前阻止他。不要去想那些已经死去的人，死了就是死了，他们谁也不会因为你的内疚而起死回生。这就是你的命运，方木，拥有比别人更多的天赋，就有比别人更大的责任。逃避是没有用的，抓住那个凶手，就是对这些死者最好的安慰。而在此之前，”他把饭盆往方木面前一推，“你最起码要保证自己不被饿死！”

方木看着自己面前还在微微冒着热气的饭盆，又看看表情严肃的邰伟。

两个人沉默地对视了几秒钟，方木终于接过饭盆，大口地吃起来。

吃完饭，方木跳下床做了几下扩胸运动，感觉胸中的闷气都随着呼吸一泻而空，整个人清爽了不少。

方木向邰伟简单谈了自己的想法——尽管躺在床上被内疚和愤怒整

整折磨了一天一夜，方木的脑子还是在围绕着案情紧张地转动着。在他看来，凶手之所以把矛头指向自己，肯定与自己参与过的案件有关。

“关于数字，我想应该是有特殊意义的。”

“哦？你指什么？”邰伟来了精神。

“不知道你有没有注意到，到目前为止，已经发生了5起杀人案，受害者却有6个。”方木扳着手指，“而凶手在现场留下的数字密码，是按照从1到5的顺序排列的。当初我留意到这一点的时候，觉得很奇怪，因为如果数字与死者的数目相符的话，可以表达一种炫耀或者挑衅的心态。而与作案次数相符，这说明什么？这说明凶手在意的并不是受害者的人数，而是作案的次数，或者说是模仿的人数。所以，这数字应该是一个固定的数字，或者说，凶手早就考虑好了要模仿的人数。因为，”方木顿了一下，“如果是考试的话，这考试总会有结束的时候，那时，就可以考察我究竟有没有通过考试。”说完，他平静地看着邰伟，笑了笑。

邰伟看见方木嘴角的微笑，却感到彻骨的寒冷。

从小到大，邰伟也经历过无数次大大小小的考试，却没有一次考试让他感到这种发自内心的恐惧。就好像在你面前放一张试卷，要求你用笔蘸着鲜血判断对错。判断对了，考试结束，皆大欢喜。判断错了，就会又有一个人（也可能不止一个人）在这世界上消失。

还没等他们意识到这是考试，前五道题已经永远不可挽回地被打上了鲜血淋漓的×。

“那，这数字到底是几呢？”

“7、9、11。”方木沉吟了一下，“应该是个单数。不过11的可能性不大，因为那样犯罪周期就太长了，他应该急于跟我分个高下，等不了太长时间。7。”他若有所思地点点头，“7的可能性大一些。”

“为什么是7？”

“我是个心理画像者。大概他想跟我来一次心理上的较量。而在心理学上，7被认为是一个具有魔力的数字。”

“魔力？”

“是啊。一般情况下，人对数字的记忆范围大多在7的前两位和后两位之间。也就是说在5位和9位之间。超过9位，大多数人就会对数字记忆模糊。所以大多数人在记忆一些比较长的数字的时候，都倾向于把它们分段记忆。比方说圆周率。此外，人类历史上很多奇妙的事物都与7有关，例如一周有7天，音乐有7声，颜色有7色，七宗罪、第七个……”方木的话突然停下来，脸色也变得很差。

“第七个什么？”

“哦，没什么。”方木的脸色很快就恢复如常。

邰伟低下头，仿佛在考虑什么，过了好一会儿，他试探着问：

“方木，你会是第七个么？”

方木盯着邰伟看了几秒钟，笑笑说：“我不知道。如果我是这考试的一部分，那我就是最后一个。如果我不是这考试的一部分，那我就是考试结束之后的下一个。总之，我躲不掉的。”

看着平静的方木，邰伟一时间竟不知道说什么好。面对面地和另一个人谈论自己会是第几个死者，就好像在讨论天气、足球这样无关痛痒的话题。这实在太可笑了。

邰伟摸摸腰里的手枪，慢慢地说：“我不会让你出事的。”

方木还是无所谓地笑笑：“希望如此吧。不过就像你说的，这是我的命，如果真的要我死，躲是躲不掉的。”

他站起来走到窗前，透过已经结了霜的玻璃，能隐隐看见楼下亮着的路灯和不时走过的、大声谈笑着的学生们。

“死。”方木轻声说，“其实，老天已经很照顾我了。”

窗外透进来的模糊灯光给方木的侧影镀上一层薄薄的金边。邰伟站起身来和方木并排站在窗前。

“如果你没猜错的话，还有两个。”邰伟看着夜色中仍然喧闹的校园，慢慢地说。

良久，方木仿佛自言自语般轻声说：

“还有两个。”

天气越来越凉了。女孩子们也不得不放弃尽显曼妙身姿的时尚衣装，衣着厚重起来。校园里缺少了绵延一夏的色彩斑斓，不动声色中，多了一份苍凉和落寞。每时每刻，都会有大片的落叶随着一阵紧似一阵的秋风徐徐飘落，踏上去，仿佛还有不甘心的轻轻的“咔嚓”声。昨天薄薄地下了一场小雪。满地的泥泞加之慢慢腐烂的秋叶，仿佛在一夜之间，曾经生机勃勃的校园，竟透出一丝死亡的气息。

真正让人们心头沉重的，并不是这让人备感悲凉的秋景，而是时时在校园里匆匆而过的、面色凝重的警察。

相对于其他人的抵触和漠不关心，方木是最关心调查进展的人。按照邰伟的主张，暂时不对外公布案件与方木的联系，所有以方木为背景的调查都是秘密进行的。这也让方木能够不受打扰地继续对“6”的线索进行追查，当然，除非迫不得已，邰伟几乎每天都跟在方木身边，以防不测。

又是一个忙碌的下午。方木正在资料室里，对着面前的一本厚书全神贯注，邰伟趴在旁边的桌子上呼呼大睡，一丝涎水挂在嘴角，忽长忽短。

资料室里有不少人，快期末了，大家都忙着写论文，来查找资料的人络绎不绝。邰伟不雅的睡姿让不少人纷纷侧目，管理员孙老师更是不时担忧地看着邰伟枕在脸下的崭新的《西方犯罪200年（1800—1993）》。

方木疲惫地揉着太阳穴，将手中的书翻到下一页，在阅读其中一段的时候，呼吸猛然急促起来。他目不转睛地快速阅读了两遍，脸色因兴奋而涨得通红。随后，他一步绕过桌子，跑到邰伟身边，猛推了他一把。

“喂，快看。”

邰伟一下子跳了起来，顾不上擦掉嘴边的涎水，手伸向了腰间："怎么了？"

整个资料室的人都被他这一声大吼吓了一跳，一个正踩着梯子到书架顶层拿书的男生更是被吓得稀里哗啦地摔了下来。

方木顾不上周围不满的目光，只是抱歉地向一脸惊愕的孙老师笑笑，迫不及待地把书摊开在邰伟面前。邰伟扣上枪套，臊眉耷眼地低头看着。只扫了一眼，他的眉头就皱起来了。

看罢，他伸手从衣袋里拿出香烟，抽出一支叼在嘴上，方木见状，急忙把他拉到走廊里。

两个人在楼梯间里默默地吸烟，抽了大半支之后，邰伟看看方木，问道：

"约克郡屠夫？你觉得凶手要在下一起案件中模仿他？"

"我觉得有可能。"方木把烟头扔在地上，用脚慢慢地碾碎，"你刚才也看了那一段。那5英镑的线索跟他非常符合。"

邰伟点点头，慢慢回忆刚才看过的资料。

彼得·萨特克里夫，英国人，在1975年至1980年间杀死了13个女人，被称为"约克郡屠夫"。其杀人手法的特点是先用铁锤猛击被害人头部，然后用螺丝刀猛刺被害人的胸腹部。犯案后，还喜欢在尸体手中塞一张5英镑的钞票。

"这么说来，下一个受害者是个女性？"

"如果他真的要模仿约克郡屠夫，那就肯定要杀死个女的。"方木眼望着走廊另一端，那里，一群女学生正叽叽喳喳地从瑜伽训练室走出来。

"靠。"邰伟狠狠地把烟头扔在地上，"我先回去了，召集人手采取一些有针对性的措施。你们学校有多少女生？"

"4000多人吧。"

"他妈的！"

一个周三的下午，方木独自在院子里溜达，走到体育馆附近，向身后一瞄，果真看见邰伟就在不远处晃悠，不由得叹了口气。

和一个警察整天形影不离，已经让很多人心生疑惑，所以方木建议邰伟多去关注一下保卫工作，没必要整天跟着自己。“我是最后一个，他不会现在就对我下手的。”邰伟表面上答应了，可是总能在自己附近看见这家伙。

有人正在体育馆外的布告栏那里贴海报，刘建军也在。海报很大，一个篮球运动员正持球上篮，方木认得那是本省著名的篮球运动员苏军。布告栏的铝合金边框有些翘起，海报无法平整地贴在布告栏上。一个学生干部踩着梯子，拎起一把锤子“咣咣”地敲着。

一个便衣警察在下面冷眼瞧着，冷不防开口了：“你的领取登记单呢？”

正砸得起劲的学生干部瞄了他一眼，撇撇嘴说：“没有。”

拎着海报的刘建军赶紧解释：“不是从后勤处拿的，是我们寝室的。”

便衣警察一听，走上去拉拉那个学生干部的裤脚：“下来。把你的学生证拿出来！”

“没带！”那个学生干部抖抖腿，甩开便衣警察的手。

便衣警察阴沉着脸，踢了梯子一脚。

“下来！”

便衣警察的脸一下子变得铁青，伸手把那个学生干部拉了下来。

方木急忙上前打圆场，还没等他开口，疾步跑过来的邰伟就一把抓住那个撸胳膊挽袖子的警察。

“怎么回事？你的学生证呢？”邰伟大声问道。

那个学生干部也有点怕了，小声说：“没带。”

刘建军赶快说："他是化学系的，叫秦大海，我可以证明。"

"你又是谁？"

"我是法学院的，我叫刘建军。"他一指方木，"他可以证明。"

方木赶紧点点头。邰伟看了方木一眼："这锤子是谁的？"

"我们宿舍的。"

邰伟拿过锤子，在手里掂了掂，又递还回去。

"保管好。别外借，也别丢了，希望你支持我们的工作。"

刘建军赶紧点头称是，又用力拉拉那个学生干部，他也不情愿地小声说了句："是。"

邰伟拍拍那个脸色依旧铁青的便衣警察："好了，你去忙吧。"

"这帮小兔崽子，起早贪黑地保护你们，你们还他妈……"便衣警察余怒未消地嘟囔着。

"行了！"邰伟大声打断他，"巡逻去吧。"

"是！"便衣警察瞪了那个学生干部一眼，转身走了。

看着他走远，邰伟叹了口气："也别怪他们。这段时间一直不分昼夜地执勤，累坏了，脾气难免躁一点。"

方木笑笑，表示理解。回头看见刘建军和那几个学生干部尴尬地站着，忙打圆场道：

"忙什么呢，有什么活动？"

刘建军也露出了笑脸："明天晚上，省篮球队要和我们校队打一场友谊赛。"他指指海报，"苏军也来。人家可是现役国家队队员啊。"

"嗬！太棒了。"方木不免有些羡慕。

转头看邰伟，这家伙却紧皱着眉头。方木心想也是，这种大型文体活动的安全保卫工作难度最大。观众多，人员复杂，场面不好控制，搞不好那个凶手就会趁机下手。

"到时候来给我加油啊！"刘建军可考虑不到这些，热情洋溢地邀请方木。

邰伟已经拔腿就走了，方木只来得及和刘建军说了句“一定到”，就转身追邰伟去了。

“妈的，这么大的事，学校怎么也不提前通知一声。”看得出邰伟的心情极糟，他冲方木挥挥手，“你先回去吧，我去安排一下保卫工作。哦，注意安全。”

方木无奈地点点头：“好。”

第二天晚上，篮球赛在校体育馆如期举行。尽管比赛在晚上7点30分才正式开始，可是不到6点，体育馆里就已经坐满了学生，连过道里都挤得满满当当的。

邹团结等一群铁杆球迷已经早早地赶到体育馆占座去了，其中就有两个留给杜宇和方木。所以，他们直到快晚上7点了，才慢悠悠地向体育馆走去。刚走上台阶，就看见邓琳玥和一群女孩子叽叽喳喳地走过来，一个老师不耐烦地大声喊着：“快点快点！怎么才到，赶快去换衣服。”

“啦啦队。”杜宇盯着这群花枝招展的女孩子，笑嘻嘻地说，“呵呵，有美女加油，刘建军这小子肯定要大出风头了。”

穿过密不透风的人群，踩了无数人的脚之后，方木和杜宇好不容易才在座位上坐定。还没等喘口气，就听见掌声在体育馆内响起，还夹杂着一阵阵兴奋的口哨声，随后就是震耳欲聋的音乐。方木抬头一看，一群穿得很“节约”的女孩子正跳跃着来到场地中央，打头的正是邓琳玥。

几分钟后，啦啦队的舞蹈表演结束。随后，比赛开始了。

不用说，即使省篮球队的队员们以练习的态度来打球，局面也呈一边倒。在平均身高在1.93米的职业球员们面前，几乎矮了一头的学生们显得笨拙而胆怯。第一节结束后，省篮球队以35：6领先。

第二节开始后，省篮球队开始放松，校队的进攻也开始有点起色了，司职前锋的刘建军表现得尤其勇猛。方木注意到刘建军每次得分后，都要对着挥舞花球、大声喝彩的啦啦队那里猛捶自己的左胸。仔细看去，刘建军的比赛服左胸上有一个与众不同的大写的“D”，看上去好像是用签字笔画上去的。

D——邓，呵呵，这小子。方木微微地笑了。

中场休息的时候，省篮球队依然保持着大比分领先。学生们似乎并不在意比赛的输赢，能看见心仪的球星才是最重要的。让他们感到兴奋的是，休息时穿插了扣篮表演，当然表演者主要是省篮球队的队员。不过让J大的学生们感到光荣的是，J大校队也有一个队员参加了表演，那就是身高1.86米、弹跳力惊人的刘建军。

刘建军一共扣篮三次，其中一次失败，另外两个都非常精彩。每次成功，他都会冲着啦啦队方向猛捶左胸，还要大吼一声。啦啦队员们也回应一阵尖叫，不时有啦啦队员用肘推推邓琳玥，还抱以羡慕的目光和微笑。邓琳玥的反应倒是比较平淡，并没有做过分幸福状，但是目光也始终没有离开刘建军。

下半场比赛开始了。也许是刘建军在上半场表现得过于积极，第三节刚开始的时候，他显得有点体力不支，教练就把他替换下来暂时休息。刘建军下场的时候，并没有直接走回替补席，而是走到啦啦队那里，跟邓琳玥说了一句话，邓琳玥的表情显得有点惊讶，不过还是微红着脸点了点头。

杜宇看在眼里，撇撇嘴对方木说：“这下子你彻底没有希望了。这小子今天真是风头出尽了。”

方木笑骂道：“你这个家伙，根本就是没影的事，你整天瞎说什么！让一让。”他站了起来。

“干吗去？”

“去厕所啊，难道找个没人的地方去为我的失恋痛哭一场啊？”

相对于比赛馆里的热火朝天，走廊里显得冷清异常。方木急匆匆地往厕所走，心里惦记着早点回去欣赏比赛。在拐角处，差点和两个全副武装的警察撞个满怀。看着表情严肃的警察，方木的心一下子沉下来。

很不情愿地，他告诉自己：还远没到彻底放松的时候，那个凶手，还在自己的身边。

一瞬间，体育馆内的一切仿佛已都和自己无关。方木甚至忘了自己要去厕所，他站在原地，木然地看着两个警察的背影，直到他们消失在走廊的拐角处。

扭头向窗外望去，外面黑漆漆的，但是仍然能看见一辆警车停在馆外，红蓝相间的警灯在无声地闪烁着。

方木失魂落魄般慢慢回到座位坐下，他的心思却再也不能集中在比赛上。他在场地边、看台上搜索着，果真看到了一个个目光如炬的便衣警察。他们似乎漫不经心地在人群中游弋，却时时如绷紧弓弦的箭，一旦有意外发生，随时都可以射出。回过头，不出所料，邰伟就在自己后面的看台上，还冲他轻轻地摆了摆手。

方木面无表情地回过头，不知为什么，心情一下子低落起来。

比赛结束了，刘建军和苏军一同被评为本场比赛的MVP（最有价值球员）。刘建军手握着奖杯，满面红光地冲全场观众挥手致意。接下来就是双方球员互相合影留念，闪光灯在场地中不时闪烁。

观众已经开始退场，只有少部分铁杆球迷留下来等着苏军的签名，其中就包括杜宇。方木想早点离开体育馆，和杜宇打了招呼就走了。

馆外的空气很冷，刚从气氛热烈的体育馆里出来，方木不由得打了个寒战。随后，他就看见了馆外背着手站着的邰伟。

邰伟也看见了他，挥手叫他过来。

“有烟么？来一支，也给他一支。”邰伟指指身边的一个便衣警察。

方木抽出两支烟，递给他们，自己也点燃了一支。

邰伟和那个警察都大口吸着烟不说话，大半支烟吸完，邰伟说："妈的，给我憋坏了，我们俩都没有烟了，这会儿刚散场，也不敢跑去买。"邰伟指指如潮的人流。

方木想了想，把手里的大半包烟递过去。邰伟毫不客气地接过来。

"你要干吗去？"

"回寝室。"

"一个人？"

"嗯，一个人。"

邰伟想了一下："你先别回去了，跟着我。一会儿完事了，我送你回去。"

方木刚想拒绝，邰伟就不容辩驳地挥了挥手，意思是"就这么定了"。

等到人群散尽，方木又跟着邰伟在校园里转了一圈，重点巡逻了几栋女生宿舍和恋人们经常约会的地方。到那些地方巡逻的时候，方木感到极其尴尬，觉得自己像个偷窥者。邰伟打着哈欠说送方木回去的时候，已经过去快一个小时了。

两个人边聊边走，路过体育馆的时候，方木无意中瞥了一眼，马上停下了脚步。

"你看！"

邰伟按照他手指的方向望去，隐隐看见体育馆的蓝色玻璃窗内，透出一丝灯光。

"好像是篮球馆里。"邰伟看看手表，"早就应该清场了，怎么还有人？"

两个人对望了一下，同时拔脚向体育馆跑去。

邓琳玥边擦着湿漉漉的头发，边看着更衣柜上的"9"发呆。

刚才刘建军跟她说，要她比赛结束后在体育馆里等他，一个人。

有什么事呢？邓琳玥觉得有点紧张。

说老实话，对刘建军，邓琳玥有一点好感，但是谈不上有多喜欢。很多人都误会自己是刘建军的女朋友，可是刘建军至今都没对自己表白过。

也许，今天晚上，他要对自己说那三个字了吧。

更衣室外，带队老师在收更衣柜钥匙。

“3号、4号……8号、10号、11号……9号呢？谁拿了9号？”

“邓琳玥。”一个声音回答道，随后就听见敲门的声音。

“琳玥，你还没洗完么？”

“我再等会儿，你们先走吧。”邓琳玥冲门口大声喊道。

“真磨蹭，明天你自己把钥匙交到学生会吧。”随后，就听见女孩子们叽叽喳喳地离开了更衣室。

邓琳玥穿戴整齐，锁好更衣柜，随手把钥匙牌套在手腕上。这时手机响起来，是刘建军发来的短信：“我在篮球馆里等你。”

篮球馆里已经空无一人，偌大的球场显得空旷无比。邓琳玥向四面看台上张望，没看见刘建军的影子。

这家伙在哪儿呢？邓琳玥一边在心里嘀咕着，一边信步向篮球场中央走去。

突然，一阵有节奏的“嘭嘭”声在空旷的体育馆内响起，邓琳玥被吓了一跳，寻声望去，只见一只篮球从看台上蹦跳着滚落下来。球滚到邓琳玥脚边，她把球踩住，捧起来一看，是一只崭新的“斯伯丁”篮球，八块球皮上都相向印着邓琳玥和刘建军的名字，金灿灿的，很漂亮。

邓琳玥微笑了，这家伙，还挺费心思的。

这时，体育馆内响起了齐秦的《月亮代表我的心》。空旷的体育馆内，齐秦富有磁性的嗓音在萦绕回荡：

你问我爱你有多深，我爱你有几分，我的情也真，我的爱也深，月亮代表我的心……

邓琳玥抬头望向看台顶端的广播室，那里亮着灯，能看见一个人在向自己挥手。是刘建军。

一曲放罢，几秒钟的沉寂后，就听见刘建军的声音在体育馆内回响：

“琳玥，今天对我而言，是一个很特殊的日子。不仅仅是因为我和我的偶像同场竞技，更重要的是，今天，我要向我最爱的女孩，表达自己的心意……”好听的声音被扩音器放大，竟有一种摄人心魄的魔力。

邓琳玥看着那个模糊的身影，感觉自己的全部身心正在被幸福感一点点填满。

有哪个女孩子不虚荣，有哪个女孩子不希望自己的男朋友帅气、高大，有哪个女孩子能抵抗这浪漫的攻势呢？

“琳玥，我……”

突然，整个体育馆内“啪”的一声变成漆黑一片，刘建军深情的声音也戛然而止。

一下子堕入黑暗中，邓琳玥蒙了。手足无措地站了几秒钟后，她颤巍巍地喊道：“刘建军……”

广播室里同样是一片漆黑，没有一丝声音回应。

邓琳玥又喊了几声，在空旷的体育馆里，自己的声音被墙壁撞来撞去，响亮得可怕。

“你别吓我，我生气了！”邓琳玥感觉都要哭出来了。

突然，一盏射灯亮了，一道惨白的光束从顶棚直射下来，罩在邓琳玥身上。

邓琳玥被刺眼的灯光晃得眼前发花，她用手遮住额头，紧盯着射灯的方向。

隐隐地，她感觉到有人从看台上走下来。没错，能听见慢慢走下台阶的脚步声。

“是你吗，刘建军？”

来人没有回答，仍然不紧不慢地向下走，他的全身都笼罩在背后的射灯光下，邓琳玥看不清他的脸，只是感到那是个男人。

随着他一步步走近，邓琳玥终于可以肯定那不是刘建军，因为他比刘建军要矮半头。

“你……你是谁？”邓琳玥想跑，可是双腿软绵绵的，一点力气都没有。

这个人终于走进了篮球场，邓琳玥隐隐约约地看见他穿着一件黑色的长风衣，手里好像还拎着一样东西。

7米、6米、4米……陌生人离自己越来越近，邓琳玥浑身颤抖着向后退。

终于看清了他的脸。

黑色的风衣兜帽遮住了他的脸的上半部分，鼻子以下也被一副口罩挡得严严实实。口罩下的嘴巴动了动，不过不是在说话，看起来，是在笑！

邓琳玥终于崩溃了，她大叫一声，把手里的篮球朝对方一丢，转身就逃。

陌生人疾步上前，一把揪住邓琳玥的头发，另一只手高高扬起，又猛地挥下。刚刚洗过的湿滑头发在他的手里猛地抽了出去，本该落在头上的锤子狠狠地砸在了邓琳玥的肩膀上。

邓琳玥疼得倒抽一口凉气，脚下一软，摔倒在地板上。

陌生人“嘿嘿”地笑起来，慢慢地一步步逼近。

她恐惧地向后挪着，手脚并用。

“求求你，别……”

陌生人丝毫不为所动，他上前一步，一脚踏在邓琳玥的腿上，又扬起了锤子……

“住手！”

一声炸雷般的怒喝猛然在入口处响起。随即，“砰”的一声，一颗子弹擦着陌生人飞了过去。

陌生人一惊，抬头向对面的入口望去，两个身影正飞快地向这边跑。他来不及多想，转身就逃。

两个人赶到邓琳玥身边，其中一个说道：“你留下！”就提着枪向陌生人追去。

邓琳玥感到有人把自己扶坐起来，全身都在疼，一点劲也用不上，只能软软地靠在这个人身上。

“是你？”她听到一个惊讶的声音，扭过头去一看，是方木紧张万分的脸，“伤到哪里了？”

“肩……肩膀那里痛……”

方木暗暗松了一口气，他费力地换成跪姿，让邓琳玥靠在自己怀里，同时腾出一只手抽出军刀。

得救了。邓琳玥半闭着眼睛，感到全身的力气仿佛都在一瞬间远离自己，彻底瘫软在方木的怀里。

“砰！”外面又传来一声枪响。方木和邓琳玥不约而同地全身一震，可是很快周围又恢复了安静。

怎么样了？

那一声枪响是怎么回事？

打中凶手了么？

他紧张地向四周张望着，除了不远处那个光圈，什么也看不到。黑暗的看台上，仿佛有无数的生灵在跳跃、舞动。他竭力捕捉着黑暗中每一丝可疑的声音，可是，除了自己和邓琳玥的呼吸，周围一片死寂。等他的眼睛终于适应体育馆内的光线后，方木发现前方静静地躺着一个篮球。

"只有你一个人么？"他摇摇怀里的邓琳玥。

邓琳玥虚弱地睁开眼睛："不，还有刘建军。"

"他在哪儿？"方木急切地问道。邓琳玥的手无力地向上面挥了一下："广播室。"

方木急忙要把邓琳玥放在地板上，想上去看看。邓琳玥不知从哪来的力气，死死抓住方木的衣服："别走，别走，别把我留在这里，求求你！"

方木挣了几下，竟无法摆脱她。正要发火，身后传来一阵急促的脚步声。方木忙攥紧军刀，刚一转身，几束手电光就照在自己脸上。

"谁在那儿，把手里的东西放下！"方木听到了拉动枪栓的声音，急忙举起手："是我，方木。"

几个人疾步跑过来，方木认得打头的正是昨天和学生干部发生口角的便衣警察。他用手电照照方木和邓琳玥。

"是你？怎么回事？邰伟呢？"

方木来不及回答他，手指向广播室："快，那里还有一个人。"

便衣警察朝身边的另一个警察一挥手："你，跟我来！"两个人提着枪，迅速跑上看台。

方木看着他们猫着腰走进广播室，心里暗暗祈祷着：不要死，千万不要死。

手电光在广播室里摇曳着，好一会儿没有动静。方木再也忍不住了，大喊一声："怎么样？"

便衣警察从门口探出头来："没事，还活着。"

方木松了口气，转头对另外两个警察说："邰伟去追凶手了，那个方向，你们快去支援他！"

"不用了。"

邰伟捂着脸，手里端着什么东西从黑暗中走了出来。

"开灯！"他冲上面的警察喊道。几秒钟后，体育馆里一下就灯火通明。

方木这才看清邰伟，他的脸上流着血，手里拿着一件用面巾纸包着的东西，看起来形状细长。

抓到他了么?

你的脸怎么回事?

这是什么东西?

问题太多，方木竟一时间说不出话来。

邰伟也没有要马上向他解释的意思，他皱着眉头看着那两个便衣警察费劲地把刘建军抬下来。

“怎么样?”

“没事，就是昏过去了。”

邰伟低下头查看处于半昏迷状态的邓琳玥，脸上的表情放松了许多。他安排那四个警察赶快把两名伤者送到医院，然后，转身把手里的东西展示给方木看。是一把螺丝刀。

两个人无言地对望。

果真是约克郡屠夫。

“妈的，这小子跑得挺快，而且肯定很熟悉体育馆的环境。追到一个拐弯的时候，我隐隐约约看到他把什么东西朝我这边扔了过来，我偏了下脑袋，还是没躲开。”他指指自己的脸，颧骨部位被划开了一条口子，还在不停地渗血，“情急之下，我也开了一枪，估计没打中。就慢了这一步，他拐过去，就不见了。我就返回去把这个捡了回来。”他指指那把螺丝刀。

方木若有所思地看着螺丝刀，突然指着邰伟的脚边：“那是什么?”

邰伟弯腰把那个东西捡起来，是一把钥匙，用橡皮筋拴在一个小铁片上，铁片的一面写着“女”，邰伟翻到另一面。

“6？”邰伟说。

“9？”站在对面的方木说。

两个人对望了一下，是9还是6？

“这个……”方木反复看着钥匙，“好像是更衣室的钥匙。”

“女更衣室？”邰伟马上说，“那就应该是9，女更衣室的6号更衣柜已经被锁死了。”

方木想了想，拿起钥匙转身就走。

邰伟跟着方木来到女更衣室。方木上上下下地搜寻着，找到6号更衣柜，方木用钥匙试了试，打不开。

“咦，这边，也有一个6号。”邰伟诧异地指着一个更衣柜说道。

方木走过去，看了看钉在铁柜门上的“6”号铁牌，顺利地插入钥匙，稍稍用力一拧，开了。

他用手轻轻拨弄着号码牌，它滑稽地围着铆钉转起来，不断变换着：6、9、6、9……

邰伟凑过去仔细察看，发现用来固定号码牌的两个铆钉，上面那个已经被撬掉了。

“这个更衣柜，原来是9号。”他看看方木，“被人动过手脚后，就变成6号了。”

方木的嘴角却渐渐露出一丝笑容。

总算没有让他得逞。

第十九章

爱情是什么

“嗯……好，我知道了，先这样吧。再见。”方木挂断电话，指指小摊上的橘子问，“这个多少钱一斤？”

邰伟刚刚打来电话，语气低沉。他告诉方木，当晚警方组织了大批警力在校园内进行搜索，但是没有发现任何有价值的线索。因此，蹲守行动还要持续一段时间。

方木很理解邰伟的心情，这是和凶手第一次近距离接触。眼睁睁地看着近在咫尺的凶手从自己手中逃脱，这是任何一个警察都接受不了的。这家伙应该在脑海中一遍一遍地回忆当时的情形：要是当时再快一点就好了……要是当时出枪再果断一点就好了……要是当时瞄得再准一点就好了……

方木的心情要比邰伟轻松得多。也许是立场不同，邰伟比较关心什么时候能破案，而方木虽然也渴望早日抓获凶手，但是对他而言，能阻止犯罪更加重要。当晚做完笔录后，方木回到寝室里踏踏实实地睡了一大觉。第二天早上，方木和几个同学决定去医院看望刘建军。

拎着在医院门口以近乎被讹诈的价格买来的水果，方木和杜宇几个人上了省医院住院部的三楼。杜宇正眯缝着眼睛寻找312病房的时候，方木却径直走向了走廊尽头那间被两个警察严密把守的病房。其中一个警察认得方木，没加盘问就放他们进去了。

靠近窗户的那张病床被围得严严实实。见有人进来，所有人都回头看，方木认得其中两个是当晚赶到体育馆的警察。

他们冲方木点点头，算是打过招呼，转过头接着对医生说：“你的意思是，他现在的状况不适合接受询问？”

“那还用说？”医生没好气地道，“人都还在半昏迷状态，怎么问？”

两个警察无奈地对望了一下，悄无声息地退出了病房。

方木把水果放在窗台上，凝视着躺在病床上的刘建军。他的头上缠着绷带，脸色苍白，半闭着眼睛，嘴上戴着氧气面罩，看起来虚弱无比。

方木的心不由得一沉，昨晚警察把刘建军抬下来的时候，说了一句“没事”。看来这句“没事”仅仅是指刘建军还活着。他的伤势比方木设想的要严重得多。

杜宇推醒正趴在床边睡觉的邹团结：“他怎么样？”

邹团结打着哈欠说：“昨晚就做完手术了。医生说已经没有生命危险了，不过需要住院观察一段时间。”

门口忽然一阵喧嚣，能听到一个男人在和门口的警察争吵，还夹杂着一个女人带着哭腔的声音：“我是他妈妈，我看看还不行么？”

门被推开了，一对风尘仆仆的中年男女直奔刘建军的病床而来。还没等走到床前，女人就大声哭起来。

邹团结赶快站起来扶住她：“阿姨你来了，快坐下，建军他没事。”

刘建军的妈妈坐在床边，大颗大颗的眼泪从脸上滑落下来，她用一只手堵住自己的嘴，似乎怕吵醒仍然在昏迷中的儿子，另一只手轻轻地抚摸着刘建军的脸。

刘建军的爸爸轻声读着病历卡上的文字：“颅骨凹陷性骨折？”脸上满是痛惜和恐惧的表情。

杜宇赶快说：“叔叔别担心，已经做完手术了，医生说没有生命危险。”

他点点头，脸上的表情稍微轻松了些。他看看几个年轻人：“你们是建军的同学？这到底是怎么回事？”

杜宇看看方木：“具体的我们也不知道。不过，”他推推方木，“是他救了刘建军。”

刘建军的父母把目光都投向了方木，刘建军的妈妈更是一把抓住方木的手。

“孩子，快告诉阿姨，到底怎么回事，谁打的？”

“阿姨，具体怎么回事我也不了解。我也只是凑巧去了出事的地方。”

刘建军的妈妈突然双膝跪下，哽咽着说道："好孩子，阿姨谢谢你啊，我就这么一个儿子，谢谢你啊。"

方木急忙扶住她，窘得满脸通红："阿姨……阿姨您别这样……我应该的……"

好不容易把刘建军的妈妈劝起来，方木却感到再也无法在病房里待下去了。他尤其不能面对刘建军妈妈感激不尽的目光。

归根结底，刘建军的遇袭是因为自己。

他不想让杜宇他们看出自己的异样，悄悄地走出了病房。刚来到走廊里，就看见邰伟匆匆忙忙地沿着楼梯跑上来。

"咦，你也在这儿？"邰伟也看见了方木。

"嗯，我来看我的同学。"

"那个男生？他怎么样？"

"没有生命危险，不过还在昏迷中。你来干什么？"

"来找那个女的了解点情况。她也在这里住院，五楼。你来么？"

方木想了想，点点头。

警方在邓琳玥那边的守卫要比刘建军那里严密得多，门口就有四个全副武装的警察把守。邓琳玥住在宽敞的单人病房，看起来很像功能齐全的两室一厅的住宅，各种生活设施应有尽有。

方木和邰伟走进病房的时候，一个仪态雍容、保养得很好的女人正在和两个警察说话："还是过几天再说吧，玥玥现在这个样子，怎么接受你们的询问？"

两个警察显得很为难："我们也很清楚您女儿的情况。可她是唯一一个和凶手近距离接触的人。如果她能及早为我们提供一些有价值的线索，我们也能早点破案。"

"不行！"女人斩钉截铁地说，"我女儿需要充分的休息。你是哪位？"她对刚刚走进门的邰伟毫不客气地问道。

两个警察回过头，点点头说："邰队长。"

"你是他们的头儿？正好，我问你，门口那些把门的什么时候能撤走？把我们当犯人么？"

"暂时还不行。"邰伟看看空无一人的病床，"你女儿呢？"

邓琳玥的妈妈没有回答邰伟，沉下脸说："怎么，还需要我们家老邓给你们局长打电话么？"

邰伟看了她一眼，冷冷地说："具体情况我不能向你透露。不过，凶手很可能还会对你女儿下手。"他顿了一下，"怎么样？要不我们先撤走？"

邓琳玥妈妈的脸色一下子变得很难看，好一会儿才挤出几个字："那就先这样吧。"

这时，卫生间里传来哗哗的水声，随后，两个护士搀扶着邓琳玥走了出来。她面色苍白，头发在脑后挽成一个髻，肩膀上打着石膏，手被一条绷带吊在胸前。

看见方木，邓琳玥虚弱地笑了笑："是你啊。"她歪歪头，"这是我妈妈。妈妈，就是他们救了我。"

邓琳玥的妈妈显得有点尴尬，好像是为了弥补自己刚才不敬的言行，她勉强笑着招呼邰伟和方木坐下。

两个护士扶着邓琳玥躺到病床上，盖好被子，又把床摇高，让邓琳玥能够舒服地和来访者谈话。

"谢谢你来看我。"邓琳玥缩在雪白的被子里，笑着对方木说。

"我是来看刘建军的。"话一出口，方木觉得有点不妥，"也来看看你。"

邓琳玥有点窘，不过很快就恢复了常态。

"哦，他怎么样了？"

"做完手术了，医生说没有生命危险。"

邓琳玥的妈妈从鼻子里哼了一声。

郃伟打开公文包，拿出笔记本和笔。

“邓同学，能不能请你讲述一下当晚的情形？”

邓琳玥的脸色一下子变得煞白，呼吸也急促起来，眼睛里霎时充满了泪水。很显然，她还没从那晚的遭遇中完全解脱出来。

邓琳玥的妈妈见状，急忙开口说道：“都说让你们别问了。你们能不能体谅一下受害者啊，过几天再说吧。”说着，就站了起来，一副下逐客令的样子。郃伟无奈，把刚刚拿出来的纸笔又塞了回去，起身告辞。

方木也站起来，刚要迈步，邓琳玥喊了一声：“方木，”她费力地坐起身来，“刘建军在哪个病房？我想去看看他。”

邓琳玥的妈妈连忙拦住她：“不许去！你这个样子，怎么去看他？！”

郃伟阴沉着脸看了她一眼，转身大步走出了病房。

方木只好冲邓琳玥摆摆手，紧跟着郃伟走了，出门的时候，还能听见邓琳玥在和妈妈小声争辩。

“他妈的！”郃伟烦躁地点燃一支烟，大口吸着，对走廊里的禁烟标志视而不见，“这娘们，太矫情了！”

方木不知道他指的是邓琳玥还是邓琳玥的妈妈，也含含糊糊地劝慰道：“算了，人家也有特殊情况。”

“妈的，仗着是当官的家属，一点也不配合警方工作。”郃伟把烟头一丢，“就这么两个目击证人。一个昏迷不醒，一个不说话，这还怎么查？”

他朝一个警察挥挥手：“你！去问问大夫，那个男的什么时候能醒？”那个警察不敢多说，应了一声就一路小跑下楼去了。

郃伟叉着腰，气呼呼地站了半天，突然开口道：“接下来，你怎么看？”

方木被问得猝不及防："什么……什么我怎么看？"

"接下来凶手会怎么样啊？"邰伟不耐烦地说，"他会不会继续寻找机会干掉这个女的？还是另外选一个，完成第六次杀人，他会模仿谁？"

"我怎么知道！"方木没好气地说。

凶手这一次没能完成犯罪，也没有在现场留下下一次犯案的线索。接下来的防护工作怎么进行？他会选择一个什么样的被害人？是邓琳玥，还是其他人？一切都是未知数。

就好像一张考卷上突然出现了空白。接下来的试题究竟是什么？无人知晓。

"哦，你来了？"

"嗯，你在打电话？不打扰你吧。"

"哦，没关系。正好打完了。"

"你叫我来，有什么事么？"

"呵呵，没什么事。你很久不来了，想问问你的情况。"

"嗯，我还好。你的脸色可不太好啊，生病了？"

"哦，没事，有点感冒。"

"发烧么？"

"没有。没关系的。"

"要不要我陪你去医院看看？"

"不用不用。嗯，对了，你还好么？"

"嗯，还不错。"

"还怕点名么？"

"应该不怕了，要多谢你啊。呵呵，基本上都能应付过去了。"

"是么？你确定么？"

几天之后，刘建军终于能开口说话，他向警方断断续续地讲述了当天的经过。依照他的说法，当天他打算在体育馆内向邓琳玥表白爱意。为此，他在前一天午饭的时候，向负责管理体育馆的老师借来了钥匙，并详细咨询了广播室的麦克风及射灯的开关位置和使用方法。在篮球比赛期间，他约邓琳玥晚上一个人在体育馆内等他。然而，当他那浪漫的表白仪式进行到最关键部分的时候，突然有人在背后袭击了他，之后发生的事情他就不知道了。

邓琳玥也终于能够平静地回忆当晚的情形，并向警方作了详细的描述。然而，由于当时光线很暗，再加上邓琳玥处于极度恐惧的心理状态之下，她只能向警方证实凶手是一个身高在1.7米以上的男性。

方木和邰伟当晚虽然也看到了凶手，邰伟还曾经追捕过他，但是由于光线和距离的原因，凶手并没有给他们留下深刻的印象。

另一个让警方关注的问题是：凶手是如何知道邓琳玥会一个人留在体育馆的？

凶手曾有意将邓琳玥当晚使用的更衣柜破坏，将9号变成6号。这说明凶手是将邓琳玥作为确定犯罪目标的。他这么做，肯定事先知道邓琳玥将使用9号更衣柜，而且会一个人留在体育馆内。

那么这个人就应当在上述情形的知情人之中。这是一个让警方兴奋不已的推论，因为这将大大缩小排查范围。

然而调查结果却让人泄气。刘建军说他没有将当晚的计划告诉任何人。那么，邓琳玥当晚将留在体育馆的消息，只可能在两个场合下被其他人知晓：其一，在食堂与管理体育馆的老师借钥匙和咨询的时候；其二，在篮球赛过程中向邓琳玥发出约请的时候。但刘建军表示吃午饭的时候根本不记得周围有什么人，而对管理体育馆的老师的调查也证实与之无关。至于第二种可能，警方详细调查了当时处在邓琳玥身边的啦啦队员以及坐在附近的学生，也排除了其中有人作案的可能。

对更衣柜号码的调查也陷入同样的困境。据啦啦队的带队老师和其他队员回忆，当天在体育馆走廊里分发更衣柜钥匙的时候，周围是成群涌入球场的观众，根本无法判断有谁可能知悉邓琳玥的更衣柜号码。

总之，当晚的意外遭遇，并没有给侦破工作带来实质性的进展。在邰伟的心中，还有一个问号：下一个，是6还是7？

方木的看法是：凶手是一个极其残忍的人，而且意志极为坚定。他应该不会轻易罢手，所以下一个被害人还应该是6。至于是继续以邓琳玥作为目标，还是选择另一个人作为被害人，目前不得而知，因此无论是警方还是方木都认为既要继续严密保护邓琳玥，也要在校内其他带有“6”的地方坚持蹲守。

方木又去看了刘建军几次，至于动机，与其说是同学或朋友之间的交情，还不如说是他内心的愧疚。

刘建军的伤势为颅骨凹陷性骨折，伴颅内血肿及硬膜外血肿。尽管没有生命危险，但是可能会留下严重的后遗症。有好几次，方木看着刘建军捧着碗喝粥，手和头都剧烈地颤抖着，常常弄得满脸满身都是。每当此刻，方木都会产生一种跪在刘建军面前请求他原谅的冲动。然而，每次他都默默地走出病房，躲到卫生间里死命地抽烟。

邹团结偷偷地告诉方木，邓琳玥只来看过刘建军一次，之后就再没有露过面。刘建军苏醒后就让人把他推到五楼去看望邓琳玥。当时，邓家的人把刘建军挡在了门外，说是邓琳玥睡了。刘建军坐在轮椅上，流着口水，含混不清地对着紧闭的病房大门一遍一遍地说“对不起”。

方木听了，心如刀割。

J大校方的人来过几次，问清了刘建军的伤势之后，建议让刘建军休学一年，好好休养。刘建军的父母对学校非常感激。刘建军的导师却私下建议说在这件事上学校负有不可推卸的责任，刘建军的父母应该起诉学校，获得相关赔偿。工人出身的他们却没有接受，他们觉得，自己的孩子几乎被打成了废人，学校还肯保留他的学籍，这已经是天大的恩惠了，怎么能恩将仇报？刘建军的导师也只有了摇头叹息的分。

半个月后，邓琳玥奇迹般地出现在校园里。

尽管凶手的目标是她，但是她的伤势要比刘建军轻得多。当天晚上她穿的那件短棉夹克让凶手仅给她造成了肩胛骨轻微骨裂。加之营养得当，悉心治疗，所以很快就回到了学校。

杜宇把这个消息告诉方木的时候，他并不怎么在意，只是奇怪邓琳玥怎么不回自己的家乡去。郜伟当时说得很明白：凶手很可能还要以她作为下手目标。如果暂时休学回家，恐怕是最保险的方法。

让方木更意外的是：下午的时候，居然接到了邓琳玥的电话。内容很简单，她要请方木吃饭。方木推辞不掉，只得答应下来。

下午5点的时候，方木如约来到了校门口，远远就看见身材高挑的邓琳玥站在那里。

“对不起，我迟到了。”

“没有啊，是我来得太早了。我还担心你不来呢。”

方木笑笑，算是回答。

“也不知道你喜欢吃什么，我们去哪里？”邓琳玥问道。

“随便，我什么都吃。”方木指指校门外那一排小饭店，“找个地方吃点什么都行，不用太破费。”

“那怎么行，你是我的救命恩人呢，”邓琳玥笑着歪歪头，“去市区吧，找个好点的地方吃饭。”

两个人上了出租车，邓琳玥提出要请他去香格里拉饭店吃饭，方木吓了一跳，那是家五星级酒店。一顿饭，两个人，最少也要上千块，所以坚决拒绝了。

邓琳玥也没坚持：“呵呵，不去也罢。我吃过的3000块以上的饭，没有一顿是好吃的。”

最后，两个人决定去一家专供韩餐的PaPa’s餐厅。

来这家餐厅就餐的多是年轻的恋人，暖色的基调，昏暗的灯光，歌手低沉抒情的吟唱，都给这家餐厅平添了许多温馨的味道。侍应生极力向方木和邓琳玥推荐情侣套餐，方木很直接地拒绝了，最后点了皇室牛排套餐。

菜上好后，方木一直都在闷头吃喝。邓琳玥似乎并不太在意这一点，也默不作声。

倒是方木觉得始终这样沉默有点尴尬，而且不太礼貌。一直没有抬头的他，终于看了看邓琳玥，她正在喝汤，看得出手臂的活动还有点僵硬。

“你的伤……怎么样了？”

邓琳玥没有回答他，放下勺子，扑哧一声笑了：“呵呵，我还以为你整个晚上都不打算搭理我呢。”

方木有点窘：“哪里，我这个人，不太爱说话。”

“呵呵，这个我早就领教过了。”方木知道她指的是那次在食堂的午餐，更加不好意思了。

邓琳玥看出了方木的尴尬，轻松地转换了话题：

“我的伤基本上没有问题了，”她小幅度地摆摆手臂，“就是有的时候还感觉有点疼，不过应该没有什么大碍。”

“你怎么不回家养伤？家里条件多好，也安全。”

“我家里人也是这么劝我的，可是我不想。哦，对了，”邓琳玥稍稍向前倾斜身子，“上次那个警察说凶手也许还会对我下手，是怎么回事？”

方木斟酌了一下，决定还是不要告诉她真相，免得她过分害怕。

“就是一个疯子。而且，也不一定会对你下手。不用担心。”

“唉，今年我们学校也不知道是怎么了，发生了这么多事。”邓琳玥咬着吸管，突然表情神秘地凑过来，“你在帮助警察查案是么，神探？”

方木愣了一下：“没有。我哪有那个本事。”

“哼，你别瞒我了。上次开全校大会的时候，校长还表扬你了呢。”邓琳玥孩子气地嘟起嘴巴，“再说，如果你没有帮助警察查案的话，那天晚上你怎么会和警察一起来救我？”

“我都跟你说过了，只是凑巧而已。”

“骗人，我都听你们法学院的人说了，所有犯罪学专业的学生里，你学习最棒。哦，我明白了，”她瞪圆眼睛，小声说，“是不是需要保密啊？还有，我听有的同学说，你是公安局派到我们学校的卧底，是这样么？就像《逃学威龙》里的周星驰那样？”

方木有些哭笑不得了。一个男人面对像小女孩一样的女人往往无计可施，何况像他这种本来就对女性毫无经验的人。

“我不是什么卧底。我只是一个很普通的学生而已，只不过，我对犯罪学的某些领域……很感兴趣而已。”

“哦，这么说你承认帮助警察查案子了？”邓琳玥一脸的兴奋，“能不能跟我讲讲啊，我从小就喜欢看侦探小说呢。”

方木有点为难，他并不喜欢谈论这些事情。

“算了吧，都很可怕的，不适合女孩子听。”

“你不要小瞧我哦，我胆子很大的。”邓琳玥瞪圆眼睛说。

方木无奈：“好吧。”

接下来的一个小时里，方木向她讲了马凯的“吸血鬼案”。在最初的讲述中，他刻意地淡化自己在案件侦破中的作用，可是当他看到邓琳玥双手托腮，目不转睛地盯着他，口中不时地发出“哎呀”“天哪”这样的感叹，心中竟有一丝隐隐的自豪感和表现欲。讲到后来，尤其是他在和马凯单独会面，险些命丧其手的时候，他看到邓琳玥的手掩在嘴边，眉头微蹙，眼中满是关切和焦急，不由得生出几分骄傲来。

故事讲完，邓琳玥手按着胸口，眼睛却盯着方木，仍是一幅难以置信的样子。

“你太厉害了，我的天，没想到我会有这样的朋友。”

方木不置可否地笑笑，扭过头，却看见玻璃上映出自己眉飞色舞的脸，心中大窘。

为了掩饰自己心中的尴尬，方木提出结账走人，邓琳玥显然有些恋恋不舍，但是也没有反对。

走出温馨的餐厅，外面的空气显得格外寒冷。方木正在马路上寻找出租车的时候，邓琳玥拉拉他：“我今天吃得有点饱，陪我走走好么？”方木想了想，答应了。

两个人并排在人行道上慢慢走着，方木为自己刚才的得意忘形有些汗颜，本来就少言的他此刻更不想说话。邓琳玥不知道在想些什么，也一言不发。两个人一时无话，只是默默地向前走。

路灯把两个人的影子拉长又缩短，时而会交叠在一起，看起来，像是在拥抱。

不知走了多久，邓琳玥突然开口了：“刘建军怎么样了？”

“前几天我去看过他。情况不太好，会有后遗症。”方木转过头看看她，“你……为什么……”方木正在斟酌着自己的词句，邓琳玥却早已经领会了他的意思。

“我知道，你们大概都觉得我太无情了。其实说实话，我很想去看望他，可是我妈妈不同意，她觉得要不是刘建军约我去了体育馆，我就不会出事。有一次我偷偷跑去看他，他的父母对我也很不友好，似乎认为他受伤是因为我。我很委屈，可是又不能对他们发火，毕竟他们已经很悲痛了。”

“那，你爱他么？”

邓琳玥淡淡地笑笑，耸耸肩膀。

“我不知道。你大概也知道，他追求了我很久，陈瑶介绍你给我认识之前，他就在追求我。说老实话，我挺喜欢他的，无论是学历、长相还是对我的态度，我都无可挑剔。虽说我们的家庭条件不是很相称，但是我并不在乎这一点。我身边的朋友也都觉得我们俩应该是一对。但是我对他就是找不到那种感觉，那种让我感到可以依靠，可以完全放松的感觉。本来那天晚上，我几乎就要被他感动了，可是……”她摇摇头，苦笑了一下。

方木无语，不知该安慰她，还是该为刘建军感到悲哀。

“说说你吧。有女朋友么？好像从来都没看见你跟女孩子在一起过。”邓琳玥又恢复了快乐、开朗的样子，歪着头问方木。

“我？没有。”

“呵呵，这么乖啊，一心扑在和犯罪分子做斗争的事业上？”邓琳玥跑到方木面前，倒退着向后走，“还是你的品位比较独特啊？”她调皮地向方木眨眨眼睛，自己的脸却先红了。

方木大窘：“那是查案的需要……跟你说了你也不懂……反正……”

方木语无伦次的模样似乎让邓琳玥很开心，她毫无顾忌地大声笑起来。

前面不远的路灯下摆着一个小摊，摊主双手各执一支烟花，不时向路人们挥舞着招揽生意，不过问津者甚少，在夜色中噼啪燃烧的烟花显得格外寂寞。

“嗬，这么早就有卖烟花的了，我们去看看吧。”邓琳玥的兴致很高，几步跑了过去。几分钟后，她捧着一大盒子烟花笑呵呵地走过来。

“怎么买了这么多？”

“呵呵，我从小就喜欢这个。那个卖烟花的说不卖光他也不能回家，索性就全买下来了。”

“问题是你去哪里放啊？”方木看看盒子里，里面至少有50多支烟花。

“就在这里啊。”邓琳玥向方木一伸手，“打火机借我用用。”

“你疯了？你在大马路上燃放烟花爆竹，被巡警发现了，要给你行政处罚的。”

“呵呵，跟神探在一起，警察会网开一面吧？”

方木没有办法，看看四周，记得前面好像有一所小学。

“去前面吧。”说完，他一哈腰抱起箱子。邓琳玥一溜小跑跟在身后，脸上是兴奋不已的表情。

在空荡荡的操场上，一束束烟花噼噼啪啪地烧起来，邓琳玥跳着脚，小幅度地挥动着手臂，烟花在她身侧划出一个个闪亮的光圈。

方木边吸烟，边看着纸箱里的烟花发愁，这要放到什么时候啊？

“一起来啊。”邓琳玥看着方木在一旁站着不动，热情地邀请他一起玩。

方木没什么兴趣，碍于情面，也随便拿起一支，点燃了在手里乱晃。

摇曳的光影中，方木竟有些恍惚。那个全身笼罩在光圈里的女孩，看起来，竟然很像记忆深处的那个人。

鼻子突然很酸。

见方木目不转睛地看着自己，邓琳玥有些脸红，她慢慢走过来。

“你怎么了？”她柔声问道。

“没事。”方木低下头。

邓琳玥看着手中越燃越短的烟花，轻声说：“第一次看见你的时候，我就感觉到你是个有故事的人，只是你不愿意向别人敞开心扉。所以，你今天晚上跟我说了很多，我很高兴，因为，我……我很想了解你。”

邓琳玥的头低下来，声音也越来越低：“还记得么，我跟你说，刘建军不能给我那种可以依靠、可以放松的感觉。而这种感觉……”她停顿了几秒钟，仿佛下了很大决心似的，抬起头看着方木说，“那天晚上，我竟然在你怀里感到了。”

方木没有作声，手却开始颤抖。

邓琳玥梦呓般自顾自地说下去：“当时，我很害怕。我过去也以为自己害怕过，看见蟑螂的时候，做噩梦的时候，可是那天不一样。那是一种让人想吐的恐惧。我满脑子里只有一句话，‘我要死了，我就要死了’，仿佛全世界只剩下我和那个人，没有人能够帮助我。而你在那一瞬间出现了。躺在你怀里的时候，我能感到你的呼吸，你的心跳，我知道我得救了，我安全了。没有人能伤害我，因为你在我身边。”

方木低垂着头，大颗的泪水落在他的脚边。

陈希，我最爱的人，却没有来得及。

邓琳玥慢慢地靠过来，几乎把头贴在方木的肩膀上。

“你说过，那个人很可能还要对我下手。如果是真的，”邓琳玥看着方木，“你会保护我么？”

你会保护我么？

超市里背光而立的女孩，路灯下两个依偎的影子，25路公共汽车站，深夜里软软的声音“还没睡么？”一袭白衣、长发飘飘的陈希，现场图片里表情安详的头颅……

我会保护你的。

方木终于发出大声的抽泣，他转过头，眼前是邓琳玥充满怜惜的目光。

这些年，好累。

他情不自禁地向前伸出手去，一个温软的身体落在怀里，随后就感到滚烫的嘴唇压在自己的双唇上。

第二十章

猫与鼠（一）

送邓琳玥回到寝室之后，方木突然很想一个人走走。

他来到体育场，围着跑道一圈圈地走着。在很长一段时间内，他的大脑竟然一片空白。直到无所不在的冷空气让他打起寒战，方木才恢复了意识。

今天，我吻了一个女孩？

接吻的整个过程都模糊不清，并不像想象中的初吻那样令人刻骨铭心。方木从回忆的旋涡中挣扎出来，看到邓琳玥娇羞地依偎在自己怀里的时候，第一个反应是：天，我做了什么？

刚才在楼下的时候，邓琳玥的眼睛里分明写着恋恋不舍，而方木却不敢再与她多待一秒钟。

我怎么会这样？

是因为寂寞么？还是别的什么？

我从什么时候开始变得这么脆弱？

方木回到宿舍的时候已经快闭寝了，杜宇正在玩CS，听见方木进来，匆匆回过头来问候一声：“回来了？”

方木很怕他细问，应了一声之后，就拿起脸盆去了卫生间。

卫生间的灯又坏了。黑暗中，方木把脸浸在装满冷水的脸盆里，虽然冷得全身发抖，却感到一阵畅快的清醒。

突然，一个毛茸茸的东西从脚背上飞快地跳过。方木吓了一跳，一口水呛在喉咙里。他猛地把头从脸盆里抬起来，抹了一把脸上的水，定睛一看，一只黄黑花纹的小猫正在卫生间门口看着他。是孟凡哲的“汤姆”。

方木又好气又好笑，手捧着一把水作势要泼它，谁知它并不怕，歪着小脑袋看着方木。方木侧侧手，在手心里留下一小汪水，挥了过去。

汤姆飞快地蹿了出去，那些水全洒在了一个刚刚踏入卫生间的人脚上。

“哎呀，对不起。”方木赶忙道歉，抬起头一看，是孟凡哲。

“是你啊，sorry。”

孟凡哲笑笑，表示不介意。

汤姆逃到卫生间外，并不跑远，坐在地上看着他们。孟凡哲看着汤姆，眼中满是怜爱。

“它真可爱，是么？”孟凡哲梦呓般喃喃自语。

“是啊，”方木突然来了兴致，笑着说，“杰瑞。”

孟凡哲扭过头来看着方木：“杰瑞？”他笑了笑，低下头，仿佛在思量着什么，“杰瑞……杰瑞……”

毫无征兆地，孟凡哲突然转身离去，汤姆见状，也竖着尾巴，跟在主人身后悄无声息地走了。

方木自感无趣，伸手去拿香皂，想了想，又向孟凡哲消失的方向望了望。

刚才孟凡哲看着汤姆的眼神中，除了怜爱，似乎还有——惋惜。

回到寝室，杜宇还在不知疲倦地鏖战。

“喂，怎么样？”他头也不回地问。

“什么怎么样？”

“你的浪漫约会啊？”

“还能怎么样，吃饭呗。”方木突然有点心虚，他飞快地钻进被子里，闭上眼睛装睡。不知道过了多久，杜宇终于关掉电脑，爬上床，没过几分钟就打起了鼾。

方木却一直没有睡着，他紧闭着眼睛，努力把三个字驱逐出脑海。

刘建军，这是一个让方木想都不敢想的名字。

早晨6点半，方木就被手机的提示音吵醒，睡眼蒙眬地打开一看，是一条短信：“一起吃早饭吧。”

号码很陌生，方木想了想，看看通话记录，是邓琳玥的手机号码。他一下子睡意全无，在床上翻来覆去地考虑了半天，决定不去。又过了半个小时，杜宇起床了，方木也装作刚刚睡醒的样子，和他一起洗漱，一起走下楼去食堂。刚刚出了宿舍楼的大门，就看见邓琳玥站在门口，脸冻得通红，双手插在衣袋里，双脚不停地跺着。

看见方木，邓琳玥没有埋怨，笑笑说：“你总算出来了。”

杜宇非常惊讶，不过看看满脸通红的方木，识趣地说：“我先走了。”

见杜宇走远，邓琳玥小声说：“怎么这么晚，没收到我的短信么？”

“哦……没听到。”

“睡得太晚了吧？”邓琳玥脸色微红，“还是根本没睡着啊？嘻嘻！”

方木躲开她的视线：“还是……先去吃饭吧。”

方木像做贼似的和邓琳玥坐在食堂的角落里吃早饭。他这么做并不多余，许多熟识他们的人都投来了诧异的目光，尤其是几个篮球队的队员，不仅伸长了脖子往这边看，还聚在一起窃窃私语。

方木如坐针毡。邓琳玥倒显得十分大方，碰到意味深长的目光的时候，还会回望过去直到对方移开视线。

漫长的早饭终于吃完了。方木简单地和邓琳玥打了个招呼，就急匆匆地走出了食堂。还没等走出门口，就听见邓琳玥在身后叫他。

她疾步走过来，脸色因为走得过急而略显潮红，目光严厉。

“方木，你是不是觉得跟我在一起很丢人？”语气比目光还要咄咄逼人。

“……没有。”

“那你为什么对我这个态度？”

“我……”

“觉得对不起刘建军是么？”邓琳玥的语气稍微和缓了一些，“我跟你说过了，我跟刘建军从来就没有开始过，不能因为他追求过我，现在受伤了，我就不能去爱我爱的人。”

方木一言不发。

邓琳玥等了一会儿，看方木还是不开口，叹了口气，小声说：“如果你不喜欢我，请直接告诉我。”她顿了一下，“如果你觉得吻过我，就要对我负责，那么你千万不要有这种想法。大家都是成年人，别做可笑的事情。”

她看看手表：“你有课？”

“嗯。”

“快去吧，你要迟到了。”

方木犹豫了一下，觉得这样转身就走似乎太残酷了点，含含糊糊地说：

“你别胡思乱想，稍晚点我再联系你。”

听到这句话，邓琳玥的脸色好了很多，目光也柔和起来。

“晚上，我们能见面么？”她小声问。

“没什么事的话，应该，可以吧。”

“好。”邓琳玥笑了。

方木气喘吁吁地跑上教学楼的二楼，迎面看见邹团结正站在走廊里打电话，见方木过来，劈头就问：“你看见孟凡哲了么？”

“没有啊，怎么了？”

“这家伙缺了好几次课了，偏偏老师好点名，已经被擒了N次了。”邹团结瞥了一眼教室，“老头放出话来，孟凡哲再不来上课，毕业答辩就不让他过。”

“给孟凡哲打电话了么？”

“打了，不接。”邹团结晃晃手里的电话，无奈地说。方木看看手表，马上要上课了，他来不及和邹团结多说，转身就往教室跑，边跑边想，孟凡哲不是已经不怕点名了么，怎么还不去上课?

晚上，自习室里。方木心不在焉地翻着面前的一本书，邓琳玥安静地坐在一边，她正在翻译一篇英文文章，速度很快，偶尔按动面前的电子词典，小声诵读着句子。

实在是看不进去。方木抬起头，漫无目的地在教室内扫视着，突然像想起什么似的，向门口望望。没人。

哼，这小子还算讲信用。

下午邰伟来找方木，先是笑嘻嘻地开了方木一通玩笑，什么桃花运啊，英雄救美之类的。方木知道他是指邓琳玥的事情，心想他和邓琳玥的行踪果真逃不过这家伙的眼睛，搞不好那天吃晚饭的时候邰伟就在身后跟着。

邰伟奚落够了，就正色说方木和邓琳玥在一起，两个人都可能是凶手的目标，所以要寸步不离地保护他们。方木急了，说如果邰伟这样做的话，别怪他翻脸。邰伟先是晓以大义，后是动之以情，无奈方木就是不同意，也只好作罢。不过他仍然坚持在“不影响方木和邓琳玥正常生活”的前提下，加以保护。方木注意到他在用“正常生活”这个词的时候，眼中满是揶揄，不由得又好气又好笑。

方木站起身来，邓琳玥抬起头，用询问的目光看着他。方木晃晃手里的烟盒，邓琳玥无奈地点点头，眼中带着一丝嗔怪。

站在走廊里，方木点燃一支烟，向两边望望，有个人在走廊尽头的楼梯间里飞快地露了一下头就不见了。尽管只是匆匆一瞥，方木还是马上就认出那是邰伟手下的一个警察。

靠，这家伙，还是找人来跟踪我。方木无奈地摇摇头，靠在墙上默默地吸烟。吸了大半支，突然来了兴致，他看看手表，7点26分，第十节课马上要下课了。

不远处灯火通明，能隐隐听见有人在上课。

他打定主意，转身进了自习室，快步走到邓琳玥身边，小声说："收拾东西。"

邓琳玥不解地看着他。方木的嘴角露出一丝神秘的微笑："有警察在跟着我们，跟他们开个玩笑。"

邓琳玥一下子兴奋起来，她手忙脚乱地收拾好书包，穿上外套，紧张又期待地小声问方木："我们该怎么做？"

方木示意她先坐在座位上，把手机调到振动。几分钟后，下课铃骤然响起。方木在心中默数十秒后，一把拉起邓琳玥："走。"

两个人迅速走出自习室，出门的一瞬间，方木用余光瞥了一眼走廊另一端，那个警察果真就站在那里。

他拉着邓琳玥走向那间刚刚下课的教室。

方木和邓琳玥混入人群，他边拉着邓琳玥往后排走，边用手机拨打邓琳玥的电话。

邓琳玥拉拉方木，举起手中不断震动的电话，小声问："怎么办？"

"接听，然后一直保持通话状态。"说完，方木看了看警察和人群前进的方向，那是通往教学楼后门的方向。

他转过头对邓琳玥说："走，两个人目标太大，分开走，你往这边走。"他指指警察前进的相反方向，"先下到一楼，随时听我的命令。"

"好。"邓琳玥激动得浑身发抖，捏着电话转身走了。

方木快步朝警察的方向走去，那个警察不时向前张望着，根本没想到目标就在自己身后。方木小心地躲在其他学生身后，始终和他保持5米左右的距离。

警察边走边拿出电话，方木悄悄接近，极力倾听着。

“……不见了……你在几楼……六楼？我去后门……对，你在前门守着，快点。”

果然。方木笑了笑，放慢脚步，把手机放到耳边。

“你到哪儿了？”

“一楼。你呢？”邓琳玥气喘吁吁的，不过听起来又紧张又兴奋。

“快去正门，赶在警察之前离开教学楼。”

“好的，然后呢？”

方木沉吟了一下：“去地下室那边集合，保持通话。”

方木跟着那个警察下到一楼。那个警察跑到门口，四下张望了一下，又返回楼里，直奔传达室，向值班员询问着什么，值班员一脸茫然地连连摇头。警察又跑到门口，站在原地，紧紧盯住每一个从身边走过的人。

方木躲在角落里，想了想，拿起电话小声说：“先挂断，一会儿打给你。”

“嗯，你要小心。嘿嘿。”

方木挂断电话，拨通了J大的总机，查到教学楼后门传达室的电话号码后，又拨通了那个号码。

“喂，传达室么？我是专案组的，后门那里有一个警察，对，就是他，让他接电话。”

方木看见值班员匆匆地从传达室里走出来，向门口的警察挥挥手。

“同志，你的电话。”

那个警察一脸疑惑，不过还是快步走进了传达室。方木暗暗好笑，挂断电话，疾步走过去，猫着腰从传达室的窗户底下出了教学楼。

地下室位于东北角。施工队无意中发现了这座地下建筑。后来找来专家做了现场考察，鉴定得知这是一个国民党时期的地下监狱。监狱一共分两层，全部由水泥灌制而成，上层有八个大监房，有半层露出地面；下层是两个大水泥池子，专家说那是水牢。因为是历史遗迹，所以J大校方没有动它，和市里商量后决定原样保留，现在地下室主要用来堆放一些废旧桌椅。前段日子，警方还考虑要不要在六号监房处布控，后来为了节省警力，干脆锁死了地下室。

方木气喘吁吁地赶到地下室附近，却看不见邓琳玥的影子。他心一沉，赶快拿出电话。

很快就接通了，邓琳玥同样呼吸急促，能听见话筒里呼呼的风声。

“你也脱身了？”

“是，你在哪儿呢？”

“马上就到地下室了，你已经到了么？”

“嗯，你怎么这么久还没到？”

“呵呵，我老觉得有人在后面跟着我，我就先去了超市，又去了食堂，还绕着宿舍楼转了两圈，反跟踪嘛。哦，我看见你了，先挂了。”

方木觉得有些好笑，还反跟踪呢，他收起电话，看着邓琳玥蹦蹦跳跳地冲自己跑来。

邓琳玥一下子跳到方木面前，脸色红润，眼睛在夜色里闪闪发亮。

“好刺激啊，像动作电影一样。”

看她那兴奋不已的样子，方木倒觉得有些后怕。他看看四周，一个人也没有，不远处，那个破旧的建筑悄然默立，好像一个全身绷紧、随时准备捕食的怪兽。

一阵冷风吹来，方木不由得打了个寒噤。

“走吧，这地方太偏僻了。”

“怎么，你害怕？”邓琳玥调皮地眨眨眼睛。

“你不怕么？”

“不怕，有你在我身边呢。”邓琳玥的语气坚决而热烈。

方木无语，冒险的激情过去，反而不知如何面对这个女孩子。

电话突然响起来，方木按下接听键，邰伟焦急的声音马上传进耳朵："方木，你在哪儿？在什么位置，邓琳玥跟你在一起么？"

"是的，别担心，我们很安全。"

"到底在哪儿？我带人过去接你。"

"不用了，一会儿再打给你。"方木生怕邰伟骂他，匆匆关了手机。

"走吧，我们也回去吧。"他拉拉邓琳玥，"要不邰伟要骂人了。"

邓琳玥停下脚步，低着头，似乎在等着方木开口。方木站了半天，才冒出几个字："你……快上去吧。"

邓琳玥轻轻地叹了一口气，抬起头盯着方木看了几秒钟，轻声说："不亲我一下再走么？"

方木的脸一下子变得通红："这里……人太多了吧？"

邓琳玥不说话了，眼睛望向别处，隔了好久才轻声说：

"方木，我有个问题一直想问你。"

"嗯？"

"那天晚上，我们接吻的时候，你哭得很厉害，能告诉我为什么吗？"见方木不说话，她又问道，"你的心里是不是曾经有过一段非常难忘的感情？"

方木转过身，背对着她，不想让她看见自己红了眼眶。

"能跟我说说么？"邓琳玥柔声问道。良久，她才听到方木颤抖的声音：

"我曾经认识一个女孩，我很……很爱她，可是我一直没有向她说过'我爱你'这三个字，直到她死去……"

邓琳玥轻呼了一声："啊？怎么死的？生病么？"

"不是。"方木闭上眼睛，仿佛用尽全身力气般说道，"她是被人杀死的。凶手，是跟我同一个宿舍的同学。"

“什么？！可是，为什么？”邓琳玥的声音里有掩饰不住的震惊。

方木已经无法回答了，他甚至无法站稳。

蹲下身子，方木把脸埋在手掌里，肩膀剧烈地抽搐着。

后背突然被一个身子紧紧贴附着，邓琳玥的双手紧紧抱住方木的肩膀，几滴热泪落在方木的脖子上。

“对不起。我不该问的，你心里苦，我知道，对不起，对不起。”邓琳玥用力抱着方木，仿佛想尽力平息他的颤抖。

这个男人，也需要保护。

方木手举着电话，慢慢地走上楼梯。电话那头，邰伟正在大声咆哮，不用放在耳边也能听见他的吼声：

“……我告诉你，再有一次，我他妈饶不了你！”

方木此刻也为自己的鲁莽举动深感悔意，所以很能体会邰伟的心情。如果邓琳玥或是他在分头离开的过程中被凶手抓住机会下手的话，后果不堪设想。所以方木耐着性子一再地向邰伟保证下不为例，说尽好话之后，邰伟方才作罢。

打开宿舍的门，杜宇却不在寝室里，一张留在电脑桌上的便条告诉方木：他和陈瑶去看通宵电影，今晚不回来了。方木暗自庆幸，否则杜宇看见自己两眼通红的样子，一定要问的。刚挨了邰伟一顿臭骂，他可不想再被别人纠缠着问个不停了。

正在刷牙的时候，听见走廊另一端传来大声的叫骂，紧接着，有什么东西被叮呤咣啷地扔在走廊里。

方木含着牙刷走出卫生间，看见一个人站在走廊里对着寝室里的另一个人破口大骂，寝室里的人一言不发，只是一件件地向外扔东西。衣服、书籍、球鞋、被褥，那个人身边很快就堆了一大堆东西。

方木认得那是孟凡哲的寝室，站在走廊里叫骂的是他的室友王长斌，那么站在寝室里向外扔东西的肯定就是孟凡哲了。

这是怎么了？平日里老老实实的孟凡哲怎么会发这么大的火？

方木匆忙地漱口，收拾好洗漱用品后，就向孟凡哲的寝室走去。

走廊里站了很多人看热闹，而王长斌也不再骂人了，只是插着腰，气鼓鼓地看着孟凡哲一件件向外扔东西，看起来与其说是气愤，不如说是无奈。

方木走到跟前的时候，大概孟凡哲刚刚把王长斌的最后一件东西扔出来，门“砰”的一声在方木面前关紧了。

方木看看扔了一地的东西，问王长斌：“怎么回事，怎么搞成这样？”

王长斌阴沉着脸说：“这SB有病！”

邹团结围拢过来帮助他收拾东西，方木说：“要不去我那里先对付一宿吧，杜宇晚上不回来。”

“不用。”王长斌颇为生硬地拒绝了，他指指邹团结，“我去他们寝室，正好刘建军也不在。”

方木点点头，转身望着眼前这道紧闭的门，伸手推了推，里面锁住了。他在门上轻叩了两下，里面毫无反应。方木又敲了几下：“孟凡哲，是我，开门好么？”

什么东西“砰”的一声砸在门上，又落在地上，哗啦一声碎了，大概是瓶子之类的东西。

方木吓了一跳，不由得倒退两步。其他人也气愤起来，邹团结更是拉住方木：“别管他，这也太过分了。”方木无奈，也蹲下身子帮助王长斌收拾东西。

几个人七手八脚地帮王长斌在邹团结的寝室安顿好，王长斌拿出一盒烟来分给大家。抽烟的工夫，有人问王长斌到底怎么回事。

“咳，别提了，孟凡哲养了只猫你们都知道吧？平时他对待这猫就像对待自己的亲生儿子似的。可那死猫也太烦人了，好几次在我床上撒尿不说，有一次还在我的书上拉了泡屎。第二天我拿着书去上课的时候，那股味，熏得我周围的人都直捂鼻子。”

好几个人嘿嘿地笑起来。邹团结插嘴道：“你们平时关系不错，你提醒他一下啊。”

“是啊，其实要是这点事我也不能跟他发这么大的火，”王长斌不耐烦地抓抓头发，“你们不知道，最近这家伙不知道怎么了，变化特别大，每天不是在寝室里发呆，就是玩失踪，课也不去上，好心提醒他几次，他连理都不理我。有一天晚上，大概是后半夜吧，我被尿憋醒了，迷迷糊糊地一睁眼睛，好家伙，他端端正正地坐在书桌前，嘴里叨叨咕咕不知道在念叨着什么。我当时还纳闷呢，背单词怎么不开灯啊，结果仔细一听，你们猜怎么着？他在念自己的名字！孟凡哲、孟凡哲、孟凡哲，翻来覆去就是这三个字。我当时就吓醒了，寻思他是不是梦游啊，就没敢叫他。”

“后来呢？”有人开口问道。

“他念叨了一阵自己的名字之后，突然就开始揪自己的头发，用脑袋砰砰地撞墙，撞得那叫一个狠。我当时都吓傻了，直到他睡觉了我都没敢动地方，一直挺到天亮。”王长斌的声音里还有一丝颤抖，可见提起当晚的情形他至今还心有余悸，“跟他共处一室太可怕了，就像今天，我跟他说老师点了好几次名他都不在，老师发火了。这神经病居然什么也不说就往外扔我的东西，你冲他喊，他就跟没听见一样。”

屋子里其他的人也听得心惊肉跳，不咸不淡地扯了几句之后就纷纷散去了。

方木回到寝室里，关掉电灯，躺在床上，闭上眼睛好久却睡不着。

孟凡哲在夜里像着了魔似的反复念自己的名字，应该跟他曾经怕点名的心理障碍有关。可是他已经不怕点名了，现在做出这么反常的举动，究竟是为什么呢？

以方木对孟凡哲的了解，他是个个性软弱的人，仅仅凭借他自己，恐怕没那么顺利克服这种心理障碍。他应该找了专业人士做心理治疗，可是突然出现这种反复，难道在治疗中发生了什么事？

方木想来想去，百思不得其解，决定第二天找机会和孟凡哲谈谈。

噩梦又如约而至。

燃烧的寝室。死去的人们。面目全非的他。

其实，你跟我是一样的。

方木挣扎着醒过来的时候，第一个反应仍然是紧紧抓住枕头下的军刀，等到呼吸渐渐平静下来，他才发现自己的内衣都被汗湿透了。汗水顺着额头淌到脖子上，黏黏的，很不舒服。方木费力地坐起身来，拿着毛巾和香皂，准备到卫生间洗把脸。

走廊里只亮着一盏吸顶灯，光线很暗，可是方木还是一下子就发现了地上的几个暗红的小点。他蹲下身子，用手指在那些红点上抹了一下。红点的表面已经干涸。方木捻捻手指，有些湿黏的感觉，凑到鼻子下闻闻，甜腥的味道。

是血。

方木顿时感到全身的汗毛都竖了起来。他张皇失措地向四周张望。空荡荡的走廊里一个人也没有，只有一扇扇紧闭的门。低头看，前方还有几个血点，一路指向前方的卫生间。

方木慢慢地站起来，踮着脚朝卫生间走去。

有人受伤了？

还是仅仅有人流鼻血？

卫生间那黑洞洞的大门越来越近，方木的心也越跳越快，那怦怦的声音仿佛在走廊里回响，方木甚至觉得，如果卫生间里有人的话，自己的心跳声早就被他听到了。

终于看到了。

在一片漆黑的卫生间里，空气中满是血腥味，有一个人站在水池前，不知在撕扯着什么，黑暗中只能看见他的头和肩膀在晃动，口中似乎还有吧唧吧唧的咀嚼声。

方木悄悄地把手伸向电灯开关。

日光灯的镇流器发出巨大的轰鸣声，卫生间里亮如白昼。那个人也被吓了一跳，霍然转身。

是孟凡哲。

强烈的灯光从头顶直射下来，孟凡哲眼眶发青，眼睛里黑漆漆的一片，竟然看不到眼白。

他的嘴边一片鲜红，还不时有黏稠的红色液体从嘴角滴落下来，仔细看去，唇边还黏着几撮黄黑相间的毛。

方木心中大骇，和孟凡哲愣愣地对视了几秒钟之后，颤巍巍地问道：

“孟凡哲，你在干什么？”

在那一瞬间，方木可以肯定在孟凡哲的眼睛里有一丝凶狠的表情闪过，但随之就是几乎要漫出眼眶的无助与绝望。

“我……”他突然咧嘴笑了一下，但是那笑容马上就消失得无影无踪，眼角和嘴角都耷拉下来，声音里也带了哭腔，“我不知道……”

方木这才注意到他手里还拎着什么东西，定睛看去，是一条毛乎乎的，沾满鲜血的动物的腿，看起来，很像是猫腿。他向孟凡哲的身后望去，水池里一片狼藉，血肉、内脏和皮毛乱糟糟地堆在那里，似乎还在冒着热气。

方木绕过孟凡哲，小心地走过去。没错，水池里七零八落的正是孟凡哲的猫——汤姆。

四周没有刀之类的利器。看来汤姆是被孟凡哲用手生生扯成几块的。

方木转身看看孟凡哲，他一动不动地盯着门口的方向，仿佛周围的一

切都与他无关。方木扯起他的袖子，从他手中把那只猫腿拽下来，扔在水池里。孟凡哲呆呆地任由方木摆布，丝毫没有反抗的意思。

方木站到他面前，盯着他的眼睛，缓缓说道："凡哲，你能听见我的话么？"

过了好久，孟凡哲的眼珠才慢慢地移向方木的方向，微微地点了点头。

"你能不能告诉我，发生什么事了？"

孟凡哲的嘴角咧了咧，他好像一个中风后遗症患者一样慢慢半转过身子，伸手指了指水池里的猫。

"汤姆……他们都讨厌它。我也不能……再……依靠它……"

方木盯着孟凡哲呆滞的双眼，竭力去搞清楚他这句话的意思。

"什么意思，依靠谁？"他摇晃着孟凡哲的肩膀，"你说话啊！"

孟凡哲的身体在方木的动作下剧烈地摇摆着，人却好像清醒了很多。

"我不知道，我不知道！"他抬起手在嘴边胡乱抹着，当他看到手上全是血和猫毛的时候，吓得又去脸上乱抹，结果满脸都是横纵交错的血迹。

"到底怎么了？"方木用力捉住他的手，低声喝问道。

"是你？方木？"孟凡哲好像刚刚意识到面前的人是方木，身子一下子瘫软了，眼泪和鼻涕刷地流下来，"帮帮我，帮帮我，求求你，我不知道我在干什么，好像做梦一样……"

方木把手插在孟凡哲的腋下，竭力撑住他的身子。

"我会的，我会帮助你，你告诉我，到底怎么了？"

孟凡哲的视线落在水池里，好像一下子来了力气。他惊恐万状地指着汤姆的尸骸："这不是我干的，这不是我干的……我不是有意的……"

他向方木猛扑过来，一把拉住方木的衣领，眼中是深深的恐惧与祈求：

“别告诉别人，千万不要告诉别人，我不是疯子，我不是有意那么做的，我不是有意的，我不是疯子……”

他放开方木，又一个箭步冲到水池前，用手捧起那些皮毛和血肉，四处张望着，嘴里兀自说个不停：“快收拾好，快，别让别人看见……快！”他原地转着，似乎在疯狂地思考应该把这些东西扔在哪里。

方木被他搅得心烦意乱，一时间也没了主意，只好拎着门口用来倒剩饭的大塑料桶走过去，示意他扔在这里。孟凡哲用力把汤姆的尸骸按进桶内的泔水里，又飞快地跑进里间的厕所，拿出一只纸篓，把里面用过的手纸统统倒进桶里。接着又跑到水池边，拧开水龙头，哗哗地冲洗着水池里的血迹。把所有的水龙头都拧开了，他还嫌慢，用手不住地在水池里擦着。

当最后一根猫毛旋转着消失在下水道里，孟凡哲又从门后拿出拖把，用力蹭着地上的血迹。方木手足无措地看着孟凡哲飞快地清理着卫生间，感觉脑子里乱极了。好不容易等他停下手，疲惫不堪地靠在墙上喘着粗气，方木小心地问他：

“到底怎么回事，你能跟我说说么？”

孟凡哲无力地摇摇头：“我不知道。但是，我最近很不对劲。我常常忘记自己做过些什么，寝室里很多东西我都不知道是什么时候拿回来的。”

方木想了想：“你要不要去看看医生？”

孟凡哲连连摇头：“不用不用不用。”又仿佛自言自语般说：“我会好起来的，嗯，我一定会好起来的。我不要指望任何人……”他反反复复地念叨着，看起来毫无信心。方木默默地看着他，一时间也不知道说什么才好。

孟凡哲突然站直身子，勉强冲着方木笑笑：“我，我回去了，你，”他垂下眼睛，“替我保密好么？”

"好的。不过，我还是建议你去看看医生。"

"呃，好的，如果我觉得需要的话，我会去的，再见。"说完，他就脚步虚浮地走出卫生间，摇晃着向寝室走去。

卫生间里一下子恢复了安静，只能听见水管里汩汩的流水声和日光灯镇流器的鸣叫。方木站在原地，好一阵子没有动。他看看干干净净的水池，又看看那只大塑料桶，突然感到今晚的孟凡哲是那样的陌生。

比第一次见到他还要陌生。

第二十一章

3+1+3

第二天一大早，方木就去敲孟凡哲的门。连敲了十几下，一点回应都没有。

整整一天，方木的脑子里都是孟凡哲。他那毫无血色的脸和那双仿佛深渊一般的眼睛不停地在方木眼前浮现。

从心理学的角度来看，虐待动物的行为，往往来自于对现实的无能为力和失去控制的焦虑感。

孟凡哲究竟对什么感到无能为力，又对什么感到失去控制呢？

他是个个性软弱的人，但是性情温和、善良。生生扯碎一只猫，再把它吞下肚去，无论如何也不像是他这种人能做得出来的。而从昨晚的情形来看，孟凡哲在残害汤姆的时候，很明显处于一种意识模糊的状态之下。

究竟是什么让孟凡哲陷入如此重度的精神障碍中？

“汤姆……他们都讨厌它……我也不能……再……依靠它……”

依靠？

如果说孟凡哲在依靠汤姆的话，一个人能从一只猫身上得到什么保护或者慰藉呢？

老鼠？

方木知道孟凡哲害怕点名，也许他还害怕老鼠。养一只猫，使自己在潜意识里感觉到被保护，的确可以在一定程度上消除对老鼠的恐惧。

问题是，这种做法的直接后果是使自己对这种“保护”产生明显的依赖，一旦这种“保护”消失的话，他不但不会消除对老鼠的恐惧心理，反而有可能加剧。

如果上述推论成立的话，那么孟凡哲将自己视若珍宝（也可能是当作保护者）的汤姆杀死，就有了一点孤注一掷、破釜沉舟的味道。

如果一个人这样想，那他就危险了。

方木这种若有所思的状态一直持续到上晚自习的时候。邓琳玥在被方木冷落了大半个晚上之后终于开口发问：

“在想什么？”

“唔，没什么。”方木也意识到自己的失态，朝邓琳玥抱歉地笑笑。

邓琳玥没有笑。她低下头继续看书，又过了好一会儿，小声说：

“在想她，对么？”

“谁？”方木一下子没有反应过来，心里很纳闷她怎么会认识孟凡哲。

“就是……一直在你心里的那个女孩。”

方木怔了一下，无奈地摇摇头：“没有，你别多想。”

邓琳玥抬起头看着方木的眼睛，很明显她并不相信方木的话。

“跟我说说她，好么？”

“不！”方木断然拒绝了。

余下的时间里，邓琳玥始终没有跟方木说话。方木送她回寝室的时候，她也没有像平时那样要求方木抱抱她或者亲她一下再走，只是简单地说了句“我上楼了”，就把方木一个人撇在女生宿舍楼下，转身上楼了。

方木很无奈，只好转身离去，走出去几十米后，回头望了一下，却看见邓琳玥站在女生宿舍的门口，朝这边望着。方木转身向邓琳玥走去，刚迈了几步，邓琳玥却又一个转身，蹬蹬蹬上楼了。

方木犹豫了一下，还是走到女生宿舍楼下，等了十几分钟，见邓琳玥这次没有去而复返的意思，摇摇头回去了。

恋爱，就是这个样子么？

回到宿舍楼，方木还是先去了孟凡哲的寝室。尽管从门上的窗户里看到寝室里没有开灯，方木还是敲了敲门。不出所料，没有回音。

今天方木问过邹团结，孟凡哲还是没有去上课，也没有任何人看见过他。

杜宇在寝室里，出人意料的是他没有在电脑前玩CS，而是正襟危坐在书桌前，一副一本正经的样子。

“你干吗？”方木习惯了杜宇嬉皮笑脸的样子，他这副德行让方木觉得有点好笑。

“你有时间么？”杜宇绷着脸，“我想跟你谈谈。”

“谈什么？”方木有点莫名其妙。

“谈谈你跟邓琳玥。”

方木盯着杜宇看了几秒钟：“好奇？还是什么别的原因？”

“不是。”杜宇顿了一下，“是出于朋友的立场。”

方木拉过一把椅子坐下来，点燃一支烟。

“你想知道什么？”

“你跟邓琳玥，真的在谈恋爱？”

方木犹豫了一下：“……算是吧。”

“什么叫算是吧？”杜宇把椅子向方木拉近，“你喜欢她么？”

方木吸了几口烟，沉默了一会儿说：“说老实话，我不知道。”

他的确不知道，几天前邓琳玥这个名字仅仅意味着“被害人”，现在，她是自己的“女朋友”。而这个过程，就好像一个缺乏现实感的梦一样，让人身陷其中却浑然不知。方木觉得，自己并不是刚刚意识到这个问题，只是这几天来他一直在逃避这件事。

因为，他已经有点习惯了。

习惯异性温柔又带点崇拜的目光。

习惯有人细致地关心自己的饮食起居。

习惯身边有一个温软馥郁的身体。

习惯让人战栗的拥抱与亲吻。

杜宇看看方木，叹了口气，缓缓说道：“其实，作为哥们，我是很支持你和邓琳玥在一起的。而且，我和瑶瑶都觉得你们俩挺合适的。只是，你们都转变得似乎太快了，尤其在这个时候，真让我们所有人都没有想到。”他顿了一下，“你知道大家都怎么议论这件事么？”

方木突然知道杜宇如此郑重其事地跟他讨论这件事的原因了：刘建军。

杜宇见方木不吭声，自顾自地说下去：“很多人都说你是借刘建军被打伤的机会，抢了他的女朋友。”

方木干笑了两声，自己被别人误会已经不是一次两次了，刚入学的时候，不是还有人把自己当作怪物么？他并不介意。

“你也这样想么？”沉默了一会儿，方木问道。

“我当然不会！我清楚你是个什么样的人。”杜宇马上说，“不过，我还是不知道这到底是怎么回事。”

方木非常不愿意和杜宇继续这个话题，不过看着杜宇坚决又信任的目光，他想了想，还是把邓琳玥和刘建军之间的事一五一十地对杜宇讲了。

杜宇听了之后，好半天没说话。当方木点燃了第五支烟的时候，杜宇突然站起来，把手重重地放在方木的肩膀上。

“我支持你，哥们。”杜宇大声说，“你没有错，邓琳玥也没有错。如果再有人这样议论你们的话，我会帮你解释！”

方木刚想说“那倒不必”，可是看到这家伙一副两肋插刀的架势，笑着点了点头。

深夜，心事已了的杜宇呼呼大睡，方木却翻来覆去地睡不着。刚才的一番话，对于杜宇来讲也许是一个理由充分的解释，可是对于方木来讲，去丝毫不能减轻心中对自己的疑问。

我真的爱上邓琳玥了么？

邓琳玥毫无疑问是喜欢自己的，而自己呢？

也许，只是需要吧。

老天为每个人都安排了一条路。有的路平坦，有的路坎坷。而我的路，是一条布满荆棘、险象环生的路。这一路上，有鲜血，有怪兽，有回忆，有感伤。陪伴我的，却只有那些死去的人们和梦魇般的诅咒。

我已经一个人走得太远，太累。

蒙眬中，方木渐渐睡着了。心中的疑问，依然没有答案。其实，有没有答案，又有什么要紧？

他只知道，在邓琳玥的怀抱里的时候，真的，很温暖。

邰伟来找方木。一进门，他就歪着头看着方木："呵呵，气色不错啊。"方木知道他在拿邓琳玥的事情调侃，没有搭理他。不过这家伙最近瘦得厉害，眼眶发青，一幅睡眠不足的样子。

"今天怎么没陪邓大小姐去上自习？"

邓琳玥的父母来学校看她，晚上一起出去吃饭。一整天，邓琳玥都在暗示方木和她一起去，希望自己的父母能见见方木。方木没有答应，也许是邓琳玥的妈妈那天给他留下的印象太坏。另外，如果去了，很明显有未来女婿拜见丈母娘的意思，这更是方木不情愿的。

"怎么样？有什么新发现么？"

"没有。一点进展都没有。"邰伟毫不客气地躺在方木的床上，"我们现在只能干等着。妈的，这样的日子不知道什么时候才能到头！"

方木这几天思考的都是邓琳玥和孟凡哲的事情，没有对系列杀人案过多关注。看见邰伟疲惫不堪的样子，心中不免有些愧疚。他翻出一包芙蓉王扔给邰伟，又给他冲了一大杯浓茶。

邰伟闷头抽烟喝茶，沉默了一会儿之后，突然没头没脑地问道：

"方木，你觉得这是个什么样的人？"

方木一愣："他的心理和生理特征我不是都跟你大致描述过么？"

"嗯。"邰伟点点头，"有句话，我不知当说不当说，"他试探着看看方木，“我老觉着这个人……跟你很像。”

方木没有作声。其实这种感觉他也有。凶手设计的几起命案，都是在向方木进行挑战。那么这个人应该在犯罪心理学上颇有见地（至少凶手自己是这样认为的），而在这个校园里，方木所知道的心理画像者只有两个。想到这里，方木不由得心一沉。

难道是乔教授?

不会不会。方木马上否认了自己的想法。无论从职业操守还是从为人品德上来看，乔教授都堪称典范。再说，自己的水平和乔教授相差甚远，他没有必要来对自己挑战。而且，这几起案件中，凶手不仅仅需要技巧，还需要体力，这显然是年近六旬的乔教授所不具备的。

距离上次作案已经快20天了，凶手还没有丝毫动作。这种等待，实在是一种折磨。

沉闷的气氛渐渐在两人之间蔓延开来，就好像那袅袅升起的烟雾一样，隔着它，你看不清我，我看不清你。

同样，也看不清那个人。

不知过了多久，邰伟一跃而起，伸了个懒腰后，低头看看手表。

“快九点了，我去各个监察点看看。你去么？”

方木心想反正自己也没什么事，就点点头。

警方重点监视的地点仍然是女生宿舍和带有数字“6”的地段。监察点不同，可是在各个监察点蹲守的警察却是一样的状态：疲惫不堪，情绪暴躁。

这样不分昼夜的连续作战已经持续一个多月了，换了谁都受不了。

连转了几个点，都是“一切正常”。看着手下的兄弟们一个个脸色发青，却都在坚守岗位，邰伟也有些不忍。他和方木一起去了校门口的小饭店，订了一些盒饭给大家加餐。方木看着他钱包里那几张可怜巴巴的纸币，自己去超市买了两条香烟。

发盒饭的时候，警察们都显得很高兴，拿到盒饭后都迫不及待地或靠墙而立，或蹲在墙角，埋头大嚼起来。男警察们吃相粗鲁，大口吞咽着已经有点变凉的饭菜，偶尔有人咬到了沙子也囫囵咽下。女警察们聚在一起，小声议论着饭菜的味道，彼此你夹一块肉段，我夹一块带鱼，吃完了，还不忘拿出带香味的面巾纸塞给那些准备用袖子抹嘴的男同事们。

只是每个人都边吃边紧盯着每个从身边走过的人，即使闲聊，也竖起耳朵倾听着每一丝可疑的声音。

看着这群邋遢憔悴，却如同猎手般时刻保持警惕的人，方木的心中不由得陡生敬意。在分香烟的时候，特意多给了那个被他捉弄过的警察两盒。他显然并不在意方木曾经的戏谑之举，还感激地冲他笑了笑。

吃过饭，邰伟又带着方木在其他的监视点转了一圈。结束的时候已经快11点半了，校园里已经看不到人影，各栋宿舍楼的灯也一盏盏熄灭。校园在经历了一天的喧嚣后重归安静，只是阵阵冷风刮得更紧。

方木和邰伟匆匆地走在空无一人的马路上，快到宿舍楼下的时候，邰伟突然停下了脚步，向后望了望。

“怎么了？”方木看着他望去的方向，不远处，只有光线惨淡的路灯孤零零地站着，下面的马路被照亮了一块，除此之外的一切都被黑夜笼罩着，寂静无声。

“没什么。”邰伟皱着眉头，又四下扫视了一圈，“可能是我听错了。”

二人一前一后地走进宿舍楼，走过一楼卫生间的时候，邰伟突然捂着肚子说：“你先上楼吧，刚才盒饭里的带鱼不新鲜，我好像要拉肚子。”

方木点点头：“我那儿有黄连素，你一会儿上来拿吧。”说完，就抬腿上了楼梯。

走廊里静悄悄的，偶尔能隐隐听见远处传来的水声。走了大半个晚上，方木感到腿有些酸，他慢慢地上楼，无聊地听着自己的脚步声。

突然，他听到了不属于自己的脚步声。

那脚步声就在自己附近，不徐不疾，听起来似乎漫不经心。方木在二楼缓台上停下脚步，侧耳倾听着。那脚步声也在那一瞬间消失了，仿佛从未出现过一样。

方木屏气凝神地站着，胸口剧烈地起伏，几秒钟后，他重新迈动双脚，慢慢地走上台阶。

果真，那脚步声又出现了。

方木边走，边顺着楼梯扶手向下看。在一楼和二楼之间，一个细长的人影正摇晃着慢慢上来。

方木感到全身的汗毛渐渐竖起，他来不及多想，踮着脚尖，疾步登上三楼。走到313寝室门前的时候，他犹豫了一下，没有开门，而是向走廊的另一端走去。320寝室旁边有一个墙垛，刚好可以藏下一个人。路过318寝室的时候，几块镜子的碎片堆在门口，大概是寝室里的镜子碎了，扔在门口等着清洁工来收拾。方木顺手拎起一块稍大一点的，快步走到墙垛旁，把镜子抵在321寝室的门旁，让反光面正对着走廊另一侧，自己则躲在墙垛后面，既可以通过镜子的反光观察走廊里的情况，又不必露头。

几秒钟之后，镜子里出现了一个模糊的人影。

他走得不紧不慢，看身高应该在1.75米左右，很瘦，一只手插在上衣兜里，另一只手在体侧摆动着。不知为什么，方木忽然觉得这个人看起来很眼熟。

那个人越走越近，突然站定了，方木估测了一下，他站立的位置正是313寝室。

那个人面对着寝室门站了几秒钟，忽然伸出手来在寝室门上抚摸着。

他在干什么？模糊的镜子让方木不得不竭力睁大双眼，却怎么也看不清。趁着他在门上抚摸的时候，方木飞快地把头探出去。

是孟凡哲。

方木松了口气，从墙垛后走出来。

“喂，是你啊。”

孟凡哲猛地扭过头来，怔怔地看着他。方木吓了一跳，仅仅几天不见，孟凡哲又憔悴了很多。脸色苍白，眼眶发黑，双颊凹陷，看起来好久没洗的头发乱七八糟地竖在头上。

方木的目光落在他刚才在门上抚摸的手上，细长的手指里捏着一支签字笔。

“你在干什么？”

孟凡哲好像没听见似的，两眼呆滞地看着方木。方木小心地向前走了一步：“孟凡哲，你在干什么？”

一瞬间，方木看到孟凡哲黯淡无光的双眼霎时变得狂暴凶狠，脸上所剩无几的肌肉也扭曲起来，他张开嘴，露出白得瘆人的牙齿，同时发出一声只有野兽才会有的低吼：

“啊——”

方木吓得倒退两步，还没等他开口，就看见孟凡哲一直插在衣兜里的手拿了出来，手里握着一把大号的裁纸刀。大拇指一推，寒光闪闪的刀片从裁纸刀上端露了出来。他握着刀，嘴里含混不清地念叨着什么，一步步向方木逼近，突然，一挥手，裁纸刀在灯光下划出一道耀眼的光辉，直奔方木而来。

方木向后一跳，感觉刀片贴着自己的鼻尖划了下去，“嘶啦”一声，外套被割开了一条口子。

“你疯了么，孟凡哲！”方木一边后退，一边大吼，“看清楚，我是方木！”

方木的话没有起到任何作用，孟凡哲一击未中，又是一刀挥过来，这一次直奔方木的脖子而去。方木慌忙一哈腰，躲过刀片的同时，一个箭步蹿到孟凡哲身后，朝着他的膝盖弯猛踢一脚。

孟凡哲扑通一声跪倒在地上。方木想冲上去按住他，可是孟凡哲的动作更快，不等起身，又是一刀挥过来，方木急忙抽身躲避，可是晚了一步，手指被刀锋掠过，鲜血马上流了出来。

孟凡哲站起来，嘴里“呜呜”地低吼着，一步步向方木逼近。头顶的灯光直射下来，方木清楚地看见孟凡哲紧咬牙关，嘴边满是白沫，同一只发狂的野兽毫无分别。方木捏着流血的手指，疾步向后退，却听见身后传来急促的脚步声。

方木急忙转身，看见邰伟正从黑暗的走廊一端跑过来，边跑边在腰间摸索着。

转眼，邰伟就跑到了方木身边，他紧绷着脸，一把把方木拉到自己身后，同时举起了手里的枪。

“你没事吧？”不等他回答，邰伟就对着孟凡哲大喝，“把刀放下，我是警察！”

孟凡哲仍然不为所动，他好像没看见邰伟一样，死死盯着方木，一步步逼近。

邰伟咔嚓一声扳下击锤：“放下刀，否则我要开枪了。”方木急忙拉住邰伟：“别开枪，他是我的同学。”

邰伟紧盯着孟凡哲，把击锤复位，枪塞进枪套里，同时拉开架势，严阵以待。

几扇寝室的门相继打开了，听到动静的学生穿着内衣探出头来，看到走廊里这令人窒息的一幕，惊呼一声就缩回头去，趴在门缝上观察着走廊。杜宇也出来了，手足无措地站了几秒钟，就返回去拿了一把拖把跑出来，战战兢兢地站在方木身后，颤巍巍地说：“孟凡哲你别胡来啊。”

孟凡哲又发出一声低吼，扬起刀直劈下来。邰伟一个箭步上前，看准孟凡哲持刀的手牢牢抓住，手腕一翻，本以为孟凡哲会痛得把刀丢掉，没想到孟凡哲却不松手，又在膝盖上一磕，裁纸刀才应声落地。邰伟把手向后一探，揪住孟凡哲的衣领，用力向前一甩，孟凡哲撞到墙上，又重重地摔在地上，痛苦地蜷起身子。

邰伟疾步上前，把孟凡哲翻转过来，用膝盖顶住他的后背，同时掏出手铐，把孟凡哲的双手铐在身后。随后，他掏出手机，接通后，简单地说了句："南苑五舍313，快点过来。"

挂断电话后，他转头问方木："怎么回事，这是谁？他为什么要杀你？"

方木对邰伟的问话毫无反应，他只是怔怔地看着在地上喘息、呻吟的孟凡哲，脑子里只有三个字：

为什么？

突然，方木冲过去，跪在孟凡哲面前，大声喊道："你听得到我说话么？你到底怎么了？"

孟凡哲闭着眼睛，除了喘息，毫无反应。

方木松开一直捏着伤处的手，用力摇晃着孟凡哲的肩膀："你说话啊，孟凡哲，这到底是怎么回事？你为什么要杀我？"

孟凡哲的眼睛一下子睁开了，那狂乱凶狠的眼神再次回到了他的眼中。他使劲扭动着身子，拼命抬起头，一口向方木咬去。

方木向后跌坐在地上，邰伟上前对着孟凡哲的脸就是一脚："你老实点！"

方木顾不得爬起来，一把抱住邰伟的腿："别打他，这件事肯定有问题！他平时不是这样的……"

孟凡哲的嘴被踢破了，鲜血流出来，和着脸上的灰，看起来面目全非。

方木刚刚捏住的伤口也迸裂开来，血顺着手指滴到地上，很快就积了一小摊。杜宇看见方木的手在流血，赶忙拉住他："快回寝室，我给你找创可贴。”

方木的脑子一片空白，任由杜宇拉着往313寝室走，走到门口的时候，方木猛然想起孟凡哲刚才在门上画了什么，连忙挣脱杜宇，在门上仔细寻找着。突然，他的视线定在了门牌上。

门牌上，“3”“1”“3”这三个数字中间，被一支黑色的签字笔加上了两个“+”。

“3+1+3……”方木喃喃自语，感觉刹那间全身都凉透了。

邰伟见方木脸色大变，就走过去循着他的目光向门上看去。几秒钟后，方木听到邰伟的呼吸骤然急促起来。他扭头望去，邰伟盯着门牌，脸上是遏制不住的兴奋。

这时，其他警察已经赶到了，有个警察大声问邰伟：“队长，怎么办，在这里审还是拉回局里？”

邰伟挥挥手：“都过来，都过来！”

警察们围拢过来，邰伟指着门牌，声音中竟有一丝颤抖：“兄弟们，抓到了。就是他！”

警察们都把目光投向门牌，沉寂了几秒钟之后，突然爆发出一阵欢呼。警察们跳着脚，互相推搡着，一个女警更是冲上去抱住了邰伟。

方木夹在这些狂喜的警察中间，被他们撞得摇来晃去。可是他的脸上一点笑容都没有，只是怔怔地看着门牌，脑海里还是那三个字：

为什么？

“好了好了。”邰伟挥挥手让大家安静，底气十足地说，“各就各位，大家开工！”

警察们响亮地应了一声后，默契地各司其职。请求支援、封锁现场、核对嫌疑人身份……走廊里的人群被劝散，只剩下还在地上躺着的孟凡哲和一直在门口呆立的方木。

两个警察把孟凡哲提起来，一人架着一只胳膊往楼下拖去，方木急忙追过去，却被邰伟拦住了。

“你先去医院吧，你的伤口好像很深。”

“不用。”方木急切地说，“我得跟他谈谈，我觉得有点不对劲。”

邰伟好像有点不高兴：“有什么不对劲的，我们回去一审就清楚了。小张，”他朝一个警察喊道，“送方木去医院。”

那个警察应声而来，方木没有办法，只好跟着他走下楼去。

门口停着几辆闪着警灯的警车，方木看到孟凡哲就在其中一辆车里，耷拉着头，两个警察一左一右地坐在他身边，牢牢地抓住他的双臂。

送方木去医院的那个警察示意他上旁边的一辆车。在走过去的时候，方木一直看着孟凡哲，似乎希望能从他脸上找到答案。

而此时，孟凡哲也看见了方木。他一下子扑到车窗上，眼中的狂暴凶狠早已不见，取而代之的是深深的恐惧与绝望。他拼命地敲打着车窗，嘴里无声地呼喊着，眼泪成串地从脸上滑落下来。

旁边的两个警察使劲按住他，在他的脸上、身上抽打着。方木跑过去，想拉开车门，可是在他踏上后保险杠的一瞬间，那辆警车突然启动了，方木摔倒在地上，等他爬起来的时候，那辆警车已经转了一个弯，开远了，只剩下刺耳的警笛声还在校园里慢慢回荡。

第二十二章

猫与鼠（二）

伤口不长，但是很深。一个睡眼惺忪的值班医生把方木的伤口简单清创之后，缝了两针。方木捏着手走出处置室，那个警察正在走廊里打电话，一见方木出来，匆忙挂断电话。简单问了几句伤口的情况，就提出要送方木回学校。

方木摇摇头："送我去市局。"

"不行。"那个警察非常干脆地拒绝了，"邰队长命令我必须送你回学校。"

"我是案件的被害人，你们难道不给我做笔录么？"那个警察被问住了，犹豫了一下还是坚持要送方木回去。

"用不着你送！我自己走！"说完，方木就大步走出了医院。

出了医院的门口，方木迅速跑到楼角躲藏起来。几秒钟之后，就看见那个警察追出来，四下里扫视了一圈，骂了两句，就上车，发动，很快开走了。方木等他开远，就从楼角里走出来，径直走向医院门口排成一列的出租车。

市局门口灯火通明，院子里满满当当地停满了车。方木跳下出租车，对门口执勤的武警战士说："邰伟警官叫我来做笔录。"武警战士返回值班岗亭打了个电话，几分钟后，就看见那个送方木去医院的警察匆匆忙忙地跑了出来。

"我就知道你自己会跟着来！"那个警察一脸阴沉，"别多说话，做完笔录赶紧走。邰队长说了，过几天会跟你联系。"

他把方木带到留置室，叮嘱他等一会儿，不要乱跑，就拉开门出去了。他前脚走，方木就后脚溜了出去。走廊里人很多，那些或着警服或穿便装的警察匆匆地往返于各个科室之间，偶尔有人疑惑地看看方木，却没有人停下来发问。从他们之间的只言片语中，能听到"快把这些材料送到三楼""审讯室"之类的字样。

似乎每个人都很关注三楼的事情。方木尽量躲避着那些警察，快步登上三楼。

走廊尽头有一扇铁门，现在正敞开着，里面似乎还有一个房间，墙壁是一面大玻璃。此刻，十几个警察正静静地站在那扇玻璃前，人群中，能听见邰伟的声音。

“……我当时就假装拉肚子，躲在一楼的卫生间里听动静，过了一会儿，果真听到有人上楼。我悄悄跟在他后面，转入三楼走廊后，我发现他走了几步，又停下来，接着又向前走，最后站在了313房间门口，像是在敲门，又像是在写什么。后来被害人跟他聊了几句，我当时以为是相识的同学，就准备撤，结果还没等我走几步，就传来了厮打的声音，后来，我就把他制服了，带回局里……”

方木悄悄地走过去，所有的人都在屏气凝神地听邰伟说话，居然谁都没有发现方木。

“你能肯定他就是凶手么？”一个挺着将军肚，表情威严的人说。

“能！”邰伟的语气和表情都很坚决，“首先，在被害人的门上发现了‘7’的标记；其次，专案组的同事正在勘查现场，包括检查犯罪嫌疑人的寝室。刚才他们给我打来电话，据说有重大发现。”

有几个女警匆匆地跑过来，把厚厚一叠材料递给邰伟，邰伟简单翻看了一下，抬头对那个胖子说：“局长，可以开始了。”

局长点点头：“开始吧。”

所有人都围向那面玻璃，方木不敢挤得太靠前，只能在人群的缝隙中竭力捕捉玻璃那面的情形。

这是一个安装了单向玻璃的审讯室。里面陈设简单，靠左侧的位置摆放着一张桌子、两把椅子，桌子上有一盏台灯。两个警察正坐在桌前，一个翻看着刚刚递进来的材料，一个在纸上写画着什么。对面是一把固定在地上的椅子，看起来冰冷无比，很不舒服。墙角装有摄像头，头上悬挂着话筒，审讯室里面的声音可以通过扩音器传到外面。

审讯室右侧的小门开了，戴着手铐和脚镣的孟凡哲被两个警察架了出来。他看起来虚弱不堪，头始终低着，嘴角的血已经干涸，脸上横七竖八地分布着暗红的印记。

那两个警察盯着他看了几秒钟，一个年长一点的警察开口了：“姓名？”

孟凡哲低着头，毫无反应。

另一个警察把台灯扭向孟凡哲的方向，孟凡哲的全身笼罩在强光下，在身后的墙壁上留下扭曲的影子。

“姓名？”

孟凡哲还是不开口，仿佛睡着了一般一动不动。年长的警察不紧不慢地点燃一支烟，翻开桌上的卷宗。

“2002年7月1日凌晨1点至3点之间，你在哪里？”

没有反应。

“2002年8月10日上午8点至9点之间，你在哪里？”

还是没有反应。

另一个警察看看墙上的镜子，他知道局长和其他同事都在外面盯着他们。他转头看看像块木头一样呆坐在那里的孟凡哲，不由得恼羞成怒。

他一拍桌子，大喝道：“孟凡哲！你别以为不开口就没事了，根据刑事诉讼法的规定……”

孟凡哲猛地抬起头，面对强光，他的眼睛仍然圆睁着，如果目光可以杀人的话，面前的两个警察恐怕早就万箭穿身了。

“啊——”方木又听见了在走廊里那声野兽般的低吼。

孟凡哲的手脚都被固定在椅子上，他却拼命地向前挣扎着，看起来似乎随时都有可能摆脱束缚，向面前的两个警察猛扑过去，那个稍年轻点的警察被吓了一跳，不由得向后挺了一下身子。站在孟凡哲身后的两个警察急忙上去用力按住他，可是看起来虚弱无比的孟凡哲竟好像得了神力一般，两个人高马大的警察都按他不住，其中一个还险些被咬了一口。一个警察抽出了警棍，高高扬起……

“不——”一个身影猛扑到玻璃上，用力捶打着。所有人都愣住了，邰伟在呆了两秒钟之后，脱口而出：“方木？！”

方木转过身，急切地拉住邰伟：“别打他……”

“你是谁？”局长打断方木的话。

“哦，他是本案的被害人，是我把他叫来做笔录的。”邰伟赶紧解释，然后转身小声对方木说，“你先下去，我一会儿就去找你。”

“邰伟，”方木拉住邰伟的胳膊，几乎是在哀求他，“让我跟他谈谈，我知道一定是出了什么问题，凶手肯定不是他。”

“不行！”邰伟用力扒拉着方木的手，小声警告他，“你以为这是什么地方？快点下去。”

一直在一旁冷眼旁观的局长突然开口了：“邰伟，他就是你所说的那个所谓的‘天才’，对吧？”

邰伟一看已经瞒不下去了，只能老老实实地承认：“是。”

局长“哼”了一声，转头望向审讯室。孟凡哲仍然在拼命挣扎着，两个警察被他撞得摇摇晃晃，其中一个警察抽出了电警棍，打开开关，对自己的同事大喊一声“闪开”，就朝孟凡哲的肩膀捅了过去。孟凡哲的眼睛一下子睁大了，身体猛地一下弓起，那个警察又在他的身上连捅几下，每捅一下，孟凡哲都会发出大声的惨叫，像砧板上垂死挣扎的活鱼一样拼命扭动。几下之后，孟凡哲终于不再挣扎了，跌坐在椅子上，耷拉着头，身体不住地痉挛着。

局长脸色铁青，对身边的人说：“今晚别审了，先关起来，明天叫司法鉴定中心的人来给他做精神鉴定。”说完就转身走了，经过邰伟身边的时候，狠狠地瞪了他一眼。

邰伟想要解释，可是局长已经走远了。他无奈地摇摇头，转身看着审讯室里，警察们正像拖死狗一样把孟凡哲拖出去。他叉着腰站了一会儿，头也不回地说："把他送回去。"

那个警察像押解犯人一样抓着方木的胳膊，一口气把他带到南苑五舍三楼。方木全身酸软，早已没了反抗的力气。

走廊里一片喧嚣，挤满了看热闹的人，有披着被子、只着内衣的学生，也有刚刚闻讯而来的校保卫处干事。透过人群，能看见孟凡哲的寝室里灯火通明，不时有不耐烦的警察告诫围观者躲远点。

313的门牌已经被取走当作物证，那个警察推推门，锁住了，就冲着围观的人群大喊道："313寝室的人呢？开门！"杜宇也在看热闹，听到呼喊赶快跑回来，拿出钥匙打开了门。

警察一把把方木推进寝室。"别再乱跑了。"他指指方木对杜宇说，"看着他点。"说完，重重地拉上了门。方木垂着手在原地站了几秒钟，慢慢地走向自己的床，一头栽倒在上面。

杜宇忧心忡忡地看着方木，小心地问："你要不要喝点水？"方木没有回答，慢慢地摇了摇头。

突然，他像想起来什么似的，从床上一跃而起，拉开门，直奔孟凡哲的寝室而去。挤过人群，方木来到寝室门前，一把掀起警戒线就往里冲。寝室里有好几个警察正在进行现场勘验，刚刚送方木回来的那个警察也在帮忙，他看见方木冲进来，急忙阻止道："你怎么又跑出来了？"

方木急切地问："你们发现什么了？"

正在勘验的警察面面相觑。

那个警察急了，扳住他的肩膀往后推："快走，这没你的事，有发现邰伟会跟你说的。"

方木用力扒拉着他的手，跳着脚冲寝室里喊："你们到底发现什么了？"

“方木！”那个警察大喊一声，同时从腰上“唰”的一声掏出手铐，“你在妨碍公务！别让我为难！”

杜宇挤进来，用力把方木拉出去，边拉边小声劝他：“哥们，先回去吧，明天再说。”

余怒未消的警察对身边的一个保卫干部大吼：“让所有的学生都回寝室，别妨碍我们工作！”

方木被杜宇连拉带拽地带回了寝室，他站在地上喘了半天粗气，突然打开柜子，拿出几个厚厚的牛皮纸信封，“啪”的一声摔在桌子上，从里面抽出几大摞打印纸，一声不吭地看起来。杜宇站得远远的，小心地张望着，能隐约看见几张血肉模糊的照片，还能听见方木的嘴里在小声嘟哝着：

“不可能，不是他，不可能……”

我这是在哪儿?

头好疼，像要炸开一样……

我做了什么?

……

“你有幸运数字么？”

“没有，我也不太信这个。老师，我这次来，是因为……”

“呵呵，别急。你知道大多数人喜欢什么数字么？”

“不知道。可能是……8？”

“呵呵，只有中国人才会那么想，而且多是那些暴发户、土财主什么的。你看，你笑了。我跟你说过了，别紧张。”

“我没紧张，我只是觉得有点……有点退步。因为我这几天上课的时候，又开始害怕点名了。”

“哦，从什么时候开始的？”

“上次……上次我们见面以后。”

“别担心，这很正常。有些事情需要反复强化，才能达到最佳效果。”

“老师，我希望你能帮助我。”

“好的，只是你一定要按我说的做，懂了么？”

“嗯。”

……

我的天，我想起来了……

方木，他死了么……

……

“我怎么办？老师，我怎么办？”

“你别急，让我想想。”

“今天我好丢脸，当着那么多人的面，硬是说不出那个‘到’。”

“也许我们该换个方法了，不过这种方式可能会比较残酷一点，你确定你能承受么？”

“我……”

“如果能成功的话，你将会永远摆脱这个心病。”

“……”

“如果你觉得你是个脆弱的人的话，那就算了。我也帮不了你。”

“我，我愿意试试。”

“很好。现在你躺到那张椅子上。放松点，让我们开始。”

……

“你现在在课堂上，能感觉到么，周围都是你的同学，人很多……老师拿出点名册，开始一个个点名……孟凡哲！”

“……”

“孟凡哲！”

无意识地扭动，汗水从额头上流下来。

“孟凡哲！”

“孟凡哲！”

“孟凡哲！”

“孟凡哲！”

“啊——”

……

好冷啊……

手脚都动不了，想抱住肩膀都不行……

帮帮我，帮帮我……

……

“你怕死么？”

“嗯，当然，谁不怕死？”

“呵呵，其实，死并不可怕。你觉得不开心的时候，会做什么？”

“嗯，玩玩游戏，或者闷头睡上一大觉。”

“呵呵，是啊。其实死亡就是一段更长的睡眠而已，可以把所有的麻烦事统统抛掉。很多人都宁可去死也要保全自己的尊严。你知道海明威么？”

“知道。《老人与海》。”

“他面对绝症的时候，为了保全最后的自尊，就选择了自杀。呵呵，说实话，有的时候我很羡慕他呢。”

“……”

……

我该怎么办？

我杀了人么？

我完了……

……

“7是个很有意思的数字，你发现了么？”

“哦，是么？”

“你看，一周有7天，颜色分7色，音乐有7声。所以，7意味着圆满。”

“哦，是这样。”

“一旦圆满了，我们就什么都不必担心了，不是么？”

……

我是个杀人犯……

所有人都会知道我是杀人犯……

我的妈妈会因此蒙上一辈子的耻辱……

我24岁……

我的一生，就这样结束了……

……

“把这个带上，回到寝室去。在你的周围，找到7，你会完成所有的心愿……”

……

没有办法了……

没有办法了……

……

快到凌晨4点的时候，方木趴在桌子上睡着了。醒来的时候天已大亮，手指很疼，纱布外能看见已经干硬的血迹。可能是昨晚的纠缠中，伤口又迸开了。

方木简单地收拾了一下东西，准备出门。他今天必须要见到孟凡哲，从所有的线索来看，孟凡哲都不可能是那个凶手。一切谜题的答案，只能从孟凡哲那里得到。

一拉开门，却和一个从外面进来的人撞了个满怀。是邰伟。

“你来得正好。带我去见孟凡哲。”方木不由分说，一把拉住邰伟就往外走。

邰伟却没动：“不用去了。”

“嗯？”方木停下脚步，转过身紧盯着邰伟。

“孟凡哲死了。”邰伟轻声说。

方木盯着邰伟足足有半分钟，直到邰伟把他拉进寝室：“进去说吧。”

方木呆呆地站在寝室中央，面对着窗户，既不转身，也不说话。

“今天凌晨……”

方木突然举起一只手，阻止邰伟继续说下去，接着，慢慢蹲下身子，把头顶在膝盖上，全身都在剧烈地颤抖着。

邰伟等他稍微平静了些，慢慢把他扶坐到床上，递给他一支烟，又帮他点燃。吸完一支烟，方木声音粗哑地问道：“怎么死的？”

“撞墙。颅脑损伤。”邰伟简单地说。

“为什么没有人阻止他？”方木的声音一下子提高了。

“我们已经做了必要的预防措施。把他关在留置室的时候，手脚都铐在了椅子上。最初，值班人员听见他在哭，后来就听见‘砰砰’的声音，冲进去的时候，人已经不行了。”

“手脚都铐住了，那怎么会……”

邰伟苦笑了一下。“你恐怕不会相信。孟凡哲硬是把自己的手和脚都从手铐和脚镣里抽出来了。这么多年，我从来就没遇见过这样的事情。”他摇摇头，“手、脚的表皮都撕脱了，双手第一掌骨骨折。”他比画着自己的双手，“难以置信，他居然会有这么坚定的求死决心。”

又沉默了半晌，方木面无表情地问：“你们是什么结论？”

邰伟犹豫了一下：“初步结论是畏罪自杀。”

“理由呢？总不至于因为昨晚的事就认定他是凶手吧？”

邰伟竭力让自己的语气显得平静：“方木，我很理解你的心情。不过我们不会没有证据就随便怀疑一个人的。孟凡哲昨晚虽然没有开口，可是我们在他的寝室里发现了这些东西。”他从随身的皮包里拿出一摞材料，递给方木。

“这是一块黑色的布。我们把它和金巧被杀一案中那盘录像带里的黑布进行了比对，感觉很像，而且在上面发现了怀疑是血迹的物质，物证科正在化验，估计下午就能出结果。这是一把锤子。刘建军被打伤之后，我们曾就伤口的形状进行了分析，大致推断出凶器的形状，这把锤子和我们的推测十分吻合。还有这个，你看，”他指指一张照片，上面是十几本书，“这些也都是在孟凡哲的寝室里发现的，全部都是关于人体解剖学、西方犯罪史和连环杀人犯的书。你还记得我们在图书馆里查找的那些资料么，全都在孟凡哲的寝室里发现了。我们正派人去图书馆查找孟凡哲借书的记录。还有这个，这是在孟凡哲的一件衣服里发现的一个小塑料袋，里面残留了少量粉末，经化验，是海洛因……”

方木打断邰伟的话：“车辆呢？凶手应该有一辆车来帮助犯罪，孟凡哲有么？还有，孟凡哲总不至于在自己的寝室里杀死金巧，也不会在自己的寝室里剥掉辛婷婷的皮吧？”

“租车并不是一件困难的事情。再说，孟凡哲完全有可能在校外租一间民房来完成犯罪啊。”

“租一间房子？那他有必要把这些东西都带回寝室里么？放在租的房子里岂不是更保险？”

邰伟一时语塞。这时，门被推开了，邓琳玥气喘吁吁地跑进来，后面跟着杜宇，手里还端着一个饭盆。

邓琳玥看见邰伟，愣了一下，顾不上和他打招呼，就问方木：“你怎么样？没事吧？”

看到方木手指上的纱布，她惊呼一声，扑过来拿起方木的手：“天哪！你受伤了，怎么还在流血，去医院吧。”她语无伦次地念叨着，上下打量着方木，“别的地方没受伤吧，对不起，对不起，我刚刚听到消息，我来晚了。”

邓琳玥的眼泪都要掉下来了，可是方木却甩开她的手，仍然紧盯着邰伟，似乎还要他解释刚才的问题。邰伟没有理会方木质问的目光，而是把材料翻到那张锤子的照片上。

“你来得正好。”他对邓琳玥说，“你看看，这是不是那天晚上凶手手里拎的那把？”

邓琳玥看了看那张图片：“好像……是吧，有点像，”她看看方木可怕的脸色，连忙改口道，“我也不知道，锤子不都是一个样么？哎呀，我不知道不知道！”

邰伟恼怒地瞪了方木一眼，“啪”的一声把材料合上，站了起来。

“我先走了。你这几天别乱跑，开着手机，一有消息，我会通知你的。”说完，就拎起皮包，转身走了出去。

寝室里一下子静下来，杜宇看看邓琳玥，又看看方木，指指桌上的饭盆：

“方木，吃点东西吧，我帮你买了早饭。”

方木没有说话，邓琳玥对杜宇抱歉地笑笑：“谢谢你，杜宇。”

“那，我先出去了，”杜宇拎起书包，小声对邓琳玥说，“你多陪陪他。”

杜宇走后，寝室里陷入了更加难以忍受的沉默中。邓琳玥陪方木坐了一会儿，见他不作声，就端起饭盆，递过去说：“吃点东西吧。”

见方木不接，她就用勺子舀起粥，送到方木嘴边。

方木把头扭到一边：“我不想吃，你先走吧，我想一个人静一会儿。”邓琳玥无奈，把饭盆放到桌子上，小声对方木说：“我陪陪你。”

方木摇摇头："不用，你先回去吧。"

邓琳玥咬着嘴唇，忍不住大声说："你真的……那么讨厌我么？"

方木看看邓琳玥，无奈地叹了口气："不是。不过，你帮不了我。"

"我帮不了你？这种时候，我能离开你么，难道你不需要我么？"邓琳玥一下子站起来，"我知道你心里很难受，虽然事情的前因后果我不知道，那个人为什么要杀你我也不知道，可是我很想安慰你，你就不能对我温柔点么？"

"不能！"方木的声音也一下子大起来，"你很了解我么，你知道我是什么样的人么？你知不知道跟我在一起会承担什么？你做不到！"

"你凭什么认为我不能？那么危险的事情我都经历过了，我还有什么不能承受的？！"

方木不想跟邓琳玥争论下去了，他拉开门："你走不走，你不走我走！"

邓琳玥的眼泪唰地流下来，她站在原地看了方木几秒钟，飞快地跑了出去。

一天后，邰伟告诉方木，黑布上的血迹经证实是金巧留下的。而在学校图书馆的调查也得知孟凡哲是在2002年5月份在图书馆借阅了那些书，与这一系列案件的作案时间吻合。就在同一天，孟凡哲的亲人来到了学校。

孟凡哲自幼丧父，唯一的亲人就是他的妈妈。在校长室里，她已经因为心脏病昏厥过去两次。当天下午，方木看到了她。

一个头发花白的老妇人，在两个警察的陪同下去孟凡哲的寝室拿他的遗物。她一看到寝室门口横拉着的警戒线，就开始哽咽起来。

十几个法学院的学生，包括方木都围在寝室门口，看着孟凡哲的妈妈颤巍巍地走进寝室。一进门，她就四处张望着，好像还指望能在某个地方看到孟凡哲对她说"妈，你来了"。扫视一圈后，她趴在孟凡哲的床上，掀起孟凡哲的被子在鼻子底下使劲嗅着，终于“呜呜”地哭了起来。她哭了很久，后来在警察的提醒下，才慢慢整理孟凡哲的遗物。

孟凡哲的绝大多数东西都被警方带走当作物证了，所以他的遗物只有区区一个旅行袋那么多。孟凡哲的妈妈提着自己的儿子留在这个世上的最后痕迹离开寝室后，突然对警察说：“我能不能见见那个小伙子，就是你们说我儿子要杀的那个。我始终不相信我儿子会杀人。”

警察的视线飞快地在方木脸上停留了一下，简短地说：“不能。”

其他人的目光却一下子都集中在方木身上。方木对这些目光毫不在意，他只是久久地看着孟凡哲的妈妈，直到她步履蹒跚地消失在走廊尽头。

邹团结好像下了很大决心似的走过来问道：“方木，孟凡哲为什么要杀你？”

方木盯着他看了几秒钟：“我不知道。”

方木的确不知道。这两天，他反复回忆了自己与孟凡哲的每一次交往，却找不到孟凡哲要杀死自己的任何动机。而且，孟凡哲和他设想的那个凶手的形象实在是差别太大了，尽管他一再提醒自己画像肯定会与犯罪嫌疑人之间存在误差，可是这个误差未免也太离谱了。

然而，事实不容辩驳：是孟凡哲在自己的门上做了“7”的记号，也是他当晚要置自己于死地，而且，大量的物证在他的寝室里被发现。可是，方木仍然不能把孟凡哲和那个凶残狡猾至极的人联系在一起，尤其当他回想起孟凡哲趴在警车的车窗上向自己无声地呼喊那一幕，他都会在心里一遍遍告诉自己：不是他，不是他。

那个时候，孟凡哲明显是在向自己求救。

哪个凶手会这么做？

专案组已经决定撤离J大校园。临走之前，邰伟来找了一次方木，向他透露了最新的调查进展情况：在孟凡哲的遗物中，没有发现有关租车或者租房的票据，也没有其他可以证明孟凡哲从事过类似活动的证据。但是，依据现有的证据，可以肯定这一系列杀人案乃孟凡哲所为。鉴于犯罪嫌疑人已经死亡，警方决定撤销案件。

方木听完，沉默了一会儿，问道："这么说，你们的结论是：孟凡哲就是凶手？"

郜伟点点头："是。"

"你们是真的相信他是凶手，还是情愿相信他是凶手？"

郜伟的脸上有点挂不住了："你什么意思？"

"孟凡哲不是凶手！"

"你的依据呢？"

"……"

"直觉？直觉可靠还是证据可靠？"郜伟气呼呼地说，"你是不是把我们都当成是白痴啊？的确，这个案子你出了不少力，可是我们也不是吃干饭的！"

"那动机呢？孟凡哲作案的动机是什么？"

"靠！你看不出那家伙是疯子么？疯子杀人还需要理由么？"

"疯子能设计出那么精密的杀人计划？能那么成功地模仿连环杀人犯？"

"……他也许是一步步变疯的呢……"

"靠！"方木一扬手，把手里的烟头扔得远远的。

郜伟不耐烦地抽着烟，忽然，斜着眼望着方木："我说，你是不是觉得孟凡哲跟你画出的那个人完全不一样，觉得脸上有点挂不住啊，而且，"他嘿嘿笑了两声，"还是在你那个女朋友面前。"

"去你妈的！"方木腾的一声站起来，大步走了。

方木没有回宿舍，而是去了图书馆。这几天，他一直泡在这里，把在孟凡哲寝室里发现的书统统搬下来，一本一本地看。他希望能从这里发现孟凡哲心理变化的轨迹，尽管知道这可能是徒劳无功，但是这是他现在唯一能做的。

突然，电话响了。周围的读者都把视线投向他。管理员孙老师冲着他皱着眉头，努努嘴，示意他出去接电话。方木朝他抱歉地挥挥手，攥着手机跑到门口。翻开手机一看，是一个陌生的外地电话号码，看到区号，方木不由得心中一动，这不是孟凡哲的家乡S市么？

“喂？你好。”

电话那边传来一个苍老的女声：“请问，你是方木同学么？”

“是的，您是？”

“我是孟凡哲的妈妈。”

方木心中一惊，她是怎么知道我的电话号码的？

“阿姨您好，您找我有什么事么？”

“是这样的，孟凡哲的事情你也知道了。我昨天刚料理完他的后事……”孟凡哲妈妈的声音哽咽起来，“……今天上午刚刚到家。休息了半天之后，忽然发现我们家信箱里有一封信，我一看，是凡哲几天前寄出来的，寄信那天，就是他出事的前一天。”

方木感到心脏都要停止跳动了：“孟凡哲……给家里寄了一封信？”

“是的。信写得很乱，里面提到了一些奇怪的事情，跟他前段时间认识的一个什么医生有关。在信里，他嘱咐我，如果他出事了，就把这封信交给你，还把你的电话号码写在了信里，说只有你能帮助他……”说到这里，电话那边突然传来了痛苦的呻吟声。

“阿姨，阿姨，您还在么？怎么了？”方木急忙说。

“我在，我的心脏不太好，刚才……有点激动了……”

“您身边有药么？”

“有，你等等，我去吃药。”

电话那头传来踢踢踏踏的脚步声，拉开抽屉的声音，哗啦啦摇动药瓶的声音，倒水的声音。

过了一会儿，孟凡哲的妈妈又拿起电话：“喂？”

“阿姨，我在。”

“我怎么把信交给你呢？”

“阿姨，把您家的地址告诉我，我现在就去拿。”

“好吧，你记一下，S市白塔区水湾北街83号，金座小区6号楼3单元401。”

方木把地址记下来，跟孟凡哲的妈妈确认了一遍，又叮嘱了一句：

“阿姨，你千万别离开家，等我到了再说。”

“嗯，好的。”

挂断电话之后，方木返回阅览室，把书塞回书架，匆忙地收拾好东西后，直奔寝室而去。

现在是下午3点50分，去S市大概要3个小时，今晚估计赶不回来了。方木回到寝室，拉开抽屉一看，里面只有一百多元钱。方木简单收拾了一下背包，给杜宇留了一个纸条，告诉他今晚自己不回来住，随后就拿着银行卡直奔校门口的储蓄所而去。

储蓄所里挤满了来领退休金的老人，门口的自动取款机前也排着长长的队伍。方木看着那些戴着老花镜，一遍遍核对存折上金额的老人，权衡了一下，无奈地排在了取款机前的队伍里。取款的队伍缓慢地向前蠕动着，方木一边看着手表，一边焦急地向前面张望着。好不容易轮到自己了，方木取出1000块钱，飞快地向校门口的出租车乘降站跑去。

赶到高速客运站已经是下午4点半了，在售票口，方木沮丧地得知最后一班前往S市的客车刚刚开走。他没有停留，又打车去了火车站。还好，下午5点10分还有一趟去S市的火车。方木买了一张站票，又去火车站的超市里买了几个面包、一瓶水，在候车室里静静地等候上车。

那天晚上在卫生间里目睹孟凡哲杀掉并活吞汤姆的时候，方木就隐隐地感到一定是有人在给孟凡哲做心理治疗，并且这心理治疗出了差错，导致孟凡哲的精神接近崩溃的边缘。而那天晚上孟凡哲狂性大发，差点杀死方木那件事，更让方木怀疑有人在控制着孟凡哲。

孟凡哲的妈妈刚才说信里提到了一个医生，这初步证实了方木的猜想。而如果真的有这样一个人的话，那他一定跟这一系列连环杀人案有关！

方木感到自己正越来越接近事实的真相。这感觉让他心急如焚，时间也仿佛比平时慢了好多。

车上的人比方木想象的要少得多，而且居然还找到了空座。列车员告诉方木，这是一趟慢车，到达S市的时间是4小时40分钟之后。这是一段并不算长的旅程，只是当你知道前方是你渴求已久的答案的时候，它就漫长得让人难以想象。

方木坐在窗边，看着窗外一点点黑下来的天空。偶尔停靠在一些小站的时候，会有零零散散的人拎着大包小包挤上来。旅客们穿着、身份各异，然而大多数人的脸上，都写着即将回家的急切表情。

家是什么？冒着热气的饭菜，暖和的拖鞋，熟悉的床铺，还有父母亲昵的嗔怪。

也许，孟凡哲坐这趟车回家的时候，也是这样的心境，这样的表情吧。

方木把头顶在冰凉的车窗上，脑海中又浮现出孟凡哲印在警车车窗上那张哭泣、恐惧的脸。

救救我，救救我，方木。

方木闭上眼睛。

方木走出S市火车站的时候已经接近晚上10点，他直接上了一辆出租车，告诉司机要去的地址后，忽然想起应该给孟凡哲家里打个电话。接通后却很久不见有人来接。方木越想越不对劲，急忙催促司机快点开。

穿过那些人迹渐少的大街小巷，出租车最后停在了一个住宅小区前。

“17块。”司机指着计价器说，方木边向小区里张望，边拿出一张50块的纸币递给他。

“这么大？有没有零的？”

“没有，你就收20好了。”方木不想跟他过多纠缠，急切地说。

“好嘞。”司机眉开眼笑地说，“你等着，我给你开发票。”车载打印机叽叽嘎嘎地响了几下之后，发票和30块钱递到了方木手里。

方木走进金座小区，这明显是一个已经有些年头的住宅小区。楼都是老样式，带户外走廊的那种。方木睁大眼睛，竭力辨认着楼体上已经斑驳不清的楼号，好在小区并不大，方木很快就找到了6号楼。来到3单元，方木小心地上到四楼，向左右望望，左边是402，右边是403。他向左边最靠里的那扇门走去。

门是老式的木门，外面包着铁皮，门上还贴着去年的福字。方木轻叩了几下，没有回音，他侧身看看旁边的窗户，里面也没有灯光泻出来。

也许阿姨已经睡下了？

方木又敲了几下门，还是没有反应。他轻轻拉了一下门把手，门竟然无声地开了。

“有人在家么？”方木把头探进去喊道。

没有人回答。

一种不祥的预感猛然袭上方木的心头，他伸手从衣袋里拿出军刀，打开来，慢慢地走进屋子。

屋子里黑黑的，一点光也没有，方木在门口站了几秒钟，隐约看见面前是一条走廊，左手边有一扇打开的门，能依稀看到里面有灶台和排油烟机的形状，应该是厨房。右手边是一扇小小的窗户，窗台上摆着几盆花。

方木小心翼翼地向前走，走廊大约有4米长，走到尽头，尽管眼前仍然是黑乎乎的一片，不过能感到视线豁然开朗，前方应该是一个客厅。方木在客厅的入口处停下，努力使自己能够尽快适应这里的光线，同时倾听着客厅里的每一丝动静。

渐渐地，他听到客厅里有一些奇怪的窸窸窣窣的声音，好像是有人在翻动纸张，又好像是一些细小的爪子掠过棉布发出的声音。他正待凝神细听，却突然感到什么东西猛地从他的脚面上蹿过去。方木吓得大叫一声，倒退一步，后背撞到墙上，只感到心脏都要从嘴里跳出来了。

忽然，他想起衣袋里装着打火机，急忙掏出来，掀动几下，一束小小的火苗在手中亮起来，眼前的事物也终于看清了。

这里的确是客厅，前方是一排地柜，上面摆放着电视机。地柜的正前方是一排沙发。方木站的位置，正对着沙发的后面。借着打火机微弱的光芒，方木隐约看见几缕花白的头发在沙发背上露出来。

“阿姨？”方木颤声问道。

那几缕头发动也不动。

打火机已经有些烫手了，可是方木顾不得许多，他攥紧手里的军刀，慢慢向沙发走去。

离沙发越近，方木的心跳得越快，他的牙齿“咯咯”地上下撞击着，感到手已经抖得快捏不住打火机了。就要走到沙发跟前的时候，打火机突然熄灭了，方木的眼前又堕入一片黑暗之中。他边掀动着滚烫的打火机，边摸黑向前挪动着脚步，感到膝盖顶到沙发的时候，打火机也砰的一声蹿起一条长长的火苗。

一张毫无血色、口眼大张的脸猝然闯入方木的视线中！

孟凡哲的妈妈半躺在沙发上，头仰在沙发靠背上，一只手紧抓着胸口，另一只手揪着沙发罩。她双眼圆睁，嘴也张得大大的，脸上是惊魂未定的表情。

她死了！

一只全身黑毛的老鼠趴在她的腿上，在火光的刺激下，居然毫不躲避，两只红色的眼睛死盯着方木。

直到打火机烧疼了手，方木才从极度的惊惧中回过神来，他张皇失措地举着军刀朝四处比画着，边在口袋里疯狂地摸索着手机。

终于找到了，他翻开手机，刚按下“1”，就听见门外传来了急促的脚步声。

突然，几束手电光从门口的窗户上照进来。方木的眼前全是炫目的光，他不得不用手挡住眼睛。就在那一瞬间，方木突然看到在手电光的照映下，门口那扇小窗户上，布满水汽的玻璃上画着两个奇怪的符号！

“是谁？把刀扔下！不然开枪了。”

方木急忙把刀扔在地上，举手投降。几个警察朝他猛扑过来，把他按倒在地上，方木挣扎着抬起头，竭力想看清玻璃上究竟画了什么。

“他妈的，还不老实？”脸上狠狠地挨了一下，顿时嘴角一片腥甜。

头昏眼花的方木无力地扭动着，嘴里含混不清地念叨着：

“玻璃，玻璃上是什么……”

第二十三章

平安夜

凌晨3点，刚睡下没多久的邰伟被手机铃声吵醒。

“喂？”

“邰警官么？”

“是我，你是哪位？”

“对不起，打扰你休息了。我是S市白塔分局的李维东，你还记得我么？”

李维东？想起来了，以前去S市抓一个携枪在逃犯的时候，跟白塔分局打过交道，挺能喝的一个小伙子。

“维东，是你啊，你好你好。”

“呵呵，这么晚了，真是不好意思。有这么个事，你认识方木么？”

邰伟一下子精神了。

“方木？我认识这个人。怎么了？”

“他现在在我们这儿。”

“在你们那儿？怎么回事？”

“我们这个区里死了个老太太，他当时就在现场。”

“你的意思是……”

“不，你别误会。我们的法医刚回来，目前没有证据显示是他干的。不过我们问他为什么出现在现场，他说在查一起案子，还让我们打电话联系你。”

“呃，我知道了。”邰伟全明白了，S市正是孟凡哲的原籍所在地，死的那个老太太估计是孟凡哲的妈妈，“维东，你看这样行不行，你们先别审了，我敢拿脑袋担保，这件事肯定跟他无关。我现在就过去，等我到了再说。”

“行。”李维东很痛快地答应了。

邰伟赶到S市白塔分局的时候，已经是凌晨6点半了。李维东正站在院子里等他。来不及寒暄，邰伟径直问道：“方木呢？”

李维东把邰伟带到留置室门口，透过门上的小窗户，能看见方木蜷缩着身子睡在长椅上，身上披着一件警用多功能服，脸上有一块青肿。

“你们打他了？”邰伟皱着眉头问。

“嗯，”李维东不好意思地笑笑，“昨晚在现场的时候，这小子拼命反抗，可能挨了几下子。”

回到办公室，李维东给邰伟敬了支烟，邰伟把烟夹在手里，迫不及待地问：

“到底是怎么回事？”

“是这样：昨晚有一个住在水湾北街金座小区的居民报警，他说在阳台上打电话的时候，无意中看到对面四楼的室外走廊里站着一个人。他边打电话边看着那个人，发现那个人在401的门上敲了几下，后来就推门进去了。当时这个人还奇怪，这家怎么不开灯，后来发现室内有火光，而且看到进去那个人手里还拿着刀，吓得他赶快报警了。我们分局的人正好在附近抓赌，结果抓个正着。”李维东顿了一下，“我们的人进入现场一看，死人了，感觉到事关重大，就把他带回来了。”

“死的那个老太太是不是叫董桂枝？”

“是啊，你怎么知道？”李维东惊讶地问。

“嗯，她是我们最近在查的一个案子的犯罪嫌疑人家属。”邰伟简单地说。果真，方木来S市是为了孟凡哲。

“他有没有说为什么会出现在案发现场？”

“开始不说，反复要求我们返回现场去看一扇窗户上的痕迹，还说事关重大。我们一边审他，一边通知现场勘查的同志留意一下窗户上的痕迹。”

“痕迹？什么痕迹？”

“哪有什么痕迹？我们的同志察看了他说的那扇小窗户，玻璃里面全是化开的水珠，玻璃外面被那些扒在窗台上看热闹的邻居蹭得干干净净的，什么也没发现。”

“那，后来呢？”

“后来他就要求我们在现场寻找一封信，还把发信的日期告诉了我们。我们在现场倒是搜出了一大摞信，不过没有他说的那个日子的。再后来，他就把你的电话号码告诉了我们，让我们联系你。”

邰伟不说话了，静静地吸烟，吸完一支烟，他看看手表，差不多7点了。

“现在能带他走么？”

“恐怕不能。”李维东说，“从目前来看，方木还脱不了关系。不过我们的同志正在抓紧时间勘验，顺利的话，上午就能拿出初步结论来。”

一个年轻民警走进来，手里拎着好几个大塑料袋，能看出里面装着豆浆、油条、包子。

“放这儿吧。”李维东起身拿了几个不锈钢饭盆，招呼着邰伟，“对付着吃一口吧，估计你也饿了。”

他对那个民警说：“给方木拿几个包子，再给他倒点开水。”

吃早饭的工夫，李维东问邰伟他说的那个案子是怎么回事。邰伟心想反正案子已经撤销了，就把基本案情给他简单介绍了一遍。

正说着话，一个眼眶发青的警察推门进来，对李维东说：“维东，出来一下。”

李维东擦擦嘴，对邰伟说：“你先吃着，我去去就来。”

他这一去就是一个多小时，回来的时候，身后跟着方木。进屋的时候，方木还在不停地问李维东：“信找到了么？玻璃上写着什么？”

李维东没有理他，对邰伟说：“问题基本搞清楚了，等一会儿再签几个字，你就可以带他走了。”

方木还是一副不依不饶的样子，邰伟用眼神示意他不要开口说话。方木看看李维东，心不甘情不愿地坐在椅子上。

“没事了？”邰伟问李维东。

“嗯，昨晚法医连夜对尸体进行了检验，证实死者的死因是心脏病突发。这老太太有严重的心脏病。我们在现场发现了几只老鼠，估计这老太太是被老鼠吓死的。另外，我们在他的身上发现了一张车票和出租车的发票，”他指指方木，“那个出租车司机对你印象很深，因为你多给了他3块钱。他也证实了你到达现场的时间，那时候董桂枝已经死了快一个小时了。”

方木似乎并不太关心自己是否被排除了嫌疑，仍然急切地问道：“信呢？玻璃上写着什么？”

李维东看看方木：“你所说的那封信我们没找到，另外，在你所说的那扇窗户上，也没发现什么字迹。你要是不相信的话，可以看看这张照片。”说着，从手中的案卷中，抽出一张照片递给方木。方木接过来，颠来倒去地看了很久，最后默默地把照片放在桌子上，失魂落魄地盯着地面。

“虽然我们还不知道你为什么会出现在案发现场，不过我们初步认定这是一起意外。所以，再办完几个手续之后，你就可以走了。”

“这不是意外！”方木突然激动地说。

“你给我闭嘴！”邰伟大声喝止道，转头对李维东说，“那就赶快办吧，一会儿我就带他走。”

李维东应了一声，转身走出了办公室。邰伟回过身对方木说：“你他妈是不是还想被扣在这儿？如果不是的话，你最好少说话！”方木没有回嘴，只是狠命地抽着烟。

返还个人物品的时候，方木发现那把军刀不见了，负责办理返还手续的民警说军刀已经被没收了。方木坚持要求把刀还给他，否则就不走。邰伟没有办法，又找了李维东一趟，总算把刀要回来了。

谢绝了李维东吃饭的邀请，邰伟带着方木开车回J市。一上车，方木就躺到后座上闷头睡觉。邰伟看看他那副疲惫不堪的样子，叹了口气，把车里的暖风开大。

大约过了一个多小时之后，邰伟从倒车镜上看到方木已经爬起来了，睡眼惺忪地舔着干裂的嘴唇。

“你醒了？”邰伟拿出半瓶水，递到后面。方木一口气把水喝干，默默地靠在后座上，望着窗外出神。

“说说吧，你为什么去孟凡哲家里？”

方木没有马上回答他，过了好一会儿才慢慢地说：“孟凡哲的妈妈给我打电话，说孟凡哲在出事的前一天给她写了一封信，信中提到了我，说他万一出事的话，就把这封信交给我。”

“哦？信里说什么了？”

“不知道，你刚才不是也听到了么，现场没有找到那封信。”

“那你刚才说的什么痕迹是怎么回事？”

“警察抓我的时候，我在窗户上好像看到了什么符号，现在，也没了。”

“符号？大致是什么样子？”

方木想了想：“不知道，不像是汉字，好像……唉，”他用力捶捶脑袋，“记不清了。”

“算了，你也别多想了，回去好好休息一下吧。”邰伟超过一辆卡车，“这老太太死得也真是时候，幸好是个意外，否则你别想这么快就出来。”

“肯定不是意外！”

“心脏病突发，不是意外是什么？难道是谋杀啊？”

“我进入现场的时候，门没有锁，这正常么？”

“也许是老太太疏忽了呢，正好溜进去几只老鼠，结果老太太被吓着了，心脏病发作。”

“不仅门没有锁，灯也没开……”

“也许她准备睡觉了呢？”

“你会还穿着白天的衣服就关灯睡觉么？”

邰伟一时语塞，想了半天之后说：“老太太可能刚从外面回来，忘记关门了。也许她觉得很累，就躺在沙发上睡着了，睡着睡着突然感到有什么东西爬到了身上，她用手一摸，发现是老鼠，心脏病突发，死了。”他在倒车镜里瞄了方木一眼，“你觉得怎么样？”

方木从鼻子里哼了一声：“你不相信我的话可以，但是请别把我当白痴！”

邰伟讨了个没趣，悻悻地瞪了方木一眼，一言不发地开车。沉默了一会儿，方木突然问道：“孟凡哲的遗物里，有没有去医院就诊的发票和病历本之类的东西？”

“没有。你问这个干什么？”

“他妈妈说孟凡哲的信里，提到了一个医生。”

“医生？”邰伟的手一下子捏紧了方向盘，“怎么又出来个医生？”

“什么叫‘又’出来个医生？”方木马上问道。

“唔……你还记得马凯给你的那封信么？”邰伟躲闪着方木的目光，“里面也提到了一个医生。”

方木一下子扑到前面：“那封信你看了？”

“就扫了一眼。真的，”邰伟赶快解释，“信交到我手里的时候，我忍不住看了点，结果刚看了几眼，就被叫走忙别的事去了。”

“那封信里说什么了？”

“我也没看几句，不过大意是自己并不是坏人，曾经有个医生为他提供过帮助，可惜也不能克服他的心病之类的。”

方木半天没有说话，邰伟看看他：“怎么，你觉得这两个医生，是一个人？”

方木摇摇头："不知道。"

邰伟沉思了一会儿："你就别多想了。孟凡哲的案子已经撤销了，回去踏踏实实睡个好觉。"

"可是那封信不见了，你不觉得可疑么？"

邰伟略略沉吟了一下："方木，我不是不相信你。只是这老太太失去了唯一的儿子，悲痛得难以自持是难免的。而且我想她也始终不肯相信自己的儿子居然会那么凶残，所以，把一点点她觉得可疑的事情都看成是帮儿子翻案的证据，这也是可能的。至于那封信，我真的怀疑它是否存在。也许只是老太太希望你能去一趟，才编造出这个理由来。"

"翻案？那她干吗不直接给你们打电话？"

"你是这个案子的被害人啊，也许老太太最想知道的，是孟凡哲为什么要杀你。"

方木又哼了一声，转身躺在后座上，不说话了。邰伟看看他，想了想，问道："饿不饿？到前面服务区给你买点吃的吧。"好半天，才听到方木闷声闷气地说："不用。谢谢。"邰伟无奈地摇摇头，加大了油门。

快到中午的时候，邰伟把车开到了J大校门口。他提出请方木在门口的小饭店吃中午饭，方木非常冷淡地拒绝了，提着书包径直走进了学校的大门。邰伟目送他消失在校门口的人群中，小声嘀咕了一句"犟种"，就拉开车门，发动了汽车。

发动机的轰鸣声中，邰伟却握着方向盘沉思起来。沉吟了半晌，他掏出手机，按下了几个号码。

"喂，邰哥？"电话那头传来李维东的声音。

"嗯，是我。维东，现场真的没发现那封信么？"

"呵呵，怎么，你还不相信我们啊？"

"不是不是，我就是随便问问。"

"真的没发现。要不，我再叫人去找找？"

“嗯，你多费心了。”郜伟赶紧说，“另外，麻烦你们再查查，现场有没有其他人出入的痕迹。”

“行。不过我们最近的工作重点是聚众赌博和盗抢机动车辆，人手比较紧。得空了我肯定帮你查，有消息了就通知你。”

“谢谢了哥们，有时间就过来，我请你喝酒。”

“谢什么啊，就这样吧，我还有点事。先挂了。”

合上电话，郜伟又抬头看看人流如织的J大校门口，大声谈笑着的学生们进进出出，脸上是无忧无虑的表情。

难道，我们真的错了？

这是一个郜伟难以接受的猜想。

杜宇不在。还好，要不这家伙又要问个没完。方木把书包扔在椅子上，重重地躺在床上。浑身都疼得要命，脸上的瘀伤还没有消肿，刚挨到枕头的时候，方木不由得倒抽一口凉气。

他费力地翻了个身，很想睡一觉，可是闭上眼睛，却怎么也睡不着。脑子里总是有两个模模糊糊的影子。

玻璃上的符号！

方木翻身而起，坐到桌前，拿出纸和笔，一边竭力回忆当晚自己看到的情景，一边在纸上涂涂写写。其实他自己也不确定那究竟是水汽散开，水珠流淌下来的痕迹，还是有人刻意为之。随着记忆里的影子一点点清晰，笔下的痕迹也渐渐显出轮廓。

那符号一共有两个：左边这个有点像个“9”（中间还有一个短短的横），右边那个有点像字母“A”。方木拿起纸，颠来倒去地看，可是无论怎样也看不出个所以然，索性扔在桌上，掏出烟来闷闷地吸。

有人赶在自己前面去了孟凡哲家，不仅取走了那封信，还杀死了孟凡哲的妈妈。那么就可以推断出两件事：第一，他知道这封信，而且知道方木要去孟凡哲家；第二，他知道孟凡哲的妈妈心脏不好，而且害怕老鼠。

方木回忆着自己当天在图书馆里接听电话的情景，身边有没有人，有什么人，却完全记不得了。当时自己完全被电话里的消息吸引了，根本没有注意到身边的情形。

当时要是让孟凡哲的妈妈在电话里把信的内容复述一遍就好了，只是希望老太太别过分激动，免得犯了心脏病，到头来却害得她丢了性命。

方木疲惫地靠在椅子上，闭上眼睛。

孟凡哲曾经养过猫，那么他大概害怕老鼠。其实，人对任何事物的恐惧，都来自于后天的生活经验。孟凡哲对老鼠的恐惧，大概来自于他妈妈。也许在他小的时候，曾亲眼看见他妈妈畏惧老鼠的情形，于是他也会慢慢形成对老鼠的恐惧心理。

那么，知道孟凡哲妈妈害怕老鼠的人，应该是非常了解孟凡哲的人。而能够让孟凡哲吐露心声的人，也许就是那个医生！

如果真的有这个人，那么方木最初的推断就没有错：起初，这个医生给孟凡哲做了一定的心理治疗，帮助他初步克服了害怕点名的心理障碍，也许还试图帮助他克服害怕老鼠的心理障碍（建议他养一只猫）。就这样，孟凡哲对那个医生表现出极大的信任和依赖，甚至可以说言听计从。

那么，从今年7月1日以来发生的一系列杀人案，是否是孟凡哲在他的操纵下进行的呢?

应该不会。方木很快否定了自己的猜想。首先，即使孟凡哲性格再软弱，他也是个法学研究生，让他去杀人，他是不可能同意的。其次，假定孟凡哲被那个医生催眠，那么这种可能性也不大。尽管有的影视作品把催眠描写得神乎其神，但是从司法实践中的个案来看，还没有证据能够证明可以催眠他人去实施杀人这样的行为。而且，从已经发生的六起案件来看，仅靠催眠，不可能完成那样计划周详、行事缜密的犯罪。

那么，会不会所有的案件都是那个医生做的呢？方木不由得打了个寒噤。

这是个什么样的人，为什么要针对我？

有人敲门。方木拉开门一看，是邓琳玥。一见是她，方木下意识地扭过头去，可是邓琳玥还是一眼就发现了他脸上的伤痕。

“我的天哪，你这是怎么搞的？”

“没事没事。”方木一边含糊其辞地应付着，一边把她让进屋里。邓琳玥却问个不停，一副打破砂锅问到底的架势。方木拗不过她，只好把事情的经过原原本本地告诉了她。听完，邓琳玥反而好半天没有出声，一言不发地坐在床边。

沉默了半晌，邓琳玥开口说道：“你……一定要这么做下去么？”

“唔，什么？”

邓琳玥抬起头，把手放在方木的膝盖上，盯着他的眼睛说：“做个普通人不好吗？踏踏实实地读书，顺顺利利地毕业，然后我们一起去国外，这样不好么？”

方木低着头不说话，把邓琳玥的手轻轻地拿开，摇了摇头。

“为什么？”邓琳玥的眼中有了泪光，“你觉得你的生活正常么？你觉得你这样快乐么？”

方木轻轻地说：“不。”

“那你为什么还要这么做下去！”邓琳玥腾地一下站起来，“你是警察么？你有这样的职责么？还是有人逼着你这么做？”

见方木低着头不说话，她咬着嘴唇，竭力平缓自己的语气：“方木，我承认，我喜欢你是因为你是一个有过很多经历的男人。你身上有一种不可言喻的力量，让我好奇，也让我感到着迷。可是当我爱上你之后，我发现那种力量让我害怕。为什么你的身边总是围绕着这么多死亡，为什么你总要让自己陷入那么危险的境地中？那个姓孟的人死了，那是罪有应得，这关你什么事？你为什么还要纠缠不清？为什么还要惹上那么多无谓的麻烦？”她顿了一下，“你这么做的时候，想过我么？”

方木抬起头：“孟凡哲不是凶手，凶手另有其人。”

“那又怎么样？不去理他好不好？让警察去做好不好？你就老老实实地当一个平凡的学生好不好？”

方木苦笑了一下，摇摇头。“不可能。”他看看邓琳玥，“很多事情……你不会明白的。”

“有什么是我不明白的，你说给我听！”邓琳玥坐在方木身边，擦擦眼泪，目不转睛地看着方木。

方木看着她光洁无瑕的脸，张了张嘴，吐出的却是这样几个字：“你……没必要知道。”

邓琳玥盯着方木的眼睛，直到他低下头去。

不知过了多久，邓琳玥擦擦脸上的泪水，慢慢地站起身来，走到门边，轻轻地说：“无论怎样，我希望你知道，不管发生什么事，我都会在你身边。”说完，她就拉开门走了。

几天后，邰伟打来电话，告知李维东已经在S市对现场重新进行了勘察，由于现场被破坏得比较厉害，因此无法证明在方木到达之前，是否曾有人进入过现场。此外，对周围邻居的调查走访也没有发现有价值的线索。警方在屋里屋外仔细搜查了几遍后，证实方木所说的那封信并不在现场。

邰伟在电话里并没有下结论的意思，不过他的立场已经很清楚了：那封信并不存在。有个人在撒谎，至于这个人是方木还是董桂枝，那就不得而知了。

方木懒得跟他较真，匆匆说了几句之后就挂断了电话。他感到身边的邓琳玥一直在倾听电话里的内容，头也不回地解释了一句：“邰伟。S市的调查情况。”

邓琳玥果真说到做到，几天来，除了睡觉，她都寸步不离方木。无论方木什么时候走出宿舍楼，都能看到邓琳玥等在楼下。

只是她的话越来越少，即使是吃饭的时候，她也常常是一言不发。很多时候，方木偶尔抬起头来看她，会发现她正盯着自己看。

这种注视，已经不是最初相处时那种温柔的凝望，而是带着审视的味道。这种目光常常让方木感到心慌意乱，往往和她对视几秒钟后就败下阵来。

晚上回寝室的时候，邓琳玥总会在女生宿舍楼下默默地站几分钟，方木站在她的身边，或吸烟，或默立，同样也是一言不发。邓琳玥常常会毫无征兆地转身上楼，方木等了她几次，都没见她像那天晚上那样去而复返。

陈瑶曾经找方木谈过一次。她告诉方木，最近几天邓琳玥的情绪很反常，常常是一天都看不到人影，回寝室后也是直接上床睡觉。有一次，陈瑶发现邓琳玥在半夜偷偷地躲在被子里哭，问她怎么回事，她只是回答说做噩梦了，别的闭口不提。

陈瑶不无威胁地对方木说，邓琳玥曾问她自己的选择究竟对不对：“如果你再不表现得好一点的话，小心邓琳玥蹬了你！”

蹬与不蹬，方木倒不是十分在意。只是他听到邓琳玥伤心的表现时有些心疼。所以，当邓琳玥试探着邀请他参加圣诞派对的时候，他很痛快地答应了。

大学里，圣诞节绝对是一个最受重视的节日。尽管是洋鬼子的节日，可是这些黄皮肤、黑头发的年轻人却过得比春节还积极。12月中旬开始，学校周围的饭店、鲜花礼品店就开始了宣传活动，校园里随处可见措辞夸张的海报和广告，还有那个红衣红帽的白胡子老头的形象。女孩子们开始憧憬会收到什么礼物，男孩子们开始攒钱，只为了博女友一笑，或者追到心仪的女孩。

方木对这种气氛毫不感冒，以前单身的时候，根本就没有圣诞节的概念。现在也是一样，杜宇约他一起去买礼物的时候，他还直犯迷糊。

杜宇像个女人似的在国贸商厦里耐心地逛来逛去，不时问问方木觉得这个怎样，那个如何。方木一律耸耸肩说“还行”。这家伙也觉得带方木来帮他挑礼物相当地不明智，索性不再理他。方木倒也落得清闲，插着兜跟着他四处乱走。

无聊归无聊，难能可贵的是这份轻松的心情。紧张得太久了，也发生了太多不愿回首的事，这样脑子空空地闲逛，实在是惬意得很。

路过一个摆满了小物件的柜台的时候，方木无意间看到了一个带着玻璃球的玩意儿，明晃晃的，很是显眼，就多看了两眼。售货员小姐马上热情地招呼他，方木心想闲着也是闲着，就走上前去细看。这是一个音乐盒，下面是一个方形的塑料盒子，上面罩着一个大大的玻璃球，玻璃球里是一个小小的景观：一个男孩和一个女孩并肩站在一盏路灯下，女孩甜蜜地依偎在男孩的怀里。玻璃球里还有一些小小的白色颗粒，大概是在模仿雪花。

售货员小姐按动底座上的一个开关，那盏小小的路灯一下子亮起来，而那些白色颗粒也开始在玻璃球内旋转飞舞，随着叮叮咚咚的音乐声，玻璃球内的景观霎时鲜活起来，一对小小的情侣在漫天的雪花里紧紧依偎。

方木的嘴边不由得露出一丝笑意。下雪了。

让人想起空气中干燥的枯枝的味道。

让人想起那踏在雪地上的“吱吱”的声音。

让人想起长长的马尾辫扫过脸庞的麻痒。

让人想起路灯下两个不断试探，时而分开时而靠紧的身体。

“晚上看的时候，效果会更好。”售货员小姐的话打断了他的思绪。

“这个多少钱？”方木拿出钱包。

付完钱，杜宇也从购物的人群中挤过来，手里拎着一个小小的塑料袋。

“呵呵，你也买了，这是什么？”他一把抢过方木手里的纸盒，“音乐盒？你也太没创意了吧？这玩意儿几年前就不流行了。”

方木笑笑：“你呢，买什么了？”

“嘿嘿，我这个嘛，就比较厉害了。”他小心翼翼从塑料袋里拿出一个看起来颇为精美的小盒子，“CD的毒药香水，450块呢。”

“嗬，你小子挺有钱啊。”

“这个陈瑶一定喜欢。”杜宇眉开眼笑地说。

12月24日，平安夜。

有人在市内的一家宾馆里包了一个大厅举办圣诞派对，活动费AA制，而且要求有情侣的，一定要带来一起参加。

晚餐是自助餐，大家边吃边参加一些自己编排的娱乐节目。方木没什么兴趣，吃了点水果沙拉和炸鸡块，就坐在窗边的一张桌子旁，静静地看着窗外依旧车水马龙的街道。

大厅里很热，玻璃上布满了水珠，方木百无聊赖地用手在玻璃上划来划去。划着划着他才发现自己画的正是当晚在孟凡哲家里看到的那两个奇怪的符号。

方木始终坚信孟凡哲并不是凶手。如果先他一步赶到孟凡哲家里的，真的是那个医生的话，那么画在玻璃窗上的这两个符号就应该是留给方木看的。

难道这是凶手对下一起案件的提示么？

他看着左边那个腰上带着短短一横的“9”，摇了摇头。如果邓琳玥是“6”，自己是“7”的话，那么下一个无论如何也轮不到“9”，所以，这个符号不应该是“9”。而且，这个“9”写得有点奇怪，腰上多了一横不说，大多数人写“9”的时候，下面的部分多少会有些倾斜，而这个人在一笔写下这个“9”的时候，是与地面几乎垂直的。

不是9，难道是字母“q”？

至于右面那个，怎么看都像是A。如果是字母的话，为什么一个大写，一个小写？

正在方木冥思苦想的时候，玻璃窗里忽然映出了邓琳玥的身影。

“想什么呢？”邓琳玥刚刚跳了一会儿舞回来，热得满脸通红，不时揪起衣领呼扇着。

“哦，没什么。”

“你怎么不去玩啊？”

“呵呵，我不会跳舞。你去玩吧，不用管我。”

邓琳玥把手放在方木的手上，柔声说：“那我也不去了，陪着你。”

正在这时，主持派对的一个小伙子高声说道：“下面，是交换礼物的时间。请把你们对另一位的浓浓爱意，尽情表现出来吧……”

邓琳玥把手抽回来，迫不及待地在包里翻着，一转眼的工夫，手里多了一个小小的金属盒子。她把手向前一递：“送给你！圣诞快乐！”

“嗯，谢谢。”方木接过来，看见做工精美的盒子上写着“zippo”的字样，他明白了，是打火机。

“打开看看啊。”邓琳玥双手托腮，一脸期待地看着他。方木打开盒子，是限量版的永恒星，市场价绝不会低于1200块。掀开机盖，拨一下，一束火苗噌地蹿起来。

“喜欢么？”邓琳玥眨着大大的眼睛，“可是你要知道，不能抽太多的烟哦。那，我的呢？”

方木犹豫了一下，伸手拿出了那个音乐盒。

“哇，好漂亮啊。开关在哪儿？哦，不要告诉我，我自己找。”邓琳玥在底座上拨弄了几下，音乐盒叮叮咚咚地响起来。

路灯亮了。雪花飞舞。

邓琳玥把下巴垫在胳膊上，看着玻璃球里那两个紧紧依偎的小人，直到一曲终了。

“我很喜欢。”她把音乐盒小心地包好，抬起头冲方木嫣然一笑，“谢谢你。”

杜宇搂着陈瑶走过来。他收到的礼物是一双耐克篮球鞋，这家伙当时就套在了脚上。

“怎么样？斯科特·皮蓬的大‘AIR’复古版，帅吧？”他得意扬扬地说。

“得了吧你，看把你美的。”陈瑶笑着点点他的头，“琳玥，一会儿我们要去唱歌，一起去吧。”邓琳玥看看方木，似乎想听听他的意见。杜宇见状，一把把方木拉起来：“不用问了，他肯定去！”

三辆出租车拉着十几个年轻人去了“夜飞行”KTV，方木刚下车，就看见杜宇从前一辆车上下来，正举着手机说着什么。可是几秒钟后，电话似乎就被对方挂断了，杜宇看着手机屏幕，脸上是莫名其妙的表情。陈瑶走到他身边，刚想问个究竟，电话又响了，杜宇翻开手机，“喂”了几声后，对方似乎没有应答。杜宇挂断电话，冲陈瑶耸耸肩，陈瑶站在一边，一脸狐疑。

大家陆陆续续走进了KTV，门外只剩下方木、邓琳玥、杜宇和陈瑶。杜宇正在指天画地地跟陈瑶解释着什么，陈瑶不住地冷笑，似乎并不相信杜宇的解释。邓琳玥走过去，跟陈瑶说了几句话，回来挽着方木进了KTV。

“怎么了？”方木问她。

“不知道，可能是闹了点误会，我们先进去吧，别妨碍他们。陈瑶说过一会儿就进来。”

大家一共要了两个包房，点了啤酒和零食后，就开始闹哄哄地K歌。

方木禁不住大家起哄，也跟邓琳玥合唱了一首《我不够爱你》。

可是，杜宇和陈瑶始终没有回来。

其间，方木给杜宇打了个电话，他没有接。邓琳玥给陈瑶打电话，同样没有回音。方木有些着急，拿起衣服说要去找找他们。另外几个男生七手八脚地把他按到沙发上："呵呵，人家两个都在一起好久了，平安夜，你去搅和什么啊。"方木心想也是，如果两个人去了宾馆，那自己毫无疑问是大煞风景了。

玩到凌晨3点的时候，大家都累了，有几个挺不住的，就歪在沙发上呼呼大睡。还没玩够的几个人，也没力气唱歌了，围坐在桌前喝啤酒聊天。有人提议讲恐怖故事，马上得到了其他人的赞同。于是，你一个，我一个，什么山村僵尸啊，办公室闹鬼啊，几个胆小的女生吓得躲在男生背后，只露出两只眼睛，胆战心惊地听着。

"咳，你们说的这些，都是瞎扯淡。要说恐怖啊，还得听他的。"一个男生一把拍在正在打盹的方木肩上，"人家那才叫真材实料呢。"

大家一下子来了精神。

"对啊。方木，你不是帮警察查过案么？说几个听听。"

"听说那个法学院研究生干的系列杀人案，你也参与破案了，快讲讲吧。"

"嗯，听说你差点被那个凶手杀死，快给我们讲讲。"

方木看着周围一张张好奇的脸，突然想起自己被副校长叫上台去讲话的那一幕。

他们并不关心死者的痛苦，也不在意孟凡哲的命运。别人的生死，对他们而言，只不过是寻求刺激的谈资而已。

方木冷冷地说："没什么好讲的。"

准备听到内幕消息的听众们失望地发出"切"的一声，几个刚才还躲在男朋友身后的女孩子不甘心地怂恿着方木："别这么小气嘛，说来听听啊。”一个女孩子更是不顾男朋友的白眼，一把搂住方木的胳膊来回晃着：“说嘛说嘛，帅哥。我最喜欢听破案的故事了，多刺激啊。”

方木脸色阴沉，死死地盯着她的眼睛，直到她的动作慢慢停下来。

“刺激？呵呵，”方木的嘴角牵出一丝微笑，“有人把你的全身皮肤都剥下来，再做成衣服穿到塑料模特身上，你会不会觉得很刺激？”

那个女孩子用手掩住嘴，吓得脸色煞白。她的男朋友不满地嚷了一句：“你怎么回事？不讲就不讲，你吓唬她干吗？”

其他人赶忙打圆场，方木拿起外套和书包，大步走出了包房。还没走几步，就听见邓琳玥在身后叫他。

“你别生气了，他们没有恶意的。”她拉住方木的胳膊，眼中闪动着祈求，“留下来，好不好？”

方木轻轻抽出手：“不了，你们好好玩，早点回去。”说完，他就头也不回地走了。

第二十四章

六号泳道

杜宇居然在寝室里。方木开门进去的时候，他正斜靠在椅子上打电话，脚上还是那双扎眼的崭新的耐克球鞋，桌子上摆着半瓶啤酒。

“咦，你怎么在寝室里？”方木朝门后看看，“陈瑶呢？”

杜宇冲他摆摆手，注意聆听着电话那边的动静。几秒钟后，他把电话“啪”的一声摔在桌子上，抓起酒瓶大口灌起来。

“你怎么了？”

杜宇放下酒瓶，打着嗝说：“没……没事。”

方木看看他通红的眼睛：“到底怎么了？”

“操，我也不知道怎么了。”杜宇仿佛憋了很久似的，絮絮叨叨地说起来，“咱们刚到KTV的时候，有人给我打电话，接通了，对方却不说话。刚刚挂断，又打了一遍过来，还是不说话。我正纳闷呢，陈瑶就起疑心了，非让我说清楚。”

“呵呵，也难怪，那么晚了还给你打电话，再说又是平安夜，我要是陈瑶也得问清楚。再说，你小子平时也不老实。”

“我指天发誓，我绝没做过对不起陈瑶的事情。”

“呵呵，好，我相信你。后来呢？”

“后来她就生气了，转身就走，我追过去想拉住她，这娘们，劈头就是一个耳光。”杜宇摸摸脸颊，好像还在疼似的，“后来我他妈也急眼了，没管她，自己打车回来了。”

方木看看手表，快凌晨4点了：“她呢？回宿舍了么？”

“不知道，她宿舍的电话没人接。我打了她的手机几次，每次都是刚接通她就挂断。”

“呵呵，估计还生你气呢。明天，哦，今天好好哄哄她吧。”

杜宇没有搭腔，盯着自己的手机念叨着：“这娘们，脾气太他妈坏了，都是平时惯的。”一伸脚，一只球鞋飞向了屋角。

“靠，别拿礼物撒气啊。”

方木趿着拖鞋从屋角把鞋捡回来，正要扔在杜宇脚边，却看着它愣住了。

这是斯科特·皮蓬的大“AIR”球鞋复古版，鞋身两侧是几个大大的英文字母“AIR”，设计者非常巧妙地利用了A和R两个字母的变形。鞋身外侧，字母“R”在鞋跟的部位，鞋身内侧，字母“R”稍稍变形后，缝制在鞋尖的位置，看起来十分协调。

也就是说，字母“R”稍作变形后是跟“A”很像的。那么，当晚写在右侧的那个符号，会不会是“R”呢？

qR？是什么呢？

杜宇看方木盯着他的鞋发愣，奇怪地问：“怎么了？”方木回过神来：“哦，没什么。”

杜宇似乎也无心追问下去，斜靠在椅子上发呆。过了好一会儿，他突然开口说道：“方木。”声音中竟有一丝颤抖。

“嗯？”

“瑶瑶……不会出了什么事吧？”

“应该不会。”方木顿了一下，“今天晚上到处都有人活动，不会出什么事的。”

杜宇站了起来，在寝室里烦躁不堪地走了几圈，又抓起电话，拨通了一个号码。

“喂，你跑哪儿……哦，邓琳玥啊，瑶瑶回来了么……哦，知道了。嗯，他回来了。要跟他说话么？哦，好的，再见。”

杜宇一屁股坐在椅子上，头也不回地说：“邓琳玥问你回来没有。”

“陈瑶呢？”

杜宇没有回答。

“要不，我们出去找找吧。”方木伸手去拿裤子。

“不找！”杜宇突然爆发了，“不惯她这臭毛病！”他腾地站起来，大步走到门边，狠狠地按灭了电灯，“睡觉！”

早上6点半的时候，方木被手机的闹铃吵醒，他迷迷糊糊地爬起来找手机，却看见杜宇还坐在椅子上，手里捏着电话。

“你一直没睡？”

胡子拉碴的杜宇看起来憔悴了很多，他眯缝着眼睛，冲方木点了点头。方木注意到他的另一只手捂在肚子上：“怎么了？”

“胃有点疼，大概是昨晚喝酒喝多了。”

方木披衣下床：“走吧，我们去食堂喝点粥，然后我帮你去找找陈瑶。”

也许昨天夜里大家都玩得比较晚，食堂里人不多。方木让杜宇先找个座位坐下，自己去窗口那里买早饭。

身边是两个女生，边挑茶蛋边絮絮叨叨地说着昨晚舞会上的情形。

方木端着一个大大的托盘，路过这两个女生身边的时候，无意中听到其中一个女孩说：“……真奇怪，这么冷的天，游泳池里干吗还注水啊……”

方木的脚步骤然慢了下来，他一边向杜宇那边走，一边回头看了看那两个女孩。突然，他把托盘往身边的桌子上一放，撒腿就向食堂外面跑。

“R”是river的意思！

左边那个不是什么“q”，而是大写的“G”！水珠顺着笔画的方向流下来，所以看起来像中间带了一横的“q”！

GR！Green River！

绿河杀手！

冲出食堂大门的时候，把一个男生撞倒在地，可是，方木已经顾不得了！

跑！跑！！跑！！！

穿过枯黄的草坪，绕过网球场……看见游泳池了，灰色的池水微微荡漾。

不管你是谁，不要死！

方木沿着铁丝网拉就的墙飞快地跑，墙边的松树枝打在脸上，竟然感觉不到疼。到入口处的时候，看见锁门的铁链已经被撬掉，像一条死蛇一样蜷曲在地上。方木拉开门，冲了进去。

面前是一个大大的游泳池，已经注满了水。方木沿着池边向池水里紧张地搜寻着，没走几步，就看见深水区那边似乎有东西在飘动。

水底有人！

方木来不及多想，疾跑几步后飞身跃入了泳池。冰冷的触觉从指尖迅速蔓延到脚底，一瞬间，方木几乎要窒息。他感觉踩到了池底，用力一蹬，浮出水面，然后看准方向，深吸一口气，潜了下去。

池水虽然污浊不堪，可是方木还是看见了：一个身着黄色毛衣、皮短裙、黑色高筒皮靴女孩正“站”在池底，双手微抬，低垂着头，染成黄色的头发随着池水漂来荡去。

方木游过去，一把抓住她的衣服，用力向上一提，却提不动。他向她的脚下看去，一条粗粗的绳子把她的脚腕和排水口的塞子绑在了一起。方木向上浮出水面，在口袋里疯狂地摸索着，找到军刀，打开来，咬在嘴里，又深吸一口气，潜下水去。

他一口气潜到女孩的脚下，用力割断了绳子，女孩的双脚离开了池底，他抓住她的衣服，奋力向水面游去。

方木用尽最后一丝力气把女孩拖到池边，女孩紧闭双眼，躺在池边一动不动。方木顾不得歇口气，用手在女孩脸上噼噼啪啪地打着，女孩的头被打得摆来摆去。

醒醒啊，醒醒，求求你！

他把女孩的上身拉起来，拼命摇晃着，一些水从女孩嘴里冒出来。方木见状，急忙把女孩扛在肩膀上，沿着池边来回拼命地跑。有些过路的学生看到了泳池边这骇人的一幕，都跑进来，目瞪口呆地看着这个肩扛着一具尸体，行为几近疯狂的人。

方木头上的水已经结成了冰，裤腿和袖子也已经冻得硬邦邦的了。他浑身发抖，步履僵硬地扛着那个女孩来回奔跑着。围观的人越来越多，有人在打电话报警，有人在窃窃私语，有人发出小声地哭泣，有人发出尖叫。

方木对这一切都浑然不觉，脑子一片空白，只是机械地来回奔跑着，嘴里反反复复地念叨着：

醒一醒，醒一醒，求求你……

终于，他没力气了，脚下一软，跌倒在地上，女孩手脚摊开地躺在他身边。

方木喘了几口气，又扑过去，双手交叠在女孩的胸口，用力压下去，压了几下后，捏住女孩的鼻子，把嘴贴在她的嘴上用力吹气。几个来回后，女孩还是软塌塌的一点反应也没有。方木咬牙切齿地重复着动作，感到脸上有热热的液体流进嘴里。

醒一醒啊，我求求你！

一双手扳住了方木的肩膀，是杜宇。

“算了，方木，别这样，她死了。”

方木甩开他的手，又要把嘴凑过去。杜宇用力向后扳着他的身子，方木的手不甘心地向前伸去，一把抓住了女孩的头发。

两个人都跌坐在地上。方木手里攥着一个黄色的假发套。

地上的女尸露出黑色的头发。杜宇坐在地上，目瞪口呆地盯着女尸，几秒钟后，失声叫道：“瑶瑶？”

方木的心陡然沉了下去，他几步爬到女尸身边，朝她的脸上看过去。

的确，虽然脸上曾经画了很浓的妆，可是方木还是认出她是陈瑶。

一瞬间，方木什么也听不到了。

他看见杜宇扑在陈瑶身上，拼命摇晃着她，大声呼喊着。

他看见围观的人群在交头接耳，窃窃私语。

他看见泳池外有警灯闪烁的警车。

他看见警察们匆匆走进来，向人群大声呼喝着。

可是他什么也听不到，周围的事物仿佛都变成了混沌的一团。

有甜腥的东西在胸口翻涌，胸膛憋闷得仿佛要爆炸了一样！

“啊——”

一声震耳欲聋的嘶吼从方木的胸腔里喷涌而出：“为什么！为什么！你要杀我，就直接来杀死我！为什么要杀这么多人！来呀，杀我！杀我！”

一张张脸在方木眼前飞速旋转着，他面容扭曲，目眦欲裂，耳边是难以辨明的混响。

杜宇愣愣地看着方木，接着从地上爬起来，揪住方木的衣领，大声质问着什么。方木的目光从他的脸上茫然地滑落，看见人群中邓琳玥正盯着自己惊恐万状的脸。

两个警察把杜宇从方木身边拉开，一只手臂搂在方木肩膀上，推着他往前走。

穿过人群自动闪开的通道，迎着无数或惊恐，或怀疑的目光，方木表情呆滞、脚步僵硬地被那个人推着走出了游泳池。走了很远，他挣扎着向后望去，仿佛辨认了很久，才认出那个人是邰伟。

“先回去吧。”邰伟紧紧搂住方木的肩膀，语气少有的低沉、温和。

回到宿舍里，浑身湿透，不住发抖的方木被邰伟按倒在床上，邰伟先用被子把他包住，又扔给他一条毛巾，方木没有伸手去接，任由毛巾掉在地上。邰伟暗暗叹了口气，打开方木的衣柜。

“你的衣服都放在哪儿了？”

话音未落，就看到方木一把掀起身上的被子，浑身哆嗦着又要向外跑。邰伟忙拦住他：“你干什么去？”

“我要回去……回去……”方木一边扒拉着邰伟的胳膊，一边喃喃自语。

“回去干什么？”

“看看现场！”方木突然爆发了，他双眼通红，眼眶潮湿，两片灰白的嘴唇哆嗦着，“王八蛋！王八蛋！！我要抓住他！”

邰伟抓住他的双手：“这些事情，我们来做。”

方木用力挣脱，狠狠地把邰伟推开，拉开门，却迎面撞见了杜宇。杜宇什么也没有说，当胸猛推了方木一把。

方木被推得猝不及防，仰面摔倒在寝室中央。还没等他爬起来，杜宇已经扑过来，一把揪住方木的衣领。

“方木，你到底是什么人？”平日里嬉皮笑脸的杜宇此刻像一只要吃人的狮子，遍布泪痕的脸抽搐着。

“你说什么？”

“我问你是什么人！”杜宇拼命摇晃着方木的脖子，“你刚才说那个人是要杀你，你这话什么意思？上次你那个同学来的时候，他说你们寝室以前死过很多人。这是怎么回事？你到底是什么人，快说！”

杜宇的手越来越紧，方木感到呼吸困难，脸都憋成了猪肝色。邰伟见状，急忙把杜宇从方木身上拉起来，杜宇拼命地挣扎着，咬牙切齿地冲方木吼道：“说啊，你到底是什么人？”

方木瘫坐在地上，撕心裂肺般咳嗽着，咳到最后变成了干呕，一丝涎水从嘴角一直拖到胸前。

邰伟用力拉住不断挣扎的杜宇，大声喝道：“有话好好说。别动手，否则我不客气了！”

“好！”杜宇示威似的高举起双手，“好！我不动手，让他说！”

方木慢慢从地上爬起来，擦擦嘴角，喘息了几下说：“对。凶手的确是冲着我来的……他在考我……对不起……”

杜宇紧抿着嘴角看着方木。“这么说，那些人被杀死，还有瑶瑶，”他哽咽了一下，“都是因为你。”

方木没有说话，抬头看了杜宇一眼，又飞快地低下头去，点了点头。

杜宇抬起一只手，指了指方木，嘴唇颤抖着：“也就是说，你早就知道他会杀人对么，而且，还可能会杀你身边的人？”

方木的眼泪涌了出来：“对不起……”

“那你为什么不早说出来？”杜宇突然爆发了，“为什么不早点提醒所有的人？为什么要害死这么多人！”

方木浑身颤抖着，口中喃喃自语：“对不起……对不起……”

突然，杜宇猛冲过去，一把揪住方木的头发，拼命抽打着他的脸：“说话！为什么，你说啊……”

邰伟忙上前阻止他，还没等他靠近，就看见杜宇的身子往后一缩。

方木的手上赫然多了一把军刀。

杜宇的外套胸前被划开了一条长长的口子。他目瞪口呆地看看胸前，又看了看面前手握军刀、嘴角淌血的方木。

杜宇惨然一笑：“也想杀了我，对么？来吧，省得那个凶手动手了，来啊！”

“不是！”方木声嘶力竭地大喊，“不是这样的！我不是有意隐瞒你们。我……”

“你把刀给我收起来。”邰伟跳到两人中间，“你，给我出去！”他指着杜宇喝道。

杜宇狠狠地瞪了方木一眼，转身拉开门走了。

寝室里一下子安静下来，只听见方木急促的呼吸声。忽然，方木手里的军刀“当啷”一声落在地上，他蹲下身子，揪着头发，“啊——

啊——”地号哭起来。

邰伟从未见过方木哭泣，更别说这种撕心裂肺般的痛哭。一时间，他也不知道该怎么办才好，只能手足无措地站着。方木哭了很久。等他稍微平静下来，邰伟把他扶坐到床上，披上被子，又倒了杯热水给他，想了想，点了支烟递过去。

满脸泪痕的方木表情木然地坐着，偶尔抽一口烟，手里的水杯只是端着，一口都没喝。

邰伟在衣柜里一阵乱翻，找出了几件干净的衣服，又费了好大力气，才帮方木把衣服换好。换上干燥衣服的方木精神好了点，也不颤抖得那么厉害了。

“我说，”邰伟拉了把椅子坐在方木床前，试探着问，“刚才杜宇说，你的寝室过去死过人，是怎么回事？”

方木沉默了半晌，深吸了几口烟，慢慢说道：“1999年，我读本科的时候，学校里发生了一些很离奇的命案。后来我很偶然地找到了一张借书卡，发现死者都曾经借过这本书。我找到借书卡上的其他读者组成了一个自救小组，其中包括我、我的同学和我第一次爱上的女孩。”

“后来呢？”

“我们的自救没有任何效果。先是我爱上的女孩被砍了头，后来我的两个同学也死掉了。直到最后一刻我才知道凶手原来就是读者之一。他告诉我，他最初杀人是为了报复，而之后，是因为我发现的借书卡给了他杀人的灵感……我是唯一的幸存者。”

“你说的是发生在C市师大的那起案件么？听说凶手最后也死了。”

“对。”方木颤抖了一下，“他被烧死了。当时……我也在场。”

邰伟沉默了一会儿：“你后来对行为证据分析这么感兴趣，包括你办的那些案子，都是因为这段经历？”

方木扔掉烟头，双手抓住头发，用力向后捋着。

“我不知道该怎么说。这两年多来，我一直在做噩梦。害怕走廊，害怕烧烤的味道，不敢跟其他人接触。我只有不断地查案，不断地帮助死者讨回公道，我才能让自己平静一点。因为，”方木顿了一下，声音骤然低了下去，“那些人的死，归根结底是因为我。”

邰伟点了点头。嗅觉记忆是所有记忆中保留时间最长的一种。他终于明白方木为什么会是这样一个有着诸多怪癖的人，也能够体会到，这一次，凶手为了向他挑战而杀了这么多人，他内心的痛苦可想而知。

“死者是杜宇的女朋友？”

方木点了点头。

“你确定还是那个凶手干的么？”

方木苦笑着摇了摇头。“你还是不相信我。”他盯着脚下的地面，“肯定是他。他非常了解我，他知道杜宇的友谊对我来讲有多么重要。现在是第六个，无论第七个是不是我，他都希望一步步摧垮我的心理。”

邰伟犹豫了一下，决定还是告诉方木：“我刚才在现场的时候，发现死者被拴住的位置就在6号泳道里。”

方木盯着邰伟看了几秒钟，掀开被子下床：“走吧，去现场。”

尸体已经被移走，围观的人群却久久不愿散去。方木意外地看见乔教授也在人群中，正对着游泳池蹙眉思索。看见方木走过来，他却连招呼也不打，转身离开了。

警察们弄了一个大网罩放在排水口上，搜寻着每一点可疑的东西。赵永贵站在池边，抱着肩膀，盯着一点点降下去的池水，脸色很难看。

邰伟走过去拍拍他：“老赵，有什么发现么？”

赵永贵摇了摇头。“没有。”他又看看方木，“是你第一个发现尸体的？”

“嗯。”

“当时你发现什么异常情况没有？”

方木想了想：“没有。”

“那你怎么知道泳池里有人？”

“我听到两个女生在议论说泳池里注满了水。而且，我去孟凡哲家里的时候，看见窗户上有两个……”

“行了！”赵永贵打断了方木的话，“你还坚持认为我们抓错人了，对么？”

方木一时语塞，刚要开口争辩，就看见邰伟在冲他使眼色。

“一会儿跟我们回去做个笔录吧。”说完，赵永贵就走到泳池的另一边，不再理他了。

去市局的路上，方木忍不住开口问邰伟：“赵永贵怎么老是对我这种态度？”

邰伟沉吟了一会儿说：“你也得理解他。孟凡哲那个案子虽然最后被撤销了，可是局里还是表扬了老赵和我。你现在跟他说那是个错案，他肯定接受不了。另外，他好像也不太相信你那一套。”

方木想了想：“那，你相信我的话么？”

邰伟半天没有回答：“查查看吧。”

从市局回来已经是下午了，方木拿出钥匙开门的时候显得很犹豫，他不知道杜宇如果在宿舍里的话，该如何面对他。

门开了，室内空无一人。那双耐克鞋还静静地躺在杜宇的床边，方木的眼眶一下子就湿了。

寝室里静得可怕，方木突然非常迫切地希望杜宇能出现在眼前，他感到有很多话要对杜宇说。然而，如果他真的出现的话，该对他说些什么呢？

道歉？显得多余而且苍白无力。

带着这样矛盾的心情，方木静静地坐在寝室里。从阳光普照一直到夜幕降临，再到曙光初现，就这样毫无声息地坐着。不断地有人敲门，方木一概不予理会，他只希望能有人拿着钥匙拧开房门，又担心自己在那一瞬间会怕得躲起来。

整整一夜，杜宇都没有回来。

直到一天一夜没有吃东西的他被胃痛折磨得难以忍受，方木才站起身来，去了食堂。

窗口前排着长队，方木低着头排到队尾。前面的人回头扫了方木一眼，竟然“啊呀”一声跳到一旁。他惊恐万状地看着方木，伸手拉拉前面的人：“快走，是他！快走！”

两个人急急忙忙地跑到别的窗口去。整个队伍的人都回过头来，看着排在后面的方木。好像是约好了似的，队伍自动分开，把窗口的位置留给了他。窗口的卖饭师傅也愣住了，他盯着方木看了几秒钟，粗声大嗓地开口问道：“喂，你打不打饭？”

方木咬咬牙，一步步走向窗口，感到周围有无数道目光像针一样刺在自己身上。

方木坐在角落里吃早饭。尽管他一直低着头，但是他仍然能够感觉到周围的目光和窃窃私语。所有人都坐得远远的，在他的座位四周，形成了一个奇怪的无人区。就好像方木是一株长满了有毒触角的植物，稍稍接近，就性命不保。

方木吃了一半就吃不下去了，快步离开了食堂。

刚刚转入三楼走廊，方木就看见自己的寝室门前一片狼藉。电脑的显示器和主机被扔在地上，上面覆盖着方木的几件衣服。宿舍门口围着很多人，都盯着屋里的人的动作。

杜宇回来了？

他快步走过去，刚好看见杜宇把自己的被子扔出门来。杜宇看见方木，手上的动作稍稍停顿了一下，随即弯下腰去，从床底拽出方木的脸盆，扬手扔了出来。

方木一闪，塑料盆撞在走廊的墙上，里面的香皂盒、牙具稀里哗啦地摔出来。

“你干什么？”

杜宇并不回答，从方木的书架上一把将所有的书都划拉下来，然后一本本地向外扔。很快，方木的东西被扔得一干二净。杜宇拍拍手上的灰，走出来盯着方木看了几秒钟，从牙缝里迸出一个字：

“滚！”

方木看了他一眼，蹲下身子拾捡着被扔出来的东西。

“滚！”杜宇提高了声音。方木却好像没听到一样，他整理得很耐心，一支钢笔的笔帽不见了，他在一堆衣服里仔细地翻找着。

“你离开这儿吧，”杜宇的声音小了点，可是冷冰冰的，“我们还都不想死！”

方木的动作停了下来，他站起来，转过身，感到杜宇和其他人的目光都集中在他的脸上。他挨个扫视着所有的人，几乎每个人在接触到他的目光时都垂下眼睛，只有杜宇死死地盯住他。方木跟杜宇对视了几秒钟，缓缓开口说道：

“我不会离开这里，直到我抓住他为止！”

说完，他就一把捧起被子和几件衣服，走到孟凡哲那间已经被锁住的寝室门前，飞起一脚踹过去。木门应声而开，他把手里的东西扔进去，又返回走廊里一样样搬运自己的东西。没有人阻止他，也没有人帮助他。方木在众目睽睽之下捡起了自己的最后一样东西，走回那间原本属于孟凡哲的寝室，“砰”的一声关上了门。

在沉寂了一段日子后终于有了新的住宿者。方木直接把东西都放在了左边的床、写字台和衣柜里。把所有的东西都摆放整齐后，他才想到那张床是属于孟凡哲的。有那么一瞬间，他几乎想动手把东西移到另一张床上，但是后来，他还是脱掉鞋子，直接躺了上去。

方木打量着自己的新窝。孟凡哲死后，这个寝室就再没住过人，到处都是厚厚的灰尘，一幅残败不堪的景象。墙上还有喷溅状的水渍，看起来似乎是有人把水杯扔到了墙上。

看着，想着，一夜没有合眼的方木感到眼皮越来越沉……

醒来的时候，已经是晚上了。尽管肚子饿得咕咕叫，方木却躺在床上不想起来。对面宿舍楼的点点灯光照进这间没有开灯的寝室，有些东西的影子被投射在墙上，隐隐约约地晃动。

方木感到有点冷，不由自主地缩紧了身体。他习惯性地向旁边那张床上望去，却只看见一张干瘪的草垫。和以前那个摆满了他和杜宇的东西，拥挤不堪的313宿舍相比，304宿舍显得宽敞无比。

宽敞得让人心慌意乱。

方木突然想起，孟凡哲独居的那段日子里，是不是也像自己一样躺在黑暗的寝室里，默默地品尝孤独的滋味?

直到他彻底疯掉。

……

我会不会发疯?

方木从床上一跃而起，首先，你得弄点吃的。他对自己说。

食堂是无论如何不想去了。方木伸手打开电灯，又翻出一包方便面，摇摇水壶（还好，杜宇没有把它摔碎），空的。

方木拎着水壶在门口站了几秒钟，仿佛下了很大决心一般，拉开门走了出去。

一样东西飘落在脚下，方木捡起来一看，是一个信封。方木向两边望望，走廊里静悄悄的，一个人也没有。

方木坐到床上，从信封里抽出一张纸，上面是邓琳玥的字迹。

亲爱的方木：

请允许我最后一次这样称呼你，也请你相信我在这样称呼你的时候，我是爱你的。也许这种爱情会随着时间的流逝而慢慢消失，但是我确信，至少写这封信的时候，我依然是爱你的。

当你看到这封信的时候，我已经在回家的路上了。别试着去找我（或许这只是我一厢情愿的妄想，你也许从来就不曾想过在我离开后去寻找我）。我在短时间内不会回到这所学校来，申请休学的手续我会委托我的家人办好。

你也许会怨恨我吧？怨恨我的不辞而别，怨恨我的胆小与懦弱。我只是个普通的女孩，渴望被保护，向往宁静浪漫的日子。当你在体育馆里救了我的一瞬间，我就像所有被王子拯救的公主一样，毫无选择地爱上了你。

然而我知道，你并不是我的王子。而我，也不如我想象的那般勇敢与坚强。

昨天早上，我目睹了泳池边的一切。当你终于说出那个秘密的时候，我的第一个反应是害怕，我甚至没有勇气上去抱住你，安慰你，而是一个人逃回了寝室。是的，我害怕了，比那天晚上在体育馆里还要害怕。凶手已经杀死了你最好朋友的女朋友，下一个也许就是我。等死比死亡本身更可怕，我终于明白了这句话的含义。

他为什么要杀你，为什么要杀那么多人？这些问题你不肯告诉我，对我来讲，也已经不重要了。我选择逃离。尽管我曾经认为自己有勇气陪你面对一切考验，然而，当死亡如此真切地降临在我身边的时候，我还是选择了任何一个正常的女孩都会做的事情。

原谅我吧，原谅这样一个普通的、曾经自视甚高的女孩。也许你不曾爱过我，我现在真的希望你不曾爱过我，这样，无论是你还是我，都会好受一点。

我会为你祈祷。

邓琳玥

2002年12月25日

信很短，方木却整整看了半个多小时。

心如止水。

突然感到前所未有的冷，方木却控制不住地笑出声来。好，很好。

终于，又是我一个人了。

也许，从来就只是我一个人。

第二十五章

304 寝室

死者名叫陈瑶，女，23岁，原籍河南省开封市，死因为机械性窒息，凶器应该是一根麻绳。死者处女膜陈旧性破裂，没有当晚行房的痕迹。结合尸检结果与有关证言，死者的死亡时间应该在12月25日凌晨1点至5点之间。凶手将死者勒死后，再饰以浓妆，然后将尸体移至J大游泳池，将其脚腕用一根麻绳与排水口相连，后将池水注满。

经死者同学及男友辨认，案发时死者所穿的黄色毛衣、黑色短皮裙、黑色长筒皮靴及染成黄色的假发并非其本人所有。死者原有的衣物在现场没有发现。

此外，在死者所穿的长筒皮靴内发现一张纸。由于浸泡时间过长，字迹已模糊不清，后经鉴定，确认是人民教育出版社出版的六年制小学四年级下学期语文课本中的一篇课文《火烧云》的一页。

据死者男友称，案发当晚自己曾接到两个奇怪的电话，之后死者与男友为此发生口角，遂负气独自离去。警方在电信部门查找到了该号码。该号码的通话记录显示除了当晚的两次通话外，再没有使用过。继续对该号码进行追查后，发现该号码是在个体销售商处购得，购买时并不需要出示身份证件。因此，该号码的真正使用者身份无法查明。

“目前就查到这些情况。这案子由老赵他们负责，我也是托了关系才了解到这些的。”邰伟把文件夹递给方木，“哦，对了，还有一件事。前段日子我去市里的几家医院做了调查，包括马凯曾经就医的那家医院，重点调查了那些心理医生。你知道，我现在只能以个人身份调查这些事，所以力度有限。暂时没发现什么有价值的线索。”

方木冲他笑笑：“谢谢。”邰伟大大咧咧地挥挥手。

你还是相信我的，个中情谊，尽在不言中。

“你这边怎么样，有什么进展么？”

方木低头看着一张照片，一身妖艳打扮的陈瑶躺在冰冷的泳池边上。

“这种打扮，你想到什么？”他指着照片问邰伟。

“妓女。”邰伟直言不讳地说，“这是性工作者的典型装束。”

“那就对了。”方木点点头，“这一次他模仿的是绿河杀手。”

“绿河杀手？”

“是的。你还记得我跟你说过的那两个符号么？就是画在孟凡哲家窗户上的。”方木拿过一张纸，在上面勾画着，“我当时觉得好像是小写的q和大写的A。现在看起来，我理解错了，其实是G和R，当时他在布满水珠的窗户上写下这两个字母，水珠滴下来，看起来就像是q和A。”

“GR？Green River？绿河？”

“是的。这是1982年发生在美国西雅图的系列杀人案。凶手名叫加里·里奇韦，他从1982年开始杀人，被害者高达49人，多是妓女或者离家出走的少女。他把最初几次犯案的被害人尸体都弃置在西雅图南郊一条名叫绿河的河中。由于其中一个死者被夹在了河底的石缝中，所以第一个报案人看到的是死者‘站’在河水里。”方木抖了一下，“和我那天看到的一模一样。1987年开始，加里·里奇韦就被警方列为重点怀疑对象，但是由于没有证据，而且他两次通过了测谎器测验，所以他一直逍遥法外。2001年，警方将他唾液中的DNA样本和被害人体内精液的DNA样本进行了比对，结果吻合。但是他被捕后一直拒不认罪。由于前几个被害人的尸体都是在绿河发现的，而且加里·里奇韦的姓名缩写也是G.R.，所以他被称为绿河杀手。”

邰伟皱着眉头想了一会儿：“被害人多是妓女，所以他把陈瑶打扮成那个样子？”

方木点点头。他翻看着手里的材料：“刚才你说死者没有当晚行房的痕迹？”

“是啊，怎么？”

“哼，这就有点意思了。”方木若有所思地说，“加里·里奇韦的习惯是与被害人发生关系后，再勒死她们。凶手如果想完美地模仿加里·里奇韦犯罪的话，为什么不跟陈瑶发生性关系呢？”

“这个，可能原因有很多种吧。时间、场合，呵呵，也许还有心情。”说完，邰伟嘿嘿地笑起来，可是他马上觉得不合时宜，于是收敛了笑容。

“心情？”方木冷笑了一下，“他想摧垮我的心理，也许，他自己也快到极限了。”

他伸手拿过另一张照片，上面是那篇课文。

“《火烧云》？”方木翻来覆去地看着，“我记得我小学的时候还学过。作者好像是萧红。”

邰伟凑过来：“你说，这会不会是凶手下一次犯案的提示？”

方木略略沉吟了一下：“如果没有其他异常特征的话，姑且先把它当作一个线索吧。你们对这篇课文是什么意见？”

“老赵认为这张纸是无意间落到靴子里的。所以，他推测凶手家里应该有一个正在读小学的孩子。其他的，我就不太清楚了。”他叹了口气，“老赵不太想让我参与这个案子。不过这也没什么说不过去的，这本来就是经文保处的案子。我只能通过私人关系来打听一些情况。”

“嗯，我上网查查吧。”说完，方木就坐到电脑前，搜索到《火烧云》这篇课文，逐字逐句地看起来。

邰伟显得有点无所事事，他从书架上拿起一本书翻了几页，又站到窗前，拿出一支烟抽起来。

“今天校园里没多少人啊。”

“嗯，快考试了，估计都在复习吧。”方木眼盯着屏幕，心不在焉地说。

“那你也快考试了吧？”

“哦？研究生没有考试。”他苦笑了一下，敲敲显示器，“我有这个考试。”

邰伟撇撇嘴，耸耸肩。方木的视线重新回到屏幕上，可是上面的字却一个也看不进去了。考试？

“邰伟……”

“嗯？”邰伟回过头，方木正盯着他，脸上是让人捉摸不透的表情。

“我觉得，我们忽视了一个最明显的线索。”

“哦？你说说看。”邰伟顿时来了精神。

“你说，什么人会出题考别人？”

“那还用说，当然是老师了。”邰伟脱口而出，随即他就睁大了双眼，“你的意思是，这个人是学校的老师？”

“有这种可能。”方木点点头。

“等等，”邰伟紧锁眉头，看得出他在紧张地思考着，“你上次说，这个人应该是一个年龄在30岁—40岁之间，受过高等教育，经济条件良好，外表干净整洁，嫉妒心强，好胜的一个人？”

“是啊，我说过。”

“问题是这样的人在你们学校太多了。我看大学老师基本上都是你说的那个样子。”

“你和我可能不知道，但是我想有一个人应该知道。”方木抓起衣服，“跟我走！”

开门的是乔教授。看起来他对方木的突然造访并不意外，只是看到跟在方木身后的邰伟，脸色稍稍变了变。他指指摆在门口的拖鞋，自己转身去了书房。

方木和邰伟换好拖鞋，走进书房的时候，乔教授已经点燃了一支烟坐在沙发上，脸色阴沉。看他这个样子，方木有点不知道该如何开口。倒是邰伟先来了个自我介绍：“乔老师，哦，乔教授您好，我是市局的邰伟，这是我的工作证。”

乔教授头也不抬地“哦”了一声，既不看邰伟，也不伸手去接邰伟递过来的工作证。邰伟的手在空中尴尬地停了几秒钟，悻悻地缩了回来。邰伟看方木不说话，在他腰上狠狠地捅了一下。方木只好硬着头皮开口说道：“乔老师，我有点事想请教你一下。”

“唔。”

方木看看邰伟，鼓足勇气问道：“乔老师，在学校里，您知不知道谁比较擅长心理分析？”

乔教授掸掸烟灰：“知道。”

“谁？”方木和邰伟一下子竖起耳朵。

“我。”乔教授顿了一下，“还有你。”

书房里的空气仿佛一下子凝固了。

“我……我的意思是……”方木结结巴巴地说。

“我就知道这些。”乔教授把烟头摁在烟灰缸里，伸手拿起一本书翻起来。两人见状，只好起身告辞。

邰伟的脸色很差，气哼哼地蹬上皮鞋，连句招呼也不打就噔噔噔走下楼去。方木穿好鞋，刚直起腰来，就看见乔教授站在面前，意味深长地看着自己。

“老师……那我先走了。”方木讷讷地说。

乔教授突然伸出一只手来，在方木的肩膀上用力捏了捏。

“你保重自己。”他低声说，“事情很快就会过去的。”说完，就把方木推出门去，重重地关上了门。

邰伟坐在车里等方木，见他上来，赌气似的一踩油门，吉普车噌地一下子蹿了出去。

“这老家伙，明显是耍我们呢，”邰伟不耐烦地冲着前面骑自行车的人按着喇叭，“你说凶手会不会就是他？”

"别胡说。"

方木心里捉摸着乔教授的那句话："事情很快就会过去的。"

难道他知道凶手是谁，而且有十足的把握能将凶手绳之以法？

过去当方木得知乔教授参与这个案子的时候，他感到很心安。然而此刻他却丝毫感觉不到轻松，反而多了一丝隐隐的忧虑。

车子开到方木的宿舍楼下。下车之前，邰伟对方木说："看来咱们得自己查查了。妈的，本来不是什么困难的事情。可是我没法公开调查，只能以个人身份查了。"

"嗯。你最好查查有没有老师在医院兼职做咨询医生的。"

"嗯，知道了。还有，你自己小心点。"说完，邰伟就发动汽车，开走了。

方木目送着邰伟的车消失在拐角处。抬头看看天，大朵铅黑色的乌云正在头顶翻滚，一场暴风雪似乎正在悄悄逼近。

刚刚转入三楼走廊，方木就看见几个男生站在313寝室门前，探头探脑地向里面张望着。方木心里一惊，难道杜宇出事了？

他快步走过去，几个围观的男生看见方木，不约而同地把门口的位置让出来。

胡子拉碴的杜宇低着头坐在椅子上，裤子上沾着泥。一个法学院办公室的工作人员正站在他面前，指手画脚地训斥他。

"你要是再深更半夜地揣着这玩意儿到处转悠，就不是校保卫处那么简单了，直接把你送到派出所去！"他"啪"的一声把一把裁纸刀拍在桌子上，"报仇？就凭你，能抓住凶手么？亏你还是个法学研究生！你要是能报仇的话还要警察干什么？"

杜宇抬起头来想要争辩，却看见了站在门口的方木，到了嘴边的话生生咽了下去，只是紧紧地盯着他。方木看着他脸上青紫的几块瘀伤，张了张嘴，却什么也没有说，转身走了。

半夜的时候，雪终于飘飘而至。

正在电脑前埋头钻研那篇课文的方木偶尔抬起头来，看见窗户外面的窗台上，已经积起了厚厚一层雪花。方木端起一杯早已冷透的水，走到窗前，看着窗外不停飞舞、旋转的雪花，心头却突然暖了一下。

不知道人死了之后，是不是真的有灵魂。

如果有的话，陈希、老四、王建……

帮帮我……

有人敲门。这么晚了，会是谁?

方木从枕头底下拿出军刀，踮着脚走到门前，侧耳倾听着。门外有粗重的呼吸声。

“谁？”

门外的人沉默了许久才回答道：“我。”是杜宇的声音。

方木犹豫了一下，打开了门。一股浓重的酒气扑面而来。杜宇头发蓬乱，面容憔悴地站在门口，脸上的瘀伤显得格外刺目。方木侧了侧身子，示意他进来。杜宇一迈步，却踉跄着撞到了门框上。方木急忙扶住他，杜宇一把打开他的手，摇晃着走进来，一屁股坐在方木对面那张床上。

看着他直喘粗气，不停打着酒嗝的样子，方木给他倒了杯热水。他毫不客气地接过来一饮而尽，方木想要阻止已经来不及了。那可是将近70度的热水，杜宇却好像没有感觉似的。

喝过水，两个人沉默着面对面坐在两张床上，他们之间不足三米的距离好像万丈深渊般难以逾越。不知道过了多久，杜宇哑着嗓子开口问道：“找到他了么？”

方木缓缓地摇了摇头：“别做蠢事。”

杜宇重新陷入沉默，之后突然爆发出撕心裂肺的痛哭。

他把头埋在两腿间，不停地撕扯着自己的头发，手上青筋毕露，还有几处没有愈合的伤口。哭声从“呜呜”到“啊啊”，听起来，仿佛什么东西破碎的声音。

方木站起身来，伸出一只手按在他的肩膀上。杜宇却一抡胳膊，挡开了他的手：“走开！”

杜宇足足哭了10分钟。结束的时候，和开始一样突然。

他伸手拿起方木的卫生纸，扯下几块擦掉眼泪，响亮地擤着鼻子，又重重地把废纸扔在地上，起身离去。走到门旁，杜宇转身低声说道：“找到他的时候，第一个告诉我。”他顿了一下，“如果你还活着的话。”说完，拉开门走了。

寝室里一下子静下来，好像刚才的拜访者从未出现过一样。方木突然觉得有些憋闷，起身拉开了窗户。

一股强风卷着雪花猛然从窗户拉开的缝隙中冲进寝室，桌子上的纸哗啦一声被吹起来，旋转着落在寝室的各个角落里。方木急忙又把窗户关死，雪粒噼噼啪啪地打在玻璃上，似乎在为刚才的突袭暗自得意。

原来摆放在桌子上的资料被吹得乱七八糟，床上、地上，到处都是。方木一张张捡着，整理后发现少了一张。再一找，原来飘到了床底下。方木蹲下身子，手尽量向床底伸去，够不着。他环顾一下寝室，没有什么长杆之类的东西，叹口气，向床底爬去。

床底的地面并不像自己想象的那样满是灰尘，手摸上去，只有一层薄薄的浮灰。方木心里一动，伸手把那张纸掏出来之后，又从桌上把打火机拿过来，重新爬入床底。

打火机上跳出的小小火苗让床底狭窄的空间一览无遗。方木来回照着，发现床底内侧的角落里都积了厚厚的一层灰，而床底正中的地面却相对干净许多，好像有人曾经仰卧其上。

方木仔细看着那片只覆盖着浮灰的地面，想了想，慢慢翻转过身子，躺在了上面。手上的打火机将上方的床板照亮，一些凹凸不平的地方在火光下显出阴影。方木的眼睛突然瞪大了。

他的脸正对着的床板上，密密麻麻地刻着一个人的名字：孟凡哲！

有些字迹边缘整齐，好像是用刀刻的痕迹，而有的字迹则粗糙得多，似乎是用钥匙之类的东西硬划上去的。看起来，孟凡哲并不是一次刻上去的。

方木在床下来回扭动着，不断调整位置，结果发现在床头、床尾的位置上都有孟凡哲的名字。

方木突然想到，在那些独居的日子里，孟凡哲也许就像自己一样缩在床底，颤抖着一下下地在床板上反复刻下自己的名字。

过了好一会儿，方木才失魂落魄地从床底爬出来，带着一身的灰尘，坐在椅子上发呆。突然，他好像想到什么似的，起身向门口跑去。拉开门，方木跳到走廊里，向门上的门牌看去。

果真，在“3”“0”“4”三个数字中间，也有两个淡淡的印记，看起来，非常像“+”。

有人特意来清除这两个加号，只是不知什么原因，没有完全擦掉。但是不仔细看的话，根本不会发现。

孟凡哲果真是被人控制的。

7个小时后，304寝室里。邰伟在脸盆里洗过手，拍打着身上的灰尘：“催眠？”

“是的，我觉得有这种可能。”

“你是说，孟凡哲那天晚上所做的一切都是被催眠的结果？包括在‘3’‘1’‘3’三个数字之间写上加号，还有杀你。有这么神么？”

“催眠术能控制人做一些简单的动作，但是有目标地杀人恐怕很难。”看见邰伟一脸困惑的表情，方木解释说，“孟凡哲在我的门牌上写加号，包括后来对我进行攻击，都不是有意为之的。你还记不记得孟凡哲跟我上楼的时候，曾经有过短暂的停顿。”

邰伟皱着眉头回忆着：“嗯，好像是有这么回事。我记得他当时曾经在走廊里停了一下。对，好像就是这个寝室的位置。”

“好，你来看。”

方木把邰伟拉到走廊里，指给他看门牌上的浅浅痕迹。邰伟目瞪口呆地看着，嘴里喃喃自语：“天啊，当时，光顾着看你们寝室了，没注意到这里。”

“这说明孟凡哲并不是有意选择我作为目标，他只是在心理暗示下，在这个走廊里寻找‘7’这个数字。”他指指走廊两侧，“这一层，从301到320，321是卫生间，322以后的寝室和我们这边是有铁门隔开的，他过不去。所以，能形成‘7’这个数字的，只有304和313。”

“那他要杀你，这难道也是催眠的结果？”

“过去我也很奇怪，因为催眠一个人，让他去有目标地杀死另一个人，这个几乎是不可能的。直到我看见了床底下的那些名字。”

“唔？什么意思？”

“你别着急，我先跟你简单解释一下什么叫催眠。催眠主要是通过心理暗示来导致神经活动和生物学改变，并且产生生理等方面的变化。比方说通过催眠来改善焦虑、抑郁的情绪或者消除紧张恐惧的情绪等。催眠是一个非常复杂的心理、生理和神经活动过程，往往需要催眠者对被催眠者施加各种暗示信号来帮助被催眠者进入催眠状态。”

“哦，这个我知道。有一部日本电影《催眠》，里面的暗示信号好像是金属撞击的声音。”

“对。有一种暗示叫后催眠性暗示，是指催眠者给予被催眠者的某种信号，在催眠状态之后的觉醒状态中，被催眠者仍然可以对这种信号做出反应。这种后催眠性暗示的持续有效，需要被催眠者对催眠者表现出极大的信任，并且在潜意识里建立对这种暗示的权威性认识。而据我所知，孟凡哲是一个个性软弱的人，很容易对其他人形成心理依赖，是一个再合适不过的后催眠性暗示的对象。那天晚上开始，我一直怀疑孟凡哲受到了这种后催眠性暗示的操纵，但是我一直不知道那个暗示信号究竟是什么。直到我发现这些名字。”

“你是说，那些名字就是暗示信号？”

“对。孟凡哲有一个不为人知的秘密：害怕点名。对他来讲，最具深刻印象的大概就是他的名字。而他很有可能曾经找凶手——也就是那个所谓的医生——进行过治疗。凶手大概就是利用这一点，将孟凡哲的名字当作后催眠性暗示的信号。我在那天晚上之前，曾经和孟凡哲在卫生间里有过一次对话，我发现当我喊他的名字的时候，他会发生非常奇怪的情绪波动。而他要杀我的那天晚上，我也曾跟他说过几句话，他都没有什么过激的反应，而当我喊他的名字的时候，他就突然向我发动袭击。”

“哦，我想起来了。”邰伟一副恍然大悟的样子，“你记不记得那天晚上在市局，我们审问孟凡哲的时候，最初几句问话他都毫无反应，当我们的预审人员叫出他的名字的时候，他就一下子变得像疯子一样。”

“是的。我想，凶手对他的暗示就是当他听到自己名字的时候，就会对发出信号的人发动攻击。”

邰伟沉思了一会儿，指指床下问：“那他在床板上刻下自己的名字，究竟是为什么？”

方木想了想。“孟凡哲在案发前几天，大概已经察觉到自己精神状态的异常。他跟我说过，经常忘记自己做过什么，也不记得自己什么时候拿了一些奇怪的东西回寝室——就是你们在他的寝室里发现的那些所谓的物证，我判断那也是凶手控制他带回来的——他对自己，尤其是自己的名字产生了一种恐惧。人在害怕的时候，可能会选择躲起来。这张床的床底，”他拍拍自己身下的床板，“大概就是他当时的避难所。而他，也许对这一切又感到不甘心。因为他毕竟在那个所谓医生的帮助下，曾经差点克服了自己的心理障碍。所以强迫自己一遍遍地在床板上刻下名字，希望能够说服自己并不惧怕孟凡哲这个名字。”

方木顿了一下，低声说：“他那个时候，也许对那个医生抱着一种既怀疑，又依赖的复杂心态。所以，才会给他妈妈写那封信。”

在那一瞬间，方木仿佛听到了床下有一个人在急促地喘息，小声地哭泣，床板也发出了硬物划过的“咯吱咯吱”的声音，还伴随着含混不清的反复念叨：“孟凡哲、孟凡哲、孟凡哲……”

邰伟皱着眉头抽烟，一言不发。方木看看他，问道：“怎么样？现有的证据能不能说服你们重新调查？”

“恐怕很难。”邰伟沉默了好一会儿才说，“第一，那封信和窗户上写着的‘GR’只有你才知道；第二，‘6’‘7’两宗案件表面上都已经完成了，要说服局里第6泳道其实是凶手完成第6次犯罪，恐怕他们很难接受。另外，你也知道，局里的意见是坚决不让你参与这些案件。所以，你的话不见得有人相信。”

方木的神色有些黯然，低下了头。邰伟见他那副样子，心中有些不忍，拍了拍他的肩膀。

“对了，那篇课文你查得怎么样了？”

“没什么头绪。”方木摇摇头，“我把那篇课文翻来覆去地看了很多遍。找不到一点线索和提示。”他起身从书架上拿下一本书，递给邰伟，“我把这篇课文的出处——《呼兰河传》也借来了，希望能找到些线索。”

邰伟掂掂手里的《呼兰河传》，不是很厚，翻开来看着里面密密麻麻的文字，却不由得泄气：“靠，这要看多长时间啊。”

“我再去找找登载这篇课文的那本教材吧，仔细研究研究。”

“哎，方木，你说凶手会不会在那篇课文上用什么隐形墨水之类的东西写了提示和线索？”

方木显然对这种设想早就考虑过，很快回答道：“应该不会。他应该知道那张纸会在水里浸泡一段时间，如果不能复原的话，写了也是白写。所以我觉得提示可能还是这篇课文本身。”

“靠，小学教材里居然会有杀人的线索，说出去谁会相信？”邰伟伸了个懒腰，伸到一半突然停住了，“难道下个死者是一个四年级的小学生？”

方木苦笑了一下：“谁知道呢，也有可能。”

他看了看电脑桌上堆积如山的资料：“我记得从前考试的时候，最后一道题往往是最难的，老师经常告诫我们，先做前面那些简单的，有时间了，再集中精力解答最后一道难题。”

第七道题，答案究竟是什么？

又是一个寒冷、干燥的冬日清晨。

今天的一、二节课是乔教授给本科生上的犯罪学。由于在师大的时候没怎么系统地听过犯罪学，所以方木一直在跟班听课。此外，从那天开始，方木就没见过乔教授。乔教授那句“事情很快就会过去的”一直让方木心绪不宁。他很想找乔教授谈谈，哪怕不说话，给自己一个暗示的眼神也好。

方木挑了一个角落里的座位坐下，有些认识方木的人在对他指指点点，他一概装作看不见。

已经过了8点，乔教授却还没有出现。

本来在静候上课的教室里开始有些喧闹。过了8点15分，乔教授还是没来。

方木掏出手机，按下乔教授的手机号码，关机。再拨他家里的电话，占线。连拨了好多次，都是占线。

方木的心中陡生一种不祥的预感。

下午的时候，这个预感终于变成了现实。

一个马上要毕业的师兄跑来找方木，问他知不知道乔教授的去向。方木摇头说不知道，他显得焦急万分："妈的，论文还没写完呢。该不会临时要我换导师吧。"

方木听了这话，突然很想骂人。可是还没等他开口，那个师兄已经拉开门，一溜烟跑了。方木压压火气，拿出手机拨打乔教授家的电话，还是占线。连拨了好几次，终于通了。

师母急切的声音在电话那头响起："喂，谁啊？"

"师母您好，我是方木，乔老师在家么？"

师母开始小声抽泣："老乔已经一天一夜没回家了……"

"什么？！"方木感到自己的心一下子揪紧了。

乔教授失踪了。

第二十六章

师兄

乔教授家里满满当当地挤了一屋子人，本来就不大的客厅显得拥挤无比。有同届的同学，也有师兄师姐，省公安厅的边平也在，看见方木进来，微微颔首。方木冲他点点头，急不可待地问坐在沙发上抹眼泪的师母："师母，怎么回事？"

师母擦擦早已哭红的双眼，哽咽着说："这老头，前天晚上说出去见个朋友，也没说见谁就走了。我一直等他到11点多，他还没回来。打他手机，关机。我心想可能出去吃饭，然后洗澡去了。我就自己先睡了。昨天一整天也没回来，手机还是关机。我以为他直接去学校了，谁知一直到现在，还是没消息……"

电话突然响起来，刚才还似乎全身无力的师母一跃而起，几乎是扑到电话机旁，一把抓起话筒："喂？嗯……"她的声音骤然低落下来，"订到机票了？晚上？嗯，回来吧，帮妈找找你爸，嗯，好，好。"

挂断电话，师母终于控制不住自己的情绪，呜呜地哭起来。边平站起身来，把师母扶坐到沙发上，好言劝慰着。师母拉住边平的手："小边，师母拜托你，一定要帮忙找找乔老师，他年纪这么大了，真要是出了什么事……"

"师母，您别想得太多。"边平急忙说，"乔老师也不见得是出了什么事。也许是到什么地方搞调查去了也说不定。"大概是觉得自己的话缺乏说服力，他忙补充道，"我已经把人派下去了，应该很快就有消息。"

旁边的人也随声附和着，师母却显得更加六神无主。

来探访的人越来越多，法学院院长和学校领导也到了乔教授家。电话铃再次响起，师母又是满怀希望地接起电话，听到对方的声音后依旧是失望。

"嗯，那你来吧，小孙。嗯，好的。"

估计又有人来家里探视。边平看看屋子里的人，对学生们说："要不你们先回去吧，有消息再通知你们。"

学生们纷纷起身告辞，方木走到门旁的时候，突然想起乔教授那天站在这里跟自己说过的那句话，扭头对边平说：“边处长，乔老师有消息的话，请尽快通知我。”

边平一边跟院长说话，一边冲他挥挥手：“知道了。”

回到寝室里，方木一直坐在床边发呆，直到夜幕降临。

他没法不把乔教授的那句话和他的失踪联系在一起。

“你保重自己。事情很快就会过去的。”

如果自己没有猜错的话，乔教授应该认识凶手。难道他单枪匹马地去找凶手，结果……

这是一个方木不愿深想下去的“结果”。

到警方正式立案时为止，乔允平教授已经失踪了48小时。警方在乔允平教授的工作单位和居住地进行了大量的调查走访，并去电信部门调取了乔允平教授的手机及住宅电话的通话记录，没有发现有价值的线索。市内各医院在乔允平教授失踪后，共送来无主尸体4具。经失踪人家属辨认，均不是本人。在市内各救助站也没有发现乔允平教授的踪影。

生不见人，死不见尸。

正当警方寻找乔教授的时候，方木也行走在J市的大街小巷中。没有目标，没有线索。方木茫然地穿行在那些或灯红酒绿或污浊不堪的角落里，心中却一直期望能在下一秒看见乔教授从街对面走过来，从某一扇门里走出来，或是坐在临街的某一扇橱窗里。有好几次，他几乎肯定那就是乔教授，拼尽全力追过去，才发现那只不过是年龄、体态相仿的另一个人而已。

每当临近午夜，疲惫不堪的方木才会黯然返回学校，胡乱吃点东西，就和衣躺在床上。有时候能睡一会儿，有时候就一直睁着眼睛到天明。天亮之后，他就像昨天一样，再次融入城市的车水马龙之中，寻找着那个生死未卜的人。

方木自己也清楚这样夜以继日地寻找其实是没什么意义的。然而他不能停下来，他不能忍受自己在寝室里静静地等候消息，他必须做点什么。为了乔教授，也为了他自己。

乔教授是方木最敬重的人，这种感情与刘建军、陈瑶都不同。尽管在这个案子里，方木从未主动向乔教授求助过，唯一的一次咨询也被他生硬地回绝了，然而，方木的心中一直抱有这样的想法：如果有一天他被杀死了，乔教授决不会袖手旁观，他一定会将凶手找出来，将其绳之以法。因为他深信乔教授是强大的，经验丰富的，是最后的希望。可是，乔教授现在生死未卜。这让方木感到前所未有的孤独与绝望。

在街边的一家小饭馆里，邰伟边吸着烟，边看着眼前蓬头垢面的方木。

"再吃几口。"方木面前的碗里还剩下大半碗面条，听了邰伟的话，他又端起碗来喝了几口汤。

邰伟是在市百货大楼门前找到方木的。当时他正捏着一块面包，边扫视着眼前的人群，边咬着面包，和着冷风吞进肚去。

邰伟注视着眼前这个形容憔悴的年轻人。几天不见，他瘦了很多，穿在身上的羽绒服显得肥肥大大的。见他在身上摸索，邰伟把摆在桌上的烟盒推了过去。方木抽出一支，点燃，默默地吸着。

邰伟叹了口气。

"我说哥们，你这么找下去也不是办法，弄不好乔教授没找到，你先垮了。"

方木沉默了一会儿："你们那边怎么样？"

"还是没有消息。"邰伟摇摇头，"这事主要是分局在查，公安厅的边平处长倒是动用了不少个人关系，已经派人去外地找了，不过到现在也没什么结果。”

他看看方木愈加阴沉的脸色，忙补充了一句：“不过你也别胡思乱想。如果遭遇什么不测的话，肯定就有人报案了。所以我觉得可能乔教授生了急病什么的，再说，他那个年龄，突然得了老年痴呆症也说不定。”

方木犹豫了一下，把那天乔教授对自己说的那句话原原本本地复述了一遍。邰伟听了之后，好半天没有说话。猛吸几口香烟后，他把烟头狠狠地按灭在烟灰缸里。

“这老头肯定认识那个凶手！他想包庇凶手，结果把自己也搭进去了！”

“乔老师不是那种人！”

“好好好。”邰伟不想此刻在这个问题上跟他过多纠缠，“这个线索很重要。我去找老赵谈谈，就算得罪他我也不怕。”

他站起身来：“方木，你忘了你最擅长什么吗？”

“嗯？”

“找人不是你的强项，画像才是。”邰伟伏下身子盯着他，几乎和方木鼻子碰鼻子。

“我们去找乔老师，你，回去好好睡一觉。睡醒之后，把这个人给我画出来。”他拍拍方木的肩膀，“你现在是最后的指望了。”

最后的指望？

方木回到寝室里，看着几乎铺满桌子的资料，心情陡然沉重。下午邰伟的话与其说是劝慰，不如说是压力。他的潜台词很清楚：如果乔教授真的去找那个凶手，那么他很可能凶多吉少。

不过他倒是很赞同邰伟的观点：尽快把凶手找出来。问题的关键不在乔教授而在凶手身上。只有找到他，无论乔教授是生是死，才会有最后的答案。拯救也好，报仇也好，这是方木目前唯一能做的事情。可是，面对着堆积如山的资料，方木枯坐了半个多小时，竟然一个字也看不进去。

这段时间以来，悲痛、愤怒、内疚、绝望，这种种极端的情绪已经把方木的神经折磨到迟钝。那种察觉犯罪人心理的敏感能力仿佛已经在自己身上消失很久了。

要冷静，要冷静。方木点燃一支烟，强迫自己把注意力集中在面前的资料上。

目光却停留在手中的zippo打火机上。

他反复掀动着打火机的机盖，单调的“啪嗒”“啪嗒”的声音在寝室里回响。这是邓琳玥送给他的第一件，也是最后一件礼物。无论是价格还是意义，都应该是弥足珍贵的。

可是，方木却一直只把它当作点烟的工具，也许，还可以用来照明。

很多事情，说它重要，只是因为我们赋予它特殊的意义与感情。如果超脱其外，你会发现限量版的zippo永恒星并不比一块钱一个的塑料打火机更好用。

人也是这样。

被害人。刘建军、孟凡哲、陈瑶，也许还有乔允平，都只是被害人。而我，是一个心理画像者。

翻开手里的文件夹，照片上是陈瑶永远不会醒来的脸。

方木夹着香烟，一页页看下去。

凶手，男性。年龄在30岁—40岁之间，身高在1.7—1.75米之间。身体壮硕，动作敏捷，习惯手为右手。头脑聪明，心计颇深，知识面广，接受过良好的高等教育。童年时父母管教严厉但有节制，早期事业顺利，养成了自负和争强好胜的性格。性情自律、严谨。家境富裕，平日衣着整洁，注意仪表，社交能力强，可能与他人同居。熟练掌握驾驶技术，自己也许有车，并且车况良好。从事过教育业或者相关行业，熟悉J大周边环境，也许曾在J大任教。精通犯罪学和犯罪心理学，但对于生理医学方面的知识，例如解剖学可能一知半解。

案发后，凶手的心理随着案情发展产生了变化。也许他的最初动机只是证明自己在某方面的能力与天赋。那么，一方面，警方一度的误判使他的自负心理得到了进一步深化；另一方面，他也许对自身的心理变化有所察觉，甚至抗拒。例如可能会改变同居状态。对自己的犯罪行为产生厌恶感，由此可能导致某些行为不能，例如正常的性交行为（这一点，从他没有对陈瑶进行性侵害就能够洞悉一二）。

另外，凶手与乔允平教授相识，并且对方木极为熟悉与了解。

方木是偶然在走廊里看到通知的。最初他还以为自己看错了，走上前细看，才知道犯罪学的确复课了，而且就安排在当天8点。

方木的心脏一阵狂跳：难道乔教授回来了？他看看手表，还有5分钟就要8点了。来不及多想，方木直奔教室而去。跑到门口，方木的脚步却慢下来。他太希望拉开教室的门后，能看见乔教授站在讲台上。在门口足足站了三秒钟后，方木鼓足勇气，拉开了教室的门。

讲台上空荡荡的，并没有那个腰板挺直、眼神凌厉的老头。

刚才还喧闹无比的教室里一下子安静下来，所有人都把目光投向站在门口的方木，当学生们认出那只是经常来听课的师兄的时候，教室里又热闹得像菜市场一样。

方木低着头走向教室最后一排座位，心中虽然失望到极点，可还是希望乔教授只是迟到了。

时间突然慢得让人难以忍受。方木坐在那些打着哈欠，吃着从食堂带来的早餐，不停谈笑打闹的学生中间，紧紧盯着手中的手表，看分针一点点接近“12”。

突然，走廊里传来脚步声。

也许所有人都没有注意去听，但是方木听到了，即使在一片喧嚣的教室里，方木仍然听到那徐徐走向教室的脚步声。那声音不急不缓，充满自信，步伐铿锵有力又有弹性。

脚步声越来越近。方木屏住呼吸。门开了。

走进来的，是图书馆的孙老师。

孙老师走进教室，回身轻轻带上门，同时迅速在教室里扫视一圈。紧接着，他步履轻盈地踏上讲台，把手中的文件夹放在讲台上。

“好了，现在上课。”他微笑着看着台下鸦雀无声的学生，“主讲犯罪学的乔老师由于一些个人原因，不能来上课。所以，这学期剩下的时间，大概还有三次课吧，由我来跟大家一起研究犯罪学这门科学。”

他拿起粉笔：“首先来个自我介绍吧，我叫孙普。”他转过身，在黑板上写下自己的名字，字迹潇洒中不乏稳健，“大家可以叫我孙老师，老孙也行。”

教室里响起一阵笑声。

孙普拍拍手上的粉笔灰，抬起头，刚好和教室后排目瞪口呆的方木目光相对。他笑了笑，冲方木微微颔首。

孙老师开始上课了。应该说他走进教室后就博得了大多数人的好感。相对于乔教授规范、严谨但是不免呆板的讲授，他的授课方式别具一格，幽默、轻松的气氛中不乏精辟的见解。孙老师很轻松地把所有人的注意力都吸引到自己身上。

然而他讲的内容，方木却一个字都没听进去。他脑子里只有一句话：为什么是他?

下课后，学生们好像对犯罪学产生了前所未有的兴趣，围在孙老师身边不停地问这问那，孙老师面带微笑，耐心解答着。等到他返回讲台前收拾讲义的时候，才发现方木一直在教室门口等着他。

他看看方木，笑了一下："师弟，你也有什么问题么？"

方木本来有很多话想问他，此刻却愣住了："师弟？"

"是啊。乔教授没跟你说起过么？"

"没有。我从来就不知道你也是……"

"呵呵，你不知道的事情还有很多呢。"孙老师亲热地揽住他的肩膀，用力捏了捏，又猛推了他一把，"快走吧，我没记错的话，你还有两节刑事诉讼法呢，别迟到啊。"

说完，他就头也不回地走了，只留下方木还站在原地发愣。

整整两节刑事诉讼法课，方木一直处于魂不守舍的状态中。

长期以来，方木好像一直站在深渊边，尽力俯视着下面那不可知的怪物，随着案情的一步步发展，那怪物也从深渊里慢慢浮现，黑色渐渐褪去，轮廓一点点清晰。然而，方木与那怪物之间总有一层浓雾，看不清他，却能感觉到他在浓雾中暗笑着窥视自己。那是触手可及的距离，方木甚至能闻见他唇齿间的血腥味，却不能触摸到他分毫。

然而，这浓雾似乎越来越淡了。

中午，食堂，吃饭对方木而言，纯属负担。他好像失去了味觉。所有食物，爱吃的，不爱吃的，只要是能迅速吃完的，就是他的选择。

偶尔抬起头，看见几个人正走进食堂的大门，向包间走去。方木认得其中有赵永贵和边平。边平也看见了方木，他对身边的赵永贵说了几句话就向方木走来。

"吃着呢？"边平在方木对面坐下来，向他碗里打量着，"鸡块炖土豆？呵呵。"

方木没有心思跟他寒暄："乔老师有消息么？"

边平的脸色沉了下来："没有。我今天也是为这事来的，到法学院了解点情况。"

方木无语，也没有胃口继续吃下去了。

"你什么时候毕业？"

"2004年，怎么？"

"哼！"边平点燃一支烟，"那你恐怕是乔老师最有良心的弟子了。"

"嗯？为什么这么说？"

"你的那些同学，没有一个像你这样着急的。你的师兄、师姐们倒是急得够呛，不过我看他们是担心没有人指导论文，毕不了业。法学院的头头们要我回来帮忙带一段时间学生，我哪有时间？后来还是师母推荐了一个人。"

"孙普？"

"你怎么知道？"边平惊讶地睁大眼睛。

"上午我刚刚去听过犯罪学。听说，他是我的师兄？"

"是啊。他是91届的研究生，我是86届的。"

"那他怎么……去图书馆工作了？"

"咳，那说来可就话长了……"边平苦笑着摇摇头，这时赵永贵从包间里钻出来，冲边平挥挥手。

"好，我一会儿就过去。"边平转过头对方木说，"师弟，说点正经事。乔老师很赏识你，不止一次跟我提过你很有天赋，我也觉得你是个人才。怎么样，毕业后来帮我？"

方木摇摇头："我没想过要做警察。"

边平显得有点失望。"嗯，人各有志。不过，如果你能做个好警察的话，也许能了乔老师一桩心愿。"他站起身来，拍拍方木的肩膀，"你慢慢吃吧，有消息我会通知你。”

方木走出食堂，在外面的空地上站了几分钟，决定去乔老师家一趟。

家里只有师母一个人。一进门，方木就闻到了一股浓重的中药味。

“师母，您病了？”方木向厨房望去，一只小小的砂锅正在煤气灶上咕嘟咕嘟地冒着热气。

“唉，能不病么？”几日不见，师母看起来消瘦了很多，头发几乎全白了，“正好你来了，一会儿帮我把药渣滤一滤。唉，小羽又跑出去找他爸了，家里也没什么招待你的，你自己倒水喝吧。”

方木忙说不客气，把师母扶到卧室里躺好，又跑到厨房把汤药过滤到碗里，端到师母身边。

“学校里怎么样？”师母让方木坐在床边，开口问道。

“还好。犯罪学也复课了。”

师母轻叹了一口气：“老头最怕耽误学生的课，即使他不在，我也不能让学生们缺课。研究生的课就没办法了，好歹给本科生先安排好。”

方木沉默了一会儿，鼓足勇气开口问道：“师母，孙普老师……也是乔老师的学生么？”

“是啊。我想想，”师母用指节轻叩着太阳穴，“他是91届的研究生。”

“那，他怎么没有搞教学，而是去了图书馆呢？”

“咳，这孩子，走过不少弯路啊。”师母放下送到嘴边的药碗，“孙普当时是他那届学生中最出色的一个。老乔这个人，轻易不夸奖自己的学生。可是他常常在家里提到孙普，看得出，他很赏识孙普。孙普毕业后，老乔向学校推荐他留校，安排在自己身边做助教。孙普也挺争气的，工作搞得很出色，还不到30岁，就破格提了副教授。当时算得上是省内有名的青年才俊。可是后来，唉……”师母摇摇头，叹了口气。

“后来怎么了？”方木急切地问。

“你也知道，法学院有的时候会参与地方公安机关办案。当时老乔带着孙普破了几个案子。带了一段时间之后，老乔就试着让孙普独立办案。孙普在这方面似乎有特殊的天赋，几个案子都办得漂漂亮亮的。当时，各种荣誉啊，赞扬啊，铺天盖地的。这孩子当时还年轻，就有点把握不住自己了。1998年，郊区那边连续发生了几起强奸杀人案。当时乔老师出国考察，市局就请孙普协助侦破。孙普运用你们那个什么犯罪心理画像技术，把凶手的特征大致描述了出来。警察按照他的描述，还真的抓到了一个各方面特征都很吻合的人。结果那个人死也不招供。由于当时找不到其他证据，所以一直定不了案。那件案子的影响很大，上头也追得很紧。警察和孙普都承受了相当大的压力。我想，孙普这孩子当时也是急昏了头，竟然怂恿警方刑讯逼供。结果，那个人挨不住打，死掉了。更糟糕的是，没过几天，真正的凶手在外地被抓住了。很多人因为这件事都受到了牵连，有被判刑的，有被撤职的。好一点的，当时市局刑警队的一个队长，我记得姓赵，叫赵永贵，被调到经文保处了。孙普当时差点被抓起来，后来由于证据不足，再加上老乔做了很多工作，才算保住他。不过教学岗位肯定是回不去了，老乔又找了校领导几次，最后在图书馆给他安排了一个职位。”

原来是这样。方木喃喃自语，一低头，却看见了几乎凉透的汤药，急忙端给师母。

“这件事，我怎么从来就没听说过？”

师母皱着眉头把汤药喝光，接过方木递过来的纸巾，擦擦嘴角，喘息了几下后，继续说道：“当时你还没入学呢。再说，这种事情，学校拼命压住还来不及，怎么会大肆宣扬呢。不过说真的，这件事给老乔的刺激很大。从那以后，他的脾气变得很坏。孙普有好几次来看望他，都被他连人带东西推出来。在家里，这件事绝对是个忌讳。”她拍拍身边的另一个枕头，“今天是老头不在家，否则，我是万万不敢跟你说这些的。唉，那段时间，他在家里绝口不提任何学生。不过这几年，他经常在家里提到你，看得出，孙普和你，算是老乔最赏识的两个学生了。最初，我打算向学校推荐你给本科生代课的，后来考虑到你年龄太小。再说，孙普这几年工作勤勤恳恳，各方面对他的评价都不错，学校也考虑让他回到教学岗位。唉，说到这件事，孙普可能不知道。老乔表面上始终不肯原谅孙普，可是一直在暗地里尽力维护他。要不是他忽然失踪了，他还打算下学期就建议学校重新聘任孙普呢……”

后面的话，方木已经听不进去了，他觉得自己必须马上找一个人谈谈。

第二十七章

呼兰大侠

“你说什么？”邰伟一下子从方木的床上跳起来，“图书馆的那个人？就是戴个眼镜那个？”

方木点点头。

“原来老赵是因为这件事被撸下来的，怪不得他一提到犯罪心理画像就火冒三丈。”邰伟皱着眉头，“可是他看起来挺斯文啊，真是人不可貌相。”

“我也没说凶手就一定是他。只是我们曾经分析过，凶手应该是一个精通心理画像的人。现在看起来，这个学校里，除了我和乔老师，就只有孙普了。”

“那我们应该怎么办？从目前来看，好像没有证据能证明他是凶手。”

方木想了想：“我们都见过凶手，你还追过他一段。怎么样，能不能跟孙普对上号？”

邰伟冥思苦想了一阵：“身高好像差不多。可是那天晚上凶手穿着一件长风衣，而且光线很暗。我也确定不了他们是不是一个人。”

方木有点泄气，不吭声了。邰伟见他表情颓然，忙换个话题问道：“那篇课文你研究得怎么样了？”

方木的脸色更加阴沉，摇了摇头。

“你说乔老师的失踪会不会跟那篇课文有关系呢？我有个想法，那是从教材上撕下来的，而乔老师的身份恰恰是教师。这是不是意味着第七个被害人是个教师呢？”

“应该不是。”方木想了想，“那篇课文出现的时候，乔老师还没有失踪。我想，对于凶手而言，乔老师的来访应该是个意外。第七个被害人应该另有其人。”

“那我们岂不是什么也做不了！”邰伟有些不耐烦了。

“也不是。邰伟，搞侦查什么的你很在行，你先查查孙普。假设凶手真的是孙普，那么如果乔老师还活着的话……”方木顿了一下，提高了声音，尽量显得不是那么底气不足，“孙普应该把他藏到了什么地方。查探孙普的行踪，也许能找到乔老师的下落。”

“嗯，我现在就去准备。”邰伟站起身来，突然砰地一拳捶在桌子上，“不管是乔老师还是谁，这一次再也不能让他得手了！”

说完，他大步走向门口，拉开门的时候，忽然转过身来：“小子，你自己也当心点。”

方木瞥了一眼扔在床上里面装着那把军刀的书包，点了点头。

噩梦又如期而至。

那些残缺不全的躯体默默地围在方木的床边，无言地看着床上拼命挣扎却丝毫动弹不得的方木。尽管眼睛睁不开，方木却感到围在身边的那些逝去的人中间，多了一些似曾相识的面孔。

曲伟强、王倩、唐玉娥、金巧、辛婷婷、吉尔、孟凡哲、董桂枝、陈瑶……

一只手按上肩膀。“其实，你和我是一样的。”

突然，方木感到自己的脖子能动了。他猛地回过头去。

是孙普那微笑着的脸。

这张脸，是方木几天来在脑海里出现最多的形象。他熟悉它甚至胜于熟悉自己的脸。

讲到精彩处的眼波流转、微笑时嘴角的牵动、思索时紧蹙的眉头，还有目光扫过方木时隐隐的笑意。

此刻，这张脸的主人正站在讲台上，享受着台下崇拜的目光。

“好了，这堂课的内容就是这些。”孙老师把粉笔扔进黑板槽，拍拍手上的粉笔灰，“离下课还有十几分钟，做个小游戏吧。”

正准备收拾书包的学生们停下了动作，重新把注意力集中在孙老师身上。

“我这里有几道智力测试题。据说是美国联邦调查局对几十名心理异常的犯罪人所做的心理测试，结果测试的结果惊人地一致，也证明了这些人的心理的确异于常人。你们看看能答对几道，也许，在座的各位，你们中间就有具有犯罪天赋的人哦。”孙普微笑着挤挤眼睛。

学生们兴奋起来，似乎每个人都觉得具有异常心理是一件很“酷”的事情。

“第一题：某天，一位曾去过南极站参与太阳能设备调试工作的工程师在家里吃了妻子端给他的肉食后，觉得味道很怪，就问妻子这是什么肉。妻子回答说这是企鹅肉。那个工程师沉默了一会儿之后，将餐叉刺进了自己的喉咙。（学生们发出惊呼。）我的问题是：为什么？”

原来是这个。方木在心里说。

一年前，方木曾经偶尔发现了这几道题，出于好奇，他也尝试着寻找答案。一共7道题，方木答对了5道，测评结果是：方木具有高度心理异常的倾向。

学生们大多没有看过这些题，纷纷讨论着，教室里热闹得像菜市场，却没有一个人给出正确的答案。后来还是孙老师揭开了谜底：工程师在南极曾经遇险，一个同事死掉了。他和其他人依靠吃一种据说是企鹅肉的东西才维持到营救人员赶到。他在尝到了真正企鹅肉的味道之后，才知道他当时吃的其实是死去同事的肉。

学生们恍然大悟，有几个人做出恶心欲吐的表情，不过大多数人还是对接下来的题充满兴趣。

第二题：一名身患宿疾的男子四处求医，最终在一家医院内彻底治愈了。可是在返乡的火车上，他忽然歇斯底里地大哭大叫，狂乱中打伤了几名乘客后，撞碎车窗，跳出了车外。结果被卷入车轮，粉身碎骨。为什么？

学生们热烈地讨论着。孙老师背着双手，悠然自得地在教室里走来走去，不时否定着学生们的答案。后来一个男生答对了这道题：男子的宿疾是失明。痊愈后，本以为自己可以重见光明，结果列车经过了一个隧道，黑暗中男子以为自己旧疾复发，绝望之余跳车自尽。

“非常好，平时成绩加10分！”孙老师带头鼓掌。这下学生们的积极性被彻底调动起来了。那个获得奖励的学生红着脸坐下，其他人又是羡慕又是嫉妒，都眼巴巴地等着第三道题。

第三题：有个男子和女友在河边散步，女友失足落入水中，挣扎了几下就沉没了。男子慌忙跳入水中，可是却没有将女友救上来。几年后，男子重游伤心地，看见一个老者在钓鱼。男子发现老者钓上的鱼身上都干干净净的，就问老者鱼身上为什么没有水草。老者回答说：这条河里从来就没有水草。男子听后，一言不发，跳入河中自杀了。为什么？

答案是：当时男子跳入河中挽救女友的时候，曾抓住类似水草的东西，男子就放手了。后来从老者的回答中，他终于知道他当时抓住的并不是水草，而是女友的头发。没有人答对。

第四题：一个人头朝下死在沙漠里，身边是几个大大小小的行李箱。死者手中紧紧捏着半根火柴。这个人是怎么死的？

答案是：这个人乘坐的飞机发生了故障，所有人需要跳伞逃生，结果发现降落伞少了一个。于是大家决定抽签决定生死，抽到半根火柴的人只能自己跳下去。结果死者不幸抽到了半根火柴。没有人答对。

第五题：姐妹二人去参加母亲的葬礼。妹妹在葬礼上看到了一个非常英俊的小伙子，一见倾心。可惜那个小伙子在葬礼结束后就消失了。几天后，妹妹在厨房里用刀子杀死了姐姐。为什么？

答案是：妹妹爱上了那个男子，非常渴望跟他再次见面。但是她知道只有在葬礼上才能再次看见他，于是她制造了一个葬礼。一个女同学答对了这道题。

第六题：马戏团有两个侏儒，其中一个是瞎子。某天，马戏团的经理告诉他们，马戏团只需要一个侏儒。这两个侏儒都非常需要这份赖以谋生的工作。结果，第二天一早那个瞎子侏儒在自己的房间里自杀了。房间里有木制家具和满地的木屑。瞎子侏儒为什么要自杀？

答案是：另一个侏儒趁瞎子侏儒睡觉的时候，偷偷溜进他的房间，将所有的木制家具的腿都锯短。瞎子侏儒醒来后，发现他摸到的每样东西都变矮了，以为自己一夜之间长高，绝望地自杀了。没有人答对。

不知不觉中，窗外的天色越来越阴沉。

“最后一题，”孙老师竖起食指放在嘴唇上，教室里一下子安静下来，“也许是最难的一道。所以你们每个人都要认真听，认真想，别轻易下结论。”

每个人都屏气凝神，静静地听孙老师念出最后一道题。

“有个人住在山顶的小屋里。”孙老师的声音低沉，“某天深夜，大雨滂沱。这个人在小屋里准备上床睡觉，突然……”他一下子提高了声音，几个女生发出了低低的惊呼，“他听到了敲门声。他推开门一瞧……”孙老师停止了讲述，扫视着鸦雀无声的教室，“却一个人也没有。（有人发出笑声。）他就关好门，上床睡觉了。谁知几十分钟后，神秘的敲门声再次响起。那个人战战兢兢地打开门，还是一个人都没有。这一夜，敲门声反反复复地响了好几次，可是每次推开门，门外都是空无一人。第二天早上，有人发现在山脚下，躺着一具遍体鳞伤的尸体。”

孙老师停了几秒钟，满意地看着每个人脸上的恐惧表情，缓缓说道：“我的问题是，这个人，是怎么死的？”

学生们的表现比刚才严肃了许多，小声讨论着各种可能性，不时有人急赤白脸地争论着。孙老师似乎对学生们的投入非常自得，他慢慢地穿行在教室里，大声说：“一定要慎重，答案可能超乎你们所有人的想象。”

方木早就知道这道题的答案，不免对孙老师的故弄玄虚不以为然。他收拾好书包，准备下课铃响后就离开教室。忽然，方木感到一只手按在了他的肩膀上，他一抬头，正好碰上孙老师的目光。

那目光中的笑意依然，只是隐藏在镜片背后的双眼中骤然放出一阵阴冷的光，凌厉无比，连那微笑都让人感到不寒而栗。

肩膀上的手忽然加大了力度，微笑着的孙老师微微俯下身子，耳语般轻声说道：

“第七题，最后一题，不知道你猜不猜得到呢？”

仿佛一声惊雷在头顶炸响。一瞬间，身边的人好像都消失得无影无踪。整个世界只剩下方木和眼前的这个人。

六道题，九个死者，一个也许永远也说不出一句完整的话的人。血色的回忆在方木的脑海里电光石火般闪过……

方木感到全身的血液“呼”地一下都蹿到了头顶，他猛地站起身来。

身边的几个学生都被吓了一跳，转过头来诧异地看着方木。孙老师毫不退让，依旧微笑着看着方木的眼睛：“怎么，你要告诉我答案么？”

方木的双手死死地抓住桌沿，牙咬得咯吱咯吱响。

孙老师移开目光，低头看看手表：“好了，快下课了。我来公布答案吧。”学生们的注意力又从举止怪异的方木身上回到了孙老师那里。

“答案是：死者来找那个住在山顶的人——注意，这个人住在山顶——敲门之后，那个人一推门，可怜的死者就被推了下去。（教室里开始有人发笑。）这个倒霉的家伙不死心，又爬了上来，结果又被那个人一开门给推了下去。（笑声变大。）如此反复几次，这个倒霉蛋终于熬不住，挂了。（哄堂大笑，伴随着掌声。）”

下课铃在笑声中响起，孙老师一挥手：“下课！”

人很快就走得干干净净。方木回过神来的时候，教室里只剩下他还在一动不动地站着。讲台上空空荡荡的，孙普不知道什么时候也离开了。

方木却依旧死死地盯着孙普曾经站过的位置。

第七题，我一定要答出来！

摆在方木面前的，是陈瑶被杀一案的全部资料。其中摆在最上面的，是那篇课文的照片复印件，向下依次是刊载那篇课文的小学教材、《呼兰河传》。

方木拿起那份复印件，这份复印件他再熟悉不过了，连每一个标点符号的位置都记得清清楚楚。可是无论他怎么看，也无法从中找出凶手下一次犯案的提示。如果这提示不是来自于这篇课文本身，那么就应该来自于它的出处。

直接出处是那本教材。人民教育出版社出版的六年制小学四年级下学期语文课本。它平平地躺在桌面上，看起来相当无辜。方木对其中的每篇课文，每一道习题都反复研究过，仍然没有任何线索。

间接出处是《呼兰河传》。《火烧云》出自《呼兰河传》第一章。《呼兰河传》并不算一本很厚的书，可是如果把它当作一个线索来查的话，却是最麻烦的，所以方木把它放在了最后。现在看起来，这本书大概是唯一的希望了。

方木转动着手里的钢笔——那是乔老师送给他的——耐着性子，一页页翻下去。

按照凶手作案的习惯，他应该模仿历史上有名的连环杀人犯的作案手法。可是在这部20世纪30年代写就的，描写一个东北小镇的风土人情的作品中，要找到连环杀人犯的线索无异于在菜谱中寻找武功秘籍。方木一页页翻着，在字里行间中寻找着诸如“杀”“打”“死”之类的字眼，每每发现，就仔细研读一番，希望能觅得蛛丝马迹。

……

“那大水泡子又淹死了一匹马。”太敏感了，只是一匹马。

……

“母亲实在难为情起来，就拾起门旁的烧火的叉子，向着那孩子的肩膀就打了过去。于是孩子一边哭着一边跑回家里去了。”烧火的叉子？曾有人以之作为凶器么？

……

“她在大缸里边，叫着、跳着，好像她要逃命似的狂喊。她的旁边站着三四个人从缸里搅起热水来往她的头上浇。不一会儿，浇得满脸通红，她再也不能够挣扎了，她安稳地在大缸里边站着，她再不往外边跳了，大概她觉得跳也跳不出来了。那大缸是很大的，她站在里边仅仅露着一个头。”难道下一次案件的现场在锅炉房之类的地方？

……

“那桥下有些冤魂枉鬼，每当阴天下雨，从那桥上经过的人，往往听到鬼哭的声音。”

……

方木忽然一把将面前的东西全都扫到地上。

纸张、书本噼里啪啦地散落在地上。一瓶墨水被打翻在床上，顷刻间染黑了一大片床单。一只玻璃杯子直接飞到墙上，破碎的声音凄厉无比。

方木用力揪住自己的头发，感到太阳穴在“突突”地剧烈跳动着。

这样下去不是办法。乔老师生死未卜，下一个被害人危在旦夕，而我却在这里一个字一个字地胡乱猜想。方木猛地站起身来，透过窗户，竟看见窗外已是大雪纷飞。

临近午夜的天台上空无一人，这正是方木想要的。

天台上已经积了厚厚的一层雪，光滑的雪层上泛着清冷的光，看上去完美无瑕。方木犹豫了许久，竟不忍心踏上去。

终于还是迈出了第一步，那“咯吱咯吱”的声音，熟悉得令人心酸。

有些微微的风，不时有大片的雪花飘落在方木滚烫的脸上，一瞬间就融化了，顺着脸颊缓缓流淌，从冰冷到微温。抬起头，本该漆黑一片的天空竟有隐隐的光，雪花无边无际，飘飘洒洒地落在每个角落里。轻微的簌簌声，是在感叹离别天空，还是庆幸重归大地?

雪花渐渐披满方木的全身，轻飘飘地感觉不到一点重量，也感觉不到冷。方木回过头，身后的脚印深刻却扭曲，清楚地提醒他的来路。

向前看。去处却依然白茫茫一片，毫无踪迹可循。

暗夜。大雪。微风。

精灵般飞舞、缠绕在方木身边，絮语。轻抚。真切而温暖。一如那些熟悉的身影和话语。

你们，无论你们在哪里，我知道你们一定在看着我……

方木缓缓地跪向雪地。

请给我多一点时间。

请给我多一点启示。

请给我多一点勇气。

食堂里。方木一边向嘴里塞着饭菜，一边紧盯着手里的《呼兰河传》。他不时用钢笔在书上标注着，书上布满了长长短短的记号。这样的书在归还的时候，肯定要挨骂的，可是方木已经顾不得这么多了。

一只餐盘放在对面。方木抬起头，面前是赵永贵形容憔悴的脸。

“这么用功？”调侃的语气，却丝毫听不出友好的意味。

方木不愿跟他多说话，本想起身离开，可是想到他的身份，还是开口问道：“案子怎么样了？”

赵永贵无精打采地舀起一勺米饭塞进嘴里，边嚼边摇摇头。方木无言，埋头吃饭，只想快点吃完。赵永贵倒是不急，他看着方木，慢慢地嚼着嘴里的米饭。过了好一会儿，他开口说道：

“邰伟前几天找我谈过一次。他说你对这个案子有不同的看法。”

方木抬起头看看他，赵永贵皱着眉头，仿佛审视般打量着他。方木从那目光中看不出任何信任。他重新低下头，赌气般大口吃饭。

赵永贵看方木没有任何反应，又开口问道：“你是不是还坚持认为我们那个案子办错了？”

方木没有作声。

“你还是认为我们冤枉了那个变态杀人狂？”

方木“啪”的一下将勺子扔进餐盘，饭菜溅到桌面上，还有几粒米饭落在了赵永贵身上。

方木压住火气，竭力用平静的语气说：“赵警官，你不信任我，我也没有办法。不过我的意见不会变：孟凡哲是无辜的，凶手另有其人。你有你的路子，我有我的方法……”

“你的方法？”赵永贵打断方木的话，“还是那一套？虚无缥缈的画像？”

他用两根手指拈起那本《呼兰河传》，好像那是什么脏东西：“就凭这个？就凭看小说就能抓到凶手？”

方木一把夺过《呼兰河传》，啪的一声拍在桌子上：“信不信由你，第七起案件的线索就在这里面！”

“《呼兰河传》里有连环杀手？哧！”赵永贵向后一靠，发出大声的嘲笑，可是那嘲笑声非常短促，他好像突然想起什么似的，脸色竟然微微一变。

方木不想再说下去了，否则他怕自己控制不住要骂粗话。他把钢笔塞进裤兜，书朝腋下一夹，端起餐盘就要走。可是他刚迈出一步，就被赵永贵拉住了。

“你他妈放开……”方木终于按捺不住了。可是话刚一出口，他就惊奇地发现赵永贵跟几秒钟前判若两人。他紧蹙着眉头，表情惊异，似乎在思考某件他不敢相信的事情。

“坐下！”赵永贵一指对面的椅子，语气不容辩驳，同时一把抽出方木腋下的《呼兰河传》，放在手中反复端详着。

“呼兰河……呼兰河……”赵永贵的嘴里喃喃自语，眉头越皱越紧，“你刚才说，这本书跟连环杀人犯有关？”

方木对他的表现充满疑惑，不由得点了点头。赵永贵沉思了几秒钟，仿佛下了很大决心似的抬头问道：“你听说过呼兰大侠么？”

“呼兰大侠？没听说过。”方木急切地问道，“这是怎么回事？”

“这是20世纪80年代的时候，黑龙江省呼兰县的一个悍匪，当时制造了不少惊天血案。”

“可是，好像从来就没听过这个人啊。”

“你当然没听说过，因为这案子当时没破，上头把消息封锁了。只有我们这样的老家伙才知道一点。”

“那这个呼兰大侠究竟犯了什么案子？为什么叫大侠呢？”

“说他是‘大侠’，只是他自己给自己的封号而已，一个心狠手辣的犯罪分子，什么大侠？当年，他大概是对社会不满，几年内连续枪杀了数人。而且他作案有一个特点，就是专挑警察下手……”

赵永贵的话还没讲完，就看见方木疯狂地在身上乱摸，然后他就把手伸过来：“电话，快！”

赵永贵吓了一跳，下意识地把手机掏出来。方木几乎是把手机抢了过来，飞快地按下几个数字。几秒钟后，赵永贵隐隐地听到自己的手机传来“你所呼叫的用户已关机”的声音。

方木小声咒骂着，按下重播键。仍然提示关机。

方木把手机扔还给赵永贵：“快去找邰伟！”说完，他就转身跑了出去。

他必须立刻找到邰伟。

因为下一个被害人，就是他！

狂奔出几百米，方木忽然停了下来，他蹲下身子，感觉肺像要炸开一样。他清楚在这么大的城市里，盲目寻找一个人是毫无意义的。要想在最短的时间内找到邰伟，就要先弄清楚他可能在什么地方。

方木用力揪住自己的头发，感到头皮传来的刺痛。这痛感让他清醒，也促使他冷静。现有的线索有三个：孙普、数字7、枪杀。寻找孙普毫无疑问是最省事的，但是因为缺少证据，也有可能是最没有用处的，弄不好还要害得邰伟提前送命。

“7、枪杀……7、枪杀……”方木轻轻地念叨着，目光逐一扫过身边的事物，脑子飞快地转动。以孙普的性格，他既要完成枪杀，又要全身而退，那么他打算杀死邰伟的地方一定是一个相对封闭，人迹较少，同时隔音效果好的地方，并且杀人现场或弃尸现场一定与7有关。

突然，方木的目光投向校园的东北角。

地下室宛若一个钢筋水泥的怪物般卧在泥土里，似乎在这人迹罕至的角落里静静地向四处窥视。那两扇布满锈迹的铁门虚掩着，平时加在上面的铁锁不见了踪影。方木小心翼翼地走近铁门，握住同样锈迹斑斑的把手，用力一拉。也许是年代太久的缘故，铁门仅能拉开勉强可容一人进去的空隙。一股寒气混着霉味扑面而来，里面黑洞洞的，只有门口的事物勉强可辨。

方木深吸一口气，走了进去。

第二十八章

上一层，地狱

借着门口透进的阳光，方木看到脚下是一段通往地下的水泥台阶，大约有三十多级。方木小心地一级级走下去，才走了几步，脚下的路就完全看不清了。回过头，铁门那里的光线只剩下窄窄的一条。他犹豫了几秒钟，咬咬牙，用脚尖慢慢试探着，继续走下去，足足一分钟后，终于踏上了一片平坦的水泥地。

周围漆黑一片，静得可怕。方木在原地站了几秒钟，竭力向四处张望着，无奈视力所及之处都是伸手不见五指的黑暗。这黑暗仿佛有质感一般，层层包裹住这个孤独的闯入者，方木很快就感到这黑暗的分量，身子越来越重，双腿竟有些发软。不知是因为恐惧还是地下室里太冷，方木的全身都在战栗着，他甚至都能听见自己的牙齿在上下打架。忽然，他想起自己带着打火机，急忙在身上摸着。

找到了，掀开机盖，一拨钢轮，一束小小的火苗在方木手中跳了出来。方木的眼前不再是一片黑暗，他发现自己置身于一个40平方米左右的大厅里。

大厅全部由水泥浇筑而成，呈长方形，除了墙角处堆了几张破桌子之外，什么都没有。正前方的墙壁似乎跟周围灰黑色的水泥墙不太一样，摇曳的火光中，看起来似乎是一道门。方木抽出军刀，深吸一口气，慢慢向前走去。

果真是一道门，两扇锈迹斑斑的大铁门合拢在一起。方木把手放在冰冷、粗糙的把手上，感觉没有什么灰尘。看来不久前还有人来过。他尝试着用力一拉，铁门发出难听的“嘎吱嘎吱”的声音，打开了。

一股更加浓重的霉味扑面而来，呛得方木几乎喘不过气来。他站在原地，借着打火机的微弱火光，观察着自己前方的景象。

面前似乎是一条长长的走廊。摇曳不停的火光中，走廊的墙壁似乎也在晃动。方木突然感到难以遏止的心慌，手中的打火机也颤抖起来。

掌心感到军刀那粗糙的握把，心绪才稍稍平静了些。方木定定神，竭力不去看那黑洞洞的走廊尽头，用打火机四处照着。

前方几米处，左右两边各有两扇打开的铁栅栏门，里面是大约20平方米的空间，能隐约看见堆着破破烂烂的桌椅。右侧的拱形门上有一块发白的地方，仔细看去，是污渍斑斑的中华民国青天白日满地红的图案，下面有一个破损不堪的“1”。方木把打火机照向左侧，拱形门上有同样的图案，只是下面的数字变成了“2”。

明白了，这里就是监房。如果没猜错的话，邰伟应该就在右侧第四间监房里。也就是7号监房。想到这些，方木心急起来。他举着已经烧得有点烫手的打火机，一步步向前走去。

脚下的地面已经不是水泥的了，踩上去会有轻微的颤动，鞋底的砂石蹭在上面，有刺耳的金属磨擦的声音。方木借着火光，隐约看见脚下是细密的铁网。这大概是当年为了能够让看守同时警戒上下两层而设计的。

方木盯着前面越来越近的3号监房，脚步不停。突然，他感到踩上了一片与铁网的质地完全不同的地面。当他意识到那可能是一块腐朽的木板的时候，整个身子骤然往下一沉。

“哗啦啦”一阵巨响，方木连同那块被踩断的木板一起跌落到地下室的底层，重重地摔在水泥地面上。

这一下可把方木摔得够呛，足足有几秒钟的时间，方木感到胸口疼得几乎要窒息了。他痛苦地在地上翻转着身子，终于勉强吐出一口气，随之而来的就是剧烈的咳嗽。

好不容易止住咳嗽，方木喘息着爬起来。眼镜不知道摔到什么地方去了，眼睛也被灰尘迷住。方木用一只手拼命地揉着眼睛，另一只手在地上胡乱划拉着，还好，他很快就摸到了军刀。把它握在手里，方木稍稍心安了些。很快，打火机也摸到了。

方木拨亮打火机，向上照照，才发现三米左右的上方有一个正方形的大洞，下面连着一架金属梯子。这大概是上下两层之间的通道，原来应该有一个可以活动的金属盖子。后来的人大概怕一不小心掉下去，就在上面加盖了几块木板。估计是时间长了，加之这里阴暗潮湿，木板早就朽坏了。

方木活动一下手脚，感觉没什么大碍，就拿着打火机四处照着。

这里应该是水牢。方木发现自己正站在一块水泥平台上，下面是一个巨大的水泥池子，足有两米深。池中空无一物，能隐约看见池壁上排列着一些铁环，大概是当年为了拴住囚犯用的。前面还有一个水泥池子。方木沿着平台慢慢走过去，在微弱的火光的映照下，另一个水泥池子的轮廓一点点变得清晰。突然，方木发现池底似乎有什么东西。

那东西黑乎乎的，看起来像个柜子。方木捏紧军刀，小心翼翼地一点点挪过去。走到正对着它的位置，方木把握着打火机的手臂尽量伸长，同时睁大眼睛，竭力张望着。

一瞬间，方木感到呼吸停止了，而心脏却剧烈地跳动起来。

那是一个铁笼，而笼子里，似乎有一个人！

方木定定神，颤巍巍地小声喊道："喂——"

喊声在空荡荡的水牢里被无限放大，来回撞击着墙壁，响亮得可怕。可是那个人却一动不动。

他是谁？还活着么？

方木用打火机照照四周，火光所及的地方没看见可以下到池子里的台阶。他犹豫了一下，蹲下身子照照脚下的池底，一咬牙，跳了下去。

"嘭！"

池子比自己想象的要深些，方木感到两脚被震得生疼。落地后，他没敢马上走过去，而是蹲在那里倾听着周围的动静，同时迅速用打火机把周围照了一圈。确认身边再无他物后，他才慢慢站起身来，握着军刀，一步步向铁笼走去。

不错，那笼子里的确有一个人。火光太微弱，方木无法肯定那个人的性别。他一边紧紧盯着那个人，一边小心翼翼地靠近。

距离铁笼越来越近，那个人的轮廓也渐渐清晰。是个男人，蜷曲着侧卧在铁笼里，背对着方木。那件铁灰色的毛衣看起来很眼熟……

摇曳的火光一下子照亮了男人花白的头发。方木的眼睛一下子睁大了，难道是……

他不顾一切地绕到铁笼另一侧，蹲下身子，把打火机向男人的脸上照去。

是乔老师！

一时间，方木不知道到底是惊是喜，是悲是怒。他急忙跪下来，用力摇晃着铁笼，大声呼喊着："乔老师，乔老师……"

头发蓬乱，已经瘦脱了相的乔教授在方木的动作下前后摇晃着，紧闭的双眼却始终没有睁开。

他死了么？方木把手伸进去，探在乔老师的鼻子底下。幸好，还能感到微热的气息。他把军刀揣进兜里，一只手抓住铁笼，另一只手的拇指按住乔老师的人中，死命地掐着。

"乔老师，您醒醒，乔老师……"

不知过了多久，乔老师的手忽然动了一下，嘴里也发出了"唔唔"的声音。方木欣喜若狂，急忙用手托住乔老师的头，尽力把他扶坐起来。乔老师咳嗽着，绵软无力地靠在铁笼上。

几分钟后，乔老师的呼吸稍稍平复了一些，眼睛也慢慢睁开了。曾经明亮睿智的双眼此刻浑浊不堪，乔老师缓缓转动眼球，呆呆地看了方木好一会儿才认出他来。

"是你？"

"是我，乔老师，我是方木。"方木急切地问道，"您怎么会在这儿？"

乔老师摇摇头，嘴角牵出一丝苦笑。“唉，别提了。”他叹了口气，“我老了，老糊涂了。我以为我能劝说他去自首，我以为他还是当年那个听话、上进的学生。”

“别说这么多了，乔老师，我带您离开这儿！”方木扶着乔老师靠在铁笼上，起身反复打量着这个铁家伙。

铁笼加上乔老师，足有两百多斤重，移动起来很困难，更别提把它移上水池，再弄到上一层了。唯一的办法就是把锁打开，先把乔老师救出来再说。方木掂掂铁锁，很有分量。他掏出军刀，把刀刃插进锁臂里，稍稍用力就知道行不通，不仅撬不开锁，而且很有可能把刀折断。方木想了想，上层堆放破旧桌椅的监房里，也许能找到铁条之类的东西。他蹲下身子对乔老师说：“您等我一会儿，我找点东西想办法把锁弄开。”

话音未落，就听见头顶上传来轰隆轰隆的声音。

一道光线直射下来，正照在蹲在铁笼边的方木脸上。方木被晃得一阵眩晕，他忙用手遮住眼睛，向上望去。头顶的天棚出现了一个正方形的大洞，一只手电正向下照着。

地下室里还有另一个人！

尽管被手电光晃得头昏眼花，方木还是依稀能够辨得那是个男人。

“你是谁？”

那人并不回答，而是“嘿嘿”地笑了两声。方木的心底霎时一片冰凉。他知道那是谁了。

那男人的手中多了一件东西，顷刻间，一股带着刺鼻气味的液体从上面淋了下来。方木本能地一闪，还是有一只袖子被淋上了那种液体，而笼子里无处躲藏的乔老师则被淋了个透。

方木抽抽鼻子，顿时感觉全身汗毛都竖了起来。是汽油。

头顶上的男人消失了，只剩下一个四四方方的洞口。那洞口透着细微的光线，仿佛一只独眼，不怀好意地看着下面的两个人。

方木吓呆了，过了好一会儿才连滚带爬地扑向铁笼。

“乔老师……”

“你别过来！”乔老师厉声喝道。

方木站在原地不敢动了，也不敢去碰那个打火机。

黑暗中，方木全身僵直地看着只有几步之遥的铁笼，隐隐看到乔老师慢慢坐起来，双眼竟熠熠生辉，就像他在思考什么疑难问题一样。

“方木，”沉默了几秒钟后，乔老师敲敲铁笼，“你曾经亲眼看见有人被烧死，对么？”

方木一愣，不由自主地回答道：“嗯。”

“哼哼，原来如此。”乔老师喃喃自语，“怪不得他一直没有杀我。方木，”他提高了声音，“你能听到我说话么？”

“能。”

“好，他随时可能会回来。你站在原地不要动，听我说，”乔老师的声音缓慢，“过去，我曾经因为你帮助公安机关办案严厉批评过你，还记得么？”

“嗯，记得。”

“我老了，老到不敢让我最赏识的学生去面对考验，生怕同样的错误在你身上重演。”乔老师顿了一下，“我得承认我错了，你跟他不一样。所以，你今天一定要活着出去。不管怎么样，你一定要阻止他。”

“乔老师……”

“听到了么？”乔老师忽然厉声喝道。

“听到了！”方木一震，不由得大声答道。

“好，好孩子。”乔老师仿佛用尽全身力气一般，声音越来越低，“快走，离开这儿。”

泪水盈出方木的眼眶，他预感到这是和乔老师最后一次对话。他向后退了两步，泪眼婆娑地看着铁笼里摇摇欲坠的乔老师。

进退两难。

忽然，他疾步跑上前去，跪倒在铁笼前。

“乔老师，乔老师……”方木终于哭出声来，“我不能让您一个人留在这儿……”

“你这孩子。”乔老师的声音里带着少有的温柔，“哭了么？真没出息。”

一只粗糙的、骨节毕现的手抚上方木的脸。

“死并不可怕。”乔老师轻声说，“可怕的是一个人没有灵魂。孙普就是一个没有灵魂的人。这也是你和他最大的不同点。做你应该做的事吧，用你自己的方式。”

“嘿嘿。”一阵冷笑在头顶响起。

方木抬起头，洞口再次被那个黑影占据。他的手里，是一团燃烧的纸！

“不——”

话音未落，那团纸已经从那黑影的手中飘然而落。方木眼睁睁地看着那团纸距离自己越来越近，旋转、燃烧，不时有零碎的火星从纸团上散落，仿佛死神绚丽的舞蹈。

忽然，胸腹间被一只手猛地一推，这力量如此之大，方木一下子被推到两米开外。

而那团火也在那一瞬间落到了铁笼里。

“轰”的一声，原本黑暗的水牢里一下子腾起一个大大的火球。

乔老师发出短促的一声“啊”，就再无声息，只看见他蜷曲在熊熊烈火中，伸出双手死死抓住铁笼，一下下摇晃着。

方木跌坐在地上，大张着嘴，眼睁睁地看着乔老师在火焰中无声地挣扎。空气中充满了焦煳的味道，那熟悉的味道。死亡的味道。

忽然，方木眼前的一切都消失了。水牢、铁笼、乔老师，都消失得无影无踪。取而代之的，是一条燃烧的走廊。

两边是火光熊熊的一扇扇门，352寝室里，能看见被烧得蜷缩扭曲的祝老四和王建。

我在哪儿？

墙角里慢慢站起一个人，那是已经不成人形的孙梅。她张开露出骨头的双臂，任凭丝丝缕缕的衣服沾着血肉，冒着青烟，一块块往下掉。

“不要再杀人……”

孙梅摇晃着，一步步向方木走来。

“不要再杀人……”

为什么要带我回来？

拥抱我吧，一个不知是谁的声音说，孙梅也好，他也好，只要够温暖。即使那是死亡的感觉。这些年，这些事，我已经太累了。

请允许我放弃吧。

“听到了么？”那厉声的呼喝，却分明是乔老师。

“啊——”

一声震耳欲聋的呐喊从方木的胸腔中喷涌而出，眼前的一切也在这呐喊中消失得无影无踪。

方木又回到了水牢那冰冷的地面上。

铁笼里的烈火已经渐渐小下去，乔老师的身体只剩下短短的一截，还在不屈不挠地燃烧着。方木艰难地爬起来，默默地看着眼前燃烧的铁笼。

再看你一眼，我的老师。

从衣袋里掏出军刀，方木甩下累赘的外套，竟丝毫不感觉冷。借着火光，方木看见不远处，他跌下来的那个位置，冰冷的铁梯默默伫立。

手扶在锈迹斑斑的铁镫上，方木向上看着那黑洞洞的走廊。

上去，方木对自己说。

哪怕那里是地狱。

几秒钟后，方木又回到了上层的走廊里。水牢里还在燃烧的火光让走廊不再那么黑暗。方木没有犹豫，大步向走廊的另一端走去。

3号监房……5号监房……

走廊在5号监房那里到了尽头。面前又是一道铁门。7号监房，在门的那一边么？

方木握住门把手，用力一拉，铁门轰隆隆地打开，眼前再次一片黑暗。拨亮手中的打火机，方木发现自己似乎来到了地下室的尽头。

面前是一堵水泥墙，墙的两侧各有一扇铁门。与之前的监房不同的是，这两扇铁门并不是铁栅栏，而是两块实心的铁板。两扇门中间的地面也不是走廊里那样的铁网，而是水泥浇筑而成，中间有一块一米见方的可以拉开的铁板。旁边的地上扔着一只塑料桶，里面还有少许泛红的液体。

方木的手有些颤抖。刚才的汽油，就是从这里倒下去的。他定定神，举起打火机，朝右面的铁门上照去。不错，7。

方木走过去，在“7”的下面站了几秒钟，深吸一口气，伸手拉开了铁门。

眼前豁然明亮，早已习惯黑暗的方木不由得用手遮住了眼睛。

“欢迎光临。”一个冷冰冰的声音在对面响起。方木放下遮住眼睛的手，寻声望去。

孙普背靠着墙壁，面带微笑看着他，他的手中是一支64式手枪，黑洞洞的枪口正对着方木。

“你正来到这个地下室的核心部分：7号监房，”他朝旁边努努嘴，

“兼刑讯室。”

旁边是一个铁质十字架，邰伟的双手被铐在横架上，嘴上贴着一块黄色胶带。此刻，他正盯着方木拼命扭动，嘴里却呜呜地说不出话来。

“怎么，想跟你的朋友打个招呼？”孙普嘿嘿地笑起来，“还是想恳求他救你出去？”

他故作惋惜地轻轻叹了一口气：“可是我们的英雄恐怕也自身难保呢。你说呢，师弟？”

他把头转向方木：“刚才的见面礼怎么样，喜欢么？”

方木面无表情地盯着他，而视线只在他脸上停了几秒钟后，就若无其事一般打量着这里。7号监房的面积和其他监房毫无二致，只是多了一些奇形怪状的铁架和铁椅。头顶的水泥天棚上有两个排气孔，阳光从排气孔上直射下来，所以7号监房里并不暗。

方木上上下下打量了一遍之后，才把目光投向孙普：“还不错，从1到7，费了不少心思吧？”

孙普似乎对方木既不愤怒也不恐惧的表现感到有些疑惑。他看着好像观光客一般的方木，脸上的笑容已经有些勉强：“是啊，只是希望你对得起我这一番心血。”

方木竟然也笑了笑：“是么？那你想让我怎样呢？”

孙普脸上的笑容一下子消失了。“想让你怎样？”他咔嚓一声扳下击锤，“你说呢？”

邰伟又拼命扭动起来，呜呜地低吼着，手腕处已经勒出了一道道血痕。

方木扫了他一眼，脸上的笑容依旧。“死？呵呵，你不是第一个要杀我的人，”他顿了一下，“恐怕也不是最后一个。”

“哦？”孙普夸张地做出不可思议的表情，“你以为还会有谁来救你么？”他跺跺脚，“下面的那个老东西么？”

他举起手臂，把枪口对准方木："事实证明，你只是一个自我感觉良好的笨蛋而已。"

"是么？"方木紧盯着枪口，"这也是你要杀我的原因，对么？"

他把目光从枪口转移到孙普的脸上，轻声说道："你在嫉妒我，师兄。"

孙普的脸一下子变得惨白。

"从你杀死曲伟强的时候，我就已经感觉到了你的这种情绪。砍掉守门员的双手，就像你想剥夺我的思考能力一样。你嫉妒我的思维，对么？"

"闭嘴！"

方木就像没听到一样，自顾自地说下去："是从那次全校大会开始的么？你看到我像个英雄一样被请上台讲话，而你，一个卑微的图书馆管理员，只能缩在角落里看着我。即使你自欺欺人地认为这一切本应属于你！"

"闭嘴！"

郜伟又呜呜地叫起来，方木看看他，郜伟的眼神里充满了焦虑与乞求，似乎在求方木不要再说下去了。

"所以你就处心积虑地想跟我较量一番。"方木咬着牙，缓缓向后挪动脚步，"你杀了一个又一个人，目的就是想证明我在心理画像上不如你。可是你真的赢我了么？你晚上不会做噩梦么？你还能跟女朋友做爱么？还是托马斯·吉尔真的把你……"他意味深长地笑笑，忽然加重了语气，"嗯？师兄。"

孙普的脸忽然抽搐了一下，持枪的手臂向前猛地一伸。方木急忙向旁边闪去，几乎是同时，"砰"的一声，一颗子弹擦着脸颊飞了过去，响亮地撞击在8号监房的铁门上。来不及多想，方木几步奔到铁门前，拉开门，冲到了走廊里。

“当！”又一颗弹头撞在铁门上。

方木的心似乎都要跳出来了，他在走廊里跑了几步，一头钻进5号监房里，背靠在墙上喘着粗气。

急促的脚步声从铁门那边传了出来，跑到门边的时候又戛然而止。方木竭力屏住呼吸，倾听着那边的动静。

孙普站在那里喘着粗气，几秒钟后，他竟然嘿嘿地笑起来。

“你让我失控了，师弟。”他顿了一下，“这真丢人，不是么，大师兄应该比小师弟更沉得住气才对。”

他最多还有五发子弹。

黑暗是最好的屏障。在漆黑一片的走廊里，孙普也不敢贸然行动，他举着手枪，侧耳倾听着。

“你在哪儿，师弟？”他喊了一声，“别像个老鼠一样躲着。”

回声渐渐消失，孙普屏气凝神，而黑暗中并无半点声息。

“嘿嘿，说到老鼠。”孙普小心地向前迈出一步，“喜欢我在孟凡哲家里给你留下的那几只老鼠么？”

他眯缝着眼睛，一边留意观察周围的情况，一边说道：“那原本是为了帮助孟凡哲克服心理障碍准备的，没想到用在了他妈妈身上。师弟，是你害死了她。”孙普的语气中充满了揶揄，“如果你不是在走廊里那么大声讲电话的话，你早就根据那封信抓到我了。嘿嘿，那陈瑶和乔老师也就不用死了。不是么？”

方木感到全身的血液一下子都冲上了头顶，在那一瞬间，他恨不得冲出去一刀捅死孙普。

孙普似乎听到了那骤然急促的呼吸声，他竭力捕捉着那声音的方向。

“生气了？那就出来啊。看看你能不能给他们报仇。”

这句话反而让方木冷静下来。他强迫自己的呼吸慢慢平缓，背靠着墙壁一动不动。孙普听了一阵，仍然不能辨别方木的位置，又开口说道：

“还记得孟凡哲么？”他故作惋惜地叹了口气，“他可真是个倒霉鬼。你知道么，我很喜欢他，我是真心想帮助他。不过很遗憾，你和邰伟那天晚上把我吓坏了。”他顿了一下，“是啊，我不得不承认，你让我害怕了。我真的有点慌了，只好把他扔出来。不过，你也得承认我这招很管用，孟凡哲是个很听话的孩子。嘿嘿。你有没有佩服我呢，师弟？”

方木慢慢蹲下身子，轻轻地在身边摸索着，很快，他摸到了一根类似于桌腿的东西。

“什么时候猜到是我的？”孙普一点点向前挪着，“从我替乔老师上课开始？呵呵，我知道这有点冒险，可是你知道么，讲台对我的诱惑太大了。你能理解么？”他走走停停，留意着周围的动静。

方木轻轻拉动那根木棍，感觉并不是很重，就悄悄地拎起来，小心翼翼地走到监房门口。

一、二、三。

方木突然从监房中跑出，同时把手中的桌腿朝铁门的方向扔过去，随后钻进对面的6号监房里。

孙普听到动静的时候为时已晚，桌腿重重地打在他的鼻子上，顿时眼前一片金星乱冒。他一只手护着脸，连退几步，朝着前方连扣两下扳机。

“砰、砰！”

借着枪口喷出的火光，孙普才发现面前空无一人。他不由得恼羞成怒，向前疾走两步，又似乎觉得不妥，急忙蹲下身子。

鼻子又酸又疼，有热热的液体顺着鼻孔流下来，伸手一抹，满掌的黏稠与甜腥。

“做得好啊……”孙普强抑住怒火，勉强笑着说，“你比我想得要机灵些，师弟。”

他呸地吐出一口血痰：“你让我流血了，小子。还好我不是马凯，否则我一定要把你的血吸个一干二净！”

方木心里一惊，不由得失声说道：“马凯？”

这一声暴露了方木的位置，孙普马上意识到方木就在他右侧前方的6号监房里。他握着手枪，小心翼翼地一点点挪过去。

“你很惊讶么？不错，马凯曾经是我的病人，就像孟凡哲一样。他是个很值得研究的素材，可惜，他不信任我，咨询了几次就跑掉了。后来，”孙普靠在墙上，伸出一只手放在墙壁上，慢慢向前摸索着，“当我听说那些杀人吸血案的时候，我马上就意识到是马凯做的。你知道我当时有多惊喜么？我以为我终于有了重新证明自己的机会。没想到，被你抢先了一步……”孙普终于感到自己摸到了门边，也隐隐听到了方木急促的呼吸声。

他就在跟自己一墙之隔的地方，门口边。

“所以，你知道我有多恨你么！”孙普一个箭步跳上前，同时向右侧急转身，瞄准监房里靠近门口的地方就是一枪。

“砰！”

枪口喷出一道火光，借着这道光，孙普发现子弹飞去的方向竟空空如也。

还没等他反应过来，蹲在墙根的方木就猛扑上去，一头撞在孙普的胸口。孙普顿时失去了平衡，食指一紧，手中的枪“砰、砰”射出两颗子弹，随即，就向后重重地跌倒在地上。

这一撞，方木自己也头昏眼花，脚一软，一屁股坐在了地上。

对面发出咔擦咔擦扣动空枪的声音。方木心里一松。他握紧军刀，慢慢站起身来，同时掏出打火机，拨下钢轮。

“噗”，一束火苗从方木手中跳出，火焰虽小，可是已把周围的环境照得清清楚楚。孙普坐在几步开外的地上，满脸油汗，正在身上疯狂地摸索着。

方木握着刀，一步步逼近。

孙普一点点向后挪着：“别……别……”

看见他眼中的惊惧与绝望，方木的心中感到一阵畅快。

“你害怕了？”他放慢脚步，“那些人有没有求过你放过他们？有没有！”

“求求你……别杀我……”孙普的声音里带着哭腔，眼中似乎充满了泪水。

那看似悔悟的泪光中却闪过了一丝狡黠。

孙普突然停止了挪动，握着空枪的手按动了弹夹扣，而另一只手上，赫然多了一只弹夹！

方木愣住了，他还有子弹！

扑过去已经来不及，方木本能地把手里的打火机向他扔过去，转身就跑。而孙普也以最快的速度插入弹夹、拉动套筒，对准方木就是两枪。

方木感到两颗子弹从他的身边嗖嗖地飞过，撞在对面的走廊那头的铁门上，发出“当、当”两声脆响。

“砰”，又是一枪打在方木脚边。方木拼命跑到铁门旁，用力一推，却纹丝不动，向下一摸，一把铁锁挂在门闩上。

“当”，又一颗子弹打在铁门上，火花四溅。方木急忙一闪，顺势滚进了旁边的1号监房。

孙普眼见他逃进了1号监房，慢慢站起身来，在地上摸索了一阵，找到打火机，拨亮，一步步走过去。

站在1号监房门口，孙普小心地探头看看，监房里一侧堆满了破旧的书桌，另一侧空空如也。

“嘿嘿。”孙普按捺不住满心的得意，“没想到吧。郃伟还有一只备用弹夹。”

方木趴在桌椅后面，心中又怕又恨。妈的，太大意了。

“还要较量下去么？师弟，”孙普一副胜券在握的样子，“难道你还不认输么？”

方木握刀的手禁不住微微颤抖。对方还有三颗子弹，而且知道自己的藏身之处，被他杀死只是时间上的问题。

就这样完了么？

“还是这么顽固？”孙普故作惋惜地叹了口气，“你怎么跟老头一样？”

乔老师……

“做你应该做的事吧，用你自己的方式。”

方木的心里已经拿定了主意。

“是啊，我和乔老师一样。”方木慢慢跪伏起来，小心地贴着墙壁坐下，“可是你知道我们和你的差别么？”

“嗯？”孙普显然有些意外，“差别？”

“你的确是一个优秀的心理画像专家，”方木贴着墙壁慢慢站起来，紧盯着门口那一小片火光，“可是你没有灵魂。你对你的专业没有应有的敬畏与责任。你所做的一切都是为了你自己。而我们，随时可以为了保护别人牺牲自己。”

此刻，方木终于明白为什么乔老师深陷烈火却一声不吭。乔老师是孙普击溃方木心理的最后一张牌，他知道烈火、焦煳味和惨叫声会唤醒方木心中最惨痛的回忆。而乔老师也意识到了这一点。他竭尽所能不发出惨叫，就是为了能减轻自己被活活烧死的场面对方木的心理冲击。

“住口！你在胡说！”孙普的声音颤抖着，向前迈出一步。

方木小心地挪动着脚步。

“你知道乔老师为什么会瞧不起你而器重我么？”

“他是个瞎了眼的老糊涂虫！”孙普声嘶力竭地大吼，“我比你强一万倍，一百万倍！”

方木在桌椅间的空隙中慢慢移动着，距离门口越来越近了。

“因为你是一个自大兼无知，只会用刑讯逼供这样的手段来保住自己面子的可怜虫！”

“住口！”孙普终于失去了理智，他疯狂地冲进来，对准方木的方向就是一枪。

时机到了！

方木使出浑身力气撞过去，堆得高高的桌椅轰隆隆地塌下来。站在下面的孙普只来得及发出一声惊叫，就被砸在了下面。

方木也摔倒在一张翻倒的桌子上，他顾不得小腿钻心的疼痛，连滚带爬地扑向孙普摔倒的位置。孙普正用力拉开身上的一张桌子，竭力去拿被甩到一边的枪。方木顺手抄起一把椅子，狠狠地向他头上砸过去。椅子被砸得四分五裂，孙普的头上顿时出现一个大口子，鲜血飞溅。

方木一脚踏在孙普胸口，飞快地抽出军刀，顶在孙普脖子上。

“再动我就宰了你！”孙普张了张嘴，头一歪，不动了。

方木捡起手枪，看着昏死过去的孙普，忽然举枪瞄准。他的胸口急速起伏着，牙咬得咯吱咯吱响，几秒钟后，他慢慢垂下枪口，弯下腰，一把揪住孙普的衣领，艰难地把他拖出了1号监房。

脚下的路似乎漫长得难以想象。失去知觉的孙普显得沉重无比，方木把他拖进7号监房的时候，已经累得筋疲力尽。

邰伟半闭着眼睛，全身无力地吊在十字架上，手腕处已经血肉模糊。听到动静，他睁开眼睛，看见方木拖着头破血流、昏迷不醒的孙普走进来，眼神中先是惊讶后是狂喜，也不知从哪来的力气，又呜呜叫着，拼命扭动起来。

方木把孙普拖到监房中央，喘了几口粗气就上前一把撕掉邰伟嘴上的胶带。邰伟顾不得被扯得生疼的嘴角，急忙问道：“怎么样？他死了么？”

“还没有。”方木有气无力地回答。他蹲下身子，用刀子割断捆在邰伟脚上的绳子，又勉强站起身来，看看邰伟血肉模糊的手腕。

“钥匙呢？”

“应该在他身上，你找找看。”

方木点点头，摇晃着走到孙普身边，在他身上摸索着。钥匙被他放在外套胸前的口袋里，上面的拉锁也许是刚才搏斗的时候被弄坏了，怎么也拉不开。方木掏出军刀，准备割开他的衣服。

忽然，一动不动的孙普“嘿嘿”地笑起来。

方木被吓了一跳，腾地一下从他身上跳起来，拔出手枪向他瞄准。满脸血污的孙普睁开肿得只剩一条缝的眼睛，看看方木，又看看邰伟，越笑越得意。那干哑的笑声在空荡荡的监房里回荡，仿佛被放大了无数倍，让人忍不住要发狂。

“别笑了！”方木握枪的手微微颤抖着，感觉那笑声在一下下猛击自己的心脏，“我叫你别笑了！”

“你……你以为你真的战胜我了么？”孙普边笑边咳嗽。

“呸！”邰伟咬牙切齿地吐了他一口，看样子恨不得冲过去狠踹他一脚，“还不认输么？你他妈就等着挨枪子吧！”

“挨枪子？”孙普忽然不笑了，而是换了一副咧嘴皱眉的滑稽面孔，“我是精神病啊！我是疯子！你能拿我怎么样？”

方木的心一沉。要说精神鉴定的要领，不会有人比孙普更清楚了。如果他装疯卖傻，逃脱刑事制裁也不是不可能。方木转头看看邰伟，邰伟也目瞪口呆地看着孙普，似乎也没想到他会来这一手。

“你别做梦了！你以为司法鉴定中心的人都是傻子么？”邰伟大声驳斥着，可是听上去明显底气不足。

孙普毫不理会，真的像个疯子一样自言自语：“一个性情敏感的犯罪学专家，由于遭受了不公正的待遇，心中的抑郁无处宣泄，终于精神失常，铸成大错。哈哈！”他简直是眉飞色舞了，“二位，你们觉得怎么样啊？”

方木铁青着脸，死死地盯住孙普。

“欢迎你们来精神病院看我啊，”孙普兀自喃喃不休地说着，“我请你们吃饭。吃什么呢，烧烤怎么样？嗯，师弟？”他撑起脑袋，笑容满面地看着方木，“烧烤。嘿嘿，我太喜欢那个味道了……”

方木低吼一声，猛地扑过去骑在孙普身上。他丢下刀子，一只手掐住孙普的脸颊，另一只手把枪顶在他的脑门上。方木愤怒得浑身发抖，泪水也慢慢溢出眼眶。

蜷缩在纸箱里的金巧……

绝望求救的孟凡哲……

至死仍然沉默的乔老师……

不能放过他……

绝不能！

方木咔嚓一声扳下击锤。这个动作似乎刺激了孙普，他拼命嚅动被捏得变了形的嘴，含混不清地嘶喊着：

“开枪啊……来啊……杀了我……”

方木脸上的肌肉剧烈地颤抖着，他死死盯住孙普那张挑衅的脸……

只要一下，只要轻轻扣动一下……

就能让这个恶魔下地狱……

“方木，别开枪！”邰伟急忙大吼，“他在引你上当，别把自己也搭进去！”

方木全身一震，食指却依然扣动了扳机。

“砰……砰……”

邰伟绝望地扭过头去。完了，方木赔上了自己。这代价太大了。

耳边突然传来了几声清脆的撞击，接着，什么东西骨碌碌地滚到了自己脚下。

邰伟低头一看，是一颗弹头。他急忙抬起头。

孙普的脑袋完好无损，他紧闭着眼睛，似乎有一口气憋在胸腔里，满脸涨得通红。在他头顶不到5厘米的水泥地面上，有两个灰白色的浅浅的小坑。

方木仍然保持着射击的姿势，仿佛定格一般一动不动。手中的枪已经空仓挂机，枪膛里冒着青烟。良久，他猛地一把扯开孙普的衣兜，把手铐钥匙捏在手里。而此时，孙普胸中的一口气才缓缓吐出。

方木盯着孙普惊魂未定的脸，忽然微笑了一下，他俯下身子，缓慢而又清晰地说："想死？没那么便宜。你等着上刑场吧。"

他直起身子，从裤兜里掏出一支钢笔，在孙普眼前晃了晃："你看这是什么？"说罢，他就站起来，转身朝邰伟走去。

邰伟松了口气，正要夸赞两句，却看见向自己走来的方木做了一个奇怪的动作：他把手从毛衣领口伸了进去，拿出来的时候，手上似乎多了一样东西。

孙普仍然躺在原地，盯着天棚愣了两秒钟，眼睛一下子瞪大了。录音笔？！

他挣扎着想站起来，手却一下子摸到了方木丢在一旁的军刀。一瞬间，他仿佛得了神力一般，一骨碌爬起来，抓起军刀，向背对着自己的方木冲去！

邰伟看到了孙普的动作，心一下子揪紧了，他刚要大声提醒方木小心，却被方木脸上的表情惊呆了。

方木漫不经心地看着邰伟，脸上似笑非笑。

是的，我知道孙普在我身后干什么。

我也知道他手里正举着那把军刀。

方木从容不迫地把手里的子弹塞进枪膛，退出弹夹，然后轻轻拉动套筒，“咔嚓”，套筒复位。

他甚至有时间向邰伟挑挑眉毛。还记得这颗子弹么？

然后，转身，举枪。

面前目瞪口呆，脚步戛然而止的，是谁？

高举军刀的吴涵和孙普，在方木的眼中合二为一。

不管你是谁。我想，做个了断吧。

方木扣动了扳机。

孙普的额头上霎时出现了一个小洞，他的头仿佛被猛击一掌似的向后仰去。

他直挺挺地倒了下去。

“叮”，一只黄铜弹壳轻轻地落在地上。

直到枪声的回响在7号监房里慢慢消失，邰伟大张的嘴依旧没有合上。

方木缓缓放下枪，感觉全身的力气仿佛都被抽走了一样。他看看仍在地上抽搐的孙普，转身打开手铐，扶住全身僵直的邰伟。他尽量躲开邰伟疑惑、惊惧的眼神，轻声说：

“走吧，我们离开这儿。”

尾声

在J市看守所里，方木踏踏实实地睡了几天好觉。无梦。

在他的要求下，邰伟给他安排了一个单人监房。每天的吃食都从外面的饭店送进来，方木能看到当天的报纸，每天还有一盒中华烟。闲暇的时候，方木就坐在铁床上，透过墙上的小窗，静静地看着白云流转，日月更替。

偶尔会想起那些人、那些事。只是方木的心情平静了许多，似乎再难有什么事在他的心中掀起波澜。

几天后，公安机关在孙普的家里发现大量物证，证实孙普是系列杀人案的凶手，并派专人去J大通报了案件情况，孟凡哲的冤情得以洗清。同时认定方木的行为属于正当防卫，案件撤销。邰伟的证词起了关键作用。

方木唯一遗憾的，就是没能参加乔老师的追悼会。

邰伟来接方木出看守所。那是一个大晴天。方木走出看守所大门的时候，太阳刚好照在头顶。沐浴在正午的阳光下，浑身麻酥酥的，很舒服，方木忍不住像其他人那样美美地伸了个懒腰。

在车上，邰伟一言不发地帮助方木清理个人物品，包括那支钢笔。方木把钢笔拿在手里反复端详了好久，最后小心翼翼地揣进怀里。邰伟看着他，忽然问道："你是故意那么做的，对么？"他指指那支钢笔，"那只是支普通的钢笔。"

方木没有回答他，他知道邰伟作证的时候没有提钢笔的事情。邰伟见他不回答，也没有多问，沉默着发动了汽车。开到校门口的时候，邰伟似乎突然想起了什么事情。

"哦，对了。"他在身上摸索了一阵子，"我把这个给你要回来了。"

他把手伸过来，掌心里平躺着那把军刀。方木没有马上去接，默默地看了它几秒钟之后，伸手抓了过来。

"我走了。"他低声说了一句，就跳下汽车。走了几步，邰伟在身后

“哎”了一声。

方木转过身，看见邰伟正皱着眉头盯着他的眼睛。良久，他开口问道：“你记不记得我曾经建议你做个警察？”

“嗯。”

邰伟低下头，好像在思考着什么，几秒钟后，他仿佛下了很大决心似的抬起头。

“我收回我的话。”说完，他就发动汽车，开走了。

方木看着吉普车消失在远处，笑了笑，转身走进了校门。今天是期末考试的最后一天。已经考完试的学生迫不及待地拉着大大小小的包裹，直奔火车站。方木在归心似箭的人群中，慢慢走向南苑五舍。

回到304寝室里，方木坐在床上，看见桌子上依然放着成堆的资料，伸手摸过去，满手的灰尘。方木静静地坐了一会儿，开始动手收拾东西。

该做的事情都已经做完了，也就没必要再在这里待下去。下午就去研究生处申请去别的宿舍楼。

方木的行李不多，很快就收拾好了。他拍拍满手的灰尘，拿着脸盆和毛巾，拉开门。

嗯？

走廊里站着很多人，杜宇也在。大家都看着从寝室里走出来的方木。

方木不由得愣了。

杜宇走过来，站到方木面前，默默地看了他几秒钟，又扭过头看看304寝室。

“你在收拾东西？”他转过脸看着方木，“要离开这里么？”

“嗯。”方木不想多说，侧身绕过杜宇。

“喂！”杜宇在身后说，“你答应过我的事情呢？”

方木转过身：“什么？”

杜宇冷着脸：“你答应过我，找到凶手的时候第一个告诉我。”

方木愣了一下，苦笑着摇摇头，转身就走。

“你想就这么一走了之么？”

方木忍不住想问“你还想怎么样”，可是转过身，看见杜宇正盯着他，笑了。

“如果，又出现一个像孙普那样的人，我们该怎么办？”他拍拍身边的邹团结，邹团结心领神会地冲方木做了个鬼脸，招呼身边的几个同学钻进了304寝室。

杜宇还是那样看着方木：“所以，留下来吧。”

他慢慢走向方木，身边是忙碌着把方木的行李搬进313寝室的同学们。

杜宇站在方木面前，忽然一拳砸向方木的肩窝。

“还有一个好消息。我上午接到了刘建军的电话，他恢复得很好，估计很快就能回来了。”

两个月后。

今年的冬天结束得很早。还穿着棉衣的方木走在院子里，很快就满身是汗。

刚刚接到刘建军的短信，他快乐地告诉方木自己已经能慢慢地走了。方木嗅着空气中好闻的花粉味道，感觉心情像今天的天气一样。

静湖已经解冻了，能看见轻纱般的水雾在湖面上旋转、飘荡。方木看看湖对岸，那里原来栽种着一排柳树，现在是一间学生商店，门口的大喇叭正放着一首熟悉的歌：《海阔天空》。

风雨里追赶，雾里分不清影踪，天空海阔你与我，可会变……

方木在岸边找了块石头坐下，想起两年前自己拄着拐杖的样子，不觉失笑。

一刹那恍惚，若有所失的感觉，不知不觉已变淡，心里爱——谁明白我……

他从口袋里掏出军刀，细细地端详着它。墨绿色的刀柄，底端曾被烧化的地方略有起伏，现在已经被摩挲得光滑锃亮。打开来，锋利的刀刃在正午的日光下闪出猎猎寒光。方木的拇指在刀刃上轻轻地来回刮着，沙沙的感觉。

它曾经跟着它的两位主人，见证了太多的事情。当年在那条简陋的生产线里渐渐成型的时候，它恐怕也没想到自己会有这么丰富的阅历。而此时，它默契地躺在方木的手里，愉快地接受着主人的把玩，似乎已经忘了它在另两个人手里的时候，是多么的凶相毕现。

刀，始终是刀。为什么要让它承载这么多东西呢？

方木轻轻地笑了笑，懂得承载的，只是我们自己而已。

方木站起身，掂掂手里的军刀，忽然一扬手。

军刀在阳光下划出一道闪亮的弧线，扑通一声落入湖水中。湖水激起小小的涟漪，可是很快，又平静如初。

再见，吴涵。